U0505586

浙江文坛·新批评

王侃 ＝ 著

时见疏星渡河汉

上海人民出版社

目录

附录

序

浙江省作家协会党组书记、副主席　叶彤

2024 年即将收尾，在盘点一年收获之际，我们迎来了"浙江文坛·新批评"第二辑的成果。他们是王侃的《时见疏星渡河汉》、翟业军的《阐释之门》、何英的《无涯集》。浙江省作协在持续推动文学评论的道路上踏入了一片新的风景。不同于"浙江文坛·新批评"丛书第一辑中王晴飞、赵霞、徐兆正、顾奕俊等四位评论家的"新锐"与"新颖"，王侃、翟业军、何英三位代表性学者的文学批评与研究成果，呈现出枝繁叶茂的丰富和根脉深广的实力。他们的评论集仍然可以名之为"新批评"，展示浙江文学评论中坚力量的新方法、新视野、新观点。

第二辑中的三位学者或回溯与重释经典作家、作品，或捕捉与评点当下文学热点，在理论与创作、个人与时代、文学与世界之间自由穿梭，以广博的知识、敏锐的观察、纯熟的语言构造了各人独具一格的评论风格。王侃《时见疏星渡河汉》汇集了对中国当代文学重要作家与作品的重思和新解，勾勒了多位活跃在当下文坛的作家的创作面貌，亦有对当下文学热点、文学理论问题的分析。翟业军《阐释之门》以其灵动的语言展现了丰富或绵密的文学之思，除了对作家、作品的解读，还触及小说本体等理论问题，又玄想人工智能与文学、人性的关系，对文学内外的隐秘多有探索。何英《无涯集》涉猎颇丰，不仅有对宗璞的深入研究，更从中国当代文学出发，抵达少数民族文学、外国文学、治学方法等诸多话题，体现出一位观察者对当代文学现场的认真和专注。

文学评论以不同的方法揭示出作家与作品的诸多面相。毫无疑问，丰富的阐释证实着、也打开了作品宏大的意义空间。文学评论的批评行为本身不仅展现了评论者塑造他者的良苦用心，也展现了评论者心灵的深度广度。王侃、翟业军、何英三位学者热情而慎思，他们建构了形态各异却同样五光十色又不失锋芒的文学世界，让我们看到了成熟评论者坚实的能力与对文学的热爱。

我们一直希望浙江的文学创作与评论能够早日形成两翼齐飞的格局，我们计划持续以"浙江文坛·新批评"丛书的形式发出呼唤：浙江的文学创作与评论当有万千气象，既有自成一体的一枝独秀，也有百花齐放的满园盛景，既有直探精神之源的深邃，也有纵横文史的广博。唯其如此，相互辉映，文学的星空将更加璀璨。

是为之序。

辑

一

散论作为女性作家的王安忆

一

从《雨，沙沙沙》到《本次列车终点》，从《小鲍庄》到"三恋"，从《叔叔的故事》到《纪实和虚构》，从《长恨歌》到《富萍》，再到《启蒙时代》《天香》以及近期的《匿名》，王安忆始终处在一种高度紧张的写作状态。这三十多年来，在中国几乎找不到第二个作家能像她一样在高密度的写作状态中一以贯之。王安忆的勤奋是无法攀比的，她的生活似乎简单得只剩下写作这一桩事儿。萨特在那部题为《词语》的自传中将自己的一生提炼为两个词："读"与"写"。每次谈论王安忆，《词语》就会适时进入我的脑海与思维。就王安忆而言，读，尤其是写，就是对她的生活方式与存在方式的命名。实际上，正因为写作，她看似简单的生活又透着某种丰富。

王安忆的聪明是公认的。她赶上了二十世纪七十年代末以来几乎所有的文学潮流，通常她并不总是每个潮流的开拓者，但每一次潮起之后她总是被发现站在浪尖上。她有海绵一样巨大的吸纳力，这使她总是能将同行的优点聚汇成她个人的超拔之处。尽管她在著名的"四不要主义"的写作宣言中声称"不要风格"，但经过三十多年来的不断蜕变，她已化蛹为蝶，自成一脉。她标志性的文体，恒定而醒目，就像她自己作为沪上的文化标志一样，令人过目难忘。也许不会有人去讨论王安忆与小说《百合花》之间在文学上的血脉关系，就好像一般读者并不关心王安忆与茹志鹃之间的生命关系一样。对于一个心性极高的作家来说，任何一个出现在王安忆前面的文学目标，都似乎是她必须要超越的，她在对目标的超越中确定自己的写作方向。但毫无疑问，现在，她已经作为某种偶像让人竞相效仿，她现在需要超越的是她自己了。

早期的写作中，王安忆沉浸在一种外在的诗意经营里，她像一个灰姑娘一样期待某个意外时刻的降临。从《小鲍庄》开始，她着实意识到了文化寓言所承载的思想力量，自此开始进入一种庞杂的写作体系中，技术与思想的纠缠使她早期写作中的那种"诗意"逐渐退隐，变得模糊，并被迅速稀释。我以为，她后来的写作是一种"临界写作"，她在多种相峙的写作原则之间游走，既有自然主义的工笔，又有表现主义的写意，既精耕细作，又随心所欲，既繁缛、细密，又简洁、抽象。她的写作又是一种"无机写作"，既反对象征主义式的联想，又拒绝任何一种单一的、此岸性的价值判断。她喜欢表达不可表达之物，喜欢用相对主义消解看似坚硬的"确实性"，她希望每一个进入她小说世界的读者在艺术思维与价值判断上永远停留在无机的散乱状态，同时又希望读者可以在一个超越性的维度上聚拢他们的思维与判断。某种意义上说，这是一个近似于由《金瓶梅》或《红楼梦》的阅读指南所给出的写作意图：既描绘了极度的声色，又呈现了极度的虚无；既铺陈了世俗日常的质感，又展示了泯然无迹的超越；既进乎技，又出乎道。

二十世纪九十年代，伴随世界妇女大会在北京召开，女性主义一时成为流行，就文学而言，与之相应的是，"女性写作"成为热潮，并迅速挤占了大块的文学史叙事空间，关于女性写作的研究和讨论遽然成为显学。如今反观彼时对女性写作的所谓研究，可以发现其中多为皮相之论，有着典型的食洋不化的诸般症候。倒不是说女性写作本身问题重重、意义轻薄，而是关于女性写作的讨论或看法破绽百出，难以自圆，却又一时无暇也无力自省。女性作家以及文学中的性别话题，几乎来不及审视就都匆匆地被命名为"后革命景观"——尽管对于中国的女性或女性主义来说，"后革命"并非一个切中肯綮的提法。王安忆在此间的若干个访谈中显出对上述种种"讨论""看法""命名""提法"态度审慎。她显然拒绝在没有相对充分、圆融、合理的理论阐释前提下贸然接受"女性作家"的标签，并将她的文学归入"女性写作"的范畴。这一方面是因为，此时已出版《长恨歌》的王安忆有理由认为自己是"高出地面""使人无法侵略"的作家，从而拒绝他人将自己进行简单的归类，另一方面则因为她对"性别"的理解有更为周全、独到的考虑。比如，王安忆分析认为，中国农村重男轻女的沉疴旧俗源于生产力的低下，因此在发展中的中国，男人女人所面临的主要问题是共同的，即如何全面提高生产力。所以她并不在写作中肆意显露所谓的"厌男症"，她在阐明自己的性别立场时，并不同时为自己树立一个男性的假想敌。再如，她在讨论女性与城市的关系时，就明确地给予"城市"更多的肯定，这其实也是重新讨论了中国女性与现代性的关系，在这种关系分析中可以看出，她并不急于跃入"反城市""后现代"以及"后革命"。与激进式性别观念不同的是，王安忆虽然认为"性别也是一桩很累的负荷物",但她同时更倾向于认同,"每一个人都那么庆幸生存,每一个男人与女人都暗暗庆幸自己性别的归属,为这性别迎接并争取着非它莫属的欢乐"。① 相比较而言,当时关于女性写作的各种"看法"却显得根基浮浅,视野褊狭。包括王安忆在内的一些女性作家之所以拒绝被"女性写作"归类,就是由于当时的"看法"容易将她们的文学扁平化。无疑,王安忆的文学世界要大得多,这肯定是她的自我期许。正如她在早年谈到自己的写作时所说的:"这是一个多灾多难的世界,人类尚有许许多多的问题没有解决……而我如此关注着个人的内心的斗争,绝不意味着我对这一切回过头去。"②

当然,王安忆并非在绝对意义上排斥女性写作,相反,她对其"女作家的自我"有本能而清醒的认识。但正是这篇写于1988年的、充满批判与自我批判精神的《女作家的自我》使她在同时代的女性作家中显得卓尔不群。她在批判了女性作家"自我"常见的虚饰性谬误之后,进而批判"自我的不进步":"就是说,假如我们已经保持了自我的真实性,接下来的问题则是对自我的提高。真实的自我与提高的自我之间,我以为应有一个理性的距离,也就是审美的距离,或者说是批判的距离。"按照王安忆的"四不要主义"来理解,一个作家如果仅依靠经验、本能以及相应的题材("真实的自我")去写作,终归是一种有重大缺陷的写作,对于女性作家来说可能尤其如此。因此,需要一个"提高的自我"去形成写作上的更大的内驱力。而这个"提高的自我",王安忆是这样理解的:"我们是不是因此可以这样说,如不与自身以外广阔的世界及人生联系

---

① 王安忆:《男人和女人,女人和城市》,见《漂泊的语言·王安忆自选集之四》,北京:作家出版社,1996年版,第413页。
② 王安忆:《面对自己》,见《漂泊的语言·王安忆自选集之四》,第443—444页。

起来，对自我的判断也会堕入谬误。在一方面是对自我真实的体察与体验，在另一方面则又对身外的世界与人生作广博的了解与研究，这便可达成真实的自我与提高的自我间审美的距离，理性的距离和批判的距离。这距离应该在真实的自我与深刻的世界观之间建立并拉开。"[1] 相对于二十世纪九十年代以来中国女性写作中常见的外倾式的激进批判，王安忆式的内省实在是一种弥足珍贵的稀缺气质。

二

　　1990 年冬，王安忆发表《叔叔的故事》。这部深刻揭示了二十世纪八十年代中国社会思想与精神危机的中篇小说，有可能比王安忆后来的长篇小说更具可供诠释的丰赡性。相对于其时"新写实小说"贴地式的世俗性和先锋小说喋喋不休的语言欲望，《叔叔的故事》是中国文学"提高的自我"，它通过对当下历史的另类叙述，展开了真正有距离感的思想和文化批判。我倾向于认为，《叔叔的故事》才是中国当代"新历史小说"的发端之作，它通过在某些被有意无意忽略的历史盲区重新发问的方式，揭开了历史叙事的隐性修辞，从而引申到对"历史本体"的批判和否定，这是最贴切于新历史主义本意的精神途径。

　　如果从女性写作的意义上解读这个小说，作为一种显见的历史批判，它将危机的征兆赋予了男性历史。所谓"叔叔的故事"（uncle's story）只是"历史"（his-story）的另一种说法，是一个历史叙事的浓缩形式，并在写作的一开始就预先设定了王安忆"重建

① 王安忆：《女作家的自我》，见《漂泊的语言·王安忆自选集之四》，第 420 页。

世界观"①的企图。"叔叔的故事"是一段在二十世纪八十年代的文学话语中建构起来，并在其时的文学语境中众所周知的公共历史，我们可以在张贤亮的《绿化树》《男人的一半是女人》等文本中不费力地发现它的人物与情节原型：一个二十世纪五十年代的青年知识分子，有着因为写了一篇文章或一首诗而招致的"右派"身份，他怀着理想主义的情操度过了苦难的煎熬，成为一个作家，成为历史转折后的"重放的鲜花"，成为一个时代的文化英雄。但是，细究之下却发现，关于"叔叔的故事"，关于这段历史，有着不同版本的叙述。来自"叔叔"本人的叙述代表了这段历史叙事的公共性与权威性，在他的叙述中，这是一个"普罗米修斯"式的心灵炼狱的故事，他有着俄罗斯童话"鹰与乌鸦"中鹰一般的高贵，他在落难过程中与女人的关系也有着"类似旧俄时代十二月党人和妻子的故事"那样的浪漫修辞。然而，流传的其他版本却对"叔叔的故事"非常不利：招致"右派"身份的那篇文章被认为"文笔非常糟糕"，"不如小学三年级学生"；甚至，他的"右派"身份纯粹是为了凑数而被错划的；他被下放的地点也出现了争议，于是由"叔叔"叙述的在下放途中受到理想主义精神洗礼的情节也随之变得可疑；尤其是他发生在农村的"爱情"，完全不符合"爱情"的纯洁定义；最后，"苦难"作为某种资本，被他迅速地转化为现世的社会资本与性爱资本，他作为文化英雄的圣洁与光芒在无休止的性爱欲望中被耗散殆尽。所有流传的叙述版本有力地拆解了公共历史叙事。仅以"叔叔"的性爱故事而言，王安忆就在这个"元小说"中强行介入，一针见血地指出：落难时的性爱，绝对不是可供先觉者

---

① 王安忆：《近日创作谈》，见《乘火车旅行》，北京：中国华侨出版社，1995 年版，第38 页。

挑灯夜读《资本论》的"美国饭店"之类的避难所，更不可能成为给奔向"四五"风暴的勇士提供鲜活的血肉和生命之力的心愿之乡，那里有的只是白天最恶毒的互相诅咒、打老婆和夜里的"力大无穷、花样百出"；这里其实没有"一个朴素自然人和一个文化的社会人的情爱关系"，也没有"一个自由民与一个流放犯的情爱关系"，即"十二月党人和妻子的故事"那样的关系；章永璘或"叔叔"在那时的性爱选择，"既非任性胡闹也不是吃饱了撑的，更不是出于想了解和经历一切（崇高的和可鄙的）令人入迷的欲望冲动，所有这一切仅仅成为，并且昭示着'我'（指叔叔——引注）的生存准则而已——特别是，这种生存准则没有显示'我'的自由，而是显示了'我'的屈服，'我'的限制，显示了作为历史存在物的'自我'对于那时的'我'的判决"。①

"叔叔的故事"或曰以"叔叔"为表象的历史叙事，在对谎言的辨识中迅速地衰朽，"叔叔"所象征的文化英雄形象正在失去其历史基础。在性别话语中解读《叔叔的故事》，使这个小说所蕴含的解构力量进一步释放：当我们在拆解"叔叔"这个文化英雄的历史形象时，他作为男性的主体形象同时被拆解；当我们在拆解一个当代知识分子的虚伪的公共历史时，虚伪的男性的公共历史也同时轰然坍塌。

王安忆的高明之处，不在于用所谓的不同版本去消解公共叙述，因为所有的叙述都有不确定性，都难于以权威自命，且都不可避免地带有偏见。王安忆的高明之处在于，她最终让"叔叔"回到他自己的历史中，回到历史深处，让他在自己的历史中衰朽。小说

---

① 韩毓海：《"悲剧的诞生"与"谎言的衰朽"——王安忆〈叔叔的故事〉及中国当代文学的艺术问题》，载《当代作家评论》1992年第2期。

的最后有这样两处情节：先是一个德国女孩毫不犹豫地用一记耳光回答了"叔叔"的性骚扰后，他突然破口大骂起来，"骂的全是他曾经生活过的那小镇里的粗话俚语"，这时"他有一种时光倒流的感觉，他觉得自己好像又回到了很久的过去，重又变成那个小镇上的……叔叔"。随后，"叔叔"那个早已被他遗忘的小镇上的儿子大宝来找他了，并发生了一场性命攸关的搏斗，最终"叔叔"打败了儿子，但在他的心中却有了一种被打败的感觉：

> 叔叔忽然看见了昔日的自己，昔日的自己历历地从眼前走过，他想：他人生中所有卑贱、下流、委琐、屈辱的场面，全集中于这个大宝身上了。这个大宝现在盯上了他，他逃不过去了，他躲得了初一躲不了十五！

由"小镇"和"大宝"连带着象征的"叔叔"自身的历史，最后把他拽回了人生的原初。这是他躲得了初一躲不了十五的历史，有着"卑贱、下流、委琐"的品性，是他体内的力比多，是他的无意识，是他试图驱赶、试图遗忘但却无时不在支配着他的思想和行动的神秘力量，除了衰朽，他无法终结它。"叔叔"的历史叙事最终就这样被他的历史"本体"所解构。

王安忆的文学起步，几乎叠合于"新时期"的开端。从对"伤痕""反思"等启蒙叙事的参与，到对"改革"等国家叙事的支持，再到对"寻根"等民族叙事的体认，她曾自觉或不自觉地汇入过由历史所统摄与包容的各种宏大叙事，是整合于启蒙现代性和民族国家的表述与认同之中的历史书写。直到她在张辛欣的《在同一地平线上》发现"'个人'终于上升为'主义'"时，她意识到将自己的文学从整合企图中裂解出来的重要性。而此时，"女作家的自我"

无疑是重要的裂解力量与凭借。这个"自我"使她站到了历史叙事与历史书写的对面。需要指出的是，从《叔叔的故事》开始，直到十年后铁凝的《大浴女》的出版，相似的"叔叔"及其故事不断被回放，构成二十世纪九十年代中国女性写作中关于历史批判主题的一个贯穿性段落。从这个意义上讲，王安忆可谓是新时期以来继张洁、张辛欣之后，在性别写作这一维度上最重要的继往开来者。

然而，与大多数女性作家不同的是，王安忆并没有止步于"裂解"。她的那个"提高的自我"会不断处于否定之否定的持续的思想运动中。这种思想运动使她不断处于疑窦丛生的紧张和焦虑中，从而使她的写作迈进新的意识层面和新的表达阶段。于是在长篇小说《纪实与虚构》里，孤独的个人开始努力寻找与历史的对接。王安忆自己认为这部小说是"寻根小说"，这意味着这次写作是个人对历史的寻求，是个人试图在历史中获得意义。如果说二十世纪以来的中国文学在个人与历史之间始终存在着一种彼此同一、整合又尖锐而深刻地冲突的文化张力，那么，《纪实与虚构》是对这个张力的全面展露。在这篇小说里，由女性个人出发对母系家庭史的寻找，最后很容易地被认定为是实际上对父系氏族的寻找。因此，有论者认为："女作家的自述传与家族史——事实是民族史与元历史写作，已不仅仅是女性命运对大历史的解构，而且是在书写／文化行为自身，进入了对'历史'这一文化结构的反思。"[①] 这意味着，在王安忆看来，历史是无法从个人的对面抹去的。显然，王安忆虽自称是"极端个人主义"，但她的个人主义是建立在尊重"与公众的契约"之上的，因而有着更多的社会理性内容，从而区别于那

---

① 戴锦华：《涉渡之舟——新时期中国女性写作与女性文化》，西安：陕西人民教育出版社，2002年版，第70页。

种注重自我表达与自我宣泄的"个人化写作"。王安忆所阐述的个人与历史的关系，使我想起埃莱娜·西苏的一段论述："在妇女身上，个人的历史既与世界的历史相融合，又与所有妇女的历史相融合。作为一名斗士，她是一切解放不可分割的一部分。她必须高瞻远瞩，而不局限于一拳一脚的相互交锋。她预见到自己的解放将不仅是改变力量关系……她的斗争不仅仅是阶级斗争，她将其推进成为一种更为广大得多的运动。"[1]

三

早在二十世纪八十年代中后期，完成"三恋"写作的王安忆曾说："如果写人不写性，是不能全面表现人的，也不能写到人的核心，如果你是一个严肃的，有深度的作家，性这个问题是无法逃避的。"[2] 在"性"这个问题上的主动出击使"三恋"成为王安忆最具世俗震撼力的作品。王安忆不仅是最早开启"欲望叙事"、关注性表达的女性作家，同时她的作品对这一写作领域的影响意义深远。

王安忆写作中的性表达有这样一个叙事起点：性作为原欲，是一种本质性力量，关于它的讨论和表述，应该以悬置道德为前提。如果考察中国新文学关于性欲的文学叙事，我们很容易看到，性欲之于男性作家是可以免于道德监控的，不仅如此，它还可以作为文化修辞，成为男性"阳刚"气质的注解。郁达夫的《沉沦》里，一个青年男子在性欲中的沉沦可以与"祖国贫弱"这样的堂皇话语相

---

[1] 埃莱娜·西苏：《美杜莎的微笑》，见张京媛主编：《当代女性主义文学批评》，北京：北京大学出版社，1992年版，第197页。

[2] 王安忆、陈思和：《两个69届初中生的即兴对话》，载《上海文学》1988年第3期。

链接，他的沉沦也就因此获得了道德豁免；张贤亮的《男人的一半是女人》中，章永璘的性欲可以导向针对时代匮乏的批判；陈忠实的《白鹿原》中，白嘉轩强悍的性欲与他令人瞠目的"性史"不仅构成了他的阳刚、强势形象，同时也使这部自称为"民族秘史"的小说一开始便进入"高潮体验"。男性通过性欲修辞，构成了历史形象的不同侧面。道德魔咒在男性作家的写作中失效，而性表达在中国女性写作中长期陷于困境，陷于不可开启的道德囚笼。它同样反映着无处不在的性别政治。

王安忆试图从原欲出发，从性出发（而不是从"爱"出发），让原欲作为解释人物行为的根本依据。这是对普遍、长期存在于写作观念中的性别政治的挑战。王安忆曾说："我写'三恋'又回到了写雯雯。"[①] 写作中的这种回溯别具意义。它的意义在于，"雯雯系列"是经典爱情叙事，而"三恋"却相反。因此，王安忆的回溯实际上是一次自我解构。"雯雯"在"雨，沙沙沙"的诗意想象中向往一个撑伞男人的庇护，但这个男人却始终阙如。"三恋"则让爱情退隐，将原欲作为一种本质性的力量来描述，它的强大越出了道德的逻辑，它不能被道德所解释，相反它自己才是唯一的阐释结构。毕竟，身处欲望（而不是爱情）中时，男人女人才真正地站在同一地平线上。道德第一次在女性写作的性表达中显得无力。尤其是在《岗上的世纪》中，原欲最终被王安忆设置成为拯救之途。在这部小说中，性对于主人公李小琴来说一开始并不具有生命意义，她为争取一个返城指标而主动与生产队长杨绪国进行的权色交易，只不过是这一性别政治的无数案例中又一生动的个案。但在杨绪国出狱后，李小琴立刻与他有了七天七夜令人销魂的"岗上

---

① 王安忆、陈思和：《两个69届初中生的即兴对话》，载《上海文学》1988年第3期。

的世纪"，陷入鲜活赤裸的性欲世界，而在严酷现实中遭受的身体磨难与精神创伤立即在欲望的释放中被修复并痊愈。小说的结尾处写道：

> 激情持续得是那样长久，永不衰退，永远一浪高过一浪。他们就像两个从不失手的弄潮儿，尽情尽心地嬉戏。他们从容而不懈，如歌般推向高潮。在那汹涌澎湃的一刹那时，他们开创了一个极乐的世纪。

在这里，欲望的释放被王安忆赋予了创世记的意味：一个女人由此得到拯救。与某些男作家（如张贤亮）惯于在性表达中追求历史内涵的取径不同，王安忆则关注欲望本身对于女性个体的生命意义。如果说张贤亮在《绿化树》里还让章永璘不断地在与马缨花的各种差异的区分中延宕欲望的实现，王安忆则直截了当地让欲望填平了李小琴与杨绪国之间的一切鸿沟，尽管城乡差异、身份差异、知识差异、年龄差异乃至美丑差异在他们之间是那样醒目地摆着。性欲作为一种本质力量，在王安忆的小说里回复到其初始的意义，也恰恰因为如此，它意外地呈现出纯净澄明之境。这是个关于性欲本身的故事，它不会像米兰·昆德拉的小说那样，因为东欧政局的变化而使"性与政治"的讽喻失去效应，它也不会像张贤亮那样，因为时代的变迁而使建立在性欲之上的"思辨性"显出轻薄与虚伪。

因欲望而获救，欲望成为女性获救的涉渡之舟，这样的表达在中国女性写作中是前所未有的。正如有人指出的那样，《岗上的世纪》的意义"在于它作为一部有趣的女性文本所形成的对众多的女性'被侮辱与被损害'的故事、对'伤痕文学'中的女性形象与命运的解构"。① 这种解构指出了这样一种真相：一种与欲望相关的更为本质的性别经验一直被不同的话语叙事所遮蔽、所修改着。而女性"被侮辱与被损害"的叙事设置，只是为了让女性永远处于期待拯救的被动处境。从女性主义的欲望立场看，在《雷雨》中，繁漪是因为欲望生，因为道德死（而不是相反）；在《被爱情遗忘的角落》里，存妮在欲望中是鲜活的，而当道德降临时，她便只能是池塘中僵硬的尸体。因此，由王安忆和"三恋"、《岗上的世纪》开启的欲望叙事，首先提示了这样的命题：当道德被悬置，与之相关的各种话语或秩序被架空后，我们会发现，女性的获救原来不必借助历史之手，相反，拯救的力量原来源于自身，源于身体的内部。至二十世纪九十年代，在中国女性作家那里，欲望叙事在一种"去道德化"的话语空间里展开，它同时也成为面向道德的政治写作。而王安忆本人则在《米尼》《我爱比尔》等小说中让性爱场景的描写进入更为自然主义的笔法里。这些描写，无论是作为"潜意识场景"，还是作为"性别场景"，都可被视为女性写作中政治书写的有机部分，严肃而有深度。

无疑，王安忆是中国女性写作这一领域或群体中具有引领性的作家。行文至此，我主要指出了她在历史书写与欲望叙事这两个在当下女性写作中最具意义的写作风潮中的深远影响。因为她的存在，使得当代中国女性写作有了体现深刻、严肃的圭臬，不至于肤浅、偏邪和虚无。

需要进一步指出的是，在写作上，王安忆是"故事"和"形式"、"思想"和"技术"的一元论者，也就是说，她坚信，某个故事一定只有一种最理想的形式与之匹配，一种思想也一定只有相应

---

① 戴锦华：《涉渡之舟——新时期中国女性写作与女性文化》，第302页。

的表现技巧与之匹配，形成绝对无缝的完美对接。她是个当之无愧的文体大家。当我们在称赞她卓越的观察与思想能力时，同时也应该意识到，她已经为她的"思想"和"故事"找到了理想的形式或表现技巧。我想在这里特别指出的是，王安忆是一种我称之为"无机叙事"的最重要实践者。

无机叙事有着无机论的表面形态，是一种反对系统性、象征化的叙事方式。它是一种平面叙事，是零散化的表象堆砌，是一连串的能指游戏，是将语义悬置在此岸的无目的徘徊。王安忆的"四不要主义"表明，她的小说叙事旨在取消容易辨识的语义向标（特殊、风格、独特性），以便使她的叙事意图处于混沌之中，处于不可捉摸之中，处于不可确定性之中，处于不可用模式化释义套路加以固定的游移之中。有人在论及王安忆的小说时这样说过："表面上看来，她似乎给了通往终极的道路，但这道路却令我们在阅读时感到崎岖不平并危险重重。她往往设置很多的假象并给予充分理由，令我们渐渐放下心来，以为可以走上回家之途，可往往又在我们最不曾意料到的地方标出此路不通的路牌。"[1]王安忆会用丰赡无比的细节、精微繁缛而又密不透风的叙述来包裹、溶解或湮没理念之核，以免它暴露在叙事体之外（就此而言，王安忆的文学有中国古代艺术讲究"圆融"的气质，因此，王安忆也是中国当代"文人小说"的开创者和代表者）。陈村曾说王安忆"一条棉毛裤可以写两千字"，她高度繁密的写实具有法国新小说式的物质主义的样貌。在《长恨歌》里，关于城市弄堂的静态物化描写就占据了相当的篇幅；而在《香港的情和爱》里，关于香港的街市与夜景、服饰与家居，自成一景地进行着极力的铺排陈列，不计繁冗、不厌其烦地展

① 焦桐：《小说戏剧性的消解和回归》，载《当代作家评论》1997 年第 6 期。

开着。她小说中的生活细节常从繁琐处入笔，从菜场的讨价还价，到床帏的甜言蜜语，极尽可能地在纤毫毕露中显示其质感，即使是人物内心，也必放大拉长，使之呈现为瞬息万变的意识流（如《流水三十章》）。总之，王安忆式的无机叙事常表现为"对叙述对象的质地、运动、方向、形态等细枝末节的关心和注意"。[1] 但正是这种不提供根据也不提供结论的叙事，阻止了我们对她的叙事意图和小说人物作出即时、准确、可靠和有效的臧否、评判。因此，当米尼、阿三这样的人物出现时，评判的困难也随之出现，尤其且关键是，那些基于男权尺度的评判都会瞬间哑火。

我认为，王安忆是深谙反讽修辞的。当她极尽自然主义时，其实是有超验的意图的；当她的笔端尽显后现代的游戏感时，其实是有现代主义的清绝的。她的笔法常在写实与写意之间、现代与后现代之间弹拨。因此，王安忆的无机叙事看似拒绝意义和深度，其实是将意义更为深邃地包裹着、潜藏着。王安忆式的无机叙事对于女性写作来说，其价值在于：它让性别立场以一种更隐蔽的方式"内在化"于叙事体，它丰富了女性写作文本的美学肌理，它以一种其实更为深刻的"有机"、一种无为而无不为的修辞气度，深化了女性写作的批判力量。

原载《中国文学批评》2016 年第 3 期

---

[1] 滕守尧：《艺术社会学描述——走向过程的艺术和美学》，上海：上海人民出版社，1987 年版，第 169 页。

保守主义、二元思维与诗性拯救

——张炜今识

一

2016 年 5 月，《独药师》出版时，张炜对媒体说，写这部长篇小说，他使用了"最好的钢笔"和"最好的稿纸"。前溯至 2002 年，张炜曾公开宣布他不使用电脑写作，而一直沿用"钢笔和稿纸"。他认为，用笔在纸页上描摹象形文字（汉字），有一种很特别的"诗意"，因此，对于一个用中文写作的作家来说，文学和文字"同质同源"，而用数码形式输入文字的过程其实是"取消了描摹的诗意"。[①] 此外，在电脑录入过程中有一种"思维被工具驱赶着"的切身体会，也一并被他归入质疑电脑、拒斥电脑的理由。他由此引申并强调了一种观念，一种关于文学的内在的、质的规定性的观念，一种关于文学如何在多媒体时代的艰难处境中维护其自足性的

---

① 张炜：《纸与笔的温情》，见《世界和你的角落》，北京：昆仑出版社，2003 年版，第 8 页。

观念："文学要生存，大概首先是要想法区别于其他。回到源头上，就是回到一种古老的生产方式上去。"① 与此有关联的是，在近年的某个访谈中，张炜还表达了对手机的抗拒。对于今天的人们来说，手机已不仅仅是无绳电话和即时即地便于联络的通信工具，同时还是信息和资讯的泄洪口，是技术时代生活方式的关键部分，是肢体、五官和大脑的智能化延伸，从而在某种意义上已成为人们身体的结构性部件。但是，张炜坚定地认为，手机是颗"炸弹"，如果不扔掉手机，就不可能成为杰出的作家。

仅就写作工具的选择而言，张炜自觉认同"古老的生产方式"，这一认同也使他在某种程度上进行了"保守"的（而不仅仅是"古典"的）自我定位。张炜自己也承认，从写作工具上看，他是"一个保守的人"。当然，一个对电脑、手机等现代技术文明之产物如此抗拒的作家，人们对于他的"保守"的理解、认知不会停留在"钢笔和稿纸"的层面，相反，他的"保守"很容易被引申到"文明""先进""进步"等话语的对面，成为历史的暗面，从而在大多数情况下必须被贬损。情况似乎也的确如此，因为张炜屡屡直言，电脑、网络、克隆技术、纳米技术等一切现代科技统统是"最坏最可怕的东西"，他的理由是："今天的人类无权拥有这些高技术，因为他们的伦理高度不够。"②——暂且不论其他，仅就张炜"伦理高度不够"的这一批判性表述而言，多年以来人们贴附在他身上的"道德理想主义"的标签，几乎可以说是不偏不倚的。

张炜的"保守"还可以用他对"父辈的视角"的认同来进一步说明。所谓"父辈的视角"，就是在历史观或价值观上的后撤、退

---

① 张炜：《世界和你的角落——在苏州大学的演讲》，载《当代作家评论》2003年第3期。
② 张炜：《我跋涉的莽野——我的文学与故地的关系》，载《作家》2001年第1期。

守，让由"父辈的视角"所代表的价值体系成为知人论世、评判曲直的基本尺度。在这里，父辈、祖先、传统、古老构成了一个同质的价值和意义系统，被张炜所秉持。如此看来，张炜的"保守"可说是一望而知、一目了然、一览无遗。张炜在价值观上对"父辈视角"的认同，与他在写作工具上对"古老生产方式"的选择如出一辙，同工同构。他相信，"老一代对于事物的判断，今天看来大致都是对的，都非常中肯"，"父辈的视角令人不快，却非常珍贵"。①他认为，世道的变化仅仅是历史表层的些许调整，而"父辈的视角"则是其中恒定的部分，难以动摇也不可动摇的部分，因为父辈的视角是"一种生存的视角"，是人类生活得以正常展开和顺利衍续的基本面。这样的认知和态度，使他的"保守"呈现出强硬之姿，他旗帜鲜明地反对一切试图篡改"父辈视角"的社会行为或文化企图——比如商业扩张、技术主义以及与之相应的意识形态变革，以及由此命名的"现代性"，哪怕它们行世以来就被冠名"启蒙""科学""文明""进步"，并在主流的话语表述中代表着"历史理性"，代表着"大多数"和"大趋势"。他甚至在方法或思维上也坚定地反对各种以"多元"为名的相对主义和虚无主义，反对一切形式的"解构"，反对以"解构"为名的种种企图中有可能暗含的针对"父辈视角"的挑衅和对阵。人们有理由说他深陷"二元思维"，这也一度是一些人诟病他的重要理由。但他的回应是："一个人连最基本的'二元'之勇都没有，也肯定不会有起码的正义，更不会有什么'多元'的宽容和真实。……其实我们现在的'艺术'中，哪里还担心什么'二元对立'蔚然成风？倒是要害怕丧失

---

① 张炜：《世界和你的角落——在苏州大学的演讲》，载《当代作家评论》2003 年第 3 期。

底线闹成糊涂一塌。"他进而宣布，"有'二元'的人，就是我的同志"。①

在《古船》的开篇，张炜就将芦青河畔的洼狸镇描述成自古以来如有神助的风水宝地，且"野人知礼"。进入二十世纪三四十年代，老庙被巨雷劈中烧毁了，很快，河水消退，船只在芦青河搁浅了，原本热闹的码头干废了。面对剧变、惶惑、无奈的洼狸镇人，纷纷在雪天里去看一个老和尚打坐、讲古，因为"看着老人泛青的头顶，人们不由得就要去回想那座辉煌的庙宇；同时也想起停泊的帆船，欸乃之声不绝于耳"。更为重要的是，"在这嗡嗡的讲古声里，有人才醒悟过来：老庙烧了，那口巨钟还在。岁月把雄伟的镇城墙一层层剥蚀，但还有完整的一截，余威犹存。大家似乎觉得：没有了那么多外地人来镇上搅闹，倒可以生活得更福气。儿子会更孝顺，女子会更贞洁"。②《古船》发表于1986年，有多少人当年曾在对这样的文字的阅读和批评中发现，张炜对历史和传统的追抚，其实有着对"古老的""父辈视角"的秉持？在他的叙述中，洼狸镇每一次巨大的历史变动，都与镇上某处古迹的毁坏相对应：七十年代末，古城墙的一个城垛在一次可被比喻性解读的地震中毁去；当"责任田""承包制"等新名词不由分说地涌来时，"洼狸镇惊呆了。有好多天，全镇没有一点声息，就像很久以前巨雷劈了老庙时的气氛一样"，紧接着，粉丝厂"倒缸"了，又一场地震不期而至，城垛又塌了。基本上，在张炜的叙述中，古迹的毁坏意味着历史的颓败，因为一轮又一轮的历史变动引发的是一轮又一轮、一轮重似一轮的现实苦难与人性灾难。张炜显然不对历史延伸所向的"未

---

① 张炜：《〈柏慧〉与〈蘑菇七种〉》，见孔范今、施战军主编：《张炜研究资料》，济南：山东文艺出版社，2006年版，第59页。
② 张炜：《古船》，北京：作家出版社，1996年版，第9页。

来"——尤其是"现代性的未来"抱有浅薄的乐观。所以，隋不召对于从河床上打捞上来的古船遗骸的激动、倾心和爱护就有了不凡的意义——正是在这个细节上，《古船》达成了它的整体象征——张炜力图借此表明：能引导人们走出苦难和灾难的历史因循的，不是"未来"，而是"过去"，不是"现代"，而是"古代"，是"传统"，是"父辈的视角"，是城墙、老庙和古船。

这不禁让人想起沈从文在其未完成的长篇小说《长河》题记中的感慨。二十世纪三十年代，当"新生活"如空谷足音由远及近地降临湘西沅江边上的吕家坪时，民众的惶恐一如洼狸镇上的人们一样，有一种老庙将毁、城垛将倾、桅船搁浅一般的灾难性预感。沈从文写道，"表面上看来，事事物物自然都有了极大的进步，试仔细注意注意，便见出在变化中那点堕落趋势。最明显的事，即农村社会所保有那点正直素朴人情美，几乎快要消失无余，代替而来的却是近二十年实际社会培养成功的一种唯实唯利庸俗人生观。敬鬼神畏天命的迷信固然已经被常识所摧毁，然而做人时的义利取舍是非辨别也随同泯没了"，而之所以导致这一切种种，原因只在于"'现代'二字已到了湘西"。①重读这样的文字，就"反现代"而言，我们是不是在沈从文和张炜之间听到了某种音频相谐的强烈共振？

其实，张炜在一些随笔文字中就此进行的表述比沈从文更为清晰、直接、外露。他当然知道，在一般的公众意识里，"反现代"就意味着要被判定为"保守"。他说："面对现代性能够做出一些起码质疑的人，成了这个时代的被嘲弄者，或者是被误解和被围困的保守者。"但他显然不以为意，因为他坚定地认为，"现代性高歌猛

① 沈从文：《长河》题记，广州：花城出版社，2010 年版，第 98 页。

进之时，恰恰也是衡量一个知识分子的真伪之时"。①他和齐格蒙特·鲍曼一样，将极权政治、大屠杀、宗教纷争归咎于"现代性"；和沈从文一样，将物质贪欲的暴涨、人伦之美的泯灭归咎于"现代性"；和海德格尔一样，将大地的流失、诗意的萎缩、心灵的退却归咎于"现代性"。对于"现代性"，张炜用词颇重：他是"仇视的"。

在张炜那里，城墙、老庙、古船的毁败和消失，喻示着礼崩乐坏的精神和文化废墟的出现。这是一幅惨烈的人类世界的图景。礼失而求诸野——正是在这个意义上，张炜才强调了"融入野地"、与"野地"合二为一的冲动和愿望，以及这一举动对于他作为作家和知识分子的意义。在他看来，"现代性"是城墙、老庙、古船的敌人，是摧毁城墙、老庙、古船的根本性力量，是礼崩乐坏的主凶，因此，绝无可能借助"现代性"去修复礼乐，修复城墙、老庙和古船。相反，在"野地"（尽管它是抽象的，难有实体与之对应的）里，他才能体味到"原始"和"古老"，才能对位到"父辈的视角"，才能举目望见与"现代性"对阵和抵抗的所有旗帜。

如今，现代性的历史进程尚在巨轮滚滚中。像张炜这样，大声示警振臂疾呼要求下车的人，在人群中显得多么格格不入，多么不合时宜。有时在庆幸中又不免微微地倒吸一口冷气：若他出现在一个更为暧昧不明的躁乱年月，若他与严复、林纾、章太炎同时，他会不会被判为文学史上的"桐城谬种""选学妖孽"？幸好，结果是，他的格格不入和不合时宜造就了、成全了他，他成了我们这个时代知识分子和作家中的翘楚。这一方面很可能缘于我们当年并没有清晰、准确、深刻地读懂他的"反现代"，从而误会了他、错判

---

① 张炜：《冬夜笔记》，见《世界和你的角落》，第243、234页。

了他，另一方面则恰恰是由于这个时代的"多元"格局包容了他。个中缘由也许不必探究得太清，总之，在一个充满悖论的微妙的张力点上，他结实地踩了下去。在这个张力点上，他的"保守"不意成为时代的"前卫"，成为异端。这悖论，正如他在谈论自己的"古老的生产方式"时所说："从写作工具上看，我既是一个保守的人，又是一个受益者。"①

二

严格说来，直到1993年《柏慧》的发表，以及此年发端的、将他深深卷入其间的"人文精神大讨论"，才让人全面地意识到了张炜的"保守"。在当时评论界的一些人看来，《柏慧》过于执拗于所谓的知识分子的批判姿态，从而太过"直露"："在书中，我们读到的只有一种外面的激愤和孤傲，它在社会批判的范畴里，甚至良知觉悟后的痛苦以及良知在这个时代的经历都被解释成了一种观念。"因此，"《柏慧》里充满了平常而浅表的人生感悟"，而且"怎么看也看不出这种人生感怀有什么独特性和深刻性……这不能不说是《柏慧》的重大缺陷，也是张炜艺术追求上的贫困"。而这个"缺陷"和这种"贫困"被归咎于"张炜是个和解了冲突的作家"。② 大致上，我不反对认为《柏慧》"直露"，不反对认为《柏慧》是"观念的产物"，甚至不反对认为它的"忧愤""过于外在"，但如果因此断言《柏慧》"不深刻"，断言张炜已"和解了冲突"，以

① 张炜：《世界和你的角落——在苏州大学的演讲》，载《当代作家评论》2003年第3期。
② 谢有顺：《大地乌托邦的守望者——从〈柏慧〉看张炜的艺术理想》，载《当代作家评论》1995年第5期。

及"重大缺陷""贫困"云云，似有偏差，颇可商榷。

就思想观念及其脉络而言，《柏慧》是张炜此前所有写作的一次总结。此前在《古船》《九月寓言》等作品中引而未发的或沉潜幽微的"保守主义"思想，逐步累积，借《柏慧》而喷薄。《柏慧》的"直露"，使张炜的身份由"作家"而为"知识分子"，他作为"思想者"的一面浮升到了与他作为"写作者"的身份持平的高度。《柏慧》的"直露"，也使张炜的思想立场瞬间清晰、透明，使我们得以看清这个作家的不同凡响，以及他步出人群站到整个时代对面的激越身姿，且旗帜鲜明，十分夺目。

《柏慧》的文本形态，是一个古代传说与一个现实故事相互嵌套的叙事结构。这个结构，或许符合张炜"二元思维"的本质特征。这个小说，无论是在古代／传说／虚构的叙事维度上，还是在现代／故事／纪实的叙事维度上，述说的都是知识分子败退、溃逃的相同内容。前一个维度，秦始皇遣五千童男童女远渡东瀛求不死之药的传说，被改写成徐苇借机掩护邹鲁一带知识分子假扮童男童女以摆脱焚书坑儒厄运的惊天秘密。后一个维度，则以葡萄园的失守喻示现代知识分子流离失所的现实。从叙事艺术上来讲，这个以两条叙事线索相互嵌套的结构颇具匠心，而且这两条线索在相互映照时内在而有机地形成了"复调"。作为一名知识分子，叙述人／主人公经历了特殊年代里良知泯灭的黑暗，又正经历着商业扩张时代人伦秩序的崩塌。在残酷现实面前，一切源于真善美的抵抗统统归于无力。张炜常说，虽有几千年历史，但人类世界总体上变化不大。这个所谓的"变化不大"，很大一部分指的就是世界的残酷、脏污的本相亘古不变，良知、道德、人伦在这一残酷、脏污本相前脆弱、无援之结局的恒定如常。但他不相信"现代性"可以为这样的困局提供药方，而是相信只有"父辈的视角"才是可供解除困局的、最根本的"生存的视角"，才是承载生灵和历史的"大地"，它同样是恒常不变的部分，而且是应该被捍卫和持守的部分，是不可被各种"解构"的阴谋所染指的部分。

《柏慧》的确向我们展示了一系列的二元结构项，它以善／恶这一伦理结构为其他一切二元结构的核心，对古代／现代、城市／乡村、工业文明／农耕文明、科学／宗教、世俗／超越、全球化／民族性等一系列二元结构的历史与文化价值进行了逆向评估。在张炜看来，葡萄园的失守，直观上看，是城市、工业文明的大举侵蚀导致乡村、农耕文明的节节败退，往深里细究，则是资本、技术、权力在贪欲的撮合之下达成的阴险共谋。张炜对由发展主义强势话语主导下形成的、由技术和资本为其核心力量的新意识形态的批判，并不在以往的评论中被准确、扼要地谈及。早在《古船》中，当探矿队进入洼狸镇时，人们还对由科学工作者所把持的"原理"心存敬畏，但探矿钻井导致城垛被震塌，尤其是探矿队不慎丢失的一块放射性材料所引发的普遍的恐惧，都象征性地表明了张炜对技术主义的警惕。接下来，《九月寓言》里的小村，则不妨认为是经历了若干年煤矿深度开采后的洼狸镇。张炜用一种颇具颠簸感和飘忽感的语言讲述了煤矿开采如何使一个村庄坍塌——它比喻性地说明了工业文明对农耕文明的掏空，致使一种充满德性的文明失去了根基，失去了基于某种特定生活方式的承载，从而只能在徒劳的"重返"中对曾经发生在这一文明空间的种种美德故事进行回忆性的追记和抚挽。当然，更为重要的是，张炜批判了工业化进程中的资本精神——之前的所有评论都认为，熟读并敬佩《共产党宣言》、最谙熟制粉工艺、也最具人格魅力的隋抱朴偏偏在粉厂的承包大潮中一人向隅，缄默独立，是因为他对暴力和苦难的历史因循深怀戒心，以及对老庄哲学深刻体悟，从而消极无为。这当中的逻辑，仔细推敲起来是有错位的，因为对《共产党宣言》的敬仰与消极无为之间是无法形成可供对应的衔接关系的。如今看来，可以解释的是，他的消极无为，恰恰是因为他通过对《共产党宣言》的捧读和领悟，在各种名目的"承包制"中嗅到了资本的味道，嗅到了马克思论及资本时所刻意渲染过的贪婪、血腥、残酷同时也是沤腐、朽烂、败落的气息。——评论界对这些关键内容的忽视，肯定让张炜颇感失望。多年以后，张炜在重新检阅和修订《我的田园》一书时，"不无惊讶地发现：作者当年在书中一直感到恐惧的，竟是一些现代人毫不在意的、可以随意处置和忽略不计的东西"，这也让他油然而起"你在高原"般的、陈子昂登临式的遗世独立的形象感。①

当然，张炜并不是简单地反对物质增长和财富积累，而是他更关注发展主义看似天经地义又振振有词的堂皇逻辑背后"人的细部"，他更倾向于认为，"历史上的大多数战争，还有贫困，都是商业和物质利益的争夺造成的"②。他也并不赞美贫穷，他只是强调知识分子甚至每个处于商业、物质、世俗大潮中的人"从现代世界里退避"的重要，强调"安静"和"朴素"的珍贵，以及面对贫穷时的无畏。

这里想补充说一下张炜的另一个二元结构项：全球化／民族性。毫无疑问，张炜认同关于全球化的这样一说：全球化是现代性在世界范围的全面而持续的展开。自然，张炜对这样的全球化抱有敌意，从而也很自然地转而拥抱民族性。如果我们对《古船》的阅读再细致一些，如果我们以今天这样对于全球化的敏感

① 张炜：《当代阅读》，见《世界和你的角落》，第176页。
② 张炜：《我跋涉的莽野——我的文学与故地的关系》，载《作家》2001年第1期。

程度去反观《古船》，我们会发现，隋抱朴之所以在长时间的蛰伏和沉默之后突然挺身而出参与粉厂的承包，参与"改革"这样的现代化转捩，一个很重要的原因是洼狸镇的粉丝产品进入了全球贸易系统，而对洼狸镇粉丝这一"民族品牌"的捍卫，使他意识到了自己的某种责任。如果再联系到《古船》中看似闲笔的、对于战斗英烈的描写，对于美苏之间围绕"星球大战"的话题的加入，似乎都可以认为，这一切都是张炜在渐露峥嵘的全球化语境里对"民族主义"或"国家主义"情绪和意志的隐微表达。正如张炜以"保守"而赢得"前卫"的悖论式逻辑一样，张炜也让洼狸镇、粉丝厂和隋抱朴在参与现代性的经济变革和现代性的全球化大潮时，祭出了"民族"或"国家"的身份标识，通过参与全球化而拒绝全球化。如果说《古船》中的城墙、老庙、古船、航海志是"古老""传统""旧俗"，那么，现在，我们还应该看到，在这些古旧物象的背后，还有"民族"的题签。我们在从《古船》到《九月寓言》再到《柏慧》的阅读中，或深或浅、或实或虚地遭遇了只有在全球化背景下才会发生的文化乡愁，一种在当时曾有力地触动过我们，但并未能即时捕捉到和清晰意识到的阅读感受，一种我认为几乎所有的现代杰作都图谋追觅的美学和思想构件。

现在，我们可以重新回头讨论一下《柏慧》——这部在我看来是此前《古船》《九月寓言》等作品的总结性写作的长篇小说，看看它是否真的"不深刻"。张炜究竟是不是一个"和解了冲突"的作家？《柏慧》是不是张炜的一个"重大缺陷"，以及它是不是确实体现了张炜在写作上的"贫困"？——答案仍然也许"是"，也许"不是"；但我想，对于这些问题，思考的起点，以及引出答案的路径，肯定与二十多年前殊不相同了。

三

我认为，张炜是个有典型中国古代士大夫情怀和气质的作家。这一认知，在他后来研究李白、杜甫和陶渊明时的相关结论中得到了强化。张炜说过，葡萄园并非世外桃源。桃花源中之人"不知有汉，无论魏晋"，是历史之外的存在，悠然、淳朴、纯净、自足，而葡萄园则被历史风潮所侵蚀所裹挟，不时发生着甚至关乎生死的世俗冲突。因此，在《柏慧》中，当葡萄园失守，就意味着尊严、良知和美都已被逼至退无可退的危亡关口，这时候，知识分子尤其是"保守"的知识分子何去何从？他们如何选择，又如何自处？这成了一个哈姆雷特式的严峻问题与终极自诘。无论是决意"退避"，还是渴慕"融入野地"，都是张炜就这一严峻问题上下求索时的思想刻痕。直到陶渊明在他的思想背景中浮现，他似乎终于找到了可视为尺度和榜样的人格与气质，一种可为当下如他这般的知识分子秉持、佐证和效仿的人生样式。试想，在张炜"融入野地"的呢喃中，我们是否也同时听到了陶渊明"田园将芜胡不归"的自诉？

在张炜看来，陶渊明及其为数不多的诗作之所以力量巨大，能打动一代又一代的人，恰不在于他投身田园这一行为在表面上呈现的消极避世的"隐逸"趣味，而在于他面对可恶"法则"时的"自觉选择和对抗"，并极富智慧地"在逃离中完成了自己，秉持了文明的力量"，"他无时无刻不在'法则'的笼罩下做出个人的思索、个人的判断；他的幽思，他的行为，他的动作幅度，都显得朴素天然。……他表现了生命的不屈、强悍以及抵抗到底的强韧精神。这非常了不起。……在血腥的对手面前，他逃离了；在韧忍的坚持中，他完成了"。① 陶渊明的一生，极好地诠释了孟子所谓"穷不失义，故士得己焉"这一关于士人角色的定义。很显然，张炜对陶渊明的这段评述可以用来当作《柏慧》的注解：在《柏慧》中，无论是徐芾的东渡，还是"我"对葡萄园的坚守，都是关于"逃离"、关于"退避"以及关于"穷"的，同时又是关于"选择"、关于"对抗"、关于"道义"以及关于"得己"（即完成自我）的。进一步地，所谓"退避""逃离""选择"和"得己"，也可以视为是对于隋抱朴的人格注解，从而我们可以在《古船》中发现另一维度的阐释空间。

张炜视陶渊明为魏晋士人的"标本"。而他将这一"标本"引为同道，与之共振，是否可以认为，他在陶渊明那里，在这个中国古代士大夫人格之典范的身上完成了"自我发现"？

从一个更完整的层面上看，说张炜具备中国古代士大夫气质，更关键的理由，还是在于他对"诗性"的坚执。

诗或诗性，是一切艺术作品的本源。孔子说："士志于道。"海德格尔认为，"道"是"原诗"，而作诗是关于"道"的言说（"道说"），是对"真理的创建"，是人对自身所具之神性的度量，是对"栖居之所"的筑造，是对天空景象的"召唤"，是"大地向着天空之花绽放花蕾"②。因此，从根本上说，诗或"诗性"对应的是一种超越之境，一种只能神遇不能目视的超越之境，它关乎"道"，关乎语言，关乎存在，关乎"家园"，关乎"从本源处唤醒词语"的运思和作诗的行为，是"对物的泰然处之"和"对神秘的虚怀敞开"。诗或"诗性"所要超越的，是滚滚红尘对"澄明之存在"的遮蔽，是声色货利的世俗和物欲对生存空间的挤迫和毁损，是视

① 张炜：《陶渊明的遗产》，北京：中华书局，2016年版，第21—22页。
② ［德］海德格尔：《语言的本质》，见《海德格尔选集》（下），孙周兴译，上海：上海三联书店，1996年版，第1109页。

"表象"为真理的粗鄙和卑贱以及视一切为工具的功利和算计，是庄子所谓的"机心"和海德格尔所谓的"计算性思维"，是在喧嚣中失去根基、不断沉沦的世界及其仍然持续的历史。诗或"诗性"之所以被视为救赎之途，是因为它是对"道"的保真，它可以去蔽，可以唤醒与"道"渐行渐远的人们迷途知返，可以修复大地和语言的根基，与此同时，它又是在一切之中将一切进行返魅的美学冲动，在如花之绽放的语言中守护真理和德性，守护尊严、高贵和纯洁，从而使堕落显现其堕落，使卑污显现其卑污。

中国古代士人群体向有对于"道统"的信仰与秉持，这可以在"朝闻道，夕死可矣"的世代传诵中得到概括。同时，中国古代士人群体又是一个举世罕有的诗学群体。作诗是他们作为士人存在的基本方式，"诗意"是构成他们精神系统的重要部分。通过作诗，通过诗意，他们得以与庸常和世俗间离，从而进入以"高雅"命之的超越之境，与"道"、与天地相契，直至物我两忘。

张炜对"诗性"的强调，大致契合中国古代士人传统的处世方式与人格理想。他所理解的诗或诗性，显然不是"手艺"，不是技术层面的"工拙"或"小巧"，而是与"道"、与"道说"相切近的玄远、大巧之境。他所谓的"融入野地"，他念兹在兹的"古代""传统""父辈的视角"，都是试图努力追寻本源的返魅冲动。为何要"返"？那是因为，中国古代士人的诗性传统深深地植根于农耕文明的土壤，而在"现代性"的冲击下，葡萄园失守了，这意味着农耕文明即将消失，也意味着中国古代士人传统所建立其上的最后的根基消失了，从此，"大地"只是一种抽象的存在，成为文化乡愁的永恒意象。

这就能用以解释张炜何以对乡村、野地、田园、庄稼、劳作、葡萄园等农耕文明的物象如此迷恋。在《丑行或浪漫》里，最高的德性统统被寄寓在刘蜜蜡这样一个"大地"般丰腴的乡村妇女的身上，而刘蜜蜡的颠沛流离、悲戚哀痛，以及她在大城市里的凄凉惨遇，都喻示了"大地"、农耕文明在"现代性"逼迫下的现实处境。当然，男主人公对刘蜜蜡的苦苦追寻被视为一种"浪漫"，一种诗性的动作，一种只有在现代／传统、城市／乡村这样的二元结构中才可能发生的返魅行为。这与沈从文要将"人性的希腊小庙"建在"边城"和"湘西"，其用意和取径何其相似。我在张炜的一些随笔文字中发现，即使在谈论五四新文化运动中的"反传统"时，张炜也出言审慎，不肯有一丝苟同，因此以"现代性"名义发动的"反传统"——如果这个传统包含着中国古代士人的诗性传统，包含着由农耕文明提供的诗性根基——这样的"反传统"就不是他心之所许。

这也就能用以解释张炜何以对科学的技术主义深怀敌意。他曾赞赏："从历史上看，中国知识分子有一个警觉和反对技术主义的伟大传统。"他同时也慨叹："可是这个传统今天并没有坚持下来。反过来，把技术主义混杂在现代化的幻觉之中来一起膜拜，成了一种普遍状态。"[①] 在本源处，世界是天、地、人、神以某种辩证关系达成的四维整体，它看似暧昧混沌，却自有其内在的秩序和平衡。所谓"诗意地栖居"，指的就是这样一种本源性的存在：混沌中包含了"道"，并诗意地显现。而科学技术天然具有一种祛魅的功力，它对天、地、人、神及其四维关系进行了重新解释，它不只是破坏了原本的混沌和平衡，而且还抽去了其中的某些维系（比如"神"），在远离本源性世界的异化空间里搭建了为其所用的新的平衡。与此同时，科学的技术主义还为由工业化、商业化等"现代性"实践所推崇的新型意识形态提供了话语上的合法性支持，这不仅是要在"大地"上抹去农耕文明的版图，同时还使一切人文架

---

① 张炜：《冬夜笔记》，见《世界和你的角落》，第234页。

构、一切与"道"和"高雅"相邻近的精神维系发生松动，危如累卵。在这个过程中，诗、诗意、诗性渐渐丧失。

或曰：奥斯维辛之后，写诗是野蛮的。在齐格蒙特·鲍曼看来，奥斯维辛这样的人性灾难，实实在在的是"现代性的后果"。所以，前述之言的意思是：经历了奥斯维辛这样的"现代性"灾难以后，人类还如何能言说上帝或神？诗或诗性，相对于"现代"来说，已经成为不可能。因此，当张炜以"返魅"、以本源性的维度强调和坚执"诗性"时，他的"保守"，他和"现代性"之间的紧张关系，以及他出类拔萃的文学魅力，都有了最合理的解释。

当然，张炜对中国古代士人气质和情怀的推崇，包括他对"古代"本身的推崇，也有了合理的解释。因为，即使在最一般的意义层面上，所谓"古"，就是不与时风和流俗相合——也许我们还能因此联想到，中国古代文学史上的历次文学变革，几乎都是"返魅"式的复古运动。

即使在最一般的语用学层面上，我们都能轻易读出张炜小说语言的某种刻意。现代以来的诸多乡土小说，大多采用"朴""拙""土"的语言，以贴合描写对象的特征。但张炜不然。他的叙述语言，坚持使用一种音调较高的声部，一种密匝的音节，一种峻洁的音色，一种富于曲折宛转、尾音逶迤的旋律。他从不在语言上向对象妥协、靠拢、贴合。这与中国古代诗歌的诗学传统是一致的。我推想，他的语言择定，只服从于他内心深处"诗性"的召唤，是对"道"、对"原诗"的无限靠近。

毫无疑问，张炜的"返魅"式写作充满了某种虚幻的乌托邦色彩。在讲究功利、追求实利的当下，所谓的"乌托邦冲动"总是难免遭受嘲讽的命运。但是，既为诗人，召唤乌托邦或被乌托邦召唤，便是天命，正如海德格尔所说："诗人从跃动、喧嚣不已的现实中唤出幻境和梦。"①

剩下的问题是：我们如何期待这位诗人的未来？

再次回到《柏慧》。这部长篇小说以书信体展开，这一体式的运用，除了可以象征性地突破小说的虚构界线从而增加叙事内容的"信"度，同时，它也构成了一个单向的、只针对信件接收者的叙说语流，而那个从未真正在故事中出现过的"柏慧"，成为所有读者的化身，成为这一单向叙说语流的接收终端。在这个接收终端，是一个数量庞大的人群，而在人群的对面，则是一个孤傲的演说者。这个体式和这个结构，某种意义上暗示了一种醒世者的形象，一种"世人皆醉我独醒"的启蒙者形象。毕竟，"你在高原"般遗世独立的形象容易僵化，尤其是，让读者以"柏慧"这一女性身份自我代入，聆听一个男性的叙说，在这个潜意识般悄悄埋进的不平等关系中，有一种不易察觉的傲慢会引发不易察觉的轻微的心理逆反。再者，随着对"现代性"引发的种种危机的发现和认识逐步趋向全面、深刻，《古船》《九月寓言》《柏慧》等当年所具有的预警式的话语势能正在耗散。毕竟，用"钢笔和稿纸"写作与用毛笔和竹简写作，还是非常不一样的。保守主义、二元思维和诗性拯救的限度在哪里？它们如何能在这位诗人的未来写作中继续生效？

但无论如何，我仍然愿意用"非常期待"来表达我对这位诗人的期待。

2019 年 1 月 5 日于菩提苑

原载《文艺争鸣》2019 年第 1 期

---

① ［德］海德格尔：《存在与在》，王作虹译，北京：民族出版社，2005 年版，第 124 页。

别裁伪体亲风雅

——论余华的"集外文存"及其相关的文学问题

一、余华的"集外文存"

迄今为止，除长篇小说单行本之外，中国内地出版的余华的各种作品结集——从 1989 年的《十八岁出门远行》到 2021 年的《阅读有益身心健康》——有约七八十种之多。纵观之，揆论之，我认为有四套（本）作品集是其中较为重要者：

一是 1989 年 11 月由作家出版社出版的小说集《十八岁出门远行》，这是余华文学生涯中的第一个作品集，这个集子共计收入中短篇小说 8 篇。

二是 1995 年 3 月由中国社会科学出版社出版的三卷本《余华作品集》。这是余华第一次较为系统地结集自己的文字。这部作品集收录了 21 篇中短篇小说、2 部长篇小说（《在细雨中呼喊》《活着》）、若干创作谈及"自传"。

三是 1999 年 7 月由新世界出版社出版的《'99 余华小说新展示》，该套文集计 6 册，所录皆为余华的中短篇小说。比起前一套文集中的中短篇小说，这套文集在篇目上略有增益。

四是 2008 年 5 月由作家出版社出版（2010 年、2014 年再版）的《余华作品集》，计 13 册，含 6 册中短篇小说集、3 册散文随笔集、4 册长篇小说（《在细雨中呼喊》《活着》《许三观卖血记》《兄弟》）。

长篇小说《第七天》和《文城》至今仍以单行本行世，未收入任何文集。另有《我们生活在巨大的差距里》（北京十月文艺出版社 2015 年 2 月）、《我只知道人是什么》（译林出版社 2018 年 5 月）、《米兰讲座》（上海文艺出版社 2020 年 4 月）、《阅读有益身心健康》（上海文艺出版社 2021 年 5 月）等四本新增的散文随笔集，亦以单行本行世。

由是，作家出版社的这套文集可谓集大成者。由于余华在很长一段时间里没有新的中短篇小说问世，所以，作家出版社的 6 册"余华中短篇小说"完全沿用了《'99 余华小说新展示》的目录和体例。

众所周知，余华尚有一些文字——尤其是小说，被他主动地摒弃在各类以单本或系列形式出版的作品集之外。1986 年，是余华自己划定的一条界河，用于标示在他个人写作道路上一个洗心革面的醒目时刻。[1] 目前确切可查的、由他亲定收入文集的最早的作品是短篇小说《十八岁出门远行》[2]，写于 1986 年 11 月 16 日。另有短篇小说《死亡叙述》，标注的写作日期是 1986 年 11 月。《十八岁

---

[1] 参见余华：《虚伪的作品》，见《没有一条道路是重复的》，北京：作家出版社，2008 年版。

[2] 尽管《十八岁出门远行》并非余华公开发表的第一篇小说，但余华仍然在某种意义上"自己愿意把它看成我的处女作"。见张清华、余华：《一个时代的写作——余华访谈录》，载《经济观察报》2007 年 1 月 22 日第 38 版。

出门远行》发表在 1987 年第 1 期的《北京文学》，《死亡叙述》则于毕稿两年后发表在 1988 年第 11 期的《上海文学》。从时间节点上来看，被他摒弃在各种文集之外的小说作品，应该都在《十八岁出门远行》和《死亡叙述》之前写成，并最晚在 1987 年之前发表（实际并不尽然）。① 经搜集整理，兹将余华未收入其各类文集的小说名目罗列如下（按作品发表时间的先后顺序）：

1.《第一宿舍》　　　　载《西湖》　　　1983 年第 1 期

2.《"威尼斯"牙齿店》　载《西湖》　　　1983 年第 8 期

3.《鸽子，鸽子》　　　载《青春》　　　1983 年第 12 期

4.《星星》　　　　　　载《北京文学》　1984 年第 1 期

5.《竹女》　　　　　　载《北京文学》　1984 年第 3 期

6.《月亮照着你，月亮照着我》②

　　　　　　　　　　载《北京文学》　1984 年第 4 期

7.《甜甜的葡萄》　　　载《小说天地》　1984 年第 4 期

8.《男儿有泪不轻弹》　载《东海》　　　1984 年第 5 期

9.《美丽的珍珠》　　　载《东海》　　　1984 年第 7 期

10.《男高音的爱情》　载《东海》　　　1984 年第 12 期

11.《老邮政弄记》　　载《青年作家》　1984 年第 12 期

12.《几时你能再握这只手》

　　　　　　　　　　载《小说天地》　1985 年第 3 期

① 余华称自己的出道初期是"阅读和写作的自我训练期"，所以，"发表在 1984 年到 1986 年的文学杂志上"的作品，"一直没有收录到自己的集子中去"。见《我的写作经历》，《没有一条道路是重复的》，第 105 页。

②《月亮照着你，月亮照着我》发表时，其题目在目录页被错印成了"亮月照着你，月亮照着我"。

13.《车站》　　　　　载《西湖》　　1985 年第 12 期

14.《三个女人一个夜晚》　载《萌芽》　　1986 年第 1 期

15.《老师》　　　　　载《北京文学》1986 年第 3 期

16.《白山塔》　　　　载《东海》　　1986 年第 6 期

17.《回忆》　　　　　载《文学青年》1986 年第 7 期

18.《表哥和王亚亚》　载《丑小鸭》　1986 年第 8 期

19.《美好的折磨》　　载《东海》　　1987 年第 7 期

20.《蓦然回首》(含《萤火虫》《酒盅》)

　　　　　　　　　　载《岁月》　　1988 年第 4 期

21.《故乡的经历》　　载《长城》　　1989 年第 1 期

22.《两人》　　　　　载《东海》　　1989 年第 4 期 ①

上列篇目，皆为短篇小说。

对于一个当时出道仅五六年的作家来说，视若敝帚而不自珍的作品数目竟如此可观，足够结集，其实是颇可嘉许的。因此，我们不妨将上述这些作品姑名为余华的"集外文存"。对于余华研究来说，若遗漏其如此之多的少作，不可不谓是一种缺憾，尤其是，余华后来以所谓的"虚伪的作品"发布的写作宣言，其实就是针对这批"少作"的一次鼎革。若无对这些"少作"的基本了解，对余华之"鼎革"的谈论便失去了基本前提和基本依据。

需要说明的是，上列篇目中，显然有发表于 1986 年这一重要

---

① 我在写作此文之前，也对余华的"集外文存"进行了颇费周折的查访、搜集、披阅和甄别工作。在自以为这项工作可以竣工时，读到了孙伟民《余华早期创作情况及笔名再考察》(载《中国现代文学研究丛刊》2021 年第 5 期) 一文，比照之下，发现仍有《回忆》《故乡的经历》《两人》等三篇小说被我遗漏。现根据孙文补上。我也同时做了相应的资料搜补工作。

年份之后者。另外,《萤火虫》曾收入余华最早的小说集《十八岁出门远行》,但之后就被永远剔出。余华在近年的一个访谈中提到,以《蓦然回首》为总题的这一组小说,"是我在《十八岁出门远行》之前写的一组短篇小说……我后来再收的都是《十八岁出门远行》之后,之前的小说都没有收进去"。① 依此,他那些发表日期滞于《十八岁出门远行》之后但却未收入文集的小说,其写作日期应该都早于《十八岁出门远行》——如果他的记忆确定无误的话。

除此,余华尚有若干篇早期的散文、评论和创作谈未收入各类文集,如下:

1.《古典音乐与珍妮井、铃声》

　　　　　　　　　载《东海》　　　1985 年第 2 期

2.《我的"一点点"——关于〈星星〉及其他》

　　　　　　　　　载《北京文学》　1985 年第 5 期

3.《人生的线索》　　载《文学青年》　1985 年第 12 期

4.《看海去》　　　　载《北京文学》　1986 年第 5 期

5.《走向真实的语言》　载《文艺争鸣》　1990 年第 1 期

我特别想指出的一点是:余华的创作谈《我的"一点点"——关于〈星星〉及其他》一文虽短小,但颇重要,其重要性在某种意义上不亚于余华后来撰写的《虚伪的作品》。但以我目力所及,只有极个别的研究者注意到了这篇小短文,但也远未达到重视它的地步。

---

① 张中驰:《真实、现实与不确定性——余华访谈录》,载《现代中文学刊》2018 年第 3 期。

另外，基于史料文献工作的某种内在要求，尚有些许补白，简陈如下：

1.《第一宿舍》最初发表于 1982 年度的《海盐文艺》。《海盐文艺》系内刊，于二十世纪七十年代初创刊，由海盐县文化馆主办，曾不定期印行，1982 年仅印行一期。该刊也曾停刊，2000 年复刊，现为季刊。

2.《疯孩子》最初发表于 1983 年第 1 期《海盐文艺》。其结尾经大幅修改后，以《星星》为题发表于 1984 年第 1 期的《北京文学》。

3.《美丽的珍珠》最初发表于 1984 年第 2 期的《海盐文艺》。

4.《老师》曾发表于 1985 年《烟雨楼》创刊号。《烟雨楼》系内刊，曾为双月刊，由嘉兴市文联创办。该刊一度更名为《烟雨楼文学报》，后复名，新世纪以后改为季刊。余华曾任该刊编辑、副主编。

又：

《文学青年》于 1981 年在浙江温州创刊，温州市文联主办，月刊，由茅盾为之题写刊名。1983 年公开发行，一度有 8 万之巨的订数，曾有盛名，1987 年因故停刊。

《东海》于 1951 年创刊，月刊，浙江省文联创办。初名《浙江文艺》，1956 年 10 月易名为《东海》，后几经停刊、复刊和易名、复名，终于 2000 年更名为《品位》，改头换面成为一家时尚刊物。

《岁月》于 1987 年创刊，月刊，由黑龙江省大庆市文联主办。该刊也经历过改刊、停刊的曲折过程，已于 2020 年 5 月复刊。

以上若干板块的陈列和补白，或有遗漏和错讹，欢迎补正。

二、川端康成与"一点点"

余华视川端康成为自己文学上的蒙师，尽人皆知。[1] 有关于此，余华在不同场合、多种文字里有过反复的声明和阐述。但是，正是这些不同场合的多番声明，使得一个时间节点发生了偏差，需要在进入正式的讨论前略事考订。

在《川端康成和卡夫卡的遗产》一文中，余华写道："1982年在浙江宁波甬江江畔一座破旧公寓里，我最初读到川端康成的作品，是他的《伊豆的舞女》。那次偶然的阅读，导致我一年之后正式开始写作，和一直持续到1986年春天的对川端康成的忠贞不渝。"[2] 甚至，他直接将自己出道初期的一些作品认定为是受川端康成启蒙的直接后果："我是1983年开始小说创作，当时我深受日本作家川端康成的影响，川端作品中细致入微的描叙使我着迷，那个时期我相信人物情感的变化比性格更重要，我写出了像《星星》这类作品。"[3] "我开始写作了，差不多有四年时间都在向川端康成学习，这期间发表了十多个短篇小说，都是小心翼翼的学徒

---

[1] 川端康成对余华的影响并非暂时性、阶段性的，而是持续性、恒久性的。直到晚近，余华还在一次演讲中谈及川端康成说："我年轻的时候读了川端康成的中篇小说《温泉旅馆》，这是我读到的第一部没有主角的小说，里面的人物可以说都是配角。……《温泉旅馆》对我很有吸引力，我想以后有机会时也应该写一部没有主角的小说，大概五六年后，我写作《世事如烟》的时候……我突然想到当初读完《温泉旅馆》时留给自己的愿望，知道机会来了，于是我写下了一部没有主角的小说。……其实我的野心更大，我想一部没有主角的长篇小说，这个机会后来出现过，可是我没把握住，就是去年出版的《第七天》。"余华：《永远不要被自己更愿意相信的东西所影响》，见《我只知道人是什么》，南京：译林出版社，2018年版，第235—236页。

[2] 余华：《川端康成和卡夫卡的遗产》，见《没有一条道路是重复的》，第178页。

[3] 余华：《我的写作经历》，见《没有一条道路是重复的》，第105页。

之作。"①更早一些时候，在关于《星星》的创作谈文章《我的"一点点"——关于〈星星〉及其他》中，余华的文字生涯中首度提及川端康成，似乎也是为了印证川端与《星星》的某种文学关系："八二年接连读到两篇小说，一是日本川端康成的《伊豆的舞女》，一是汪曾祺的《受戒》。"②

然而，在另一处，余华的讲述则有时间和篇名上的微小出入："我难以忘记1980年冬天最初读到《伊豆的歌女》（"歌女"当为"舞女"之误——引注）时的情景，当时我二十岁，我是在浙江宁波靠近甬江的一间昏暗的公寓里与川端康成相遇。"③那么，余华初读川端康成，究竟是1980年，还是1982年？

作家本人的记忆和追溯，有时并不十分可靠。余华自谓"1983年开始小说创作"就明显有记忆误差。迄今可查的余华首篇面世的小说是《第一宿舍》，就曾发表于1982年8月的《海盐文艺》④，早于1983年。因此，依余华所说，与川端康成的邂逅，"导致我一年之后正式开始写作"，那么，余华读《伊豆的舞女》至少应该在1981年8月之前。另据在近年修订后重版的《余华评传》中附录的"余华生平年表"所示，1979年，"余华赴浙江宁波市第二医院口腔科进修一年"。⑤依此，时为牙医的余华当于次年——即1980年——在"宁波甬江江畔一座破旧公寓里"初读川端康成为可信。

很明显，《第一宿舍》的总体想象，是有其现实的经验与环境

---

① 余华：《语文和文学之间》，见《我只知道人是什么》，第85页。
② 余华：《我的"一点点"——关于〈星星〉及其他》，载《北京文学》1985年第5期。
③ 余华：《温暖和百感交集的旅程》，见《温暖和百感交集的旅程》，北京：作家出版社，2008年版，第8页。
④ 1982年只印行了一期的《海盐文艺》，于当年8月印制。参见孙伟民《余华早期创作情况及笔名再考察》一文对于该期《海盐文艺》的考据。
⑤ 洪治纲：《余华评传》，北京：作家出版社，2017年版，第295页。

基础的。这篇小说涉及的主要人物是几个进修、实习医生，他们因缘际会，聚居在同一宿舍。而这个宿舍，则位于一幢有着六十多年历史的、"老态龙钟的"、即将拆除的旧楼里。这一切显然与余华在1979年至1980年间的那次进修经历有关，并糅合了他与川端康成浩然相对时的致命悸动与刻骨印象。

《第一宿舍》的故事非常老套：主人公小海是个落落寡合、言行冷漠的人物，但他的突然病危和逝世，使事态发生了反转——他高尚的职业操守与悲苦的个人遭遇因此被披露，并震撼了他身边的所有人。在一篇意味单薄的小说中过于刻意地使用先抑后扬式的叙事设定，即便在当年，也不免自显浅陋。所以，它在1983年第1期的《西湖》杂志发表时，编辑随文配发的短评也说它"若干情节、细节较常见"，且"题材并不新鲜，主题也算不上深刻"。然而，余华在这篇小说尾部着意渲染的布尔乔亚式悲情，却略具川端康成般的物哀之气，即那种刻意将"悲"与"美"进行勾连和叠加的"新感觉派"美学：年仅33岁的小海病逝了；更早一些，他的并无血缘关系却相爱至深的妹妹小棠在森林里失踪了；而痛失一双儿女的老父亲，"静静地站在海棠花前，一支接一支地抽着烟，泪流满面"。这凄苦的结局，隐然传递了川端康成的虚无主义哲学："生存本身就是一种徒劳。"①

需要注意的是，这种血亲与非血亲相羼杂的家庭人物关系，在余华后来几乎全部的长篇小说——《在细雨中呼喊》《许三观卖血记》《兄弟》《第七天》《文城》——中一再出现。这种有错位感、偏差感和故事感的人物关系的设定，在源头上蓄积了余华小说的叙事

---

① ［日］川端康成：《雪国》，叶渭渠、唐月梅译，北京：外国文学出版社，1998年版，第54页。川端康成此言，借《雪国》小说人物岛村说出。常常陷入空虚感的岛村，把驹子对他的爱情也视为"一种美的徒劳"，见第108页。

势能，它预埋了激越悲情的种子，也喻示了余华小说某种浪漫抒情风格的基因（这在《文城》中表现尤甚）。可以这么认为，家庭、血缘、人伦等叙事范畴，在余华的小说中虽曾以不同的价值向度、不同的批判立场错落展开，但无疑，它们是其叙事与符码体系的核心与基要。有谁能说出，余华的哪一部长篇小说不是"家庭小说"？

不过，若论及川端康成与余华之间的私相授受，最直观的当属《几时你能再握这只手》。这篇在编发时被刊物列为"散文体小说"的抒情之作，是对《伊豆的舞女》的简笔临摹。川端康成的小说讲述了一个20岁的大学预科生假期时与一个行走江湖的14岁舞女在天城山的邂逅，讲述他们之间明昧不定、欲言又止的青春情愫，以及在轮船码头看似淡然却隐痛深切的挥别。余华的这篇小说则讲述一个云游四方的19岁的采购员与一个16岁的护士学校女生的偶遇与别离。"学生"与"行者"的性别身份进行了互换，女生的年龄也擢拔到了可以为中国国情勉强接受的安全线，别离的场景则被安排在了火车站。但暧昧的青春欲望与永无可期的挥别，则被余华全盘摹写。只不过，当时的余华或许还不能领会、也无力表达出川端康成的幽玄和清凛。《几时你能再握这只手》的结尾是这样的：

也许他们能再见，也许不能。但是，一种纯洁而美好的友情将长长地留在记忆之中。

呵！几时你能再握这只手！

很明显，余华这篇小说的故事结构是闭环的，他的抒情也颇为外在、直白、粗疏，全无川端式致密、深幽、婉转的神韵，也无川端的敞开式结构中方能体会到的丰沛纷繁的情感涌动。就文学性而言，将一段青春欲望锁死在"友情"的规定性里，即便在当时也属败笔。

不过，也或许正是在这里，余华意识到了自己这一段时期的写作惯性来到了末路。毫无疑问，"友情"象征性地代表了"秩序"，代表了一个作家曾不得不屈从的写作纪律，且这秩序和纪律作为一种结构，内在地深植并限定了他的写作思维。像余华这样有天分且有野心的作家，他所试图占据的自由的边界，显然大过且远远大过"秩序"所能给定的，余华感受到的束缚感是非常强烈的："我沉湎于想象之中，又被现实紧紧控制。"① 某种意义上讲，正是这种来自"秩序"的强烈的束缚感，如他所说，"直接诱发了我有关混乱和暴力的极端化想法"。于是，他在《虚伪的作品》（1989）中的重点宣言就是要以"混乱和暴力"去颠覆或规避"秩序"。而颠覆或规避秩序的主要动力则来自在他早期小说里被锁死的"欲望"。他因此直言："我更关心的是人物的欲望，欲望比性格更能代表一个人的存在价值。"② 他写于1988年初的《难逃劫数》便典型地代表了这种混乱、暴力和欲望相叠加的写作思维，代表了他"新确立的写作态度"：在这个小说中，各色人等都被莫名降临的、不可遏制的、随时随地起兴的性欲所驱使，即便在婚礼这样庄重的仪式时刻、文明场合，勃发的性欲也使应有的秩序陷于混乱，暴力和杀戮也应着欲望的逻辑如期而至。这也应了余华的一个著名认知："在暴力和混乱面前，文明只是一个口号，秩序成为装饰。"③

余华的另一些"集外"小说，如《鸽子，鸽子》《月亮照着我，月亮照着你》《美好的折磨》《美丽的珍珠》《三个女人一个夜晚》等，讲述的也都是触不可及或失之交臂的爱情，渲染一种命运

---

① 余华：《前言和后记》，见《温暖和百感交集的旅程》，第128页。
② 余华：《虚伪的作品》，见《没有一条道路是重复的》，第175页。
③ 余华：《虚伪的作品》，见《没有一条道路是重复的》，第167页。

弄人的怅惘和快然，并隐隐然埋有"人生皆徒劳"的细微颓意。这些小说在构思和气韵上也能看出川端康成的显著影响。不过，这些小说笔法轻逸，不黏不滞，不具一般的青春写作常有的缠绵悱恻，也不具这一类小说常见的为赋新词强作愁的生硬。在这里，余华对川端康成进行了某种程度的改写，或者说，他对川端康成施加给他的影响作出了某种闪避：他有意冲淡了川端康成小说中浓稠的惨云愁雾，将之挥发为一种轻愁，一种脆薄而透明的情感胶质，一如他笔下那些刚刚萌芽就不再生长的爱情一样，有一种只能在童颜和天真中才能发现的美感。尤其是，他无处不在的抖机灵式的俏皮和幽默，有效地化解了种种滞重，使其行文陡然有清丽之风。将剧烈而幽深的情感浓雾转化为去留无意的风轻云淡，这一写法，落笔处正是余华对这一阶段的写作进行自我概括时说的"一点点"："一点点恩怨、一点点甜蜜、一点点忧愁、一点点波浪。"[①]而这一切，都可以用来比照余华后来的几乎面目全非的转捩，以及可以用来说明余华之所以有了"集外文存"的原因。

将《疯孩子》修改为《星星》，是余华的另一处显而易见的败笔。行文中局部的删繁就简式的修改可以存而不论、忽略不计，但结尾的大幅改动使得小说的寓意发生了巨大岔裂。一个名叫星星的七岁男孩（年龄据《疯孩子》，男孩在《星星》中年龄不详），失心疯似的爱上了音乐和小提琴，但因为练琴的"噪声"影响了邻里和睦，父母就将琴卖掉了。在《疯孩子》中，失去小提琴的星星成了真正的"疯孩子"，于是父母只好将他送到乡下的外婆家去。于是：

　　……他走进了大自然，如鱼得水。他站在河边，站在山

----

① 余华：《我的"一点点"——关于〈星星〉及其他》，载《北京文学》1985 年第 5 期。

下，站在风中……他用各种不同的节奏，（原文用的就是逗号——引注）旋律表现着各种不同的主题。有长长流水，有巍巍高山，有啸啸狂风……他在创作田野交响曲。他整天与他的朋友交谈，他的朋友就是大自然。

那么，他用什么拉呢？

他用的是两根木棍。

而《星星》的结尾是，失琴的星星因一个偶然机缘遇上了学琴的男孩云云，在云云的帮助下，他们合用一把小提琴来练习，于是：

后来呢？

后来听说星星在"六一"儿童节登台为小朋友们演奏了。

再后来呢？

再后来又听说梅纽因音乐学校招了两个中国孩子，一个叫星星，一个叫云云。

《疯孩子》的结尾别有一种凄美之感，这是川端康成式的"悲"与"美"相叠合后产生的美感效果，并且，它的这个结尾还隐含了对尘世、对凡俗的不无严峻的批判。而《星星》的——星星、云云——"星云组合"则有让人啼笑皆非的造作，而其中那个"走出中国，走向世界"的寓意，则是对改革开放初期弥漫于主流社会话语中的现代性焦虑的顺应——若说余华早期的小说是全然"去历史化"[①]的，似乎也不尽然。

---

① 参见［美］刘康：《余华与中国先锋派文学运动》，见《余华研究资料》，天津：天津人民出版社，2007年版，第160页。

《北京文艺》(《北京文学》的前身) 在 1978 年第 7 期发表了张洁的《森林里来的孩子》。这个小说中，一个热爱音乐并有卓越天分的神童，得益于一个转折年代的降临，从森林/大自然来到了大都市，获得了命运的救赎。六年以后，《北京文学》对《疯孩子》(《星星》) 的修改要求，仍然不脱这个逻辑，在进步主义、发展主义的线性历史观支使下，进而要求音乐神童百尺竿头更进一步，走出中国走向世界，同样是对已然降临的又一个转折时代的文学回应。毫无疑问，让星星这样的一个音乐神童逆时、逆势、逆群而动，返身从城镇去到乡下/大自然，如《疯孩子》所述那样，当然是更具文学性或更符合文学本义的动作。可以这么说，《星星》较大程度地折损了《疯孩子》的文学价值。

1983 年的某个下午，一个从北京打到海盐县武原镇卫生院的长途电话，把正在行医的余华召去改稿。余华回忆说，《北京文学》的编辑在电话里告知他，"我寄给《北京文学》的三篇小说都要发表，其中有一篇需要修改一下"。[1] 现在看来，这一篇"需要修改一下"的小说当是次年发表的《星星》。[2] 这一个电话，这一次改稿，余华事后是如此评价的："这是我人生的转折点。"从北京改稿回海盐后，他很快完成了从牙医到作家的身份转换："我意识到小小的海盐轰动了，我是海盐历史上第一个去北京改稿的人。他们认为我是一个人才……于是一个月以后，我到文化馆上班了。"[3] 某种意义上讲，他复制了自己的小说人物星星的命途，达成了与星星几乎

---

[1] 余华：《回忆十七年前》，见《没有一条道路是重复的》，第 93 页。

[2] 余华在《我的"一点点"——关于〈星星〉及其他》中更为精确地讲述了这次改稿的时间和篇目，以及他对《北京文学》的提携之恩的感激："八三年十一月，一个来自千里外的长途电话，使我去北京，给《北京文学》修改小说《星星》。从此，我就接受了《北京文学》对我的尽心培养。"

[3] 余华：《回忆十七年前》，见《没有一条道路是重复的》，第 94、98 页。

一样的命运救赎。《北京文学》编发《星星》时在文后随附的"作者简介"称:"这是他发表的第三篇作品。"实际上,如果按作品发表的先后顺序来说,《星星》是余华公开发表的第四篇作品。但是,无论是第三篇还是第四篇,这位被《北京文学》负责人称为"来自最基层"的青年作家,当时的资历浅陋到卑微。他不可能拒绝《北京文学》这样的大刊、名刊对《疯孩子》的修改要求,就像他不能拒绝已然感受到的命运转折一样。不仅如此,他还很有可能欣然挥毫,不惜曲意,按着杂志社的修改意图走笔。要知道,《北京文学》在1984年一年内先后发表了余华的三篇小说,这对于一个文学新人来说,不只是格外的待遇,同时也是莫大的恩惠。不过,有意思的是,到了2017年,余华对自己写作生涯的追述有了一些微妙的改口。他在武汉的一次演讲中说:"……我能有今天,是一个人和一本杂志帮助了我,这一个人是李陀。……一本杂志呢,不是《北京文学》,是《收获》。"《北京文学》后来经历了频繁的人事变动;在某次向《北京文学》投稿而被新任主编否决后,余华说:"我后来很知趣,没再向《北京文学》投稿。"而当《北京文学》那些当年认识他、扶持过他的人员纷纷离岗后,"《北京文学》和我就没有联系了"。[①] 正是:重过阊门万事非,桑田碧海须臾改。然而,我真正想表达的意思是,余华后来转身离去的决绝不免让人遐想:如果《疯孩子》是在余华发达后交付,不管是交给《收获》还是《北京文学》,它多半不会被要求修改,至少不会被要求作如此幅度的修改,即便被要求了,余华也未必会妥协。因此,它多半能保持住自己的"天体",不会因为被迫整容而变成另一个孩子。进一步地,它有可能因此不必被尘封在"集外文存"。

---

① 余华:《纵论人生,纵论自我》,见《我只知道人是什么》,第180—181页。

三、童话作家的今与昔

在 1993 年为《活着》中文版撰写的序言里，余华约略地讲述了自己一度遭遇写作瓶颈时的进退失据："我曾经希望自己成为一位童话作家，要不就是一位实实在在作品的拥有者，如果我能够成为这两者中的任何一个，我想我内心的痛苦将轻微很多……"① 所谓"实实在在作品的拥有者"，有些语焉不详，有待求解，但"童话作家"一词的意思却清晰、明朗。实际上，一直以来，很少有研究者注意到余华一度有过的"童话作家"的自我定位。

1985 年第 4 期的《北京文学》刊登了"《北京文学》一九八四年优秀作品评选获奖篇目"。这次评奖是"在广泛征求读者意见的基础上，由评选委员会采取无记名投票的方法产生"，共有十八人、十九篇作品获奖。余华的《星星》在列，在小说类位列第二。余华的这一次获奖，业内知道的人较多。但是，另一则刊登在稍早的 1985 年第 3 期《北京文学》上的评奖发榜消息，却似乎完全被忽略了，因为几乎无人提及。该期《北京文学》同样在目录置顶和内文首页起始的显要位置发布了"北京市庆祝建国三十五周年文艺作品征集评奖获奖作品篇目（文学作品部分）"，余华的《星星》赫然在列，不同的是，这次获得的是"儿童文学二等奖"。同获"儿童文学二等奖"的，有曹文轩、郑渊洁、张之路等后来名声大噪的儿童文学作家，也有陈建功、刘心武等从儿童文学起步或客串儿童文学的知名作家。这个奖，算是给《星星》作了某个文学定位，余华自然也逃不过"童话作家"这一身份对他的窥视。

---

① 余华：《前言和后记》，见《温暖和百感交集的旅程》，第 128 页。该文也曾以《作家与现实》为题发表于《作家》1997 年第 7 期。

中国当代著名作家中，有些人如王安忆、刘心武等，都有从儿童文学起步的特定阶段，所以，余华在写作之初思谋过从儿童文学起步，不算新鲜事。中国的儿童文学研究领域，不乏将张洁的《森林里来的孩子》引为同类的实例，①那么，《星星》就更没有理由自外于儿童文学。甚至，我认为，余华后来的《在细雨中呼喊》《兄弟》等长篇小说，也都可以部分地归属于儿童文学，只不过，它们最终脱逸而去，以别具深度和内蕴的表达方式，拉开了与儿童文学的距离。有人这样评价《在细雨中呼喊》："第一次写出了为经典儿童故事所掩盖的童年生活。"②顺着这句话，我认为，《兄弟》则是前揭写作行为的"另一次"。这里，有必要提及这样一件事：《兄弟》最初是与明天出版社签约预订的作品，而明天出版社——据中国图书出版数据库所示——是"一家以少年儿童为服务对象的专业少儿图书出版社"。

发表于1984年第4期《小说天地》的《甜甜的葡萄》，在目录和内页都被清楚地冠以"儿童小说"之名。发表于1986年第6期《东海》的《白塔山》，以及发表于1988年第4期《岁月》的《蓦然回首》(含《萤火虫》《酒盅》两篇)，都是以未经发蒙的、高度限制的儿童视角来展开，并以儿童的认知范畴来框定的叙事。发表于1986年第3期《北京文学》的《老师》，虽以成人视角展开叙述，但叙述的内容则是关于一个幼儿教师的事迹，以及围绕这个幼儿教师展开的叙述者自己的幼年记忆，因此，这个小说其实也不脱儿童文学的限定。发表于1989年第4期的《两人》③，在人物设置上有

---

① 参见张永健主编：《20世纪中国儿童文学史》，沈阳：辽宁少年儿童出版社，2006年版，第430—431页。
② 陈晓明：《胜过父法：绝望的心理自传》，载《当代作家评论》1992年第4期。
③ 该期《东海》杂志封面印制的作品要目，错将《两人》印成了《俩人》。

类于《甜甜的葡萄》，是一老一少的二元结构，但《两人》的技法更复杂一些，且是用在一老一少间循环往复的限知视角来叙述的，内容和语义也更含混暧昧一些，但这并不能作为不可辩驳的理由，妨碍我们将它列为儿童文学。其实，若再宽泛一点，我们甚至也可以把《几时你能再握这只手》《表哥和王亚亚》和《竹女》纳入儿童文学（少年文学）的界内。

余华的这些儿童文学作品，其实也颇值咂昧与评说。我们不妨以发表时间为序，从后往前，择而说之。

先说说《萤火虫》。[1]这个小说可谓"新聊斋"，事涉阳冥两界：在一个云霞如荼的夏日傍晚，小林和小慰（性别都不详）的外公死了。美丽的晚霞与死亡事件相叠加，结果是死亡的恐惧被软化、被抵冲了。在外公离世一周年的忌日当晚，一只萤火虫飞临家中，左右眷顾，前后徘徊，又依依而去。这只萤火虫被孩子视为外公回归的亡灵。于是，在两个孩子的想象中（梦中），冥界虽暗，但"始终弥漫着一股温馨气息，洋溢着一种庄重的音乐，而无数美丽的萤火虫，则在无声地飞来飞去"。

大多数以温情抒怀的童话作品都会致力于拆除阳冥两界的壁垒，以化解儿童对死亡的恐惧和焦虑，化解阴阳两隔造成的情感失恃。就此而言，《萤火虫》与之如出一辙。但从另外一个角度来讲，这也可以看成是川端康成式的"悲"与"美"的叠合，看成是川端康成之影响的一种持续。余华不止一次地引述过川端康成在小说《禽兽》的结尾所写到的一个母亲凝视死去的女儿的感受："女儿的脸生平第一次化妆，真像是一位出嫁的新娘。"余华视之为一

---

[1]《萤火虫》收入小说集《十八岁出门远行》时，目录显示该小说的起始页为第20页，实际为第18页。

个"起死回生的例子"①，一个生死无隔、阳冥无碍的瞬间，它同时无疑也是"悲"与"美"契合无间的典范。《萤火虫》将绚烂的夏日晚霞与外公的溘然离逝相并置，以及将萤火虫作为起死回生的象征，都是川端式美学的又一实效。无独有偶，与《萤火虫》并列发表的《酒盅》中，一只在收音机上摆放了两年的红色的酒盅，难甘寂寞，它突然摔碎在地，以"优美的自杀"成功引发了两个孩子对它的关注。不过，这一次，余华决定让两个为逃避家长责骂的男孩离家出走，但是，"那一片片像破碎的酒盅一样的晚霞"却"挡住了孩子的路"，这一次，晚霞以"死亡"的替代性印象"让孩子感到了巨大的恐怖"。这其实也是川端式的新感觉派的笔法，它在诸如莫言的《透明的红萝卜》这样的小说中被着实有力地效仿过。当然，更为重要的是，和《透明的红萝卜》一样，这一切只有在将它放入儿童的心灵世界时，才具备生命感，从而产生情感与价值的立体效应。

《萤火虫》没有标明写作日期。但从其发表的年份（1988）看，似乎有理由认为它是余华写于1986年的作品。指出这一点，是想说明《萤火虫》非常可能同时受了卡夫卡的影响，它很有可能是川端康成和卡夫卡的无间叠合。1986年春天，余华用一套《战争与和平》从朋友手里换来了一册《卡夫卡小说选》，② 从而开启了他阅读和写作的一次全新转向。1985年在中国出版的这本卡夫卡的小说选集，收有《猎人格拉胡斯》。在这个小说中，猎人格拉胡斯死后，因为冥府派来运送他尸体的船迷了航，无法到达"死亡的最底层"，致使他没能"死透"，不得不处于将死未死之状，于是：

---

① 余华：《温暖和百感交集的旅程》，见《温暖和百感交集的旅程》，第9页。
② 余华：《川端康成和卡夫卡的遗产》，见《没有一条道路是重复的》，第179页。

> 我总是处在通向天国的阶梯上。我在那无限漫长的露天台阶上徘徊，时而在上，时而在下，时而在右，时而在左，一直处于运动之中。我由一个猎人变成了一只蝴蝶。①

通过这样的比读，我们很难不这样设问：卡夫卡的"蝴蝶"与余华的"萤火虫"，算不算异曲同工，是不是何其相似？余华有没有在这一刻受到了卡夫卡的灵感启发？——虽然这一灵感、这一想象也很有可能来自《聊斋志异》《搜神记》等典籍或是民间故事和传说。据余华自陈，卡夫卡在写作上"无政府主义"式的随心所欲，刷新了他对想象力的固有认知，他的想象力从此被解放，"犹如田野上的风一样自由自在"。②多年以后，余华在一篇与"起死回生"这一议题十分恰切的文章——《生与死，死而复生》——中强调了这一解放了的想象力的伟大，他写道："想象力的长度可以抹去所有的边界：阅读和阅读之间的边界，阅读和生活之间的边界，生活和生活之间的边界，生活和记忆之间的边界，记忆和记忆之间的边界……生与死的边界。"③读着这样的句段，咀嚼一番，尤其是最后一句，再重新回到前面那个问题，或许会有答案浮现：卡夫卡的"蝴蝶"与余华的"萤火虫"，算不算异曲同工，是不是何其

① ［奥］卡夫卡：《猎人格拉胡斯》，王荫祺译，见《卡夫卡短篇小说选》，北京：外国文学出版社，1985年版，第266页。
② 余华：《川端康成和卡夫卡的遗产》，见《没有一条道路是重复的》，第179页。需要补正的是，实际上，迄今为止，中国内地从未出版过名为《卡夫卡小说选》的集子。余华的记忆在这里出现了些微的偏差。据查考，余华当时读到的应该是，也只可能是《卡夫卡短篇小说选》，该书由孙坤荣编选，外国文学出版社1985年3月首版。
③ 余华：《生与死，死而复生》，见《我们生活在巨大的差距里》，北京：北京十月文艺出版社，2008年版，第78页。

相似？①

《白塔山》和《老师》讲述的也都是死亡事件。在《白塔山》里，还处在玩过家家（小说里称为"摆'假人家'"）年纪的一男一女两个孩子，为了能变得"最漂亮最聪明"，从未见过大海的他们偷着跑出去寻访传说中位于海上的白塔山，结果女孩琳琳被涨潮的海水吞没了。作为铺垫，这个小说的大半篇幅用于展现孩子的天真、纯净，使用了很多童趣十足的细节描写和对话描写，很生动、也很成功——它成功地在死亡的惨酷与儿童的天真之间布下了巨大的张力，使一种悠长的哀恸并不随着阅读的结束而中止。② 以生命为代价的寻访，再一次将"美"与"死"的对峙，面面相觑般地置于故事的意义前台。川端康成的身影，又一次在我面前施施然飘过。

《老师》则是另一种别有意味的"死"。这个小说中的"老师"，是一位极有爱心的幼儿园老师，她总在幼儿园里教孩子们数数字和唱拼音字母歌。她退休以后，记性也日渐衰退，总记不清"我"是小秋还是小冬，并且"总是没完没了地打听所有她教过的人，我总是满足她，告诉她我所知道的一切。但过几天相遇，她又重提前几

---

① 虽然前文已指出，余华指认这个作品写于《十八岁出门远行》之前，但并未说这个作品写于1986年之前。由于《十八岁出门远行》是1986年底完成的，因此，《萤火虫》也完全有可能是余华阅读《卡夫卡短篇小说选》之后、《十八岁出门远行》完成之前写的。余华将自己所有未收入文集的小说一概认定为是在《十八岁出门远行》之前写成，或许有记忆的偏差，比如，发表于1989年第1期《长城》的《故乡的经历》，该刊该期的"卷首语"就认为，《故乡的经历》的阅读直感是"卡夫卡式的小说"。

② 可将余华从未收入文集的散文《看海去》与《白塔山》进行比照阅读。在这篇散文中，余华记叙了幼年时对大海的向往、试图偷跑出去看海的幼稚举动，以及第一次看到大海时的震惊感受："当时我还没有上学……海的出现，让我木然。现在想起来，最初体味到什么是人生，不是后来，而是当初头一次看到海时，虽说那时尚未意识到，可现在想来总觉得是那时。"（载《北京文学》1986年第5期）一个学前儿童，在大海的无涯苍茫与人生的沧桑浩渺之间所作的通感式比附，不仅显示了余华在文学上的早慧，也能让我们确定地看到《白塔山》的构思起点。

日说过的话，又是没完没了"。她开始呈现出祥林嫂式的可憎面目。终于，她因为交通意外而死。她临死前有过两次苏醒：

> 第一次醒过来时，她数起了数字，一直数到二十，接下去数乱了，于是又昏迷。第二次醒过来时，她轻声唱起了拼音字母歌，但没唱完就死去了。

就这样，一位教师的个人情操和职业美德，仿佛经历了一场沉冤昭雪似的曜然毕现，获得了死后的崇高追认。① "美"与"死"的极端对峙再次降临。流行的观点认为，余华是在进入所谓的"先锋阶段"之后才突然以此为能地在叙述中展现死亡的暴虐，在《活着》之后更是将死神的狞笑塞满了字缝，《第七天》的阳冥无间则干脆让我们做了一回但丁，浏览了地狱触目惊心的内景。但在这里，我想强调，余华其实很早就明白死亡的叙事意义和叙事价值，知道将死亡的残忍定为圆心，去画出全圆、半圆或椭圆的弧线之优美。

从某个层面来讲，《老师》是一篇关于"记忆"的小说，是一篇关于记忆的流失和永驻的小说，小说最深刻的寓意就是在这流失和永驻的悖论性并置中被制造出来。所以，我同时认为，《老师》更应该让我们联想到余华的《一九八六年》。后者的"历史老师"曾潜心于古代刑法的研究，当一场历史浩劫致其精神失常之后（"精神失常"可被视为另一形式的死亡：社会性死亡），他失去了对家庭、妻子、女儿以及他个人自我等的所有记忆，唯剩各种刑名

---

① 关于《老师》，余华有过这样的自陈："当听说一位幼儿园的老师，一辈子只教数数字和拼音字母歌，不但没厌烦，反而一直觉得其神圣，直至临死前，昏迷中还数着数字，唱着拼音字母歌，我是不能不写这位老师的。虽是微小的人生，而我觉得是咀嚼不尽的。"见《我的"一点点"——关于〈星星〉及其他》。

在其脑海深处根深蒂固，确乎不拔，力不可撼。这唯一的记忆，凝成了一种本我的力量，汹涌泛滥，支使着他当众表演起酷刑诸法，场面血腥异常。《一九八六年》显然有一个脱胎于《老师》的显性结构，只不过，《一九八六年》有一个更结实更精巧的修辞装置，将《老师》止于感性、个人的记忆呈现，推向了集体性（民族、国家、时代）的历史记忆的维度，经过抽象化，使之具有了强烈的寓言性和象征性。

《甜甜的葡萄》是一则耐人寻味的道德寓言。悭吝成性又工于心计的徐奶奶反复地唆使、利用小刚刚，为其家里种植的葡萄采集和输送肥料。一派天真的小刚刚对于徐奶奶的恶意攫取和肆意伤害浑然无知。两年后，徐奶奶家的葡萄枯死了，得知情况的小刚刚却主动而无私地为她送上了自己亲手培植的葡萄藤苗。《两人》是对《甜甜的葡萄》的版本升级，在这个小说里，男孩和老头之间的经验代差，导致了两人的认知、感受与价值偏重统统陷于某种微妙：它们看似有关联，其实严重错位；它们看似严重错位，其实又颇有关联。不出所料的是，余华让老头死去了。而正是死亡，让"关联又错位"的意义被放大和固置。需要指出的是，在《甜甜的葡萄》里，老人被赋予了道德衰朽的象征（《两人》在某种程度上强化了这一象征），孩子则如璞玉浑金，是完美道德的载体。但我们应该被这样提醒：孩子之所以发现不了长者的道德败坏，不只是因为他有赤子之心，更是因为在他和长者之间有一道他看不见的、由年龄和阅历砌成的无形的墙。但总有一天，随着年龄和阅历的增长，他会穿越这道墙，进入成人世界，在目击腐败和衰朽之际，也遭遇不可痊愈的精神创伤。由此，我以为，这是余华写下《十八岁出门远行》的理由。从这个意义上说，《甜甜的葡萄》是引子，是序曲，是预埋的伏笔，而《十八岁出门远行》是逻辑，是拱出地面的线索，是又一次被投放到高处、远处、大处的超级寓言。

要之，余华作为一个"童话作家"，在此一阶段写下了一系列"经典儿童文学"作品。它们遵从于或受制于经典儿童文学的内在秩序，其题材、叙事、形象、意义以及修辞、风格的取径，都通向线性、单纯、明晰、清澈、淳朴、温良、柔软、和美、圆融以及"政治正确"的终端。基本上，他是个中规中矩的"童话作家"，其童话的品质也颇堪嘉许。如果继续沿着"经典儿童文学"的路子写下去，假以时日，待有一定数量的作品的支撑，余华应该同样会在儿童文学界受到瞩目。极言之，其成就或许不会在当年同时获奖的曹文轩、郑渊洁之下。

然而，二十年后，同样是余华笔下的儿童，李光头（《兄弟》）在不到八岁时就用身体摩擦板凳和电线杆，并毫无羞耻地公然对着围观的人们说"我性欲来了"；他十四岁就在厕所偷窥女人的屁股，并频频出售自己的这段猎艳经历，从向他套听艳事的男人那里换取一碗又一碗的三鲜面。顾同年（《文城》）则十二岁开始就"与妓女同床共枕到旭日东升"，他常常同时招两个、三个或四个妓女，并带着自己的三个弟弟住在旅社召妓。①

这是怎样的一种转捩，以至于它完全来到了"政治正确"的反面。如果说《疯孩子》中星星这个人物的成功，在于他的逆时、逆势、逆群，那么，李光头和顾同年等则带有全然逆儿童的、极端暗黑的性质。余华简直是"无政府主义"式地捣毁了经典儿童文学的"秩序"，像狂暴地撕碎了一纸协议并将它踩踏进了烂泥。这时候，"写出了为经典儿童故事所掩盖的童年生活"这样的说辞，能继续有效吗？

相比于经典儿童文学来说，余华的"儿童观"来到了毁灭性的

---

① 余华：《文城》，北京：北京十月文艺出版社，2021年版，第85—87页。

境地。虽然，余华在他的一些代表作中延续了"政治正确"或基本"政治正确"的儿童形象，如《许三观卖血记》里的许氏三兄弟、《在细雨中呼喊》中的孙家三兄弟以及《活着》里的有庆和凤霞，他们都不失质朴、正直、善良、率真和童稚——当然还有一点淘气和顽劣，即便他们中的一些人有明显的人格瑕疵，但也都尚在"政治正确"所能接纳的弹性边界以内，并可以通过对造成这些瑕疵的某些客观外在的社会性因素（如苦难、贫穷）的解释，来加以宽宥和过滤。然而，总体来说，这一类型的儿童形象在余华的作品系列中正逐渐黯淡，而以李光头为代表的另一类儿童形象却异军突起，意外地夺目。

或许，弗洛伊德和拉康的信徒们能地层探矿似的从中发现"创伤性记忆"一类似是而非的陈词滥调，用以解释余华的"内心之死"，解释他的"儿童观"的坍塌。但纵观一个"童话作家"的今与昔，当他的"儿童观"发生了如此巨大的裂变，并在其精神与心灵内部发生了此消彼长的剧烈搏杀时，我想到的是另一句陈词滥调：所有的写作者，终其一生，要么去治愈童年，要么被童年治愈。也许，余华往返于两者。

四、"一点点"又论：轻抒情与"实体经验"

余华的创作谈《我的"一点点"——关于〈星星〉及其他》写得姿态低伏，颇为自谦，并透着稍许的自卑——这一点自卑差一点杀死了他的信心，但同时也是他最终完成自我超越的动力。他自承《星星》写得"太浅"，他将自己写得"太浅"和只能写"一点点"的原因归于自己"没有曲折坎坷的生活"：

我现在二十四岁，没有插过队，没有当过工人。怎么使劲回想，也不曾有过曲折，不曾有过坎坷。生活如晴朗的天空，又静如水。一点点恩怨、一点点甜蜜、一点点忧愁、一点点波浪，倒是有的。于是，只有写这一点点时，我才觉得顺手，觉得亲切。

　　……

　　我何尝不想去把握世界，去解释世界。我何尝不想有托尔斯泰的视野、加西亚·马尔克斯的气派。可我睁着眼睛去看时，却看到一个孩子因为家里来了客人，不是他而是父亲去开门时竟伤心大哭；我看到一个乡下教书的青年来到城里，是怎样在"迪斯科培训班"的通知前如痴如醉。我是多么没出息。

　　我又何尝不想有曲折坎坷的生活。但生活经历如何，很难由自己做主。……①

　　由于认为自己没有丰富深厚、雄浑粗粝的生活经历的支撑，所以，他认为他当时的一些作品只能去创造一种"只能用情感去体会"的"味"——"简单说便是情调"。当然，他紧接着认为，"仅仅表现一种情调是远远不够的"。他甚至这样说："我很钦佩张承志、邓钢，但我深知自己不配学他们，便只得老老实实地写自己的'一点点'。"

　　关于余华早期以"一点点"名之的文学观，有两点可以谈论。

　　第一，是余华小说的阴柔的抒情气质。"阴柔"也是余华在这篇创作谈里对自己的美学追求的自许。当时的余华对抒情的理解，尚持守一种二元论的"诗""史"观，即认为"情调"（"诗"）是自外于有结实质地的人情练达与世事洞明（"史"）的，因此也是"不

---

① 余华：《我的"一点点"——关于〈星星〉及其他》，载《北京文学》1985年第5期。

包括思维的作用"的。正因为自己缺乏丰饶的生活经历的支撑，无力"把握世界"，也无能"解释世界"，因此，创造一种"味"，一种"情调"，是他这一时期唯一能勉力为之的文学方向。① 他由此培育了自己的一种轻型（阴柔）抒情风格。《男儿有泪不轻弹》《男高音的爱情》这两篇小说都是描画改革开放初期的企业改革家形象的，但这两篇小说里的改革家与《乔厂长上任记》（1979）中乔光朴式鹰派形象的大刀阔斧不同，也与《花园街五号》（1983）或《新星》（1984）中那些正在推动历史车轮的人物的忧患和凝重之色迥异。《男儿有泪不轻弹》里即将被委以重任的年轻人，除了颇具时代青年的才智和果敢之外，被余华更多地赋予了"政治"和"经济"之外的异趣：他当上车间主任后就把车间布置得跟新房一样，希望工厂"不仅生产服装，还生产爱情"；他半夜里去厂长家，登门要求厂长在厂区修灯光球场；他当上副厂长之后，计划"将工厂建得像花园一样美，一样使人赏心悦目；还要建俱乐部，要使每个工人都爱读书，都爱唱歌；待建起高高的宿舍楼，要动员每家都养花"；他还把金鱼缸搬进了老厂长的办公室，教后者养金鱼以陶冶性情。所有种种，其实都是一种与正统的改革意识和改革举措颇不合流的浪漫主义的文艺范——虽然小说里以"精神文明建设"的口号任之。《男高音的爱情》则更甚："男高音"这样的命名是有意无意地要将某种音乐特性赋予人物，或者，至少是一开始就试图让我们从对改革家的刻板印象中滑脱，并对一种音乐形式发生联想。与前一篇小说一样，这当中隐含了不言而喻的抒情企图。因为"抒

---

① 余华在这篇创作谈里提及，1982年的两次重要阅读里，除了川端康成的《伊豆的舞女》，还有汪曾祺的《受戒》。对于"味"或"情调"的追求，显然也可以看成是受汪曾祺的启发。余华的《白塔山》中一对男女儿童在摆"假人家"的游戏中表现的虚拟的情爱关系，其朴野和天然的意味，能看出《受戒》的影子。

情"的原始含义都与特定的形式相关联，"中文的抒情都指向音乐或诗歌等艺术形式"①。并且，正如这篇小说的题目所示，"爱情"以及爱情的浪漫情调才是这个关于改革家的小说的叙事焦点。我们在这两篇小说里看到的是：正统改革小说中常见的天降大任、九死未悔式的就职演说，变成了新旧两代领导者依依惜别的情感交融；正统改革小说中必具的"施政纲领"和"救世蓝图"，则一概付之阙如。虽然很难要求一个短篇小说去承载纵横捭阖的万千气象，但我仍然不得不说，余华的写作用意确乎不是"改革"，他将自己从"改革"这一叙事的横轴里偏离出来，弹向抒情的纵轴——从"史"弹向了"诗"。当然，是"小诗"，是"一点点"，是轻型抒情。

《回忆》展示了余华轻型抒情的另一路径。在这篇小说里，一对二十三岁的青年男女，因为年龄、青春期或是其他未明的原因，相处时有了犹疑、隔膜和尴尬，但是，对于他们九岁时一同看海的美好经历的频频回忆，使得小伙子即便在寒夜里也"觉得热，觉得振奋"。这篇小说的叙述语言极尽诗化，让人难以相信或者会故意忽略了这篇小说描述的是旧时引水工程的、几近原始的劳动场景。"回忆"，或是"蓦然回首"，都展现了时间维度上的回望姿态，是对意义或情感之原点、源头（童年记忆、童年经验）的追溯，它符合对于"抒情传统"的某个定义："朝向原初的、饱满的时间的永劫回归。"②在散文《看海去》里，余华认定自己幼年时初见大海即顿获人生的窥破感、了悟感，并且他还另有强调——"决定我今后生活道路和写作方向的主要因素，在海盐的时候已经完成了，应该

---

① ［美］王德威：《史诗时代的抒情声音：二十世纪中期的中国知识分子与艺术家》，北京：生活·读书·新知三联书店，2019年版，第17页。
② 这是陈世襄先生以时间维度对"抒情传统"所作的两种阐发之一。见《史诗时代的抒情声音：二十世纪中期的中国知识分子与艺术家》，第43页。

说是在我童年和少年的时候已经完成了。接下去我所做的不过是些重温而已……"[1]，"我过去的灵感都来自那里，今后的灵感也会从那里产生"[2]，"我写作的全部是为了过去"[3]。凡此种种，都可视为其"回望"式的抒情特性及其形成路径的证据。

这种抒情特性或抒情风格，也内在地使余华在叙述时较多地采用了沉浸式的调式。这种调式，普见于他的"少作"，自不待言。虽然，后来有很多的声音认为余华在"先锋阶段"写下了诸多"元小说"，余华也自认为在这一阶段使用了"无我的叙述方式"[4]，但无论是"元小说"还是"无我"，实际上大多数时候余华都没能让他的叙述产生"元小说"或"无我"应有的跳脱感，相反，在语言层面，它仍然是沉浸式的。不妨举出《在细雨中呼喊》：在这个严丝合缝的闭环结构里，叙述从未跳出孙家老二的有限视角，而孙家老二作为一个命运晦暗、情绪抑郁的叙述者，其叙述的声音常常近乎呜咽。

这种追求情调的轻型抒情风格，其实在他后来的作品中多有贯穿，并一直延续到近期的《文城》。《文城》是这种抒情风格迄今为止最大的一次聚合，也是余华试图对"诗"与"史"的游离之态进行弥合的一次努力——虽然并不成功。但不管怎么说，倘若像该书的营销宣传所称——"曾经的余华回来了"，那么，这个"曾经的余华"，其实是"少作"时期的余华。

第二，是余华出道之初，受旧式现实主义文学观念的拘制，从而有着对"实体经验"的崇尚和迷信。

---

① 余华、杨绍斌：《"我只要写作，就是回家"》，载《当代作家评论》1999 年第 1 期。
② 余华：《最初的岁月》，见《没有一条道路是重复的》，第 62 页。
③ 余华、张英：《现实、真实与生活——余华访谈录》，载《中华工商时报》2000 年 6 月 29 日。
④ 余华：《虚伪的作品》，见《没有一条道路是重复的》，第 171 页。

严格来说，没有一个作家的写作是无师自通的，作家的文学起步，其基本思维多半会受自身阅读史的左右。余华在《最初的岁月》一文中如此讲述他早年的阅读史：

> 我在小学毕业的那一年，应该是 1973 年，县里的图书馆重新对外开放……从那时起我开始喜欢阅读小说了，尤其是长篇小说。我把那个时代所有的作品几乎都读了一遍，浩然的《艳阳天》《金光大道》，还有《牛田洋》《虹南作战史》《新桥》《矿山风云》《飞雪迎春》《闪闪的红星》……当时我最喜欢的书是《闪闪的红星》，然后是《矿山风云》。[1]

从余华自陈的这个阅读书系里可以看出，他早年的阅读没有越出时代的限制，也没有明显高出同时代同龄文学爱好者的水平，并显然处在典型的旧式现实主义的全面笼罩之下。尽管川端康成是促成余华提笔进行文学写作的关键人物，但毋庸置疑，他早年的阅读史仍然会在很大程度上是其初始文学观念的基础性的构成要件，进而引导甚至左右他的写作思维。比如，旧式现实主义所倡扬的"主题先行"的写作圭臬，余华便多有褒奖，坚定地表达了对这一"陈腐"至极的文学观念的支持，即便是在经历"自我鼎革"之后。他在谈论《活着》的构思时说："关于《活着》，我最早是想写一个人和他生命的关系，这样的关系在很长时间里都让我着迷，这有点主题先行……八十年代的时候，文学界批判过主题先行的写作方式，其实完全没有道理，写作什么方式都可以，条条大路都通罗马。"[2]

---

① 余华：《最初的岁月》，见《没有一条道路是重复的》，第 60—61 页。
② 杨绍斌、余华：《"我只要写作，就是回家"》，载《当代作家评论》1999 年第 1 期。

又说:"'文革'时宣扬'主题先行',人物都要高大上,都是英雄人物,中间人物也不能写,如果你小说里的主角是个不好不坏的人物,也会受到批判。'文革'结束以后文学界对'主题先行'进行过猛烈的批评,后来我发现也没有道理,条条大路通罗马,任何方式都可以写出好作品,《活着》对我来说就是一部主题先行的作品。"① 虽然,此际的"主题先行"对于余华而言已有了否定之否定后的逻辑升华,但谁又能否认,余华对"主题先行"的初始认知与坚定信念不是汲自对《艳阳天》《金光大道》《虹南作战史》《矿山风云》和《闪闪的红星》的阅读?

更为重要的是,这个拘制了余华的旧式现实主义文学观念,有着对"实体经验"——尤其是"史诗般"庞巨、悠厚的"实体经验"——的推崇和强调。在这一观念的宰制下,作家个人丰实厚重的人生阅历被视为其作品迈向成功的基石和进阶,被视为不可或缺的先决条件。因此,"没有插过队,没有当过工人",没有"曲折坎坷的生活",就自然地、必然地成为余华将自己当年只能写"一点点"的窘迫所可以归咎的唯一的——至少是最最主要的理由。在一篇文章中,余华回忆当年在鲁迅文学院求学期间与史铁生的一次交谈,其中就说道:"那一次在铁生家里,我们谈到了经验对写作的束缚。……经验对于我们的局限,先是局限了我们的思维,然后局限了我们的行为。"余华在此期间(1989年6月)写了后来颇为著名的文论《虚伪的作品》,而他多年后对这篇著名论文的概括,正是他与史铁生面谈时的议题:"这篇文论是谈经验对创造力束缚的危险性和文学应该如何摆脱经验的束缚。"② 应该说,余华从一开始

---

① 余华:《纵论人生,纵论自我》,见《我只知道人是什么》,第189页。
② 余华:《你们的朗诵比原作精彩》,见《我只知道人是什么》,第214—216页。

就清醒地意识到，"自身的肤浅来自经验的局限"①。所以，假如作家的基本文学观建立在对"实体经验"的高度崇拜之上，那么，不要说面对托尔斯泰和加西亚·马尔克斯这样的巨擘，即便是面对同时代的中国作家，如张承志和邓刚，他在巨大的自谦和自卑中，肉眼可见地流露出难以自抑的无奈和绝望。

"实体经验"的获取，有很大的偶然性，也有很多先天的、不可抗拒的外在条件的限定。正如余华自己所说："生活经历如何，很难由自己做主。"余华在某个阶段绝望于在写作上看不到出路，因而深感窒息，我认为，这绝望感、窒息感并非如余华所说的那样是来自"川端康成的屠刀"，相反，它恰恰是来自对自身的"实体经验"之匮乏的深切体认。我甚至认为，如果不是因为后来的自我鼎革所取得的巨大成功，余华应该不会将海盐县武原镇，将他在这个小镇上的少年生活视为自己全部写作灵感的来源。毕竟，从推崇浩大、深厚的"实体经验"的文学原则来看，褊狭的小镇视野难免有井蛙醯鸡之嫌，波澜不兴的少年生涯也不免苍白浅陋。无疑，这是一个巨大的局限，足以让一个心细如发、敏思善感且颇富才具的青年作家愁肠百结，并从精神上将他尚来不及膨胀的野心扼毙。如果不是后来的自我鼎革，余华大概率会被钉死在儿童文学作家的身份上——他当年关于童话作家的自我期许，其实是他在这巨大的困厄中所能看到的唯一的出路。

在无力彻底而迅速地提升自己的"实体经验"库存值的前提下，如何"破局"——突破"经验的局限"，从而摆脱"自身的肤浅"，成为一种关键。

① 余华：《虚伪的作品》，见《没有一条道路是重复的》，第164页。

五、卡夫卡如何拯救

诚如余华所说，卡夫卡是他的拯救者。是卡夫卡伸出援手，将他从"实体经验"的囚笼里解放出来，给他签发了自由通行证。

在《卡夫卡和K》一文中，余华如此说道："显然，卡夫卡没有诞生在文学生生不息的长河之中……很多迹象都在表明，卡夫卡是从外面走进了我们的文学。"这句话是什么意思呢？这句话的意思是，卡夫卡是个自外于欧洲文学传统的作家，他的文学与整个欧洲文学传统截然不同，对于欧洲文学来说，卡夫卡是个贸然的闯入者。余华援引本雅明和博尔赫斯在谈论卡夫卡时的说辞，强调了卡夫卡的这种"截然不同"。在余华看来，因为"在卡夫卡这里人们无法获得其他作家所共有的品质，就是无法找到文学里清晰可见的继承关系"，因此，"人们已经开始到文学之外去寻找卡夫卡作品的来源"。[1]

卡夫卡是否如此绝对地孤悬于各种文学传统之外？是否与生生不息的文学长河毫无关联？自然是未必的。余华对卡夫卡的理解有其武断、偏激和片面的维度，他对卡夫卡的感知、体悟和解读都基于他对卡夫卡的个性进行了绝对化的处理。他曾借博尔赫斯之言，说："事实是每一位作家创造了他自己的先驱。"[2]卡夫卡就是余华为自己创造的先驱。在"先驱"的意义上，卡夫卡不免被余华"卓绝化"——卓越，而又绝对。但是，由此达致的某个效果却颇有意味：视卡夫卡是"从外面走进了我们的文学"的"卓绝化"想象和认知，重新启蒙和点化了余华。它使余华意识到，一个成功的、优

---

① 余华：《卡夫卡和K》，见《温暖和百感交集的旅程》，第87页。
② 余华：《契诃夫的等待》，见《温暖和百感交集的旅程》，第47页。

秀的、杰出的、伟大的作家，可以在文学传统之外、在生生不息的文学长河之外诞生。具体到余华的处境，这一次文学启蒙的意义在于：他意识到，他必须而且完全可以与旧式现实主义的文学传统彻底切割，做分体手术，必须而且完全可以与由早年阅读史建立起来的文学观念作体系性的决裂，他必须像卡夫卡那样，做文学长河的逆行者，在文学传统之外另觅再生之地。余华常常谈论一个作家进行自我蜕变、自我鼎革的勇气，而且不难看出，他对自己在这方面的勇气是颇为嘉许、颇感自豪的。① 是啊，何不勇于一试呢？一个曾经的法学博士和一个曾经的牙医，其身份的差异貌似隔如天渊，但他们的共同之处在于：他们都曾是"文学之外"的人。对于当时尚年轻的余华来说，他完全来得及通过切割和决裂，重新让自己置身文学之外，然后，重新出发，"从外面走进我们的文学"。

因为，唯其如此，他方能从令他绝望的"实体经验"的重轭中完全挣脱出来。

余华对卡夫卡的追慕和蹈袭，在他"先锋时期"的一些作品中痕迹明显。比如余华的《往事与刑罚》（1989）就明显有卡夫卡《在流放地》的直接而深重的影响。虽然余华的这篇小说同时有着博尔赫斯的浓影，特别是对"往事"（时间）的平行拼贴是典型博尔赫斯式的，但这篇小说的主体内容和隐含的主题却是卡夫卡式的。只不过，《在流放地》里作为刑具设计师的司令官和作为行刑者的军官，在《往事与刑罚》中被叠加在刑罚专家一人身上。在这两部小说中，对刑具或刑罚（作为文明时代的尖端发明）的细描都

---

① 余华曾说："作家是太容易故步自封了。……当一个作家达到某一个高度以后，再往上走就不是才华了，而是性格。有些作家的性格中就有很多的保守的成分，另一些作家的性格中则具有勇往直前的成分，具有充满闯劲的精神。我觉得我是属于后者。"见王侃、余华：《我想写出一个国家的疼痛》，载《东吴学术》2010 年创刊号。

是纤毫毕现的和耸人听闻的，都展示了一种在文明时代已被摒弃的、只在史前世界才有的血腥和野蛮，但这些惨象在"设计师"或刑罚专家的阐述中统统获得了法理性的支持。因此，这两部小说的内在主题，都体现了本雅明在论述卡夫卡时所说："有了法典的支持，史前世界的统治就更加肆无忌惮了。"[1]而更有意思的是，军官和专家也都在最后殉身于自己效忠或迷恋的刑罚。在《往事与刑罚》里，发生于1990年夏天的这个殉身事件，其日期却被刑罚专家标注为"一九六五年三月五日"。这篇小说写于1989年2月，也就是说，余华提前预支或泄漏了次年夏天才会发生的一桩自杀事件，但事件最终的发生时间却被定格在了1965年，定格在一个让现实和未来都产生骚动、困惑和痛苦，并不得不以绞刑殉身来获求解脱的"过去"。在时间经纬上的自由出入，是博尔赫斯式的。但对1965年的定格，却是卡夫卡式的——在《在流放地》的结尾，在军官殉身后，旅行家去造访已故刑具设计师司令官的墓，在那里，"他感到了历史的力量"[2]。

余华对卡夫卡——对这位拯救者的追慕和蹈袭可谓是多方面的。有的在修辞处，比如《古典爱情》中，当柳生在清洗小姐的尸体时，小姐胸口的创口皮肉四翻，里面依然通红，"恰似一朵盛开的桃花"。这样的比喻，显然典出于卡夫卡的《乡村医生》。另外，很难说，"鲜血梅花"的意象灵感不是来自同一出处。有的在构思处，比如前文提到的《往事与刑罚》之于《在流放地》；如果余华读过卡夫卡的《兄弟谋杀》，或许，我们还可以把《现实一种》的

---

① [德]本雅明：《弗兰茨·卡夫卡——纪念卡夫卡逝世十周年》，见《写作与救赎：本雅明文选》(增订本)，李茂增等译，上海：东方出版中心，2017年版，第266页。
② [奥]卡夫卡：《在流放地》，见《变形记》(全译本)，高中甫选编，李文俊等译，西安：西安交通大学出版社，2017年版，第141页。

构思也归入追慕和蹈袭之列。有的是对一种心理态势的摹仿，比如，卡夫卡对于"恐惧"——"现已蔓延到一切方面的恐惧，对最大事物也对最小事物的恐惧，由于说出一句话而令人痉挛的恐惧"①——的本体感受，在余华的《四月三日事件》《世事如烟》《难逃劫数》《夏季台风》等一系列中短篇以及《第七天》这样的长篇中被反复表述。除此之外还必须提到的是，卡夫卡的文字和句式，尤其是他的那种"只采用直线，在一切应该柔和的地方他一律采取直线"的笔法，那种将隔在尖利的文字和发达的感官间的挡板瞬间抽除，从而"可以轻而易举地直达人类的痛处"②的笔锋，都是余华深自暗许的。不得不说，余华对卡夫卡的阅读不可谓不全面、不细致，除了卡夫卡的小说以及关于卡夫卡的评论文章之外，他还研读了卡夫卡的日记、书信和笔记，俨然是一位卡夫卡研究专家。卡夫卡在日记里写下的——"想象一把刀在我心中转动的快乐"——这样的体感记录，"不停地想象着一把宽阔的熏肉切刀，它极迅速地以机械的均匀从一边切入我的体内，切出很薄的片，它们在迅速的切削动作中几乎呈卷状一片片飞出去"的自我凌迟的画面，在余华看来，"如此的细致和精确"，"又充满了美感"。③不用说，这些文字和这些画面令余华印象深刻，目击而道存。相似甚至相同的文字和画面，以及这些文字和画面所携带的暴力和死亡的气息，我们在余华的《死亡叙述》《现实一种》《一九八六年》《活着》以及后来的《文城》中也早已耳熟能详，并同样印象深刻。

当然，卡夫卡与余华之间的私相授受，是对"虚无"的本体性

---

① [奥] 卡夫卡：《致密伦娜情书》，叶廷芳等译，见《卡夫卡全集》第9卷，北京：中央编译出版社，2015年版，第347页。
② 余华：《川端康成和卡夫卡的遗产》，见《没有一条道路是重复的》，第180页。
③ 余华：《卡夫卡和K》，见《温暖和百感交集的旅程》，第88页。

把握。卡夫卡对余华的至关重要的拯救，是教会了他"以虚击实"的新式招数，以破除他对"实体经验"的执念，从而使他得以完成凤凰涅槃式的自我鼎革。

2013年，王德威这样评论余华的"先锋文学"："究其极，余华以一种文学的虚无主义面向他的时代：他引领我们进入鲁迅所谓的'无物之阵'，以虚击实，瓦解了前此现实和现实主义的伪装。"① 更早一些，1991年，关于余华的"虚"，赵毅衡则有如下论述："与鲁迅不同的是，鲁迅的对抗双方是以新旧来区分的……而余华的对抗双方是以虚实来划分的；虚的总比实的真理性更强。"② 两段评论，一前一后，虽相隔二十余年，但可谓如出一辙。它们都以近乎归纳、总括、命名的方式，定义了余华自我鼎革后为其文学重新灌注的系统质。虚，是它们对这一"系统质"的共同的鉴定结论。当然，再早一些，1989年，莫言就余华的小说技法所发表的评论，则是对"以虚击实"之道的更为生动、更为形象的表述："如果让他画一棵树，他大概只会画出树的影子。"③

卡夫卡的"虚"，是他对于世界的一种本体感受。这一方面可以归因于他青年时对克尔凯郭尔的兴趣，归因于他对中国的老庄哲学的深入研习④；另一方面，则归因于他个人的人生经历和生命体验。以外在的人生经历而言，卡夫卡显然不能算是丰富的"实体经

---

① [美] 王德威：《从十八岁到第七天》，载《读书》2013年第10期。
② 赵毅衡：《非语义化的凯旋——细读余华》，载《当代作家评论》1991年第2期。
③ 莫言：《清醒的说梦者——关于余华及其小说的杂感》，见《说莫言》，林建法主编，辽宁人民出版社，2013年版，第102页。此文标注了写作日期（1989年12月）。它与首发于1991年第2期《当代作家评论》的同题文章，在文字上稍有出入，且后者未标出写作日期。
④ 卡夫卡曾说自己"长期以来相当深入地钻研过道教"，"差不多拥有所有老子著作的德文译本"。见《卡夫卡短篇小说选》的译本序，孙坤荣选编，北京：外国文学出版社，1985年版，第3页。

验"的拥有者，他怯弱、平乏而短暂的一生，使其终究未能积聚充分的"实体经验"，从而可以元气沛然地展示主人式的自矜。在余华看来，卡夫卡"四十一年的岁月似乎是别人的岁月"。① 他"虚"得甚至连日记——按卡夫卡自己的说法——都是虚构的，从而可以与他的小说相互连缀，浑如一体。他的"虚"，在余华猜度下，甚至是生理性的，因为"在卡夫卡留下的日记、书信和笔记里，人们很难找到一个在性生活上矫健的身影"②，按中医或卡夫卡所喜欢的道教来说，这是"肾虚"，是生命之源的枯竭，因此，卡夫卡是个连肉体都被虚化了的作家。但是，这有什么关系呢？——因为，毫无疑问，正是"虚"成就了卡夫卡的文学。

以卡夫卡为标本，尚有博尔赫斯这样的同类。博尔赫斯在二十来岁时就患上眼疾，大半生时间沉浸于无尽的黑夜，从而同样匮乏于"实体经验"的汲取与积聚。作为一名博学的图书馆员，他的文学只能从知识和玄学出发，致力于"对非现实的表现"。于是，我们可以将他的写作概括为是在他和现实之间设置了一个密码，并且，他总是在小说中致力于使现实虚化。余华说："与其他作家不同，博尔赫斯通过叙述让读者远离了他的现实，而不是接近。"博尔赫斯不能像那些"实体经验"丰沛的作家那样将写作"建立在众多事物的关系上，而且还经常是错综复杂的关系"。③ 因此，在余华看来，博尔赫斯与卡夫卡一样，也是"文学之外"的作家，他们的文学都是现实和经验之外的"暗物质"，他们是在虚无中发力、以虚击实的另类作家。或许，这个标本库中还可以列入曾为先锋文学鼓噪的史铁生——这个年轻时便残疾，从而不甘受制于经验的束

① 余华：《卡夫卡和 K》，见《温暖和百感交集的旅程》，第 89 页。
② 余华：《卡夫卡和 K》，见《温暖和百感交集的旅程》，第 95 页。
③ 余华：《博尔赫斯的现实》，见《温暖和百感交集的旅程》，第 33、39—40、37—38 页。

缚，一生致力于抽象命题写作的中国作家。

1993 年，余华在为小说集《河边的错误》所撰"跋"中写道："艺术家是为虚无而创作的，因为他们是这个世界上仅存的无知者，他们唯一可以真实感受的是来自精神的力量，就像是来自夜空和死亡的力量。"[①] 这篇"跋"可视为余华对自己"先锋时期"写作的一个小小总结，我们能从中读出的是：他确实完成了这样的蜕变——他确实毫不犹豫地将"实体经验"从其曾经盘踞的领地驱逐，从而宁可因此使自己沦为"无知者"；他确实信奉写作上的唯心主义，他已将自己抽空，从而使自己成为"夜空"和"死亡"一般的"虚无者"。

六、以虚击实与别裁伪体

"以虚击实"的第一要义是对"想象"的不遗余力的推崇。这里所论的"想象"并非一般文学概论教程所谓的"想象"，而是在"强劲的想象产生事实"这一意义上所谓的"想象"，是在空旷的虚无中造物的"想象"。"强劲的想象产生事实"语出法国作家蒙田，被博尔赫斯，接着也被余华引为至理。余华曾以此为题，早在 1996 年就撰有专文。[②] 他后来还接连撰有《飞翔和变形》和《生与死，死而复生》两篇讨论想象力的专论文章。

卡夫卡最早解放了余华的想象力，《乡村医生》中凭空穿墙而出的马，《骑桶者》中御空而行的骑煤桶者，《变形记》里的甲虫，种种"无政府主义"式的极致想象，让余华见识到了想象力无涯的

---

① 余华：《前言和后记》，见《温暖和百感交集的旅程》，第 147 页。
② 余华：《强劲的想象产生事实》，载《作家》1996 年第 2 期。

"长度"，以及它对各种"边界"的随心所欲的抹杀和脱逸。飞翔、变形或死而复生，都是在想象中可以轻易发生的"事实"，是想象中的"客观存在"。更重要的是，"要有马于是就有了马"的恣肆想象，犹如"要有光于是就有了光"一样，让余华体会到了造物的极致快感。不是"实体经验"匮乏吗？没关系，我绕开"实在界"，直接进入"想象界"。即便绕不开，也没关系，我有解放了的想象力，因为，强劲的想象可以产生事实。余华带着他习见的偏颇，断言"二十世纪文学的成就主要在于文学的想象力重新获得自由"。[①]在《飞翔和变形》一文中，余华起首即道："还有什么词汇比想象更加迷人？我很难找到。"[②]

那么，什么是想象？美国诗人艾米莉·狄金森的著名诗篇《去造一个草原》或能对此作一个通俗的说明：

> 去造一个草原需要一株三叶草和一只蜜蜂，
>
> 一株三叶草，和一只蜜蜂。
>
> 还有幻想。
>
> 单靠幻想也行，
>
> 如果蜜蜂难得。[③]

由一只蜜蜂和一株三叶草而抵达一个草原，描摹的便是丰沛而极致

---

① 余华：《虚伪的作品》，见《没有一条道路是重复的》，第 164—165 页。
② 余华：《飞翔和变形》，见《我们生活在巨大的差距里》，第 62 页。
③ 狄金森此诗在多个中译本中都被收录（如《狄金森诗抄》，人民文学出版社，2019 年版；《孤独是迷人的》，浙江教育出版社，2021 年版；《狄金森全集》，上海译文出版社，2014 年版），各译本或对若干关键词语的翻译有出入，或译文在句法、辞气上有滞涩之嫌。本文所引译诗，是笔者参考不同译本，据原诗译出。

的想象力所能达成的文学效果。① 余华从卡夫卡那里读出了与此完全相同的思维逻辑:"这便是卡夫卡叙述的实质,他对水珠的关注是为了让全部的海水自动呈现出来。"② 而对于我们来说,同时更能从中看出的是,丰沛高超的想象,无疑为作家节省了"实体经验"的耗损,缓解了作家对"实体经验"库存的焦虑,也在很大程度上压降了作家对"实体经验"的某种依赖。作家只需要依据"一只蜜蜂""一株三叶草"或是"一滴水珠"的些微经验,借由想象的某个方程式,就可以让"一个草原"或"全部海水"自动呈现出来。

狄金森的诗,展现了"简"与"繁"的辩证法。早些时候,国内的一些评论文章,如张清华的《余华的减法》③,以及拙文《论余华小说的张力叙事》④ 等,也都讨论过余华小说中呈现的"简"与"繁"的辩证法,或者"简"与"繁"之间形成的张力。但是,不得不承认,以往的讨论,并不涉及余华对"实体经验"的绕行或破执,不涉及余华在写作中对"实体经验"的采撷之所以如此"俭省"的缘由。但一经说破,情状就变得浅白晓然。我们看到,余华在小说中对"实体经验"的使用常常俭省、约减到极限。⑤ 有关于此,在余华的小说作品中,颇可举隅以明之。这里聊举一篇并不常被人提及的小说——《两个人的历史》(1989),稍加佐证。这是一个只有两千余字的短篇,但实际上却以一个大跨度的时间构架向人们呈现了一部长篇小说的骨架,或者说,我们在这个两千余字

---

① 艾米莉·狄金森因严重的自闭症,25 岁时就已切断了几乎所有的社交。她对想象的推崇和沉溺,显然有着相似于博尔赫斯、卡夫卡和史铁生的原因。

② 余华:《卡夫卡和 K》,见《温暖和百感交集的旅程》,第 89 页。

③ 张清华:《余华的减法——论余华》,载《南方文坛》2002 年第 4 期。

④ 王侃:《论余华小说的张力叙事》,载《文艺争鸣》2008 年第 8 期。

⑤ 余华甚至不无夸张地说:"我的经历告诉你们一个道理:做一个作家只要认识一些字,会写一些字就足够了。"余华:《我最初的阅读和写作》,见《我只知道人是什么》,第 211 页。

的短篇小说里能读出、能感受到一部长篇小说的内容含量。这是典型的"在水珠中呈现全部海水"的卡夫卡的想象逻辑，也是余华在窥破了"实体经验"的神话后所致力于开发的文学方程式。在余华那里，这个方程式，不仅在宏观上实现了"虚"与"实"的玄合，也在微观上解开了"简"与"繁"、"小"与"大"或是"窄"与"宽"的天机。所以，余华在《活着》日文版的"前言"中这样写道："我知道福贵的一生窄如手掌，可是我不知道是否也宽若大地？"①——显然，我们不必把他的这句话当成疑问句来看。

毫无疑问，余华深谙这一方程式的奥妙。他获得了有目共睹的巨大成功。1995 年，他在《强劲的想象产生事实》一文中写道："从叙述上看，单纯的笔触常常是最有魅力的，它不仅能有效地集中叙述者的注意力，也使阅读者不会因为描述太多而迷失方向，就像一张白纸，它要向人们展现上面的黑点时，最好的办法是点上一点黑色，而不是去涂上很多黑点。"② 这可以看作对这一方程式的通俗讲解。好的作家通常都不隐讳使自己获得成功的秘诀，不讳言自己在写作中使用的方程式。这就像爱因斯坦向世人抛出的一个又一个方程式一样，多数人除了目瞪口呆，无力有所作为。

然而，不得不说，这一让他获得如此巨大成功的方程式，终究也会成为他"叙述中的障碍物"。比如，当毒水毒气毒奶、卖淫卖肾卖婴、假货假人假话、强拆楼塌爆炸——当一切以"微博总汇"的方式在《第七天》中层出不穷时，其纷乱与繁复抹杀了"叙述上

---

① 余华：《前言和后记》，见《温暖和百感交集的旅程》，第 135 页。
② 余华：《强劲的想象产生事实》，见《音乐影响了我的写作》，北京：作家出版社，2008 年版，第 118 页。其实，余华的这一说法，不脱中国传统绘画中"以黑计白"的美学逻辑。所谓"黑"与"白"，展示的也是"虚"与"实"的辩证法。只不过，余华显然更愿意将自己在文学思维上的训练与化育，归功于"外国文学"与"外国作家"。

的单纯笔触"时，阅读者的不满几乎是自然而然的。而阅读者的不满也只能用"白纸上涂了太多的黑点"来解释了。《兄弟》似亦病乎此。

对解放了的想象力的恣意驱遣，使得"少女杨柳"（《此文献给少女杨柳》)像卡夫卡的马一样，可以在不同时空任意进出，这同时导致了一种必须偏离甚至破坏常识和常理、逻辑和确定性的叙述的产生。莫言将余华的这一类小说称为卡夫卡式的"仿梦小说"①是有道理的，这一方面说明，余华的这类小说确实如卡夫卡那样"突破了一切自然真实的法则"②，进入了"非现实性的"写作，另一方面也向人们说明了，为何余华的这类小说如解冻的潜意识汪洋，惊涛拍岸，暗黑而原始的欲望如下山的猛兽，四处咆哮。

余华自己则将这样的叙述终端称为"虚伪的作品"。这是如"飞翔和变形"一般大幅度、高阈值的想象力的产物。"虚伪的作品"是对旧有的叙事传统、叙述模式或叙述技法的颠覆和重组，是突变后的异体。杜甫有"别裁伪体亲风雅"一句，我有意误用，将"伪体"（"虚伪的作品"）视为"别出心裁"（"别裁"）的结果。无疑，余华的"别裁伪体"，是对当下已然固化的流行文体的偏离，是彼时美学秩序的异端，它以"伪"示"真"，以"虚"击"实"，实现了余华在文学道路上的自我鼎革。

需要特别指出的是，"在水珠中呈现全部海水"，作为一种艺术思维，指的就是象征。这是余华在《虚伪的作品》中所刻意强调的、他对小说的内在品性的理解："它（小说——引注）应该是象

---

① 莫言：《清醒的说梦者——关于余华及其小说的杂感》，载《当代作家评论》1991 年第 2 期。

② ［德］埃姆里希：《弗兰茨·卡夫卡的图像世界》，见《论卡夫卡》，叶廷芳编，北京：中国社会科学出版社，1988 年版，第 339 页。

征的存在。……一部真正的小说应该无处不洋溢着象征，即我们寓居世界方式的象征，我们理解世界并且与世界打交道的方式的象征。"① 直观地看，象征有着尽精微而致广大的思维特点，也有着从特别到普遍、从具体到抽象、由实到虚的感知路径——它其实是哲学的思维模式。所以，莫言才会认为余华的小说有"清醒的思辨"，余华也是"清醒的说梦者"，余华的小说"早已不是形式上的突破，而是哲学上的突破"。② 这使得余华的"虚"，和卡夫卡一样，进入了本体论的层面。

于是，我们需要面对这样一个看似分裂的事实：

一方面，对解放了的想象力的自由驱遣，对一种想象力方程式的精妙运用，使余华成为彼时中国文学"技术流"的代表人物，成为文学的技术革新的最有力的推动者之一，也使作为语言和形式实验成果的先锋小说进入一度的欣欣向荣。先锋小说的涌现和流行，在很大程度上——正如美国作家厄普代克在谈论博尔赫斯时说的那样——"回答了当代小说的一种深刻需要——对技巧的事实加以承认的需要"③，正是因为这样，在一种二元论的思维驱使下，中国的先锋小说在当时被普遍地认为是"去政治化"和"去历史化"的："（中国的先锋派）作家们的激进和颠覆性只是发生在形式和语言上的美学实验，他们大都远离政治。"④

另一方面，恰恰是"哲学上的突破"，使得我们意识到，先锋小说有足够的能量让自己在语义上产生意外的裂变。所以我们

① 余华：《虚伪的作品》，见《没有一条道路是重复的》，第 176 页。
② 莫言：《清醒的说梦者——关于余华及其小说的杂感》，载《当代作家评论》1991 年第 2 期。
③ 转引自余华：《博尔赫斯的现实》，见《温暖和百感交集的旅程》，第 39 页。
④ ［美］刘康：《余华与中国先锋派文学运动》，见《余华研究资料》，第 160 页。

看到，《一九八六年》不仅历来被作了"历史化"的解读，而且还可以与鲁迅的"看杀"进行理解性链接。《十八岁出门远行》《现实一种》《往事与刑罚》等无不如此。余华的"虚"也被人与鲁迅的"无物之阵"匹配着互相解读。于是，一场"去历史化"的文学实验引发了重新"历史化"的解读取向，"去历史化"和"历史化"不是相互妥协着，而是相互碰撞着同时内置于这场文学的先锋运动。它提醒我们去留意，"虚"并非是"空无"，并非只是一种审美取径，并非是绝对的无意义，相反，它是一种价值形态，并可能暗含意识形态力量，以及不言而喻的"本体力量"。它也提醒我们，余华的先锋小说可能存在着不曾被触碰的语义。

比如，在《西北风呼啸的中午》里，主人公莫名其妙地被人从床上提拉起来，去给一个完全陌生的死者守灵。这误会是如何发生的？主人公自己不得其解。这当中留下的巨大的空白，是主人公无法进入的"城堡"，但读者却可以无限地往里填入历史、文化、社会、经济、伦理的种种解读。《四月三日事件》里，主人公耽于对一个即将到来的时刻的不良想象，那危机重重的想象图景返身击溃了主人公自己的精神防线，致使他仓皇出逃。这个小说使一个时代的"感觉结构"得以浮现，它展现了人们对于"虚"（乌托邦）的恐惧，展现了《一九八四》式的恐惧，展现了卡夫卡式的本体恐惧。

正是这样，余华逐渐地来到了中国当代文学的顶峰。

七、结语：兼及福克纳

余华的自我鼎革，使他摆脱了"经验的束缚"，摆脱了只能写"一点点"的困境，一些曾使他产生滞坠感，并可能使他窒息的文学因素，由此也发生了根本性的改观：他的那些儿童文学的元素，以更大的活性跃然于他的几乎每一部小说中；原来被视为一种致命局限的小镇生活，后来都变成文学的富矿。余华的自我鼎革，余华的文学命运的改观，也许可以推广到对那一代先锋文学作家或与余华同类作家的讨论和理解中去。

到目前为止，本文的讨论或许过高地评价了卡夫卡对余华的影响。从余华写下的数量不少的文学批评文字中，我们能看出余华曾转益多师。虽然没有明说，但我们可以想象和理解，卡夫卡会成为困扼他的另一重障碍，就像早前的川端康成一样。或许，卡夫卡之后，余华需要另外的拯救。

当然，这时候的余华，或许已有足够的力量进行自救了。不过，我们仍然看到了余华以颇为正式的口吻发出的对于福克纳的景仰。他说，真正能"成为我师傅的，我想只有威廉·福克纳"。①在《内心之死》一文中，余华说，在处理"心理描写"这个"叙述史上最大的难题"时，"威廉·福克纳解放了我"。②这句话我们听着耳熟。当然，福克纳之所以能吸引余华，首先是技法上（"心理描写"）的卓越，这符合我对余华的了解。自然，福克纳本人也是"技术流"。③但是，福克纳成为余华唯一愿为之执弟子礼的"师傅"，当有另外的强手让余华心悦诚服。有意思的是，余华认为福克纳"是这个世界上为数不多的始终和生活平起平坐的作家，也是

---

① 余华：《奥克斯福的威廉·福克纳》，见《我们生活在巨大的差距里》，第87页。

② 余华：《内心之死》，见《温暖和百感交集的旅程》，第85页。

③ 比如国内有专家认为，对于福克纳来说，"使他能达到那样的艺术高度的真正的主要的原因恐怕还是他在小说形式、艺术手法上不懈地、艰苦地探索与创新。正是这种探索与创新使他能充分表现他对南方的深刻认识，使得他能在南方文艺复兴时期群星灿烂的繁荣局面中无人出其右。"肖明翰：《福克纳主要写作手法的探讨》，载《四川师范大学学报》（社会科学版）1995年第1期。

为数不多的能够证明文学不可能高于生活的作家"。^① 这说明，余华意识到，要成为他"师傅"那样的作家，不可以再"无政府主义"式地驱驰想象，相反，想象必须接受"生活"的约束。而对于福克纳这样阅历丰富、足迹广撒的作家来说，"生活"可能还意味着"实体经验"的丰富储存。又或许，福克纳对人类生活、人类价值，以及对他在诺贝尔文学奖颁奖席上致辞时提及的同情、勇气、荣誉、怜悯、牺牲和耐劳精神等"永恒的真情实感"的充满激情的记录，给了余华在文学上新的启悟。那些"永恒的真情实感"无法被虚化，并且点化了余华对于"高尚"的理解。在写完《活着》之后，余华有过这样的自我评价："我感到自己写下了高尚的作品。"这份自我评价里应该包含了他学习福克纳的重要心得。

这些，同样可以触发一些富于启迪的讨论，由余华而推及一个时代的中国文学。而所有这些，如果从余华的"少作"开始，或许能使我们的讨论从一条清晰、连续、绵长而结实的脉络上展开。

2020 年 3 月—5 月于菩提苑

原载《文艺争鸣》2022 年第 5 期、第 6 期、第 10 期

---

① 余华：《威廉·福克纳》，见《温暖和百感交集的旅程》，第 113 页。

"诺奖魔咒"、打油诗与"前现代"
的追寻

——莫言片谈

一、"诺奖魔咒"

莫言自 2012 年获诺奖之后，就被一个所谓的"诺奖魔咒"给箍住了。我之所以这样说，是因为，这个所谓的"诺奖魔咒"很有可能只是一个施之于作家的虚拟妖术。根据《诺贝尔基金章程》对诺贝尔遗嘱所作的补充性的技术条款，从 1901 年颁发的第一届诺贝尔文学奖起，该奖项就都是颁给作家"最近的成果"或"最近才显示出重大意义的成果"。比如，根据后一项的规定，加西亚·马尔克斯于 1967 年发表《百年孤独》而引起世人瞩目，十五年后的 1982 年才被授诺奖。实际上，诺贝尔文学奖在一百多年的历史中不断根据执行情况做过多次技术性的条款修改，以致后来人们所熟知的该奖项，一般是基于对"某作家在整个创作方面的成就"（当然，有时也基于对某一部作品的成就）的考量。所以，总体来说，诺贝尔文学奖并非一个年度文学奖，而是作家的文学成就奖。这也是为什么诺贝尔文学奖的获奖者平均年龄在六十五岁左右。由此说来，对于一个其作品的"重大意义"已然经过历史淬炼、一个其文学成就和艺术水准已然得到世界顶级认可的作家，所谓的"诺奖魔咒"其效有何？难不成是用来折损他或她已然取得的非凡成就？

与此同时，似乎也不曾听说有人用"诺奖魔咒"来讥嘲一个外国作家（也许是我孤陋）。至少，在莫言获奖前的三十年里，有人这样讨论过沃莱·索因卡、约瑟夫·布罗茨基、托尼·莫里森、约翰·库切，甚至高行健吗？对于在耄耋之年获奖的多丽丝·莱辛、巴尔加斯·略萨或托马斯·特朗斯特罗姆，这样的"魔咒"自然更是毫无意义。

也许是莫言获奖时太过"年轻"（五十七岁），尚在文学创作的壮年时期，获奖前的若干个年份里又佳作迭出，因此人们对他未来的文学期待不免水涨船高。又或者，因为他在获奖后的若干个年份里确实不着一字，令一众期待者不免起疑，"诺奖魔咒"这样的临时发明突然有了适宜的传播环境，病毒般蔓延开来。但若以鲁迅式的恶意去揣度，这个临时发明在某些言论中暗含了对莫言的贬损，暗含了"诺奖之重"与"莫言之轻"的隐秘权衡，暗含了对莫言获奖后在创作上难以为继之状的冷嘲热讽与幸灾乐祸。

仔细翻阅通过"诺奖魔咒"这一关键词所能搜索到的中文网页可以发现，"诺奖魔咒"之谓无一例外是针对莫言一人的。同时可以发现，莫言获奖后在接受专业或非专业的媒体采访时，竟然需要不断地面对关于"诺奖魔咒"的质疑式提问。当然，国内对于莫言近四十年的创作成就的评价本就褒贬不一，甚至毁誉参半，即便是获取诺奖也不能消弭这种意见分歧，相反，一些尖利的贬斥声音借着他的获奖也相应地放大。莫言在近四十年里，既极享盛誉，也饱受责难，他自己非常清楚这"褒贬不一"或"毁誉参半"的评价格局，也非常清楚一个甚至十个奖项都不可能改变这样的评价格局。何况，对于诺贝尔文学奖本身，如今的非议也颇多。一般而言，莫言应该算是个谦逊、随和的作家。在《父亲的画像》一文中，莫言写道："获奖后，父亲对我说的最深刻的两句话是：'获奖前，你可以跟别人平起平坐；获奖后，你应该比别人矮半头。'……也许会有人就我父亲这两句话做出诸如'世故'甚至是'乡愿'的解读，怎么解读是别人的事，反正我是要把这两句话当成后半生的座右铭了。"① 可以说，这是莫言公开地向世人示弱，诚恳地向世人展现谦卑之姿。

但他在回应"诺奖魔咒"这一质疑式提问时，却有一种稍作迂回就能触及的硬气。在他看来，所谓的"诺奖魔咒"只不过是一个时间管理的问题："（获诺奖的）一个更直接的后果，是占用了太多的时间。中国如此庞大，这么多的高校、学术团体，这么多的城市讲堂……即便是你十个邀请中拒绝九个，剩下这一个也足够一个人应付。还有一些社会兼职，也占用很多时间。"② 在莫言看来，所谓的"诺奖魔咒"最多只是折损了他的一些时间，却丝毫不伤及其文学才能的羽翅。而说到"时间"或"时间管理"，其实莫言大约是中国作家中最不"珍惜"时间、最能"挥霍"时间的作家了。他写一个中篇只需一个星期的时间，写《红高粱》用了一个星期，写《欢乐》用了两个星期，写《天堂蒜薹之歌》用了二十八天，他的十多部厚薄不一的长篇小说也基本都是在一到两个月左右的时间内完成的。所以他说："我几十年来的创作时间累计起来不到三年。"③ 因此，从某种意义上讲，如果"诺奖魔咒"主要只是折损了

① 莫言：《父亲的画像》，载《作家》2018年第1期。
② 莫言、张清华：《在限制的刀锋上舞蹈——莫言访谈》，载《小说评论》2018年第2期。
③ 同上。

莫言的若干年时间，我以为，莫言或许并不会太过在意。所以，等到大部分的社会性应酬终告完结，当他重新提笔进入创作状态，他很快便用一种极具标志性的恣肆和挥洒宣布自己的归来。而"这一次是先多方位地尝试"，"是文本边缘的突破"，是四处开花，多点爆破。莫言自己说："近年来我写的作品，有短篇小说、中篇小说、长篇小说、小小说，还有散文、电影剧本、电视剧剧本、话剧剧本、戏曲剧本、歌剧剧本——歌剧写了《檀香刑》剧本，当然，还有前面提到的诗歌……"① 就文学而言，莫言近年来发表的作品在文体上所呈现的丰富和多样化，使他的作家面貌更像一个多面的晶体，而不是一个单纯的小说家。他同时向我们展露的，还有他近乎"游于艺"的放达、自如的创作心态。

文坛或文学史上伤仲永的故事时有发生：有多少曾经杰出的作家正值创作盛年之际，却因为社会兼职、社会事务的羼杂（甚至为名声所累）而从巅峰滑落，直至泯去了文学才华；又有多少崭露头角的青年才俊尚未来得及得赠什么微末奖项便折戟沉沙，没世无闻。对于这些人来说，这世上可能真有所谓的"魔咒"，一旦被箍便再难脱逃。但对于莫言来说，可以肯定的是，所谓的"诺奖魔咒"并不存在。世上本无这一魔咒。

二、打油诗

在题为《在限制的刀锋上舞蹈》的访谈中，莫言表达了自己在越过"时间管理"这一阶段后重返创作状态的放松心态："爱怎么着怎么着，想怎么写怎么写，写得好是它，写得不好还是它。"

---

① 莫言、张清华：《在限制的刀锋上舞蹈——莫言访谈》，载《小说评论》2018 年第 2 期。

他甚至还不失时机地顺带着讥讽了一下"那些扬言要写伟大作品的人，那些熟知伟大作品配方的人"，因为这些人"从来没写出过伟大作品"。① 熟悉莫言的人，熟悉莫言作品的人，大致也都了解他的这种不管不顾的洒脱心态。两年前，在谈及莫言的近作时，余华就不禁盛赞："我看到了一个极其放松的莫言，一个生活中为人谦和但是在文学里我行我素的莫言回来了，让我由衷高兴的是这个回来的莫言比六年以前的莫言还要我行我素。"② 莫言的这种悍然不顾、我行我素、挥洒自如的写作心态，显然是与他原生的、长期形成的、不断加固又不懈持守的某个心理和认知结构有关的。

2018 年 5 月，在北京师范大学为莫言近作而召开的一个研讨会上，余华在发言中提出了一个甚是别致的观点："在我看来，他（莫言）的文学之路就是一条'反精英文学'之路，同时又坐稳了精英文学的江山。"这一看法是很有见地的。余华同时也指出："我觉得特别好的一点是，莫言哪怕坐稳了精英文学的位置，他依然在反精英文学，尤其他的诗歌、他的戏曲。"③

我非常认同余华关于莫言的"精英和反精英"的精妙提法。这个提法里包含了莫言当下的身份构成中"精英"与"草根"的双重性。从一个挨饿、受穷、过早失学的底层农民到一名无可争议的文化与社会精英，从一个刚出道时极为窘迫的文学青年到一位世界级的、万众瞩目的文学大家，从一个乡村孩子到大都市里的市民，从地方到京城，从边缘到核心，从中国到世界，莫言的半生经历了多次身份的巨大转捩，但应该注意的是，在这个转变过程当中，莫言一直没有遮蔽和过滤掉他起步时的身份和气质。这就形成了前面所

---

① 莫言、张清华：《在限制的刀锋上舞蹈——莫言访谈》，载《小说评论》2018 年第 2 期。
② 余华：《莫言的反精英之路》，载《当代作家评论》2019 年第 1 期。
③ 同上。

说的莫言身份结构中的双重性。我认为，"精英"与"草根"之间的对峙、交融、消解和互换，这一复杂的配比和运作，构成了莫言写作时的身份认知，同时也构成了莫言作品内部结构的叙事景观。虽然莫言有着当下的、直观的精英身份，但是，他的精神内部却一直保留着一个农村来的孩子对城市的某种距离感，一种高密孩子的思维。这种距离感和思维，清晰而顽强，在他自己精神内部，形成了一种显著而有效的消解感，一种在他的精神内部完成的，时时对他现有精英、城市身份以及如今作为诺奖得主的至高地位构成抵消、化解的意识和态势。他几无顾盼自雄、自命不凡的倨傲身段。归结起来说，面对所谓的贫贱与高贵、底层和上层的分野，他一直有一种对厝置于身份中的所谓的"高贵""上层"进行自我约束的强烈本能。这就能解释莫言何以会要求自己"矮别人半个头"。这矮下来的半个头，其实是对自己身份结构中"草根"部分的自觉的帖伏。正因为如此，基本上，他不会以精英身份自矜，文学大家的名衔、诺奖得主的冠冕都不会对他形成太大、太持久的压力。这就能解释莫言何以能发出"爱怎么着怎么着，想怎么写怎么写"的烂漫之言，能一贯地我行我素，独行其是。某种程度上，这也解释了莫言何以总是能以淡定、诚恳、谦恭的姿态去应对一次又一次的访谈中凛然抛出的、莫须有的"诺奖魔咒"的诘难。

如果能就莫言近作中表现出的对"文本边缘的突破"的尝试作一些辨析，我们也能发现，他的"爱怎么着怎么着，想怎么写怎么写"的烂漫之姿，他的石赤不夺的草根气质，是如何恢恢乎流布于文字、句式、语态以及择用的文体中。比如莫言的打油诗。这些年，通过互联网或自媒体平台，人们已陆续读到了莫言的部分打油诗。在2017年9月的一次直播访谈中，他说："我写得更多的还是打油诗，几百首是有了……这五年陆陆续续写的就更多了……累计起来700、800首是有的，将来精选吧，精选一下，到时候看看出个几本。"①莫言之于打油诗，不仅甚为高产，不仅乐此不疲，而且似乎还很看重，拟郑重其事地编选之、出版之。打油诗是俚俗诗体，是民间文学的产物，也是民间文化的载体，草根品性郁然，历来不登大雅之堂。它是典型的俗文学，是"正统"眼中的"旁门"。众所周知，莫言的小说中一直有戏谑的、诙谐的、幽默的成分，几乎所有小说都包藏或放任这个成分，这也是他小说审美趣味的重要构成部分。他小说语言的"泥沙俱下""杂花生树"，实际上体现的也是打油诗般不拘格律、罔顾平仄的朴野、狂放的特性。但是，很显然，他似乎觉得这样还不够过瘾，还需要将"打油"的戏谑动作延伸到小说文体之外，需要耗费大量时间去刻意地写作打油诗，用以释放并蓄留澎湃、渊浩之戏谑之意。我认为这个动作还是别具意义的。这说明，在莫言的自我意识、内在思维当中，确乎有一种自我消解、自我颠覆式的自嘲力量，用以平衡他精神和心理内部的那种双重性。在这种平衡中，他并不故作姿态地贬抑"精英"，但他同时强调性地认定，"精英"并不在价值上先验地优于、高于"草根"；他认同"正统"，但并不认为"正统"具有审美上的绝对合法性，以致可以理所当然地轻蔑、碾压"旁门"；同样地，他用巨大数量的打油诗来表明，某一类"高尚"文体，并非是必须被绝对认可、绝对推崇的至高文体，也不是他这个身份的作家所可操持的唯一文体。

当然，莫言的这种草根性、民间性是原生的、一贯的、持续的，并在经年的写作中不断凸显和放大。虽然，中国现代文学发轫之初就有周作人指出"思想与文艺上的旁门往往要比正统更有意

---

① 见《对话莫言：获诺奖五年在忙啥？明年更多作品将面世》，链接地址：https://v.ifeng.com/c/09a75baf-45b9-4596-9ae0-41c251eb1b29。

思，因为更有勇气与生命"①，虽然，以"工农兵"为阅读对象的文艺方针长期以来受到舆论性、政策性支持，但实事求是地说，文学上的现代性转型、审美上的精英化追求，仍然是现代中国文学最内在、最根本的趋势。可以说，莫言的横空出世，在他与同道的竭力奋争下，才使得"草根"和"旁门"有了与"精英"和"正统"一较高低、平分秋色的可能。大约二十年前，随着《檀香刑》的发表，他公开地表明了在文学上"有意识地大踏步撤退"、撤退到民间文学的写作主张，表明了蒲松龄的《聊斋志异》以及蒲松龄式汲取资源与灵感于民间的写作路径是其效仿榜样的草根姿态。他甚至干脆一竿子捅到底地认定，《檀香刑》"这部小说也只能被对民间文化持比较亲和态度的读者阅读"②。之后不久，在2002年，他又提出了"作为老百姓的写作"一说③，点化了一个重要的关乎写作伦理的原则性问题，并解决了如何避免"边缘就会变为中心，支流就会变为主流，庙外的野鬼就会变为庙里的正神"的累世难题。不过，需要强调的是，正如余华所说，如今的莫言比获奖之前更为我行我素，他"游于艺"的率性任意，他择用"打油"和"旁门"的恣纵不羁，都仿佛臻入化境般自然、自如与自在。

这里想略微补说一点由《檀香刑》引发的话题。当"西方文学"迅速在中国现代文学史上被奉"经典""正统"之后，中国现代文学已在这样的"经典""正统"的影响下走过了百年。2016年，莫言曾在自己的微博上说："我阅读西方文学数十年，始终保持着

① 周作人：《〈梅花草堂笔谈〉等》，见钟叔河编：《周作人文类编》第2卷，长沙：湖南文艺出版社，1998年版，第695页。
② 莫言：《檀香刑·后记》，北京：当代世界出版社，2003年版，第379—380页。
③ 莫言：《文学创作的民间资源——在苏州大学"小说家讲坛"上的讲演》，载《当代作家评论》2002年第1期。

清醒的意识，深入时想着浅出，靠近时想着摆脱，臣服时想着叛逆。《檀香刑》是我试图彻底摆脱西方文学影响的一次努力，也是我用小说的方式向民间戏曲的一次致敬。"①他在诺奖颁奖典礼上的演讲词《讲故事的人》，也再次向世人表明，是源远流长的中国的文学传统、民间艺术和不屈不挠的草根精神在更大程度上成就了今天的莫言。他的"有意识地大踏步撤退"，也让世界看到了有民族风格、民族气派的中国当代文学。

三、"前现代"

尽管莫言谦逊地声称，"我写现代诗歌，而不是打油诗歌，就是为了更好地读懂别人写的诗"，但他仍然忍不住对当下现代诗的艰涩难懂提出批评，表达不满。他认为，当下的现代诗之所以让人看不懂，是因为"表达的意思是不连贯的，好像是语言自身的繁殖，读某些人诗歌的时候感觉不是诗人在写诗，是诗在写诗，是第一句话不断往后繁衍，细胞分裂一样，由第一句分裂出第二句，第二句把第三句分裂出来，这是语言的自我繁殖和自我分裂，然后形成一首诗，自然就看不懂"。于是，他不无戏谑地说："我也在写诗的过程中体会到这种语言自我繁殖，有了这样的经验，我再回头看他们的诗就看懂了，看不懂就是看懂了。"②毫无疑问，莫言没有、也不会屈就当下诗歌的某些"现代性"成规。他近年发表的诗作，语言浅白亲和，意象生动透明，没有太多的"话里话外"或"言外之意"，同时没有"诗歌到语言为止"的玄虚，也不必在阅读时持

① 莫言：《从小说到歌剧》。该文见 2017 年 11 月 10 日莫言微博：https://weibo.com/ttarticle/x/m/show/id/2309404172535053829927?_wb_client_=1。
② 莫言：《关于新作几句不得不说的话》，载《当代作家评论》2019 年第 1 期。

有"得意忘言""得鱼忘筌"的超越性心理预备。比如他的《奔跑中睡觉》一诗：

昨天夜里在日本大使馆外

与村上春树撞了个满怀

私密马三，扣你鸡娃

我读过您的

《挪威的森林》

《海边的卡夫卡》

我夜里跑步是受了您的启发

阿里嘎托，谢谢啊

哈腰哪啦

送你一朵白莲花

口吐莲花，盖世才华

为了印你的森林

砍伐了多少森林

今后把你的书

印到水上，云上

印在北海道大学金色的

银杏树叶上

这诗有着十足的俚俗气质，俏皮、诙谐，又煞有介事，拙中有巧，读之忍俊不禁。《哈佛的左脚》一诗在毫不客气地讥讽了愚蠢的迷信行为后，结尾一节突然道："我在汕头大学朗诵这首诗 / 李嘉诚乐不可支。"这陡然加入的"微叙事"，以一个著名长者的"乐不可支"之态，卸掉了讽喻诗通常具有的说教感以及基于道义立场进行言说时的正襟肃容的语言形象。传阅较广的组诗《七星曜我》虽然写的是颇为严肃的人和事，但是它的句法和腔调却有着显而易见的打油成分。《谁舍得死》一诗谈及生死，表达的也是十足形而下的凡俗观念："最伟大的小说也不如一本菜谱／世上有这么多美食／谁舍得死。"这里没有中国传统士人"舍生取义"的情操追求，更没有"杀身成仁"的壮怀激烈，一切超越性的意义都被废黜，"贵己""重生"的庸凡本能占据了生死观的基本面。"小说"与"菜谱"间的权衡，反映的正是莫言精神内部的"精英"与"草根"双重格局，以及这一格局中"草根"价值观的坚实质地。其实，如果细究一下就会发现，不只是诗歌，就连被视为小说家莫言之基业的小说，近来似乎也染上了打油气息。比如，我认为，短篇小说《表弟宁赛叶》和《诗人金希普》就可视为打油小说，我们光看小说题目就能感到一股打油诗般的戏谑之气扑面而来。

当然，莫言并不刻意地与"精英""正统"为敌，至少并不总是这样。他的思想、情感、审美取向以及写作方式，看上去"任意妄为"，其实并不具有让人敬而远之的排他性和侵略性。相反，莫言在前述诸方面都表现出了弹性颇大的包容性，表现出了能在其精神内部吸收、处理、消化多种异质单元的卓越能力。比如二十世纪九十年代初的长篇小说《酒国》——这部被莫言自诩为"美丽刁蛮的情人""最为完美的长篇"①的作品——就有着极具"现代性"的精英立场与精英意识。《酒国》写吃人，一说"吃人"，我们就自然会联想到《狂人日记》，想到鲁迅（某种意义上讲，正是自《酒

---

① 语出莫言在日本京都大学的演讲。转引自叶永胜、刘桂荣《〈酒国〉：反讽叙事》，载《当代文坛》2001 年第 3 期。

国》始，批评界越来越频繁、越来越自觉地在讨论中将莫言与鲁迅相提并论，视莫言为"与鲁迅相逢的歌者"——虽然"在一个远离鲁迅的地方和鲁迅相逢看起来是不可思议的"①），想到启蒙立场，想到知识精英。因此，《酒国》很容易被认定是"现代性写作"，是很典型的、不辨自明的精英写作。在其近作《表弟宁赛叶》和《诗人金希普》中，叙述人的角色有莫言自己的不假外求的代入感，而在这个文学上功成名就的、精英之色难掩的叙述人眼里，"表弟宁赛叶"和"诗人金希普"这样的乡村文痞，既是乡土文化的产物，也是乡土文化的污垢。莫言对这类乡土人物的讥讽也是不假辞色的。在《等待摩西》中，柳卫东/柳摩西从"反教"到"皈依"的命运转捩，不仅折射了一段弘阔的历史风云，也折射了一种横亘在乡土中国、从未变迁过的乡愿之景。如果说，行骗失败的柳卫东失踪后，"我"对柳卫东的关心和等待尚有道义的加持，那么当数十年后这个失踪的骗子以"摩西"的名目、信徒的面目再度返乡时，"我"等不到他的出现就背身离去，明显地表达了对这一乡土人物之卑污人格的鄙弃。《斗士》也可视为这一批判性主题下的另一题材的呈现。《左镰》可视为《透明的红萝卜》的升级版，在这个小说里，朴实的传统乡土伦理与坚韧的底层生命，与不忍直视的野蛮、血腥、暴力和悲苦的撼人细节相互交织，两相表里，莫言在哀怜、追抚的同时，显然也默不作声地祭起了"现代性"的批判武器。不用说，我们很自然地会联想到，他与鲁迅的"哀其不幸，怒其不争"的异曲同工。莫言对乡土、乡村的"仇恨"也是公开的。由于年少时长期遭受的贫穷、饥饿、歧视、落后、愚昧，他一度认

---

① 孙郁：《莫言：与鲁迅相逢的歌者》，载《当代作家评论》2006 年第 6 期。

为乡村、故土"这个地方太坏了","对它非常感到厌恶",[①] 这使他对待乡村、故土的态度一度也是鲁迅式的。

不过,《酒国》式的精英立场在莫言长期的写作中是暧昧的、不确定的,是恍惚的,常常处于一种自我瓦解的状态。莫言不仅是丰富的,也是复杂的。他的复杂性就时常表现为左右摇摆,跨来跨去,亦庄亦谐,在庄重和戏谑之间动摇不定。前文之所以反复提及莫言的打油诗般的戏谑,是因为戏谑本身包藏着能量巨大的反讽。我认为,莫言的精神内部、莫言的心理结构中存有巨大的自我反讽的意识。从亚里士多德开始,在西方的人文传统当中,反讽就被认为是自我控制的一种最原本的手法,是个人用以建构主体性的重要力量。克尔凯郭尔就说:"没有反讽就不可能有真正的人生。"[②] 因此,一个人的自我反讽能力越大,他的主体性就越突出、越强烈。今天我们看到的莫言所呈现出来的思想,给我印象最深的就是他的"自反",他对以前曾经肯定过的东西不再那么肯定,他对以前曾经否定过的东西现在也不那么否定,他不断地处于"自反"之中,在不断的"自反"中逐渐建立起了当下这个清晰而强悍的主体性形象。这是一个很有意思的现象。我曾通过《酒国》与《蛙》的比对,撰文讨论过他的这种"自反"。[③] 在《酒国》里,有一种刻意的、单向度的对所谓的"现代性"的追寻,但二十年后,在《蛙》中,情况就有了很大的改观。《蛙》以计划生育为题材,计划生育是一种巨型的现代性方案,莫言并不否定这个方案的历史合理性,只不

---

① 莫言:《爱故乡又恨故乡》,载《环球人物》2016 年第 26 期。
② [丹麦] 克尔凯郭尔:《论反讽概念》,汤晨溪译,北京:中国社会科学出版社,2005 年版,第 283 页。
③ 王侃:《启蒙与现代性的弃物——从〈酒国〉到〈蛙〉》,载《当代作家评论》2010 年第 5 期。

过，从一个作家的文学立场出发，他需要讲述这个现代性方案所遭遇的生命伦理的冲突。这是一个尖锐的社会与伦理悖论。这个悖论如何去解决？通过取消计划生育政策这一现代性方案吗？就当时的历史境况来说，显然不行。通过暗黑的地下代孕产业吗？显然也不行，因为解决一种伦理冲突不能以制造另一种伦理冲突为代价。我们都应该特别注意《蛙》在结尾处引入的那个戏剧场景：莫言设计了一个包公断案的戏剧场景，让包拯穿越而来，为现代人的伦理冲突解纽。那么，为什么要由包公来断案？因为无论是"现代"还是"后现代"，都显然无力解决这个悖论，而与这个悖论相关的社会问题已愈益严重。于是，在莫言看来，此时需要一个前现代的法庭来给"现代"和"后现代"断案。这个往回跨的设计很有意思，说明他以前想否定的——比如前现代的东西，他现在不那么否定了，他曾经非常肯定的东西，比如在《酒国》中对现代性的那种肯定，到《蛙》这儿已经不那么肯定了。而他的小说新作也再次印证他的这种"自反"。他近年发表的小说虽然都是短篇，但故事的时间跨度都很大，都是写几十年的故事，几乎都是长篇小说的时间容量。在这些故事里，有轮回，有变迁，有各种沧桑和诸般命运，但是无论如何，这些小说都在传达一个共同的意思，那就是，尽管经历所谓的现代和后现代，时代已截然有别，但世道却没有变好，人性没有被救赎。以莫言的年岁和阅历，如今要他对人类的未来抱有真诚而乐观的瞻望，多少会是一种荒谬。诺奖也并不真的只是颁给"理想"的。相反，我倾向于认为，如今的莫言会越来越觉得前现代的乡村故土才保留了很多美好的东西。如今的他，曾如此深情地表述过：

我也体验到了现代文明冲击下的巨变，感受到了城市人和乡村人的对立情绪，也感觉到不断扩张的城市对农村自然经济的破坏，农村人传统的道德价值观念也受到了前所未有的冲击。这时候，我非常怀念少年时贫困但很丰富、简单但非常充实的农村生活，因此我的故乡已是我文学的归宿．是我需要开掘的最丰富的矿藏。所以就产生了爱故乡又恨故乡，恋故乡又怨故乡，想离开想回去，回去了又想离开的一种非常矛盾的状态。所以在《红高粱》里就出现很直白、很强烈、很狂妄的表现。

现在再让我这么写，我肯定不会了。

我肯定就写故乡太可爱了，我永远地想念你。①

这时候，莫言对待乡村和故土的态度，又是沈从文式的。

因此，莫言近作总体上呈现了两个显而易见的向度。当然，这两个向度在他以往的写作中也是一种显在。只不过在当下这个"前现代"的命题下重新讨论他的这两个向度会别有意义。这两个向度，一是时间上对"过去"的频频返望，二是空间上对"故乡"的深情追抚。如果将这两者合二为一，我们也可以认为莫言的近作再次强调了对"过去的故乡"的追寻。我把"过去的故乡"这个时空组合称为"前现代"，这种追寻也就可以称为"对前现代的追寻"。2016 年 5 月，莫言与另一位诺奖得主、法国作家勒克莱齐奥在浙江大学对谈，后者说："当一个世界不复存在的时候，文学可以帮助我们结识不复存在的世界。"② 莫言也在回答提问时表达了相近的意思。我觉得，莫言这些年就在做这样的工作：有一个消失的世

---

① 莫言：《爱故乡又恨故乡》，载《环球人物》2016 年第 26 期。
② 莫言等：《文学是最好的教育》，载《浙江大学学报》(人文社会科学版) 2016 年第 5 期。

界，他试图让它恢复过来。这个世界，当然是指已然消失的"前现代"的世界。所以我在想，假如像莫言所说，在有生之年必须要再写一部长篇小说的话，我斗胆预言一下，那将会是一部关于前现代的小说。

2020 年 7 月 5 日于菩提苑

原载《当代文坛》2020 年第 5 期

自我、反讽与赋形

——李洱漫议

小 众

李洱注定是个相对小众的作家。即便是有媒体称《应物兄》的出版是个"现象级"的事件，仍然不影响用"小众"来对李洱进行某种基础性定义。我个人认为，《花腔》发表之前的十多年，是李洱进行自我训练的一个阶段，一个较多地致力于"现代主义"修习的铺垫性阶段。虽然这个阶段的成绩粲然可观，但绝非超群绝伦。若非《花腔》，这个小众作家或将泯然于众人。李洱在长篇小说方面的才华和成就是令人不胜钦慕、无比惊羡的，是能持续引发阅读中的击节和掩卷后的沉思的。我至今还记得当年读《花腔》时的罕有体验：临近卷尾，我突然把书放下——我居然舍不得把它读完。毫无疑问，李洱迄今为止的三部长篇小说比他那些数目颇丰的中短篇小说更具某种说服力——无论是就其文学性还是其他方面而言，俱皆如是。

说李洱"小众"，直观的原因是他的大多数小说有着阅读、接受和阐释上的难度，而且难度不小。多数时候，他并不肯或不甘于老老实实地讲述故事。比如，一个普普通通的银行运钞车劫案，就被他讲述得犹如一撮纸屑、一地鸡毛般支离破碎（《现场》，1998）：叙事进程中不断运用的闪回，总是不由分说地切断了时间的连续性和空间的统一性。某种程度上讲，李洱于二十世纪九十年代的写作修习，在技术、形式甚至语义层面的实践，比之兴起于八十年代的以苏童、格非、余华为代表的先锋小说，更贴近欧美现代主义的本义和气质，因此也更具实验和先锋的意味——虽然从文学史的宏观层面上讲，此际的"先锋"已然收场。他在此期间写下了大量我称之为"叙事失焦"的——即语义涣散、所指昧然的小说。能很明显地看出，在他的写作思维中，有加缪、卡夫卡、贝娄、胡尔福、马尔克斯的鲜活身影频繁出入其间。他在小说里掉书袋般煞有介事地挪用典籍、征用"本事"、撺掇历史人物时（比如《遗忘》，1999；《1919 年的魔术师》，2000），则显然有卡尔维诺、博尔赫斯或埃科在虚暗中遥相授受。当然，在《1919 年的魔术师》中初次登场的葛任再次现身《花腔》时，李洱已然形成了自己的语言。在这套语言中，李洱式的讥诮、幽默、谐趣加持了我们的阅读兴趣，丰沛的语义也点燃了四面八方的阐释热情，但前述的"难度"却并未降维。不得不说，《花腔》——这部关于"言说"的小说，貌似提供了语言的"林中路"，提供了接近意义和确定性的路标，但实际上，一脚迈进，却发现是个瓮城。即便是在职业化的、严肃文学的阅读圈内，人们也普遍承认，《花腔》迄今仍然是个并不容易攻克的语言堡垒，更遑论后来的《应物兄》这样的庞然大物。

由于在理论方面的恒久兴趣，李洱本人谙习多种批评门派，通晓文学批评的各式套路、招法、兵器、暗门甚至江湖切口。他若从事专业性的文学批评，也定当是一名相当出色的批评家。也正因为如此，他显然深谙该怎样去如此这般地构筑一种自带防御工事的叙事体系，以避免被各种职业化或非职业化的解读和批评轻易撕开，长驱直入。可以说，"新批评"在定义反讽时所说的"任何非直接表达"，恰是他在自我训练阶段基本的叙事设定。他几乎在出道之始就对一览无遗、清澈见底的镜像式"清新叙事"暗加拒斥。这既有欧美现代主义前辈作家的引领和启迪，也有他本人的自觉和刻意。因此，他这个阶段的中短篇小说几乎都是滞涩之作，常让人感到不得其门而入，读得一头雾水，批评家们基于职业本能所作的强行阐释，结论也往往似是而非，生拉硬拽。他的三部看似文气通畅、笔致流利的长篇小说，你若非一个笃定、练达、有罗盘般方向感的成熟读者，也一样会不慎在他异象丛生、弄喧捣鬼、莫衷一是的语言版图上进退维谷。我猜想，这是躲在工事后的李洱所乐见的景象，尤其是在一头雾水中强行（胡乱）杀开一条血路的各种阐释动作，一定更让他忍俊不禁。他得意于以策略性的"乱中取胜"来作为自己的叙事擘画，而这个"乱"，在我看来，也隐晦地包含了他令对手自乱阵脚、进退失据的生动形容。

不过，倘若认为李洱在九十年代的自我训练主要是技术性的，即太半停留于技法磨炼，则大谬不然。仍以《现场》为例。这个小说的情节主干里，一个蓄谋已久的劫案成功实施后，主犯却主动束手就擒，引颈待毙。他"向死"的举动，他决定主动与死亡拥抱时突然迸发的莫名激情，使对"劫案"及其动机的一般理解发生了大幅度飘移，骤然有了以死亡定义自由（"自由只有一种，与死亡携手共赴纯净之境"）的加缪式存在主义的气息。这是一个根本性的反讽：如此处心积虑的一个谋划，一个企图将自己从积贫、积弱的人生困厄中拯救出来的举措，最后变成了一个将自己主动交付给死亡的终局，一个在道德哲学意义上的生命救赎的故事。在这个主犯身上，我们嗅到了默尔索的体味，并在他的脉息上捕捉到了

《局外人》式的"现代情绪"。毫无疑问，这个小说的一撮纸屑式细碎的现代主义笔法、反讽的调式，与存在主义式的"现代情绪"有很好的匹配度。相反，如果采取有着时间连续性与空间统一性的镜像式清亮叙述，这样的叙述与默尔索式灰颓的"现代情绪""死亡冲动"在大概率上难以接榫。我想，在李洱那里，也一定有着某个关于"故事"与"形式"、"思想"与"技术"的一元论。以我的阅读所及，王安忆应该是这个"一元论"最早的提出者，她宣称、强调和坚信这样一个写作信念，即某个故事一定有且只有一种最理想的形式与之匹配，一种思想也一定有且只有一种相应的表现技巧与之匹配，形成绝对无缝的完美对接。《现场》这样的小说大概就颇能代表这个"一元论"，用以说明李洱的技术训练与思想呈现的同步性和同构性，说明他为使"故事"和"形式"达成一元之境的用心和用力。另可举隅的是《午后的诗学》（1998），这部小说满篇是对知识分子（诗人、学者）乏味生活的乏味叙述的堆砌，这一堆乏味的叙述，以特有的冷漠感、疏离感，表达了一种现代主义式的否定，即像博尔赫斯那样技巧性、修辞性地表达了一种"对现实的强烈而隐晦的反对"①。但很明显，它并不只是纯然修辞性的。李洱对博尔赫斯的致意之作，如《1919 年的魔术师》，需要从"故事"和"形式"、"思想"和"技术"的一元论的圆融角度切入才能获致相对完满的诠释，片面的"形式"或"技术"分析都会不得要领，甚至大失其义。

既然说到了"思想"，我想顺带提一下，李洱对于一个作家是否要叙述苦难、以何种方式叙述苦难，有着基于文学和伦理的双重考虑，甚是矜庄。这使他与嗜述苦难的中原作家以及将苦难与良知进行简单比附的流行观念区分开来。他反对将文学交付给三板斧式

---

① 李洱、莫冉：《与中国当代作家李洱的对话》，载《山花》2020 年第 10 期。

的批判动作，因为这不仅非常没有"难度"，而且通常伴有伦理差池。①在他的题材序列中，俗世的"苦难"并不享有比其他题材更为优先的提取权，除非你事先疏通了以作家身份讲述苦难的伦理前提（比如像陀思妥耶夫斯基那样焦虑于自己是否配得上"苦难"），并辩证而深刻地把握住了与苦难有深度契合的形式问题。当我们这样讨论李洱时，其实已经在提示，他是个有伦理自警的反讽主义者，因此是一个被自我批评精神所主导从而时时意识到个人之巨大局限性的知识者和写作者。

当然，说李洱是个"小众"作家，更在于他一直以来持之不懈地在认知与思辨层面进行自我训练所达成的格局与境界。《应物兄》以恣肆之势旁逸斜出的知识叙写，其内容对于多数读者而言，大多并非唾手可得、伸手可及、一望可知的一般性"常识"或"习见"，而是一种经年累月的、经过淬炼的知识修为，一种渊弘、开阔并且深袤的知识图景。那些看似信手拈来、任意生发的博物志般的"知识"，并非无关紧要的掉书袋，亦非矜奇炫博的夸饰，更非后现代式的语汇泡沫，而是作为反讽的"装置"配备于行文，因为，按理查德·罗蒂的说法，"反讽的反面是常识"②。通过知识叙写，通过反讽，《应物兄》以李洱式的"乱中取胜""险中取胜"，在一个高度错综、五光十色且丰盈厚韧的叙事织体里呈现了某些超拔高迈的思想史脉络。《应物兄》让很多人着实意识到，李洱长期的自我训练其实相当严苛，他在这部长篇小说里展示的阅读水平、知识水平和思辨水平，

---

① 对于为数不菲的作家通过写作来"诉苦"，尤其是"非要通过写农民"来"诉苦"，李洱曾出言讽喻："有些作家，不把人写哭绝不罢休，然后到处签名售书，胳膊肘都磨破了，都影响他打高尔夫球了。"见李洱：《答问录》，上海：上海文艺出版社，2013年版，第36页。

② ［美］理查德·罗蒂：《偶然、反讽与团结》，徐文瑞译，北京：商务印书馆，2003年版，第106页。

对标于这个时代的文学和思想前沿，也不逊色于这个时代最宏伟的理论气魄，当世作家罕有其匹。与此同时，他也在对"难度"的不懈攀越中确立了强烈、鲜明且难以为他人复制的个人风格。

李洱有理由、有资格像当年沈从文写作《看虹摘星录》时那样去吁求"理想读者"的出现，从而图谋达成写作者与阅读者之间最优级的共振。无疑，对于一个严肃作家来说，对"理想读者"的吁求，多半会直接将他置于小众。不过，我们在李洱从《花腔》到《石榴树上结樱桃》、再到《应物兄》的长篇序列中可以直观地感受到他的文学野心：一种追求卓越、追求轶群绝类、抚经典而思齐的文学志向。作家的这种野心越烈，大概率情况下，其不得不面对的"小众化"程度就越高。我相信，李洱是乐见于自己的作品被当下和公众普遍消化的——只要这样的"消化"不构成文学上通常的贬义。但我同时更相信，像卡夫卡、博尔赫斯那样成为"作家中的作家"对他而言是更致命的诱惑，更贴合于他的文学野心；如果达成这样的目标必须要由"当下""公众"所标示的现世成功作为代价来抵兑，他会不假思索地签字画押。像一个星系中的恒星一样璀璨而不可取代，从而可以耐心、安然地在时间的长河中等待理想读者渐次入场，纷至沓来，这是任何一个时代的任何一个杰出作家最根本最深层的利比多。

反　讽

李洱有一个相当清晰的自我认定：他的小说"偏于反讽"。我认为，这是他在长期的自我训练中从现代主义那里继承的最主要的品质。这种品质，像一桩光天化日下的事实，显见于"石榴树上结樱桃"这样的叙事语法中，以及以"饶舌的哑巴""白色的乌鸦"

或"喑哑的声音"这样语义参差的弹性语汇所表征的"否定性辩证法"之中。

可以粗略地把反讽区分为两类：作为"话术"的反讽和作为"立场"的反讽，虽然这两者大多数时候并不能截然分开。但首先，在写作中，无论是技术性（"话术"）地还是结构性（"立场"）地采取反讽，都与对"难度"的自觉追求直接有关。因为，"反讽是思想复杂性的标志，是对任何简单化的嘲弄"。①

晚清以来百余年的现代中国，在"正反合"的历史辩证法的回路上筚路蓝缕，艰苦卓绝，竭力迈进，但中国知识分子苦苦企盼的"历史合题"却迟迟未能降临。中国社会在百余年历史进程中所发生的若干次巨大转捩——借用理查德·罗蒂的话来说，像"骇人听闻的格式塔转换"。克尔凯郭尔认为，世界的每个历史性的转折点都必定会产生反讽这一思想潮流。② 每一次大的历史转捩都会造成原本用来锚定族群信念的"终极语汇"的局部或全部丧失，从而造成整个社会在精神上无所依恃的无根性。二十世纪九十年代以来，在思想文化领域，由"解放思想"呼吁而来的多元化格局，迅速被继之而起的、愈益浓重的相对主义的幽灵所占据，它不仅摧毁了知识分子的团结，也造成了不同社群之间、个人与社会之间，甚至个人与个人之间难以弥合的割裂。它与前述的"无根性"一起，促成了在文化、思想、精神方面的犬儒之势——一种被巨大的不确定性所裹挟、所冲刷，从而只能耽于观望的灰暗态势。这期间，知识分子的言说和选择同样不得不呈现出反讽的特定性状，即一种摇摆于

① 赵毅衡：《反讽时代——当今文化与"和而不同"》，见《反讽时代：形式文化与文化批评》，上海：复旦大学出版社，2011 年版，第 8 页。
② ［丹麦］克尔凯郭尔：《论反讽概念》，汤晨溪译，北京：中国社会科学出版社，2005 年版，第 225 页。

确定性与不确定性之间的犬儒之态，一种克尔凯郭尔用来形容主体性时所说的"悬搁""悬浮"之态。虽然，很难说当下社会已进入理查德·罗蒂所期望的"反讽和谐"之境，即进入由反讽主义所倡导的让多元话语彼此解读、互相矫正的理想文化状态——一种被认为有光明前景的"人类文明的出路"，但可以肯定的是，当下没有任何一种话语可以孤悬于反讽之外，浑然自足，怡然自得。无疑，这确确实实是一个被反讽所标注的时代，它同时标注了李洱的写作。

《葬礼》（1999）就是一个单核的反讽结构：两列对开的火车，两个交错的人物，形成错位式的反讽。这种错位，并非简单的彼此否定，不能在表面的相悖处终止语义的联想。相反，错位的双方表面上看是南辕北辙，其实却共同构成了某种混沌未分的关系性。这样的一种迂回和隐蔽，是反讽的"话术"，是"午后的诗学"，即在慵懒、迷离、昏昧和不确定性中的语义开合。《花腔》则多核，是结构性反讽，它把极具差异性的多种声音收纳在一个可以使之联通解读、彼此矫正的共时性结构中。这部小说的叙述者将自己卑微地称为"抄书人"，即表明自己只是各种言说、不同声音的客观摹写者、陈列者、摆放者，其使命只在呈现每一种言说或声音的原始本真，以及每一种言说或声音之间的关联、差异和颉颃。《石榴树上结樱桃》呈现的是一个欧·亨利式的"命运反讽"。如果把《花腔》和《石榴树上结樱桃》综合起来看，它们共同呈现了一个关于现代中国的"历史反讽"。当然，《应物兄》是位阶更高的反讽之作：同样有关"命运"，有关"历史"，但它是体系性的巨型反讽，是里程碑式的时代之书。

《应物兄》因其八十多万字的庞大体量，"百科全书式"的知识填充，历史纵深处的思想勘掘，逶迤绵延的人物画廊，以及无远弗届、无微不至的全知视角，似有总体性景观终于一现的即视感。九十年代以来的相对主义很大程度上拆解了作家对"总体性"的信任，越来越多的作家迷恋和耽溺于对碎片化的个体经验的雕琢和生活表象的打磨，"总体性"已如珠峰之巅的氧气一样稀缺而珍贵。然而，我想说，《应物兄》的叙事努力并非以"总体性"为目标，它的成功也并非以"总体性"的落成为指标。因为"总体性"是一种形而上学，是克尔凯郭尔的反讽主义所力图挞伐的对象。特里·伊格尔顿在评价克尔凯郭尔时，就称他是"一切总体论的敌人"[1]。克尔凯郭尔则直截了当地认为反讽的任务就是要篡夺总体性："反讽在其篡夺的总体性中展现出来"。[2] 因此，与其说《应物兄》显示了在达成"总体性"方面的努力和成功，毋宁说它恰如其分、恰当其时地运用并展示了"有着多元视角之视角"（perspective of perspectives）的"总形式"。[3] 而这个"总形式"，差不离就是肯尼思·伯克给反讽或反讽文类所下的定义。这个"总形式"，是互相影响的喧哗之众声的巨型集合，是超级"花腔"。处于这个"总形式"之中的任何一种下属视角，都无所谓是非对错，它们模棱两可，莫衷一是，拒绝判准。借用《应物兄》里对儒学研究院的命名，这个"总形式"是视角或声音的"太和"。这也近于巴赫金的"复调"。如果借用罗蒂的语汇，则可以把这个"总形式"比喻为视角或声音的"美丽的马赛克"。在这个"总形式"中，反讽展示了一种多元主义可能性，它通过将视角、声音复数化扩大化，帮助每一个视角、每一种声音从二元关系中脱逸出来，成为差异性、关系

---

① ［英］特里·伊格尔顿：《美学意识形态》，王杰等译，桂林：广西师范大学出版社，1997年版，第163页。
② ［丹麦］克尔凯郭尔：《论反讽概念》，第218页。
③ 参见赵一凡等主编：《西方文论关键词》，北京：外语教学与研究出版社，2006年版，第96页。

性的存在。在伯克看来，所谓历史无非是多元的声音（立场）对话的戏剧，这些声音作为历史性要素，使历史成为"没有终结的会话过程"。由此可见，认为"历史合题"终会降临、目的论式的线性进步主义历史观，是反讽主义所鄙视的社会进化逻辑。而由于对视角、声音的复数化和关系性的强调，多元化、多样性的特点使这个"总形式"在思维上主要地呈现为空间性而非线性、时间性。

尽管李洱"太想写出""那种所谓的'总体生活'的小说"，那种如卢卡契所说在普遍联系中抵达事实本身、认清事物内在本质，在宏观上把握住事物在历史进程中所起作用的总体性小说，那种以高屋建瓴之态充当生活之权威解释者的小说，但是他同时又确定地明白："我很清楚，这几乎是不可能的。我相信现在没有人能写出这样的小说了。"① 中国近二十年的小说之所以常让人感到难如人意，原因之大者，一方面在于诸多在社会生活中越来越原子化的读者仍然持有旧式的阅读期待，期待文学能够提供"总体性"的呈现、想象和解释，提供使他们超克自身原子化处境的"救赎"路径，而另一方面，却是试图就此有所作为的中国作家在"总体性"方向上一次次地徒劳无功，因为任何一种宏大叙事都已不合时宜，都激烈地与时代、与当下互成反讽，一切在有机论、同一性的意义上进行叙事"整合"的总体性努力，几乎都告溃败。我想说，《应物兄》是时代之书，不是因为它达成了"总体性"，而是它完成度很高的"总形式"，让人看到了解决并取代"总体性"的最优化方式。在谈论《应物兄》时，李洱自己也肯定地认为，"我倾向于把它看成各种话语的交织"，是"一种反省式的对话关系"。② 这些说

---

① 李洱：《问答录》，第 112 页。
② 卫毅：《对话李洱：疫情时期的作家与文学》，载《南方人物周刊》2020 年第 9 期。

法，已经初步但明确地描画了那个"总形式"的叙事轮廓。李洱早先在概括自己的写作风格时有"险中求胜""乱中取胜"之谓，此间的"乱"其实是暗合于反讽的要义的。唐人司马贞在《史记索隐》中对《史记·樗里子甘茂列传》中"滑稽多智"一词注曰："滑，乱也；稽，同也。辩捷之人，言非若是，言是若非，能乱同异也。"[①] 赵毅衡据此认为，"汉代的'滑稽'，机制接近反讽"。[②] 其实，伊格尔顿也称克尔凯郭尔是"滑稽大师"。[③] 逆言之，李洱的所谓"乱"，可以理解为"汉代的滑稽"，意即"乱同异"，就是制造永动式的差异，制造"复数"和"关系"。李洱就自认为，作为一个"怀疑主义者"，他"生活在不同的知识的缝隙之间，时刻体验着知识和文化的差异、纠葛"。[④] 实际上，李洱在《应物兄》里多次叙及的"巴别"，《圣经》也依其本事而释为"乱"或"变乱"。《应物兄》无论是在叙述内容、叙述法则还是在语言、体式构造上，都是不折不扣的"太和"式的"总形式"，它在整体上与当下、与这个反讽时代浩然相对，是契合度甚高且彼此成就的深刻镜像。从这个意义上说，时代造就和催生了《应物兄》，《应物兄》也当仁不让地、至为恰切地以文学为时代赋形。

《应物兄》故事主干的时间跨度不大，从头到尾不过半年多的时间，没有史诗性叙事所要求的年代纵深（在叙述中，动辄"半个世纪""一个世纪"的荷马史诗式的大跨度的时间或年代设定，普见于当代中国长篇小说，早已是一种固化的"巨著"观）。"时间"在其故事结构中是近乎平面的"扁"。这说明，《应物兄》更倾向于

---

① [唐] 司马贞：《史记索隐》卷十九，北京：中华书局，1991年影印本，第205页。
② 赵毅衡：《反讽时代：形式文化与文化批评》，第3页。
③ [英] 特里·伊格尔顿：《美学意识形态》，第163页。
④ 李洱：《问答录》，第223页。

打造一个共时性倾向的叙事结构，一个被"总形式"默认的空间性的巴别塔。

在诸多的人物中，程济世是作为历史"合题"的巨型形象登场的：儒学研究院的设立、程济世的到位，将取代巴别塔以及"巴别"的所有内涵与外延。程济世作为当代大儒，在他身上叠合着自章太炎、康有为、梁启超至张君劢、牟宗三、唐君毅、冯友兰等历代新儒家的形象谱系，因此也叠合着自晚清以来中国的知识分子、民族文化、社会政治与现代性、与全球化之间的百年纠葛。有意思的是，在程济世的阐释下，风水堪舆、商贾货殖、江湖行藏、饮食男女都在儒学那里要么获得了无懈可击的理论支持，要么在"再解读"之后焕然一新。此时，儒学仿佛已然是一种可以吞噬一切的无极话语，一种能挽狂澜于既倒、济苍生于危厄的终极药方，一个无边的方舟，一个充盈天地的新的"总体性"，用于终结"道术为天下所裂"的千年残局。这意味着，在"打倒孔家店"百年之后，儒学重又归位于思想、文化与世俗的立法者角色，晚清一代儒者在文化尊严上曾遭受过的剜心之痛、剖面之伤正在被修复，因此，一个关于文化的"历史合题"隐然显其轮廓。与此同时，程济世作为华裔而拥有的彼岸身份，他作为国军将领后裔的政治身份，也都将因为他的叶落归根而喻示着一个与全球化、后冷战、后意识形态时代相关的巨大历史合题的降临。

但是，随着儒学研究院筹建进程的荒腔走板，程济世和儒学一起陷入了一个深广的反讽语境。这个反讽语境涉及商、政、学、民各门，横跨僧俗两界，立体化、全方位。在这个反讽语境中出入的各种声音，都有着各自的合法性支撑：有的源于传统，有的基于现实，有的发自逻辑，有的来自历史。但总之，这些声音的聚合，使得程济世、儒学研究院所象征的那个历史合题终归未能闭合。儒学研究院这一项目的执行动作越是郑重其事，从这个语境弹出的反讽力量就越是强劲。新的"总体性"终于无可降临，道术复归碎裂，一切种种亦复归于"巴别"。这个反讽结构撑开了《应物兄》的叙事空间的总框架，也给定了《应物兄》基本的叙事调式。作为一个"总形式"，一个时代的镜像，它也让我们相对全景式地看到了我们所处的这个时代的文化面貌。

但是，尽管反讽基于怀疑和批判，但反讽不是简单的臧否。立场性的反讽是一种无限的否定，正是在无限的否定中悄悄抹去了是非对错的分野。因此，我并不认为《应物兄》以明确的意图批判了什么，褒奖了什么（虽然确有例外）。李洱自己如是说："《应物兄》里的角色，除极个别的，没有真正的坏人，几乎所有人都葆有美好愿望。所有人都在从事同一个事业，没有一个人希望我们的事业变坏，没有一个人希望我们的文化没落，没有一个人希望另外一个人过得很惨。我想，这本书其实包含着我对最高类型的真理的期盼。"[1] 这可以视为李洱本人就《应物兄》的"总形式"所作的某个申明：在这个申明里，没有定于一尊的价值偏执，也没有是非对错的判准——尤其是在道德层面。所以，《应物兄》本身成为民主之地、太和之境，它无限开放，兼容并蓄。在这个巨型的反讽结构里，无论是华学明、敬修己、郑树森，还是乔木、姚鼐、何为、芸娘，又或者是栾庭玉、葛道宏、费鸣、黄兴，他们都与那个历史合题彼此颉颃、互相矫正，在不同的界面、不同的阶位互成反讽，形成了反讽主义命题里的"美丽的马赛克"。伊格尔顿说："真理与反讽——热情的信仰和阴冷如蛇的怀疑主义，对克尔凯郭尔而言都是

---

① 石岩：《"借着这次写作，我把它从肉里取了出来"——李洱谈长篇小说新作〈应物兄〉》，载《南方周末》2019 年 3 月 14 日。

同谋而非互相对立的。"① 这"真理与反讽的同谋",也可视为对李洱的写照。李洱相信,并希图我们也相信,在语义如此开放的反讽结构里,真理翔集其间。

需要指出的是,对于文学或写作而言,"美丽的马赛克"并非无机拼贴,"多元视角之上的总形式"也并非下属视角的随机摆放。严肃文学总是与难度相伴,严肃的读者也总是经由超克难度来获得内在的提升。某种意义上说,无难度,不文学。李洱早几年在谈到《石榴树上结樱桃》时说:"为了表达各种各样的价值观念,我需要比较深入地了解各种各样的观念,知道我写的每一句话是什么意思,把各种各样的观念镶嵌起来,要斟酌,这样就变得很困难。"②《应物兄》的写作难度无疑远超《石榴树上结樱桃》,李洱在此中遭遇的困难、付出的心力也是前所未有的,光是"比较深入地了解各种各样的观念"就需要长期而严苛的阅读、思辨的积累。克尔凯郭尔说过,诗人若想在他的个人生存中成为反讽的主人,就有必要在某种程度上成为哲学家。③罗蒂也说过:在反讽主义者看来,像弥尔顿、歌德、克尔凯郭尔、波德莱尔等具有诗歌才华和原创性心灵的人,他们的作品虽然只是"五谷杂粮而已",但也必须先通过一个"辩证的磨坊"的加工。④《应物兄》的个中艰辛,或许只有"局内人"方能体会。正所谓"文章千古事,得失寸心知"。好在这部巨著还是完成并行世了,而它适时地为反讽时代的文学提供了超克"总体性"困局的路径,并在很大程度上提示着一个新的文学时代的到来。

---

① [英]特里·伊格尔顿:《美学意识形态》,第179页。
② 李洱:《问答录》,第35页。
③ [丹麦]克尔凯郭尔:《论反讽概念》,第282页。
④ [美]理查德·罗蒂:《偶然、反讽与团结》,第109页。

自　我

　　与反讽或反讽主义直接、紧密相关的另一个范畴，是主体性，"去哲学化"一点说，就是自我、个性。克尔凯郭尔有关反讽的论述，基本上都围绕着反讽如何促成主体性这一问题展开。因此，他的如下名言常被援引："恰如哲学起始于疑问，一种真正的、名副其实的生活起始于反讽。""没有反讽就没有真正的人生。"①

　　自我、主体性，不仅是李洱的文学命题，更是八十年代的思想命题。从这一点上看，李洱仍然不脱八十年代的凝重气息。而对反讽的把握，使得这一命题获得了新的精魂。

　　李洱所心心念念的"贾宝玉长大之后怎么办"的诘问，说到底，就是要讨论宝玉如何在清浊难辨、众声喧哗的社会生态中自处。宝玉长大或不长大，依李洱之说，都应该是宝玉在不同人生阶段"对自我的确认"问题，即主体性如何生成的问题。李洱说："这是很重要的话题，一个伟大的主题。我想，拙著《花腔》其实也触及了这个问题。"② 非唯《花腔》，《应物兄》之"应物"，涉及的就是个人与外物（外部现实）发生关系时的自我确认问题，其中所谓的"虚己"或"恕己"，所谓的"无常应物，有常执道"，所论其实也都是在差异化的语境下如何有策略地进行自我确认的问题。

　　宝玉是一种非社会性的人格存在，他的任性、叛逆、我行我素，基于他先在地将种种社会关系拒斥在自我之外，从而保持住了带有强烈青春期色彩的自我圆融。就其单纯度来讲，他几乎偏离了马克思关于人是"社会关系总和"的定义。若依李洱之见，将葛任

---

① ［丹麦］克尔凯郭尔：《论反讽概念》，分别见第 2 页、第 283 页。
② 李洱：《贾宝玉长大之后怎么办》，载《扬子江评论》2016 年第 6 期。

视为长大的宝玉，那么葛任的悲剧就在于：在面对已发生结构性转移的反讽性际遇时，他未能也无法及时地对自我进行刷新和再确认。同样，我们也不妨把应物兄视为长大的宝玉。在小说伊始我们就发现，应物兄早在体内埋下两套言说的管道，他的"自我"常在内部自行拆解，左右互搏，形成一个内在的反讽场域，他甚至同时使用三部手机，分别应对不同阶层、不同界别、不同性格的人群。可见，他有着比葛任显然高出一筹的机变和应对能力，实在可谓是葛任的"应物兄"。但最终，他仍然在一场车祸中象征性地被判定为这个时代、这个社会的出局者、失败者。这又是为何？

李洱早年的一些小说人物，如孙良或者费边，他们作为反讽者，通常都保持着对外部现实的冷漠态度。他们是一种"疏离的主体"，他们通过疏离，通过冷漠的对峙，通过对外部现实的否定，获得一种消极的解放，一种通过虚无而抵达的自由。这加剧了孙良们的原子化处境。然而，孙良们并未因此在自由中怡然安适，相反，由于他们的自我、主体缺乏内在性，所以，一种不能承受的轻，总使他们处于深刻的惶然之中。依我的理解，孙良们的情状会遭到李洱的进一步反讽。李洱之所以要讨论宝玉、自我、主体性，并非要让人物通过某种简单的否定程序而进入永劫不复的孤境，相反，"如何在个人与社会之间建立起一个有效的建设性的对话关系"① 才是李洱"自我确认"这个命题的核心。

反讽主义所定义的自我、主体并非实体性的，而是关系性的。李洱在讨论葛任这一人物时说："对于一代中国最先进的知识分子来说，他们陷入了一个空前的两难：要成就革命和解放，革命者必须放弃个人的自由，将自己异化为历史和群众运动的工具，然而革

---

① 李洱：《贾宝玉长大之后怎么办》，载《扬子江评论》2016 年第 6 期。

命者参与革命的最终目的，却是实现自由。为此，主人公陷入了永久的煎熬。……真正的自我就诞生于这种两难之中。如果没有这种煎熬，自我如何确立？"[1]李洱显然在葛任身上看到了一种本质主义的、形而上的、固态的自我所必然面临的窘局。晚清以来的中国知识分子，在复杂的社会关系和动荡的历史际遇中，殊难保持自我的圆成（更遑论"圆圣"）。近三十年来，曾被欣欣然宣布的"历史终结"其实并未带来尘埃落定般的历史合题，冷战与新冷战的迭替，全球化与民族主义的对撞，以及由此造成的诸种价值体系持续性的瓦解和重构，使知识分子的自我、主体性仍然不得不"悬浮"于各种叠床架屋般的两难之中。由于身处多元文化相互叠加的全球化语境，面对视野发达、资讯迅猛的融媒体轰炸时，知识分子都必须首先具备"复眼"，以防任何一种单一维度的、扁平视野的、狭隘立场的、固化姿态的、逼仄站位的发声，由于挂一漏万或破绽百出而遭人诟病。这就像身临一场全方位、立体化的现代战争（话语战争），你仅持有落后的汉阳造当然是远远不够的，仅持有先进的GPS也是无济于事的，你必须同步地、即时地与尽可能多维、多频且瞬息万变、不断更新的资讯、知识、思想、话语保持紧密的、反讽式的维系、交互，方能保证某种动态的自我定位，即"自我的确认"。从这个意义上讲，叙述或讨论现代中国知识分子的"自我确认"问题，不仅重要，而且艰难。

在经历了八十年代末、九十年代初的历史巨变之后，文德能先知般地预见了一个反讽时代的来临。他临终前留下的thirdxelf和"逗号"，如《公民凯恩》中主人公弥留之际念叨的"玫瑰花蕾"一般玄奥，引发了文本内外人们的猜谜、解密兴趣。不过，可以肯定

---

[1] 李洱：《贾宝玉长大之后怎么办》，载《扬子江评论》2016 年第 6 期。

的是，文德能的 thirdxelf 关乎知识分子在反讽时代如何进行自我确认的问题，关乎如何以一种成熟的主体性应对反讽时代而不致失败——像之前的各个历史阶段那样——的问题。

从反讽主义立场去看文德能的"thirdxelf"，其实并不是一个难解的谶语。这个在书中被粗暴地直译为"第三自我"的英文词，也被一些批评家强解为"作为局内人的自我"①（虽然据说《应物兄》的英文版书名译为"局内人"），但是这些语汇都涉嫌本质主义和形而上。依我的理解，thirdxelf 并非"正反合"这一辩证回路中的逻辑终局，作为一种主体性，它在克尔凯郭尔的"否定的辩证法"中生成，是对经验和思辨的"双向逃脱"，是不肯臣服于"合题"从而只能悬搁、漂浮的关系性存在，它与一切维度进行反讽式的对话、交互，并通过反讽不断自我否定，以此进行自我更新，不断通过新的自我确认而能与时俱进。而那个"逗号"则表明，这一主体的"关系性"、这一"关系性存在"，是开放的、未完成的、不可闭合的，是"大成若缺"的。成为反讽主义者，或者化育一种反讽主义的主体性，抑或是文德能在精心阅读罗蒂的《偶然、反讽和团结》一书后获得的最重要的启悟。超克原子化的存在困境，完美地填平私人性与公共性之间的巨大鸿沟，建立"个人与社会之间的有效的建设性的对话关系"，在文德能看来，毫无疑问地需要thirdxelf，需要这种反讽主义的主体性——一种为实现团结、达成"太和"而必先预备的文化前提。

按韦恩·布斯在《反讽的帝国》一文中的说法，在当今文化中，只有反讽才具有人际"凝聚力"，能生产话语团结性，因为在

---

① 参见黄平：《"自我"的多重辩证——思想史视野中的〈应物兄〉》，载《文学评论》2020 年第 2 期。

反讽中人们会本能而自觉地越过表面的差异和冲突去求取更深层次的交流，因此也更容易达成共振："此时我们比以往任何时候都更加接近于完完全全两个心灵的身份认同"①。文德能就中国历史、当世文化、人类未来进行殚精竭虑的思想追寻所获得的结论，大约就是基于对反讽主义对于"团结"之可能性的如此这般的理解。

如果说，李洱有意通过《花腔》《应物兄》介入中国现代思想史并与中国现代思想史进行对话，那么，他对自我、主体性的讨论可谓切中命门。他经历了二十世纪九十年代以来愈益极端化的个人主义——它最后导致愈益原子化的个人——的滋长期，并在文学中将它与中国现代史其他阶段的个人主义（如革命者葛任）并联互参，以谋求讨论自我、主体、个人的现实与终极意义。李洱讨论"宝玉长大"，其实也是对自我、个人主义进行探底，而葛任之死可视为这一底线的一次森冷的显露。他说："如果我们把贾宝玉看成是个性解放的象征，那么个性解放的限度在哪里？个人性的边界在哪里？贾宝玉往前走一步，是不是会堕入虚无主义？"②从中可见，"限度"和"边界"等用来表明阈限的语汇，是李洱视线的聚焦所在。当然，李洱对"底线""限度""边界"的摸索和试探，不是为了尝试突破阈限，相反，是担忧阈限被突破后可能引发的虚无主义。李洱称自己是个"有底线的怀疑主义者"③，也就是说，在他看来，任何一种质疑、否定和批判，在触及某个底线时就必须止步，必须收手，必须回头。因此，他并不是个永动式的、绝对的反讽者，因为"绝对的反讽"——如保罗·德曼所说——会以其疯狂的

---

① [美]韦恩·布斯：《反讽的帝国》，见《修辞的复兴：韦恩·布斯精粹》，穆雷等译，南京：译林出版社，2009 年版，第 102 页。
② 李洱：《贾宝玉长大之后怎么办》，载《扬子江评论》2016 年第 6 期。
③ 李洱：《问答录》，第 35 页。

"对理解的有系统的破坏"①，彻底摧毁意义的生成，陷个人、自我和历史于虚无之中。也因此，《应物兄》的叙述在涉及芸娘时，语调会随之一变，变得诚恳、庄重、清晰、净洁，而不再是反讽式的讥诮、暧昧、言是若非：反讽仿佛突然冻结了。应物兄的两套话语管道，在芸娘面前也会自失其效。芸娘从其师祖闻一多那里继承的楚骚式的浪漫主义，以及她后来所投身的现代哲学，都使她惯以富于超越感的自我形象，加入对虚无的坚定而旷日持久的抵抗。她不同于文德能的"thirdxelf"，因为反讽性的主体——如克尔凯郭尔所说——在无限的否定性中逐渐丧失了内在性，不免虚弱，自我、主体性不得不时时处于被融解、被取消的危殆边缘，"反讽者常常化为虚无"②。毫无疑问，芸娘在李洱这里代表了自我、主体、个人性的一个阈限，只不过她与葛任之死所代表的那个底线处于截然不同的方位。

另一个人物——双林院士，同样也是反讽的冻结者。如果说，《应物兄》对芸娘的描述还带有些许浪漫主义气韵的话，那么，它对双林院士的讲述，其措辞、调式、句法，则让我们实实在在重温了只有在经典的、旧式的现实主义文学中才会出现的笔致和场景。毫无疑问，双林院士所表征的主体性，是在终极意义上对虚无的克服，是对极端个人主义以及反讽式的 thirdxelf 的纠错或纠偏。克尔凯郭尔为了解决主体性的抽象和虚浮，将"神"引入"人"，以此求取充盈的内在性，主体性的生存也因此升华为面向超验彼岸的信仰。双林的主体性实践与此同构，只不过他是直接将马克思主义、将辩证唯物主义与历史唯物主义植入自我，作为内在性的依据。有

---

① 转引自王先霈等主编：《文学理论批评术语汇释》，北京：高等教育出版社，2006 年版，第 293 页。
② ［丹麦］克尔凯郭尔：《论反讽概念》，第 244 页。

意思的是，伊格尔顿曾这样论述过："要寻找另一种替代性的观点——一种像克尔凯郭尔的观点那样偏执而又充满着创造性发展理想的观点——我们必须转向卡尔·马克思的著作。"[1] 具体而坚定的信仰，帮助人们克服了主体内在的虚弱，也使人们捐弃了与时俱进式的关系性存在中可能出现的机会主义和投机倾向，因为，按本雅明的说法，信仰鄙视进化逻辑，它穿透了时间，使得每一个瞬间都是弥赛亚进入的窄门。

由此，我在一篇关于"反思文学"的文章中提及双林院士时，这样写道：

> 他不会有"人生似幻化，终当归空无"的虚无感、失重感，因为信仰坚定，浩气充盈，所以他总是脚踏实地，矢志不渝，从不会在波诡云谲的生命遭际中迷失自我，也不会刻意追求"物化""齐物"以适志一时。更甚者，是其不计一己得失、泯绝个人哀痛的烈士高格。在李洱的笔下，双林院士这样的知识分子"是意志的完美无缺的化身"，"用语言对他们表示赞美，你甚至会觉得语言本身有一种失重感"。毫无疑问，李洱令人信服地开发了章永璘、张思远之外的另一类知识分子形象，他或他们与世同波而不自失，游于世俗而泯然无迹。我们对其既熟悉，又陌生。[2]

李洱对一种理想人格的瞻望，也大约止于双林院士了。这是一种个人性与社会性、自我圆成与公共正义的最优结合。我相信，双

---

① [英] 特里·伊格尔顿：《美学意识形态》，第 185 页。
② 王侃：《"反思文学"：如何反思？如何可能？——重读〈绿化树〉〈蝴蝶〉》，载《扬子江文学评论》2020 年第 3 期。

林院士的自我、主体性反映了李洱价值观的根基。对于一种理想人格的瞻望，说到底，是由于对某种价值观的矢志不渝、石赤不夺的持守和信仰。这也证明，李洱确实不是绝对的反讽主义者，也无绝圣弃智的反讽意图，他作为一个"怀疑主义者"却对用于描述和赞美双林院士的种种"终极语汇"不假思索、信手拈来。某种意义上讲，双林院士之于李洱，应该也是一个具有阈限意义的人物，就像苏格拉底之于克尔凯郭尔。这也是为什么我们在《应物兄》这样大面积、全方位、高强度"反讽的刺骨寒风"（克尔凯郭尔语）掠过之后，仍然于荒原中瞥见了绿洲，从而相信李洱有深入骨髓的理想主义，并相信他自许"八十年代之子"[①]的理由。

宏观地看，宝玉长大后将发展出一种什么样的自我、主体性，其实有非常多的可能性。他可以是孙良式的冷漠者，也可以是文德能呼唤的 thirdxelf。程济世、乔木、何为、张子房、姚鼐、栾庭玉、敬修己，何人最初不是宝玉？被固置于宝玉人格者，可能会像葛任那样罹难，但也可能在经历了某些错综微妙的历史轮回之后，像文德斯那样被视为时代的至宝，备受呵护。应物兄之出局、失败，可以用来反衬出双林式自我、主体性的正确和重要：如果你的自我、主体性没有一种被信仰填充过的丰满和内在，那么，那个内置于自我内部的反讽场域将迟早将你的个人性耗散殆尽，并不留情面地将你就近从时代的任何一个路口逐出。

若从"革命年代"的葛任算起，李洱对现代中国知识分子之"自我确认"的讨论，丰富、细密到可以制成一个斑斓的谱牒。这个命题本身的重量，以及李洱对此作出的多维、深广的回应，应该被视为一个知识分子与某种历史召唤之间的彼此互认，也因此，李

---

① 李洱、莫冉：《与中国当代作家李洱的对话》，载《山花》2020 年第 10 期。

洱的写作应该理所当然地被视为一个作家试图将自己的文学嵌入思想史音轨的卓越努力。

余　论

《应物兄》将现代中国文学有关知识分子题材的写作，从"儒林外史""儒林野史"式的传统，带到了"儒林内史""儒林正史"的道路上来。李洱是这条道路的开创者。

在《应物兄》的叙事建构中，知识铺陈、思想源流、话语系谱、史志演义、学术沿革、诗文传统、风物百科、天地沧桑、人情经纬，以及个人经验、时代气质，都大型廊柱一般清晰、结实、挺拔，虚实相映，浓淡相宜，宏观与微观兼备。李洱整体性地改造了知识分子题材叙事的基本面貌。

表现知识分子的"话语生活"，以及处于"话语生活"中的知识分子，都需要"知识"的台基和布景，以确立某种规定性情境。"知识"的厚实度越高，这个规定性情境的真实感就越强。这就像乡土题材小说与四时、稼穑、农耕、灌溉和"歪脖树"，工业题材小说与厂区、车间、刨床、油污和"三班倒"，战争题材小说与狼烟、铁骑、征衣、死士和"飞将军"的固定配置一样，是题材原则使然，是基于题材的内在规定性而确立的叙事法则。此前的大多数知识分子题材小说——尤其是长篇小说，"知识分子"通常只是人物的一种人格或身份标签，在这些小说作品中，"话语生活"并非知识分子的主流生活样态，相反，知识分子主人公大多数时候都在"话语生活"之外的其他生活样态中行动。这些作者想要达成的叙事意图，通常都是让知识分子带着宝玉人格与俗世碰撞，然后让他们呈现出葛任式的无力感、荒谬感。即便是《围城》，方鸿渐等人也并不主要地在"话语生活"中起居。方鸿渐毋宁是"革命生活"之外的葛任，他在大时代中的无力感，他受困于"围城"的荒诞体验，主要是通过婚恋、家庭以及其他社会性的际遇——而不是通过"话语生活"——来表达和展示的。

然而，毫无疑问的是，只有叙写运行在"知识"台基之上和"知识"布置之中的"话语生活"，才算是对知识分子题材的"正面强攻"。否则，即便强行给知识分子主人公贴上"未名湖""丽娃河"的签注也无济于事。因此，夯实这个台基，使布景无限逼真，就变得至关重要。这个台基和布置，是叙事整体得以渐次展开，并每时每刻都在左右叙事方向与叙事景观的基本硬件。[①] 比如，戴维·洛奇的《小世界》，满本是繁复、艰涩的文学理论术语、各种文学史命题、概念推演以及无时不在的学术交锋，之所以如此，就是为了展示一种"话语生活"，使全球化时代乘着喷气式飞机周游列国的国际学者们所投身的学术"名利场"，显示出现实主义意义上的真实度和可信度。同样，李洱为使《应物兄》所展示的知识图景显得绵密、结实和逼真，可谓用尽工笔技法，细致入微，纤毫毕现，且惟妙惟肖。苏珊·桑塔格曾称罗兰·巴特是"思想的纵欲者"，《应物兄》则让人在文字的背后看见了一个或许可谓"知识纵欲者"的作家。当然，《应物兄》对知识的叙写是否已到了淫溺无度的地步，可另作讨论。可以肯定的是，这些知识叙写并非只是点缀式、符号式的，而是贴合、深入叙事肌理，并在大多数时候是叙

[①] 在《应物兄》发表、出版后不久举办的若干个研讨会以及李洱接受的若干次访谈，都毫无例外地聚讼于《应物兄》的知识叙写。以我浮掠的浏览所及，纷纭之中，似乎只有张定浩的说法最贴切于李洱的修辞本义。张定浩认为，《应物兄》这部"小说里的知识是为了让我们产生信任感"。见《且看〈应物兄〉如何进入文学史画廊》，载《收获》微信公众号，2018 年 12 月 26 日。

事肌理本身的构成部分。

对《应物兄》随意翻页，如下场景的叙写，在全书中不知凡几：

> 郑树森把论文递给了芸娘，说："请芸娘提提意见。"
>
> 芸娘说："你是专家。七斤嫂怎么敢对九斤老太提意见呢？"
>
> 郑树森不知轻重，说："九斤老太要能听见七斤嫂的意见，也会进步的。"
>
> ……
>
> 芸娘说："注释很详细啊。"
>
> 郑树森说："树森的文章历来以注释严谨著称。"
>
> 芸娘说："好像缺了最重要的一条注释。鲁迅从来没提过克尔恺廓尔这个名字，鲁迅说的是契开迦尔。"

此一例是我从书中随意拈出的。它在《应物兄》大量的知识叙写的段落中并非最具典型性的，因为它不像有的段落那样极尽旁征博引、经传注疏之能事。但正因为它的非典型性，或许更能说明《应物兄》的知识叙写，是一种贯穿文本的普遍性、浸润式的修辞。上述段落，人物对话中的机锋，大体展示了"话语生活"的基本面貌。这看似简单的一段对话描写，其实需要足够的知识积累和学术训练方能达成。这是典型的文人笔法。通过这样的笔法，我们才能相信，这是一个真实的由知识分子、学术精英营造出来的"话语生活"的场景，相信出入于这一场景的知识分子、学术精英的身份真实性，从而相信这部小说希图在思想史的画壁上进行刻录的可能性。

依我看，到了今天，我们的小说观念如果还停留在仅把小说视为"虚构"与"经验"的结合体，不免显得局促。今天，对经验依赖型写作的诟病已沸沸扬扬，借助信息筛选、萃取和拼贴而成的伪叙事，则容易被斥为"新闻串烧"。基本上，这两者不仅仅"小于"生活，而且与生活同质，被生活高度格式化，它无法提供一种超越性的异质体验，因而理所当然地被今天的读者厌弃。如果回顾一下就可以发现，十八世纪的欧洲小说，便推崇"虚构"与"哲学"的结合。这是启蒙主义所开启的——一种在很多方面崇尚理性、鄙弃经验的——文化风尚所致。我们不妨把《应物兄》视为将"虚构"与"知识"进行交互、配比而成的异质文本。它的别出机杼，有力地修改了文人写作、知识分子题材写作的传统范式。

《应物兄》体式内部的构造、置景相当丰赡、紧致，它将某种文人笔法也推向了极致。对于中国读者来说，这部长篇中，《红楼梦》的影子是深重的，不仅是它的叙事节奏、场景描写，甚至它的诸多知识叙写，也能看出《红楼梦》作为"前文本"的痕迹。八九十年代中国文学涌动过的诸般潮流，也在这部长篇中重新翻滚了一番，只不过，李洱用罗蒂所谓的"再描述"，使这些文学潮流曾经的历史位置发生了挪移。比如，《应物兄》对乔木、双林等人壮年时下放农村的叙述，就是对《绿化树》《蝴蝶》等"反思文学"之作，以及对章永璘、张思远等"反思文学"人物的"再描述"，尤其是通过对乔木、双林等人在"后反思"时代人生遭际的描述，改写了我们已然被文学史锚定的、对"反思文学"及其人物的固化印象，从而也在某种程度上挪移了"反思文学"的文学史坐标。此外，在《花腔》里使用过的驳杂文类的复合，在《应物兄》里更得心应手，挥洒自如。李洱在最近的访谈中说："我很诚恳地表达过一个看法，就是当我以'应物兄'这个名字来作小说题目的时候，我想，我表达了我对文学的现实主义品格的尊重，表达了我对塑造人物的兴趣。我还想表达的一个意思是，没有受过现代主义训练的作家，无法成为这个时代的现实主义作家，而这个时代的现代主义作家，一定会具备着现实主义精神。"① 这句话可以理解为：《应物兄》里有现实主义与现代主义的自如切换和水乳交融。不过，我更愿意使用美籍韩裔学者朱瑞瑛（Seo-Yung Chu）在谈论科幻小说时使用的一个名词——"密度更大的、强度更高的现实主义"——来形容《应物兄》内在的方法和精神。除此之外，如果借用一下程济世在谈论儒学时的一个语言发明，我还想说，在《应物兄》里，我们能看到国风与楚辞、《红楼梦》与《局外人》、里尔克与闻一多、古代与现代、现实主义与现代主义等等之间的"换韵"。这些精妙繁复的"换韵"，使《应物兄》的叙事与文体，异常丰盈、朴茂、澎湃、错落和别致。

维特根斯坦的一个语言学论述，被罗蒂沿其逻辑引申为："每一个耐人寻味的隐喻都得有许许多多索然无趣的本义言说作为衬托。"② 我想把这句话进一步改写为："每一个耐人寻味的隐喻都会让许许多多的本义言说变得索然无趣。"关于《应物兄》，已经有人说出了相近的意思："《应物兄》让一些作家与他们的作品变得不再重要，甚至直接被覆盖掉。……《应物兄》之后，小说的写法、功能已经悄然更新，李洱之后的小说家必须考虑如何从《应物兄》再出发。"③ 我想在这个评价之上再加入一个我自己的评价：就中国当代文学而言，《应物兄》已跻身这样的作品行列，同时它也使李洱

① 卫毅：《对话李洱：疫情时期的作家与文学》，载《南方人物周刊》2020 年第 9 期。
② ［美］理查德·罗蒂：《偶然、反讽与团结》，第 62 页。
③ 参见《且看〈应物兄〉如何进入文学史画廊》，载《收获》微信公众号，2018 年 12 月 26 日。

进入了这样的作家行列——借用林语堂对苏东坡的评价——不可无一，难能有二。

收笔时忆起李洱的二三逸事，不禁莞尔，遂补趣于后。

2017 年岁末，李洱与若干诗人、小说家来杭。某日聚谈时，欧阳江河抛出一个上联：猴年马月狗日的。这一联，有生肖，有时序，有名词，有助词，还有"日"一词的名、动双重词性。其实，欧阳江河并不认为座中有谁能对出下联，因为这在他看来是一个绝对，问世多年未见其俦。当是时，座中皆文士，便有人立马开动脑筋，祭出"东郭""西门""南宫"之类的俗流，乱点鸳鸯，强娶硬嫁。李洱倒是对此一言不发，一腔未搭。一年后，我在《应物兄》里读到了如下段落：

> 他突然走神了，想起了姚鼐先生在谈到《艺术生产史》的编撰工作时，曾出过一个上联："虎头蛇尾羊蝎子"……这句话中，有三个属相，当中还隔着一个属相，说的是不要从今年拖到后年。那么多饱学之士，都没人对得出来。现在，一个下联突然冒了出来：
>
> 虎头蛇尾羊蝎子
> 猴年马月狗日的
>
> 真是愤怒出诗人！他很想立即中断谈话，把这个下联告诉姚鼐先生。

大约这也是李洱的一种常态：尽管他在很多场合表现得极为健谈，但他同时又像个沉潜于各种声音背后的无形磁石，默然吸附了随机的谈话中所有发光的知识颗粒。《花腔》或《应物兄》里有多少知识颗粒来自这样的倾听与吸附？

那次，他们到达杭州的当日，是小说家戴来的生日。我们在房间里围坐，逐次朗诵了自己的诗作，献声示贺。最后登场的李洱，背诵了里尔克的一首短章。李洱的朗诵是文人式而非表演式的，但音量、声线、气韵、节奏、表情、肢体的整体配合度很高，闻者有沉浸感。当然，令人印象深刻的，还是他磁盘刻录般超凡的记忆力。他常能看似不经意地随口背诵一些长短不一的诗篇，或是小说的片段（比如《鼠疫》的结尾）。这不凡的才能，已被人们在很多场合领略过。是日，因为背诵里尔克的诗，而致一个意外的收获：之前有人抛出的一个上联——钱三强比钱三强——忽然有了下联。座中有人脱口而出：里尔克被里尔（李洱）克。

一段时日后，在那个临时组合的微信群里，又有人抛出了经过思觅而得的另一个下联：卡夫卡将卡夫卡。立刻，原本总是吝声悭字的、让人以为在微信群里潜水溺毙的李洱，迅速浮出，奉上一行带标点符号的文字：里尔克被里尔克！

他想强调，这才是绝配，是独一无二、不可取代的终极之解。我突然想起了那个"一元论"。

2021 年 1 月 7 日于恕园

原载《当代作家评论》2021 年第 3 期

戏剧性、自我救赎与"人性意志"

——艾伟散论

一

某种意义上讲，艾伟是个弗洛伊德主义者，利比多的信徒。深植于人性底部的这一内在坚核，在他的小说中，常常是人物行动或情节推进的基本动力，是叙事的出发点，并总是被用于设置命运或情节转捩的拐点。这当然跟艾伟着力关注"生命本质的幽暗一面和卑微的一面"的写作立场直接相关：这一写作立场喻示了他观察世界与人生的取径和面向，也说明了"性"作为题材要素和叙事修辞而频频在其笔端流注的重要原因。甚至，艾伟的早期作品还不时将童年经验或童年视角沉入利比多的深渊，与某种四处扩张的暗黑气息相羼杂，使作者看上去似乎更贴合于一个典范的、标准意义上的弗洛伊德主义者。比如，在《去上海》中，一个落拓少年将对大上海的想象与一个上海轮上的女播音员的性感形象叠合，当他投射于这个上海女人身上的性幻想毁灭时，"去上海"变成了"去下海"：他决定在海中自沉，象征性地耽溺于"幽暗和卑微"，沉沦于精神分析意义上的心理深渊。在《穿过长长的走廊》中，一个尚未进入青春期的男孩被一个有夫之妇诱入性暧昧，荷尔蒙提前苏醒；他与自己父亲的剧烈冲突（狠狠地咬伤了父亲），他迈入青春期后屡屡发生的对于那个女人的性幻想，是略经变异的弑父娶母的创伤经验的呈示，是俄狄浦斯情结的中国乡村版。我非常喜欢艾伟的中篇小说《回故乡之路》，这部小说寓意深远，语义丰赡，低阶的童年视界的设置，以及由此进入的叙述和语态，皆恰切、精当。即便如此，艾伟仍然顽固地为少年主人公设置了与利比多的浮沉隐约相关的幽暗动机：他为自己和家庭挽尊的极端行为，他的自残和自毁，竟多少关联着一位"有着李铁梅一样长辫子的女孩"。

艾伟写过一篇题为《本能的力量》的随笔，他通过对二十世纪五六十年代红色电影中的"女特务"之魅惑形象的分析，不由感叹道："从中我们可以看到性作为一种本能的力量如何在革命话语的缝隙里顽强拓展出属于自己的一片天地。"由此，他继续写道："至少性是真实的……性的自由不等同于自由本身。但性依旧是有力量的，它的力量在于'真实'。我们还是可以发现，性其实远远不是日常生活，它隐含着对某种虚假生活的对抗。"[1] 无疑，在艾伟看来，"性"不仅具有难能可贵的真实性，同时还蕴有足以与生活相对抗的巨大力量。另外，艾伟还曾说过，"人是被时代劫持的"[2]；我相信，艾伟一定同时会认为，人也是被巨大的"本能力量"所劫持的。所以，"性"是艾伟叙事设置中的标配。他最近颇受好评的中篇小说《敦煌》，以"性"谋篇，"性"完完全全是叙事的核心动力。《爱人有罪》更是一个围绕肉欲而展开的罪与罚的悲惨故事。

① 艾伟：《本能的力量——性在革命意识形态中的处境》，载《当代作家评论》2012年第2期。
② 艾伟：《人及其时代意志》，载《山花》2005年第3期。

当一部 1947 年的老电影《一江春水向东流》在长篇小说《风和日丽》的第十八章不由分说地出现时，我陡然意识到，女主人公杨小翼将坠入一个极其肉欲的叙述方向，她将像狂风中的枯叶般仓皇、无助和零乱，因为《一江春水向东流》是艾伟本人青春期的色情记忆，上官云珠则是他这幕色情记忆里不折不扣的色情符号[①]；果然，第十九章，杨小翼因被流氓吕维宁胁迫而交出了肉体。有意思的是，艾伟是这样讲述接下来的情景的："吕维宁品行恶劣，但对女人很有一手。他经常让杨小翼在本能的反抗中欲罢不能。……她是如此仇恨吕维宁，但她竟然有生理反应，这太不可思议了。"是的，在艾伟的叙述中，我们确乎看到了被"本能的力量"所劫持而不由自主的人。这个"本能的力量"，不仅跨越了意识形态的鸿沟，也使阶层的界限、修养的分野和道德的泾渭，常常沦为虚无。

稍早一些，二十世纪八十年代，我们常能在苏童、格非等人的小说里看到大量的，总是被情欲所支配、所驱使的人物。这些人物的情感、思维和举动，都有着显而易见的、不加掩饰的利比多的肇始与滥觞。从这一点看，艾伟以及他所置身其中的"新生代"与先锋作家之间的沿袭，有着肉眼可见的脉络和纽带。艾伟不止一次地谈到过，在他的文学起步阶段，那一代先锋作家曾给予他先导般的写作启蒙和美学滋养。[②]但迈入九十年代以后，先锋文学所着力解构的某种意识形态历史宣告终结以后，失去标靶的"先锋"，其能量也耗散殆尽，"先锋"的余绪在一部分固守者和追随者那里很快

① 艾伟：《暗自成长——与电影有关的往事》，见《身心之毒：艾伟随笔文论》，杭州：浙江文艺出版社，2011 年版，第 24 页。
② 艾伟：《从"没有温度"到关注"人的复杂性"》，载《文艺争鸣》2015 年第 12 期。艾伟在文中说："先锋在中国文学画出一条界线，先锋之前和先锋之后的文学在技术、思维、语言及叙事上都改变了，而我们这批起始于 90 年代的写作者某种意义上依旧享用着先锋的这些遗产。"

僵化为画地为牢的个人主义和不及物的凌空蹈虚，从而陷入合法性质疑的全面包围。艾伟出道之初的一些作品如《杀人者王肯》《到处都是我们的人》，虽不脱"先锋"的时尚气质，但他显然已经敏锐地意识到这一气质已然呆板滞塞，意识到彼时的文学在"庞大而复杂的现实面前"的无力感。这一判断，直到近年，仍然被他继续强调："我们现有的文学逻辑和人性逻辑难以描述今天的中国社会，几乎是失效的。"① 他意识到，九十年代以来，以个人化名义雕镂的种种经验碎片，抽象化、符号化、非人化的空洞个体，在很低的价值平台上滑动的快感等，诸如此类，合谋促成了当下中国文学的窘境。艾伟不禁如此批评道："许多写作者的心中已没有'国家''民族'这些宏大的词语。……在九十年代的写作中，缺少一种承担，一种面对基本价值和道义的勇气。"② 艾伟的这一陈述也可以视为他的文学理想的个人申明：作为九十年代新兴的文学中坚力量，他决定通过写作来探寻和重建个人与时代的复杂关系，决定与以"个人化"（极端个人化）、"无名"为标签的所谓"共同想象"分道扬镳，决定谋求重建新的宏大叙事。

我曾在一篇谈论艾伟的文章中这样说过："一直以来，艾伟都是个有野心的作家：他即使写一个村寨，也是为了在终极处指向民族和国家；他即使写一个人，也是为了指向人类；即使写一个时代，也是为了指向历史。"③ 艾伟在新世纪以来的一系列小说，尤其是他的几部长篇小说，为我的这一判断提供了坚实的依据。比如，发表于2000年的长篇小说处女作《越野赛跑》，以"政治时代"和"经济时代"的简约而聪慧的划分，完成了对从"文化大革命"前

① 艾伟：《生于六十年代——中国六十年代作家的精神历程》，载《花城》2016年第1期。
② 艾伟：《人及其时代意志》，载《山花》2005年第3期。
③ 王侃：《写作者艾伟》，载《小说评论》2014年第1期。

夕至九十年代末的中国当代历史的近乎"总体性"的叙述。其中所蕴藉的政治、经济等历史命题，人性与异化的命题，彼此缠绕，既丰饶又逶迤。对于这部小说，艾伟在创作谈里有过这样的自我期许："我有一种试图颠覆宏大叙事然后重建宏大叙事的愿望。这部小说试图概括1965年以来，我们的历史和现实，并从人性的角度作出自己对历史的解释。表面上看，这是一个小村演变的历史，但真正的主角是我们这个国家和民族。我当时还有一种试图把这小说写成关于人类、关于生命的大寓言的愿望。我希望在这部小说里对人类的境况有深刻的揭示。"①很明显，《越野赛跑》是艾伟对自己文学理想的初步实践，它在新世纪降临之初就使艾伟从所谓的"新生代"中逸出——同样凭据个人体验切入历史和现实，与"新生代"普遍对当下感、现时感的强调不同，艾伟更注重对彼岸的眺望和涉渡；他用现代主义的"寓言"体式，让小说的话语蕴藉溢出了美学和感性的畛域，涵盖了民族、国家、宗教、人类、人性等归属宏大叙事的历史范畴，从而使小说重新进驻历史的宏大现场，进入回肠荡气的史诗修辞，进入重新开辟的"深度"模式之中。艾伟曾不无骄傲地宣称："我的写作从来也没有离开过中国的历史和现实，包括二十世纪以来中国浩大的革命经验。"②这些优质的特性，在他的《风和日丽》中表现得尤为集中和突出。

当我们将艾伟的文学理想与"宏大叙事"相提并论之后，回头再去审视一下他对利比多的一贯信奉，就会有一些重要的名字和一些重要的作品从我们的阅读经验中长身而立，一跃而起。比如，王小波和《黄金时代》，比如米兰·昆德拉和《笑忘录》。在这里，

① 艾伟：《无限之路》，载《当代作家评论》2003年第3期。
② 罗昕：《艾伟：小说把可能性还给生活》，见澎湃新闻2021年1月20日，网址：https://m.thepaper.cn/newsDetail_forward_10849016。

我们看到了"性"与"政治"之间的张力结构所达成的话语修辞术——一种被艾伟借鉴并加以创造性发挥的叙事路径。

如果细究一下的话，那么，在艾伟的那个张力结构内部，是"本能力量"与"时代意志"的对峙。"时代意志"一说，是艾伟的发明。或许，艾伟下意识地认为，"本能的力量"不仅是人性的坚核，更是可以将人从时代意志的劫持中解救出来的最后凭借。即使不能完成解救，这两者的力量对比的消长，也能用以描述人性的境况。其实，"意志"这个说法是叔本华式的措辞。按叔本华的说法，性欲（即艾伟所谓"本能的力量"）是生存意志的核心，是一切欲望的焦点，是欲望中的欲望，是一切欲求的汇集，是"意志的焦点"。因此，它确实可以在特定的维度上与"时代意志"构成终极对峙。与此同时，叔本华还认为，"肉体不过是意志的客体化，它是表象形式的意志"[1]，所以，在《爱人同志》里，刘亚军虽然被齐根截除了双腿，但因为"意志的焦点"仍然健旺，就使得这个"性／政治"的叙事框架仍然能得以撑开。刘亚军的命运变迁，能让我们清晰地见识这个张力结构的开合规律：在小说的末尾，当刘亚军终于失去"意志的焦点"后，时代意志的火舌迅速吞噬了他，将他化为灰烬。

到了《风和日丽》，"性／政治"的叙事修辞，已有了静水深流般的沉潜和老到。这不仅在于艾伟笔法娴熟地用杨小翼的身体去承载历史变迁的叙述（相似的路数被再次征用于后来的长篇小说《南方》：母女两代人的身体被用于承载关于当代中国历史变迁的叙述），更在于他在这个结构性的叙事框架中让人窥见历史的隐晦逻

---

① [德] 叔本华：《爱与生的苦恼：生命哲学的启蒙者》，陈晓南译，北京：中国和平出版社，1986 年 12 月版，第 4 页。

辑。作品尚有新历史小说的遗风和惯性：即以个人私欲来影射历史动机，以偶然性来瓦解目的论统驭下的关于历史发生的正统叙事。

显然，以利比多为动机的历史叙事，不仅有着艾伟所深信的"真实"质地，也有着与时代意志、与"虚假生活"相抗衡的伟力，它总是如艾伟所愿地偏离了"政治正确"和"历史正确"的某种强制性规定，偏向了人性与文学的本义，偏向了被重新叙述和重新建立的另类历史。这使得——虽然都征用了相类的叙事修辞——艾伟的小说自有其内在的庄重和肃穆，不同于王小波的解构性反讽，也不同于昆德拉对思辨的形而上执迷。

二

一般意义上讲，"性"是世俗的、庸常的，它溶于日常世界，构成了人类生活中形而下的、物质性的层面。但是，在"性／政治"的修辞结构中，"性"又显而易见地超越了日常性，超越了物质性，承载着意义不凡的叙事功能，承载着形而上的精神指向。这种"非日常性"，这种对日常世界的非日常化处理，是艾伟小说思维的又一重要方面。

比如，在他的"爱人三部曲"里，《风和日丽》中的主人公杨小翼与开国元勋尹泽桂的血缘纽带，先天注定了小说叙事内容的"非日常性"，尽管有关杨小翼的故事叙述多半处于日常世界的凡俗维度和界域。《爱人同事》中，失去双腿的刘亚军与纯真女大学生的婚恋故事，搁在古今中外都属于超凡脱俗的个案，理所当然地可以归属"非日常性"；而刘亚军与"时代意志"的博弈，则显然代表着发生在我们这个日常世界的极端事态与极端"意志"。《爱人有罪》则更甚：这是一个毅然牺牲世俗幸福而执意于追求宗教般救赎境界的故事。它向我们讲述了一个几乎只可能悬浮于凡尘和日常世界之外的人物——阅读这部小说时，我曾不由得联想到夏目漱石，联想到他的那些关于灵魂救赎的小说，而文学史对于夏目漱石的重要论断之一，就是将善于"发现日常世界的非日常性"视为他的杰出之处。

像在《爱人有罪》中展示的那样，艾伟惯于在他的小说中讲述罪案：罪案几乎是他小说叙事的标配，是在他迄今几乎所有小说中都赫然可见的、固定的叙事装置。他早些年的作品，如《杀妻记》《杀人者王肯》等，题目便已预告了惊悚的凶案画面。近期的小说，如《南方》，便是从大清早浮现于护城河的一具女尸起始的；《过往》的起头则是雇凶杀人的密谋场景，像极了黑帮片的经典桥段，《盛夏》也有类于此；《乐师》是一位刑满释放的父亲决定再次以身犯案；《最后的一天或另外的某一天》是罪犯服刑的故事，在讲述过程中，她犯下的命案终究要被一次次地翻出；《演唱会》并不如题所示那样绚烂，相反，它向我们打开的是罪犯藏身的阴暗角落……不用说，罪案当然是"非日常性"的。其实，不只是罪案，我相信，只要是"非日常性"的空间、事件或人物，都无一例外地会受到艾伟的青睐，比如《战俘》所讲述的俘虏营（相似的情节，艾伟让《风和日丽》中的刘世军也遭受了一回），《敦煌》中的边地文化等。诸多的"非日常性"构成了艾伟小说思维的某个重要的定式，形成了叙事中的某种惯性。不妨将这种定式或惯性暂名为"非日常性叙事"吧。

"非日常性叙事"提供或打开了一系列的极端情境。米兰·昆德拉曾说，小说家是存在的勘探者。[①] 艾伟曾沿此意头，申明自己

---

① [捷克] 米兰·昆德拉：《小说的艺术》，董强译，上海：上海译文出版社，2004年版，第56页。原译文为"小说家……他是存在的探究者"。

的写作使命落在"勘探人性"。我认为，由"非日常性叙事"提供或打开的极端情境，便是艾伟用以铺陈和试炼人性的。越是在极端情境下，越是在时代的波澜壮阔或命运的大起大落中，尤其在生死一线的决断之际，人性的伪饰便越难存留，从而能被烛微洞幽，显其基质和本色。前揭艾伟小说作品的主要人物都是在诸般极端情境下清晰而深刻地展露其人性阴晴不定的复杂立面与不测之渊般的暗黑，此不赘述。当然，这样的写作思维并非艾伟独有和独创。比如，以罪案式的叙事而言，有陀思妥耶夫斯基珠玉在前，经典如《罪与罚》《卡拉马佐夫兄弟》，皆围绕命案来结构故事。就取材和立意的基本思路而言，艾伟与先贤并无二致。的确，罪案能迅速快捷地将人性置于就道德和良知进行质询、审判的环节，从而显出叙事意图中的某种"深度"来。更重要的是，如托尔斯泰那样在面对所有的罪行时都自己认为自己是参与共谋的犯人，或如鲁迅评价陀思妥耶夫斯基时所说，"凡是人的灵魂的伟大审问者，同时也一定是伟大的犯人"——正是在这样的认识度上，也只有在这样的认知度上，鲁迅认为，作家笔下的文字才能"显示出灵魂的深"，而这样的作家是"在高的意义上的写实主义者"。[①] 这不仅极大地肯定了从罪、从人性的负面提问的思想价值，也充分地肯定了在罪案所喻示的人性深渊中发出呼喊的文学价值。虽然，我很难说艾伟作为一个作家是否兼具"伟大审问者"和"伟大的犯人"的双重角色，但我能肯定，当他一次又一次地、不厌其烦地用罪案打量、勘测、探究人性时，无疑，他一直努力试图在他的文字里"显示出灵魂的深"。

不过，再往前一步，他与先贤的歧路就出现了。

---

① 鲁迅:《集外集·〈穷人〉小引》，见《鲁迅全集》第七卷，北京：人民文学出版社，1981年版，第104页。

在我看来，艾伟写下了大量自我救赎的故事。他小说的诸多主人公，几乎都有着相同的心性，他们通常都不甘心于被"时代意志"劫持，也不肯顺服于"本能力量"的宰制。他们孤愤，执着，在生活的污淖中仍抱珠怀玉，不肯消泯最后的善意与良知；在命运的凌迟下，仍奋尽全力，完成对尊严的最后冲刺，完成在伦理或精神哲学意义上的自我救赎。

《战俘》中的"我"，因在战俘营中的特殊遭遇而对托马斯产生了不被战争伦理和战场纪律所允许的亲近感，他出于人性的基本善意在战场上拯救这个敌人，又为了自己作为军人的尊严和荣誉毅然决然、毫无畏惧地踏入血与火的炼狱。这个"我"，是艾伟的人物谱牒中的一个典型：在"时代意志"（超我）和"本能力量"（本我）的夹缝中，"我"持守了人性的本义，并在决绝中完成了对自我的救赎。《爱人有罪》中俞智丽那样的自我救赎，迹近神话，她承载了人性至善的几乎所有重量，富于宗教感，更近似于康德所谓的"善良意志"，即一种无条件的善，因为她的所作所为正如康德所说："善良的意志，并不因为它促成的事物而善，并不因为它期望的事物而善，也不因为它善于达到的目标而善，而仅是由于意愿而善，它是自在的善。"[1]《南方》中的罗忆苦从青春期始就表现出蓬勃的肉欲，她在欲望的驱使下长期四处游荡，总是反认他乡是故乡，这喻示了一种"本我"的执迷，一种傲慢、迷失和罔顾责任的状态。同时，这个执迷的"本我"，这个"本我"的化身，也在与"时代意志"的搏杀中百孔千疮，遍体鳞伤。她在人到中年后的返乡，就是一次自我救赎。小说以她死后的亡灵为视角——一

---

[1] ［德］康德：《道德形而上学原理》，苗力田译，上海：上海人民出版社，1986年版，第43页。

个可以俯瞰众生的视角，其实也是潜在地以一种富于形式感的"升华"——灵魂飞升——来譬喻一种自我救赎行为的完成。翻阅艾伟的小说，其中自我救赎者的形象俯拾皆是：《爱人同志》中自焚的刘亚军，《风和日丽》中独守岛礁的刘世军，《乐师》中的父亲，《过往》中的母亲，《回故乡之路》中的解放，《诗人之死》中的诗人，甚至《敦煌》中的偷情者，《演唱会》中的盗印者，如此等等，无不在浴火重生、凤凰涅槃式的自我救赎中，在生死一线的瞬间决断中，义无反顾，赴汤蹈火。

之所以强调艾伟小说人物之救赎行为的"自我"性质，原因在于他笔下的人物常处于精神的孤绝之境，腹背受敌，没有神、上帝和宗教向他们灌注涉渡彼岸的力量，不会有至高无上者向他们伸出来自天界的救援之手。这就和陀思妥耶夫斯基、托尔斯泰笔下的那些求助神力来解救灵魂的人物有了显著区别。在近作《最后的一天或另外的某一天》中，监狱教导员的教诲、一部以她为原型并被试图用来"感化"她的剧作，都只令俞佩华产生排异感和隔膜感，相反，她是通过将自己"修炼到彻底的暗"，才熬过监狱里的漫长时光。换句话说，俞佩华们不仅不能仰仗神灵，也无法指望他人来济困救厄：自救是唯一的也是最可靠的出路。

特别应该指出的是，艾伟小说里的这些人物，个个都为实现自我救赎而付出了巨大的代价。他们中的绝大多数都以生命的完结为终局，或者至少像俞智丽那样自降到人间地狱百般受难。但从某种意义上讲，无论是赴死还是寂灭，他们都不是失败者。他们的举动证明了日常世界中的另一种非日常性，即对高于生命的超越性价值和意义的孜孜以求，他们也正是在这个尺度和维度上证明了人性的奥义。2015年，艾伟写过一篇题为《时光的面容渐渐清晰》的、关于长篇小说《南方》的创作谈，在这篇文章里，他自己就视《南方》"是一个关于人性的寓言"。① 而我更关心的是，那个在艾伟二十多年的写作生涯中渐渐清晰的"时光的面容"究竟是什么？——我想用"人性意志"来命名它，命名这个在艾伟的写作中渐渐清晰、逐步沉淀、愈益坚硬的又一个利比多，这个在诸多的救赎中臻于至善的"自我"的内核。这个"人性意志"，与"时代意志"和"本能力量"形成三足鼎立之势，形成了艾伟小说叙事的基本面。

我以为，这个在前赴后继的自我救赎的故事里淬炼出来的"人性意志"，是艾伟之所以屡屡表达对人性持有信心并相信"人性最终会胜出"② 的重要原因。有关于此，我曾这样写过艾伟："他对于人性的信念让我深为感动。……在他看来，美好的人性并非一种浪漫期许，不是遥不可及的乌托邦，而是触手可及的真实存在；人性也不是被悬置的价值理想，而是现实世界中直接予人勇气的力量。"③

三

艾伟曾作过这样的自我阐释：他认为，他曾经分别致力于两种截然不同的叙事风格的写作实践，一是轻逸的飞翔，一是贴地的写实；前者写出了现代主义式的寓言以及某种深度，后者写出了现实主义式的人物以及某种复杂性。经年以后，"在两种类型的交叉跑动中，它们终于汇集到了一点"。④ 这"一点"，指的是长篇小说《爱人同志》。其后的另一长篇小说《南方》，艾伟再次强调了这两

① 艾伟：《时光的面容渐渐清晰——关于〈南方〉的写作》，载《东吴学术》2015 年第 5 期。
② 艾伟、何言宏：《重新回到文学的根本——艾伟访谈录》，载《小说评论》2014 年第 1 期。
③ 王侃：《写作者艾伟》，载《小说评论》2014 年第 1 期。
④ 艾伟：《无限之路》，载《当代作家评论》2003 年第 3 期。

种风格的交汇，认为这部长篇新作"要在飞翔和写实之间找到一条通道"。①

转述艾伟的这一自我阐释，一方面是想说明，艾伟在写作上是个考究的"技术主义者"，是个对技法有精细采择、潜心揣摩并在风格化的道路上有过远征经验的作家。另一方面是想说明，艾伟的这一自我阐释在某种意义上只是一种大而化之的说法，它容易使评论者因此一叶障目。以我的观察，现有的评论似乎并没有关注到艾伟的小说技法，尤其是他的结构思维的另一风格化维度。

这一对于艾伟来说相当重要的风格化维度，在他的近期作品中显露得更为突出。我且将之称为"戏剧性"。戏剧性的外在形式，常常涉及偶然、巧合尤其是骤变、突转等现象，而其内在，则与某种不断积聚的、强烈的"意志"冲动有关。前文提到过艾伟对"非日常性"的高度关注，以及由此形成的思维定式和叙事惯性。某种意义上，戏剧性就是非日常性，是对日常世界固有的、习焉不察的基本逻辑的冲决、超越和破坏。

《在科尔沁草原》讲述了这样一个故事：富商赵总喜好处女，王安全从中拉皮条将女大学生陆祝艳介绍给赵总，他们一起去科尔沁草原游玩了几日。从草原返回后，陆祝艳主动约王安全开房，事后，王安全发现了床单上的梅花血。这个在小说结尾处突然发生的情节反转，使得我们必须对整个故事进行复盘：这过程中究竟发生了什么意外？我们是不是错过了什么隐微的暗示？按常识和逻辑该当发生的为什么没发生，不该发生的却发生了？何至于此？这些复盘，其实也让我们重审了故事中的人与人际，由此触摸到了某种不

---

① 艾伟：《时光的面容渐渐清晰——关于〈南方〉的写作》，载《东吴学术》2015 年第 5 期。

可言传的幽玄、含混与复杂。长篇小说《盛夏》更是由一连串巧合连缀而成的戏剧性故事，是一个经过精心缝合的、明显"高于生活"的、奇事怪谈般的世情。其实稍加注意就能发现，《过往》《敦煌》《最后的一天或另外的某一天》《乐师》等，都有着或明或暗的、或大或小的、经过精心埋设的反转或突变。

当然，艾伟并不是近期才突然发展出"戏剧性"这一路数。他早期的小说，比如《喜宴》，讲述三男一女之间复杂的情感纠结。故事最后，已婚的女主人公与前男友偷情时被发现还是处女，这大反转式的"戏剧性"一幕，使这故事里支离破碎的爱情、刚开始就已凋零的婚姻突然有了水落石出的答案，但同时又使一切沉入深不可测的迷茫。《杀人者王肯》《回故乡之路》《战俘》《爱人有罪》等，都大体上可以归入"戏剧性"的路数。

其实，关于"戏剧性"，艾伟也是有过自我阐释和自我确认的。十多年前，在一个访谈中，对谈者认为《爱人有罪》是一部戏剧性非常强的作品"，艾伟显然认同此说，并就此发挥道："我以为戏剧性和人的精神性、人的丰富性、人的高贵相关。……我认为恢复戏剧性即是恢复人的光辉形象的第一步。在《爱人有罪》的写作中，这一点我是有比较自觉的认识的。"[1] 不久前，他在一篇分析艾丽丝·门罗短篇杰作《逃离》的随笔中，对于这个作品在一个很小的篇幅、很小的叙事段落里频频使用戏剧性"突转"的笔法，表现出了极大的兴趣，并大加赞赏。[2] 可见，"戏剧性"对于艾伟来说并非梦中偶得，亦非神来之笔，而是其来有自，并经过深思熟虑的。

---

① 马季：《探求生存困境中的伦理变迁——艾伟访谈录》，载《青春》2006 年第 11 期。
② 艾伟：《逃离或无处可逃——艾丽丝·门罗〈逃离〉的文本分析》，载《扬子江文学评论》2020 年第 2 期。

我认为，由于"戏剧性"自带的对于日常逻辑的巨大破坏力，使其适用于表达某些无法被日常逻辑所兼容的深刻的悖论。这些悖论有如：《喜宴》的女主人公穆小麦，用且只能用一次可耻的背叛来表达悠深的忠贞；《爱人有罪》的女主人公俞智丽用"肉偿"的方式展开的救赎，所拧出的一个巨大的伦理死结；等等。这些悖论与"戏剧性"自身的逻辑相匹配，互为表里，并经由"戏剧性"的反转、突变带出，呈现为小说的叙事焦点。正是这些深刻的悖论，才使得艾伟所说的"人的精神性、人的丰富性、人的高贵"呈现出只有在文学里才能呈现的复杂和深广。

　　对于艾伟来说，对于他二十多年勤勉的写作所构建的文学世界的主旨来说，其中更大的悖论是嵌在自我救赎这一命题中的。在他的笔下，几乎每一次的自我救赎——无论贵贱，无论大小——都是以死亡和寂灭为代价的。某种意义上，这样的自我救赎带有绝望的气息和虚无的性质。这些人在实现自我救赎的那一刻，摆脱了游移不决的中间状态，成为"彻底的人"，完成了向"精神性"和"高贵"的转化。所以，需要一些醒目的甚至是触目惊心的"戏剧性"的情节设计，才能表达这些宏伟的悖论所蕴含的意志冲动。而王肯（《杀人者王肯》）用匕首将手掌钉在桌上，解放（《回故乡之路》）用两块红领巾拼成的国旗为自己祭奠，刘亚军颤抖着在镜子前将自焚的烈火点燃——这些在小说最后一刻定格的骇人场景，带着反转或突变的惊人力量，完美地体现了艾伟的"戏剧性"结构思维，成功地实现了艾伟将人的精神性、丰富性和高贵性与戏剧性进行勾连的文学意图。这些场景，也是艾伟对当代中国文学的重要贡献。

　　对于艾伟来说，由"性"与"政治"的二元对峙，由"时代意志""本能力量"和"人性意志"的三足鼎立而演绎出的更宏观、

141

更高迈的思想、精神和伦理悖论，更需要一个超凡的"戏剧性"结构去呈现它。我认为，《风和日丽》基本做到了。而且我有理由期待并相信，艾伟很快就能完成新的超越。

2021 年 8 月 9 日子夜于菩提苑

原载《当代作家评论》2021 年第 5 期

身份政治、根系自宫与
"寻根文学"的终结

——东西小说片谈

一

从田代琳到东西，这姓名的变化自然包含了身份的迁徙，一如从周树人到鲁迅的变迁。其实，更应该指出的是，从田代琳到东西，并不只是身份的平面转移：它其实还意味着阶层的纵向跃升。当然，一个出生于桂西北山野的农家子弟，成功地从祖辈的宿命中逸出，摆脱了刀耕火种的亿辛万苦与朝不保夕的穷年累月，成为一个文学大家，一个名满天下的小说圣手，这昭然若揭、毋庸讳言的阶层跃升所彰显的，远不止标配于各类滥俗励志故事中的积金累玉、钟鸣鼎食、灯红酒绿和裘马轻肥，远不止这样的肤浅和庸腐——虽然这常常是谈论"身份政治"的基本起点。更重要的是，从田代琳到东西，是由长期而巨大的城乡落差所引爆的"现代性"震惊，是多维视野的纷纷开启，是多元经验的层层累加，是越来越敏锐的时代体悟和越来越深刻的人性洞见，是生命意义上的丰富，是灵魂意义上的卓拔，是纷至沓来的、几可将他没顶的种种历史和社会价值的赋予，是对决定尊严的所有条件与尺度的全面认知和不断刷新。这与鲁迅的"从小康坠入困顿"、张爱玲的从贵胄降为布衣，是全然反向的路径。我以为，这样的跃迁深深震撼过甚至仍然震撼着成为东西的田代琳，从而使他对此拥有异乎常人的精神感怀与心理铭刻。在长篇小说《后悔录》中，陆小燕每次去探监，都会在接见室里与服刑的曾广贤面对面坐着，"两双手就不约而同地抓在一起"。东西顺势写道："两双手一靠近，就像工人拥抱资本家，平民拥抱贵族，黑种人拥抱白种人。"这句比喻性的描述，不只是表面化地用于摹写两双手各自不同的劳损程度，也不只是简单地标示曾广贤与陆小燕两人墙里墙外的、某个局部的法律身份的分野。这句比喻性的描述所呈示的，更是阶层跨越的浅白意象，而它所更具的语言学意义是：工人／资本家、平民／贵族、黑人／白人，这包括了阶级、文化和种族等诸种历史对立在内的"身份政治"，作为一种话语结构已然深嵌于东西的语言，即便在最普通、最一般化的日常语境中也能脱口而出，顺势而下，俨然是一种语言惯性。从这个意义上讲，这句看似普通的比喻性描述其实并不普通：我们从中或多或少看清了东西的经验底版，看清了他的思想背景上某个醒目的印戳，从而发现了他的情感渊薮，他的叙事动机，以及他的文学之所以如此的深层修辞。毫无疑问，在阶层的鸿沟前临崖而立，"于天上看见深渊"般令人窒息的忧愤与哀戚，在阶层跃迁过程中的旧时记忆与当下经验，这记忆和经验浩然相对、轰然相撞时迸发的再生般的刺激或震撼，成就了东西的文学。至少，它们汇成了东西文学中最核心和最具力度的部分。

所以，在很大程度上，我们可以将长篇小说《篡改的命》（2015）视为东西的椎心之作，因为，从里到外、从头到尾，这部小说结结实实地是关于"身份政治"、关于阶层跃迁的一次充分而极端的文学表达，是东西的经验世界里最内在的心理病根所积聚的典型症候的总爆发。这部小说的核心人物——汪氏一门所殚精竭虑、孜孜以求的"改命"，便是如何实现阶层跃迁——如何从胼手胝足、命似草芥的乡下人、庄稼人，成为旱涝保收、养尊处优的城里人、官家人。作为乡下人、庄稼人，汪槐清楚地认识到，"从出生那天起，我们就输了，输在起跑线上"。因此，"改命"或说实现阶层跃迁便成了他一生的执念，信仰一般百折不挠，进而深刻地影响并遗传给了儿子汪长尺。所以，当汪长尺得知妻子小文怀孕，便立刻决定动身进城打工，因为——他说："别说是生孩子，就是一个屁，我也要憋到城里去放。"为了能在城里扎根，为了能赚得向往中的体面，他们先行输出了体面，坠入种种不体面：汪槐夫妇成了街头卑躬屈膝的乞丐和脏污不堪的拾荒者；汪长尺在毫无保障的工伤中成为耻辱的阉人；小文则在生下大志后，势所必然地迅速成为失足女；最后，为了能让大志成为城里人，汪长尺亲手将儿子奉上，送与仇人林家柏做养子。汪长尺面对此际的伦理难题，只不过是略事沉吟，便轻松跨越了最后的尊严，直至毫不犹豫地交付出自己的性命——真是：人不畏死，奈何以尊严拘之？但是，在汪氏一门看来，"改命"的大功告成，大可冲淡甚至抵消代价的惨痛——汪长尺在内心、在遗书里就不无欣喜、不无自豪地喊道："爸，我们成功了，我们终于在城里种下了一棵大树。""汪家的命运已彻底改变，我的任务完成了！"有意味的是，在小说临近尾声时的一段超现实主义的叙述中，汪槐为汪长尺的亡灵"做法"，他不停地问："长尺要投胎，往哪里？"亲戚、朋友、乡党以至全村人都一起帮着喊"往城里"。由此可见，"往城里"对于汪家来说已是一种生死相继的永恒追求，是誓不回头的唯一目标。而更有意味的是，汪长尺的亡灵在咒语中飞升，飞到省城的一家医院转世投胎，最终成了仇人林家柏的亲生儿子。由此可见，在汪家那里，为了成为城里人是可以不择手段、不论是非的，是莫管荣辱、无问东西的一条道走到黑。

如果我没估算错的话，汪长尺与田代琳／东西应该是同代人，或者，更直接一点：是同龄人。我猜，汪长尺在高考分数发榜前的人生，几可与彼时的田代琳相互覆盖。因此，东西肯定像了解自己的掌纹那样了解汪长尺，就像他了解田代琳一样。他了解并深深懂得汪长尺的"改命"执念，懂得这执念背后巨大的身份政治，懂得这身份政治的悠长历史与冷酷现实，懂得这一切中的命运真相与人间万象，懂得所有辗转于其中的人们的悲苦和欢欣、希望和绝望。自二十世纪八十年代始，"往城里"的故事在我们的文学里不绝如缕，但构思如《篡改的命》这样极端而深刻者，仅就我目力所及，是绝无仅有的。我相信，高考落榜后的汪长尺，是东西的一个虚拟镜像，是他自己在成功地实现阶层跃迁后拟设的失败者形象，是幸未发生于他的人生的另一种可能，但这既令他心有余悸，又让他心有戚戚。汪长尺因此成了东西心口的一枚刺，是他每每感喟人生时总会不期然浮现的深重黑影。他不得不诉诸笔端，象征性地将其拔除和驱散。然而，如一切文学教科书所示，这个生活中的失败者，在文学中被投射为一个成功的形象。

二

写于 1995 年的中篇小说《没有语言的生活》是东西的成名作。我把它视为《篡改的命》的前篇。这两部作品杀青的时间相距近二十年，而这二十年的契阔，或许正可引以为据，说明身份政治、阶层意识是如何在东西的文学思维中占据焦点的。

一个瞎子、一个聋子和一个哑巴，戏剧性地组合成一个家庭，生活在同一屋檐下。这种"戏剧性"有很强的人为凿痕，显是作家的刻意配置，但又似乎并不尽然：在人类生活的底层，这样的"戏剧性"——包括它的形式或结构，常常会被一种无可辩驳的内在必然所支撑和赋予。而如此戏剧性的家庭组合，它将遭遇的显然不只是人物的生理缺陷所招致的日常生活上的种种不便，也不只是这诸般不便引发的滑稽、荒诞或酸楚；仅凭粗浅的阅读经验就能悉晓，在关于此类叙事的一般性（甚至是经典的）文学想象里，络绎而来的深重磨难和尖锐耻辱才是题中应有之义，且它们招之即来，挥之不去。《没有语言的生活》也不例外。但东西对这个故事的处理，在构思上别出机杼，而这个"机杼"也一并带出了那个内在于东西的、深层的精神（或意识）结构。

　　在备受村民乡邻的骚扰、伤害、诅咒和欺辱后，为了躲避这无尽的折损，王老炳决定，"我们还是搬家吧，离他们远远的"。他们举家搬到河的对岸，在一处人迹罕至的坟场盖房，成为孤悬于村外的独门独户。这次迁徙，可视为一次朝向"彼岸"的跃迁：尽管只是短距的、物理空间意义上的平面横移，但"彼岸"的基础含义，毕竟包含了对生活的刷新——将苦难、屈辱刷洗一净的决心，以及对有平安祥和降驻之未来的内在期待。这决心、这期待如此之大，以致他们不等屋顶的瓦片盖全便匆匆迁入，旧居中的家具物什也几乎被统统弃置，以显示他们与旧有生活进行全面切割的强烈意志——虽然，这次迁居的实质，是底层的绝对弱者充满失败感、无奈感和绝望感的逃亡，是被逼至坠崖前最后的退却。但即便如此，所有的努力仍然被证明只是一场徒劳，苦厄和灾难从没考虑过要对他们发放赦免权：儿媳蔡玉珍于月黑风高时，就在一步之遥的屋外被人强暴了。即便如此，他们也没想到过寻求法律保护，也深知

"这仇没法报啊"，所以选择了忍气吞声，唯一能做的只不过是拆除了小河上的木板桥。他们选择了继续退却，"他们一边退一边拆木板桥"，"现在，桥已经被家宽他们拆除了，我们再也不跟那边的人来往"。然而，更沉重更深刻更具毁灭性的打击，则是一个看似健全的孙子王胜利的降生所带来的：他上学堂的第一天所学会的一首歌谣，全然是对包括他自己在内的家人的羞辱。他浑然无知，"吊着嗓子"唱与家人。语言，没能拯救这个失语的家庭，反而向这团"没有语言的生活"挥出了绝杀的一刀。绝望中，蔡玉珍"一个劲儿地想我以为我们已经逃脱了他们，但是我们还没有"。

如果要由我们来代入这个被逼进死角的家庭，思谋怎样解困除厄，何去何从，我们该作何想，以及能作何想？我为此揣摩过田代琳的心思，揣摩过东西给《没有语言的生活》画上最后一个句点及至起笔写作《篡改的命》之际——这横亘于二十年绵长岁月之间的可能的心思。我在揣摩时油然记起《篡改的命》中汪氏一门的"大志"，记起汪家三代人前赴后继的不懈追求，记起坠河自尽的汪长尺于转世投胎时咬定的唯一方向——"往城里"！

自古以来，谋求一种跃迁，从而冲决宿命的死循环对底层生灵——尤其是对乡村赤贫者的箍定，实现向食物链更高层级的升移，是再普通不过的人性。但是，在这个跃迁过程中所被暴露和所被见证的身份政治，却显然是东西人生经验中的痛点，是他的写作思维中一板高敏的模块，是移动的冰山处于洋面以下的四分之三，是力比多般不可驯服的一段情结，尤其是，当我们习焉不察地以为自己早已迈入现代社会、广受现代文明荫庇之时。所以，在我看来，《篡改的命》的问世，是某种逻辑使然，是一个作家不得挣脱的必然律，是埋伏于东西的经验世界、认知模式与情感基底之中一团奔突的地火，终于喷涌。

在东西写下的诸多乡土小说里，尤其是在《没有语言的生活》里，乡土之恶几乎是无时无处不在的。且不说平日的肆意欺压和后来的非人强暴，就说王胜利上学堂第一天学会的歌谣，那恶意满溢的羞辱最是杀人诛心，是令人窒息且逃无可逃的极端刻毒。这不禁让人想起鲁迅的"铁屋子"譬喻。实际上，东西乡土小说所叙人际与事态，也常让人想起《祝福》《孔乙己》《明天》。东西对乡土持有的批判性姿态，与鲁迅有很大程度上的一致性。只不过，鲁迅在揭示了乡土的吃人之恶时，更多地将乡土作为前现代之蒙昧、朽烂、落后的载体予以全面否定。东西在很大程度上强化了鲁迅的这种否定，同时又有所延伸；他在城／乡的双重境遇中体悟了身份政治的尖利、严酷的内涵，他既在现代性视野中保留了对乡土劣根的冷峻审度和无情批判，同时，他也坚定地驻守现代性立场，戟指积存于现代社会的结构性阶层固化的流弊，以及它已然造成的对于社会民生与时代道德的后果。同样的沉痛深切，同样的忧愤深广。

三

一般而言，若乡下人、底层人有改命的执念，本身无所谓是非对错，相反，这应该被视为理当普遍运行于人类社会的自然法则。破除身份血统的先验宿命，实现对自我或社会身份的自由选择，更是现代社会和现代文明得以构建、得以成立的价值前提。否则，"王侯将相宁有种乎"的越世呐喊，以及近代以来屡屡发生的改天换地的历史性震荡，便统统失去其合法性。

但是，阶层分野——尤其是结构性的阶层分野，在天长日久的历史性固化过程中，同时也使不同阶层的人群各自慢慢形成了近乎基因般的阶层意识与阶层记忆，即所谓贵族的天然优越感与贫民的天然卑微感。在《篡改的命》中，汪长尺和小文这对贫贱夫妻有这样一段关于"改命"的对话：

> "想出什么办法了？"
>
> "很多，卖肾，打劫，盗窃，行骗，我都想过，但只有一条行得通。"
>
> "什么？"
>
> "卖肾。"
>
> "像你这样的肾，谁敢买呀？"
>
> "我的肾有年龄优势。"
>
> "人家怕沾霉头，怕把你的肾一装到身上就变成穷人。你也不想想，牛车的零件能安到车上吗？"

　　这段对话充分体现了一种将身份、阶层属性进行身体化、生理化直至基因化的本能反应或自觉意识。对于穷人、乡下人来说，这种意识伴生了沉入潜意识底部的深刻自卑，从而化育了心如死灰般的认命态度。这实际上也是导致最后汪长尺要在肉体上消灭自己，从而在象征的意义上清除基因负累，以便汪大志跃迁为林方生的内在缘由。从历史和社会学的意义上讲，身份和阶层意识的基因化，实际上是将"王侯将相宁有种乎"的激烈质问，转化为一个默认的肯定句。

　　在《篡改的命》中，汪长尺在一场官司里发现，富豪林家柏凭借权势篡改了他与儿子汪大志的基因鉴定，不禁感叹："我听说过改年龄改民族改档案改性别的，却想不到还有人敢改 DNA。"表面上看，是这桩篡改基因报告的官司启发了汪长尺改命的思路以及他最后采取的手段。其实不然。至少，在我看来，清除基因负累从而实现改命企图的思路，是田代琳交予东西的一种暗黑思路。在《没有语言的生活》里，王老炳率全家迁居对岸，不顾儿子的阻挠，毫不犹豫地掘平了祖坟，在这块"他烧香磕头的地方动锄头"，整出地盘盖了新房。如果说，有一种生物学意义上的"厌祖"心理，通过不断的自我否定，有力地推动了从猿向人类的进化，那么，王老炳的掘平祖坟的行为，表征的是社会学、文化学意义上的"厌祖"，是对某种血缘根系的自宫。从象征语义上说，它与汪长尺的自戕有着致密的同构：他们都是通过自毁式的否定，企图清除基因负累，从而实现命运的跃迁。汪长尺进城后不久就被夺去生殖能力，是这种自宫行为的一次转义，是改命的前奏；他最后的自沉，不过是这前奏的终章，是某个逻辑的必然。

东西的近作《飞来飞去》在另一个维度上继续发挥了这一用意——所以，我们也可将《飞来飞去》视为《篡改的命》的续篇。从叙事的空间层面上说，它甚至是东西之前相类小说在整体上的一个升级版。这个小说讲述的是，疫情期间，定居海外的姚简教授因母亲病危而从"彼岸"飞回"此岸"，侍床、送终——此前，他也因为每年探亲而需要"飞来飞去"，但此行他却密集地遭遇了亲戚族人的寡情薄义和无端围攻，目睹了学者同人的斯文扫地和寡廉鲜耻。飞回海外后，他亲手解散了手机上的"亲人群"，实行了对根系的自宫。小说以"这边午后，那边清晨"一句收尾：时差被引入了象征义的解读之维。何以如此？原因很简单：从整体上看，"此岸"仍然是乡土性的，仍然处于某个文明时差所编定的航班排序中，默默地等候起飞。

1992 年，在"寻根文学"的大潮早已退歇、一去不返之际，王安忆逆势发表了长篇小说《纪实与虚构》，并宣称自己在这里写下了一部"真正的寻根小说"。王安忆在这部杰出的小说里，使用纪实和虚构这两种"创世"的手段，重述（或说重构）了自己的家族始自远古的血脉谱系。在王安忆看来，"忘记本姓，是多么糟糕的一件事"，所以，文学性地重构自己的家族血脉谱系成为对这种"糟糕"的虚拟祛禳，为此，她竭力挣脱自己的"现实主义本能"，不惜以其超凡的虚构能力，精卫填海式地补缀、接续史述的断层和史料的阙如，"将祖先的道路用冥想和心智重踏一遍"。她热爱这由血脉表征的纵向关系，因为这一关系是"绝对性的、不容置疑的"，"由我们的骨肉生命加以联系"的，她认为："这里面隐藏着一种极为动人的人类关系……它使'生命''血缘'这一类概念变得亲切可感，这是多么美好的体验啊！"也因此，她热爱这一谱系的每个关节点上或明或暗的所有祖先："我的冥想已走过隔山阻水的遥遥道路，培育起至亲至情的血缘之脉，我爱木骨闾，我爱车鹿会，我爱成吉思汗，我爱乃颜，我还全身心地悲悯与热爱堕民，我对茹荣也有了情感。"她不止一次地在文中感慨："我多么想知道，我是从哪条道路上来的。"

再早一些时候，莫言在《红高粱》里重塑了"父"的形象：在二十世纪八十年代骤然廓开的多元化语境中，他笔下的"我爷爷"横空出世，在乡土情结与民族主义话语的共同促进下，成为新的历史主体与生命主体。相比于"我爷爷"这一辈，"我们这些活着的不肖子孙相形见绌，在进步的同时，我真切感到种的退化"。相似的作家还可以举出张炜。张炜的文学理念中有坚定不移地对于"父辈的视角"的珍爱和守护，有对现代社会的每一次"进步"所导致的礼崩乐坏、人心不古的严厉批判，有对故土和原野的椎心泣血般的眷恋：在他的小说中，一切善良之德、一切崇高之美，都只被赋予乡土和成长于乡土的人们。

东西与这些作家的分野，恰恰就在这里。相比于王安忆对重构家族血脉谱系之举的穷心竭力和欢欣鼓舞，东西则展示了全然不同的另一种心态：在东西那里，当林方生／汪大志在成为一名警察后借查案之便造访祖居时，他不仅没有认祖归宗，反而将祖居墙上的镜框中自己幼时的照片偷偷取走，与汪大尺案的卷宗一齐销毁——他只想将自己身份基因最后仅存的蛛丝马迹从地球上抹除。他和他的父亲、他的爷爷都痛苦于那个"纵向关系"，不用说，他肯定也拒绝"用冥想和心智"将祖先的道路重踏一遍，更不要说会去热爱血脉谱系上的哪一代先人。他和他的父辈所孜孜以求的，是如何果断、有效地与自己的血缘切割，一刀两断，一拍两散。东西笔下的人物也绝无"种的退化"的自惭，因为他们的父辈从未成为强悍的生命主体，更未成为可歌可泣的历史主体。理所当然地，他们也不会认为"父辈的视角"有多么重要，也不会认为乡土是善与美的绝对载体，相反，他们会认为"父辈的视角"从未向他们提供过荫庇，从未向他们展示过改命的思路和勇气，而乡土，则仍然处在鲁迅一百年前就极力否定过的状态。在东西的笔下，借身份政治之名、揣阶层跃迁之念所展开的一切情节，毫不含糊地拧成了一个又一个触目惊心的巨型意象：弑父式的厌祖、自宫式的根系剔割、背井离乡中显露的对乡土的捐弃。如果要对这些意象作某些历史联想，我们当能想到"五四"传统，当能想到这一以"弑父"为标志的传统曾勠力制造的断裂和深渊，因此，我们也可以把东西的这一类作品视为五四新文学传统的当下书写，它构成了当代的新的历史比喻，与启蒙或新启蒙话语在当代的历史使命相互汇聚，发出振荡人心的共鸣。

从这个意义上说，东西的以《篡改的命》为代表的一类作品，与寻根文学、与乡土文学发生了某种时间性的关系。就形态和寓意而言，我认为，以《篡改的命》为代表的作品集群，批判性地终结了中国当代文学史上的寻根文学和乡土文学。无疑，东西会是中国当代文学史地图上的一块显眼的界碑。

最后，有个结余的议题需要略微摆布：是否"此岸"总是需要被超克？是否有一眼望不到头的"彼岸"呈链式排列，可供依次登临？这种单向的超克、涉渡和登临，是否永无休止？当一个人完成了从乡村到城市、从此岸到彼岸的跃迁，是否已来到了地球的尽头？假如地球也必须被超克，是否就应该并可以往火星跃迁了？假如全人类都必须被超克，又应该并可以跃迁至宇宙的何处？东西虽然对乡土极尽否定性的批判，但他也从未轻易松口夸赞过城市，相反，在包括《篡改的命》在内的大量作品中，城市表现出的卑污常常远甚乡村。在长篇小说《回响》中，一个富豪的雇凶杀人计划，就像项目承包似的被逐层分包，商品传销式地逐级递解，这个分包、递解的过程分明让人看见了一个界线清晰、标记无误的阶层结构图，一个更为残酷的压迫机制。所以，那个最终的停泊地究竟在哪里？

或许，新近发表的《天空划过一道白线》是东西试图就此给出的一个文学性的解答。在这个小说里，一个乡村的三口之家，因为"城市"的介入而瓦解。妻子、丈夫、儿子先后前往城市，但城市最终被证明并非恰当的归宿，而旧有的生活已在曲折的变故后如破镜难圆、覆水难收，于是一家三口怀着某种默契，分别在异乡和故乡之间流徙，向往重逢又躲避重逢。在这个小说里，城市与乡村都不可依，有亲可恃时又无家可归，有家可归时又无亲可恃，人们陷入了在"此岸"与"彼岸"之间永无休止的往返流徙。超克、涉渡和登临，终成西西弗斯式的无尽循环。对这种流徙的叙写，入木三分地摹画了时代与社会情状的骨相，同时，又因其醒目和深刻，它又可被投射为关于当下人类肉身与心灵处境的双重寓言。

2023 年 11 月 7 日晚于菩提苑
原载《南方文坛》2024 年第 5 期

失败的人与喑哑的诗

——与任白书

　　任白兄，见字如晤。因为疫情阻断，半年前约定的"见面谈"，不得不改用现在的"书面谈"。按说，这也算是文人交游的一种古典方式，于今或许更有意义。让我们滤去声音、滤去表情、滤去肢体动作，用笔、用语言给定的空间、用文字激发的思路，来谈谈你的诗歌近作，以及与之相关的话题吧。或许，借助想象，最后我们能还原声音和表情，还原语境和动作，还原天气和昼夜，甚至能还原出点燃纸烟的火苗，以及在你我之间不时缭绕和聚散的烟雾的形状。这应该也是我们面对诗歌时，诗歌要求我们自动呈现的能力。

　　差不多十年前，一个偶然的契机，我有幸读到了《耳语》和《未完成的安魂曲》，两首风格暗郁、词华典赡又气力雄浑、百感交集的长诗。你在这两首长诗里表现出的敏思善感，给我印象很深，尤其是温暖又孤高、峻切又敦朴的"两面性"，有很特别的吸引力。当然，这种"两面性"主要还是体现为你频频主动表露的某种不得已的自我分裂，这种分裂源自一种在愈演愈烈的世俗化进程中不得不作出的精神退却，一种在时代风潮、历史铁律等强大外力的暴击下屈辱的价值让步。那两首长诗很诚实地呈现了你的"分裂""退却"和"让步"。值得赞许的是，在用诗歌清理这些灵魂伤口的时候，你清醒而果敢的自审，证明你的咏叹具备一个真正的诗人才可能具备的音域和音高。某种意义上讲，正是这种峻意十足的自审、这种不徇私情的自我批判，使得诗歌尽可能保持住了"古老的敌意"，并或多或少地回应了"诗人何为"的时代诘难。时光荏苒，一晃十年，再次集中地捧读你的近作，"两面性""分裂感"再次袭来，并且是扑面而来。这是我熟悉的任白，但也是一个更为伤感的任白。

通常，大多数诗人都致力于处理"自我"和"世界"的紧张关系，你也不例外。但你同时还格外地留意在不可逆转的生命跋涉中"被丢下的自己"："大多数时候／你想再走一次／看看自己丢下的东西／也看看另一条路上／被丢下的自己"（《行走的墓碑》）。你让人觉得，你当下持有的"自己"并不完满，并且你很介意这种不完满。与其说是介意，毋宁说是怅惘。你很清楚地知道，你当下持有的"自己"被一袭戏服所包裹，而这身戏服已成为你去留两难的"皮肤"："大幕落下／一部悲剧曲终人散／可是那身戏装已经长成了皮肤／紧紧地裹住你"（《皮肤》）。被这身皮肤裹住的你，脆弱、犹疑、恋栈、畏葸、沧桑。另有《于是我开始给你写信》一诗应该是对当下"自己"的全面清理：这个"自己"，孤寂、空虚、无措、癫狂、恐慌又故作倔强。这些自我清理和自我批判，可谓入木、入肉、入骨，需要不少的勇气。而另一面，那个"被丢下的自己"，却有着"年轻的脸"，并且豪迈、忠诚、多情、天真、率直、血性、清越、丰沛，恣意开合的生命，芳香四溢，无论从哪个角度、以何种力度叩之，都能激荡胸怀，寄意邈远，令人心驰神往，拍案击节，咏叹不已：

而你想起少年时背诵的诗篇

眼泪就止不住

时间就止不住

心疼就止不住

死亡就止不住

酷恋就止不住

歌唱就止不住

截自《诗篇》的这一小节，字句铿锵，斩钉截铁又悲悯柔怀。不难确定，这个有着如此强劲的情感力度的"被丢失的自己"，是你据以自审、自省的重要参照。这个参照如此至关重要，以致在年过半百之后，你仍然思谋着说"我要好好想想／也许该结伴打劫／解救逃课少年"(《如果》)。我琢磨着，你这半生，有一多半时光折损在这种自我救赎的无底深渊里。很明显，你渴望当下这个"自己"的种种不完满可以被修复，渴望弥合那个时时处于对峙、分裂、崩离之态的自我："像下午四点的斜阳／缝合这片土地上的裂痕"(《妄念》)。然而，也正是这种不免悲切的渴望，同时也喻示了"修复""弥合"是一种妄念，一种枉然。渴望愈甚，痛楚愈深。基本上，我能理解，"有一天，我会重新写下／那些令我慌乱的日子／一笔一画地写／用最好的纸和笔"(《有一天》)这样看似平淡的诗句所包含的复杂，因为"有一天"这样任意的预期可能会是遥遥无期，翻遍你的诗稿，仍然是未完成的安魂曲。你在期待"有一天"时，语调中的温暖和柔软非常感人，背身轻掩的无奈和落寞同样细密悠长。关于迷失，关于寻找，关于本真与偏离，关于错位与校正，都在你关于"自我"的命题中纠集。这是多年以来困扰你且让你挥之不去、爱恨交加的命题。这其实也是庄子的古老命题：庄子将找回"被丢失的自己"，视为返璞归真；这漫漫归途，是"妄念"，是"悖谬的爱"，是不可抵岸的心灵航程，是截然不同于奥德修斯的生命漂泊，是闻一多所说的、与人一生相持的"神圣的客愁"。

我们这一代人，从在一种前所未有的世俗大潮前的义利分野开始，激烈分化。知识分子、文人或诗人的分化尤甚，曾经的同道，常有决裂式的分道扬镳。他们中的一些人经过"蜕变"，不懈地顺应世界，在大潮中悠游，如鱼得水，成为各种"成功人士"。"成功"和"成功学"是这个时代最致命的召唤和最醒目的标识。然而，时代总是难免这样两极分化：当一些人通过不断"蜕变"从而不断"成功"时，另一些人则因为"蜕变"不利或拒绝"蜕变"，注定会成为"失败的人"。你与之纠缠多年的"自我分裂"，实际上是这个时代人群分化之景象的隐喻，也是时代的这一景象内化于你个人的结果。作为一种抗议，也作为一种辩护，你不由分说地将洗练而有力的赞誉奉送给"失败的人"："——赞美你！失败的人。"（《失败的人》）在你的价值视野里，"失败的人"必是不肯阿世取容、降身辱志以求"蜕变"者，他们通常"比唐吉诃德还要愚钝／比使徒路德还要热忱"（《天路》），他们是滚石上山的西西弗斯，是杀身成仁的朋霍费尔，是立誓将自己归入这一名谱的所有同道，又或许，是你的"被丢失的自己"。你倾心于这样的"失败的人"，即便"你向山下走去，漫山荆冠／而大地捧出诅咒的灯盏"，即便"时间总是辜负热血／辜负绝世的孤勇"，因为这些克己献身的人们不仅以光荣的方式救赎了自己，同时也"使人免于失败"，所以，"最后的忠诚／一定献给最新的溃败"（《末日的种子》）。我想起已故著名汉学家李克曼曾说过："成功者改变自己以适应世界，失败者总是尝试改变这个世界来适应自己。因此，我们这个世界的所有进步，都依赖于失败者。"

不难发现，这与你所呐喊的"——赞美你！失败的人／使人免于失败／直到尘土为你建筑圣殿"有着微妙的谐振。你有意地在"失败的人"与"圣殿""天国"之间建立词语上的联系，通过祭奠式的"颂圣"，为在死亡和遗忘中蒙垢的失败者辩诬，这也能使你对自己和世界葆有信心，所以你"相信总有那么一些时候"，"天阶上闪亮的水晶扶手／在孤寒中低语／那么多星星死在黎明／那么多曙光抱走了战死者的骸骨"（《我相信有那么一些时候》）。

我想说什么呢？我想说的是，你关于"自我"的私人命题，其实同时也是这个时代的公共命题，是关乎人类、人性的深切命题。你的"自我"并非一己之私，并非自怨自艾或自恋自美。你的诗作里内嵌了宏阔的气度和丰实的蕴藉，你寄寓于"自我"的所有忧思，都有深远的托付。而你对"失败"的辩白，是郑重的道义，是轻敌的檄文，也是重新启用的修辞，悲壮中再度出发的美。

你的诗颇多立面，无论是就你诗作的情感样态、语义层次的丰富度，还是就你的题材取径、调性选择的多样性而言，俱皆如是。读你的诗，常常深感你是个有颇多内心风暴的诗人。当然，这些内心风暴的裁取和呈现，取决于诗人的精神向度与美学框架，取决于他从诗歌的立场出发所进行的意象性编码。自古以来，有一类诗人，那些写下灵魂之作的深邃诗人，总是通过积聚内心风暴，将其蓄为"古老的敌意"，用以定义岳立渊峙般的尊严与高格。不过，里尔克的口谕，在经过鹦鹉学舌般的层层转递之后，正在失重，正在成为一种轻佻的故作姿态，在一大拨画皮自饰的诗人那里成为标配的徽记。我之所以反复提及你的富于勇气、极求深刻的自审、自省，是因为我认为，这是一个先决条件，一个基本前提，一条将自己从轻佻者、浅薄者和伪饰者中划出来的白线。

谈谈你的"内心风暴"吧。《航线》可能在你的诗作中不起眼，但它其实具有某种代表性。你理解或向往的航海与"塞壬的歌声""十六世纪的贸易风""桅杆上的眼睛"有关，并且，"大航海／那些看不见的风浪才是尺度／那些摸得到的死亡才是血液／才是传奇的封印"。但如今，"自动驾驶系统碾压海妖／碾压迷航的时代"。之所以说这首诗有某种代表性，是因为它和你的诸多诗作一样表露了对当下的睥睨，对以"自动驾驶系统"为标志的高度现代文明体系的不满。当海妖被碾压，迷航不复发生，传奇也就终结了，一种古典的美便走向凋零，作为一个象喻的"荒原"悄然隐现。某种意义上说，你续写了托马斯·艾略特对现代文明的批判。"敌意"，就是在这样宏大、精妙且深刻的否定中流露的。我还想特别提到《钥匙》一诗。因为这首诗让我很自然地联想到梁小斌的《中国，我的钥匙丢了》。那个年代，动辄使用"中国"这样的宏大表述，与"我"和"我的钥匙"这样的微型象喻之间，有一种格外生动的张力。在梁小斌的这首诗里，"钥匙"被直白地表示为进入世界的路径，他相当贴切地表达了他那一代青年人在丢失钥匙、丢失进入世界的路径后的迷茫、痛苦和愤怒。然而，现在有钥匙，却找不到锁孔。这是发生在今天这个时代的一种奇异的丢失，一种与梁小斌那个时代相对位的丢失：

一把钥匙

在慌乱的手里

在沉默的午夜戳来戳去

那些黑暗的地方

那些藏匿渴望的地方

那些锁孔

不知所终

锁孔的失踪，意味着钥匙失效了。当然，这一次，钥匙的失效并不意味着进入世界的道路也一同失效了，相反，今天的"自由世界"可以随意进入，曾经被急切呼唤的"高速公路"也四通八达，只不过，这个失美的世界已空如无物，它在你的价值视野里是荒原般的虚无，所以，"他的眼窝／也像锁孔那样／空了"。而道路呢？道路又成为什么了呢？——"道路的形状是一条解放了自己的鞭子"（《所有扑过来的东西是有形状的》）。

我以为，《钥匙》所示，是一个冷峻而深刻的发现，是对当下社会情状的精微揭橥，以及对当下众人普遍的精神内景的准确描摹。宏大表述退隐了，从诗理上讲，这也同时削去了有可能在今天的阅读判断中被认为是生硬的结蒂。但梁小斌那种激情吁求却没有随"锁孔""中国"等意象一起退隐，它在你那里转化为道义和价值的审问，转化为有沉郁思想底色的逼视与瞻望，在一次次的质疑、诘难和否定中，聚贮或释放深重的"敌意"。

比如《红字》："一些哭声穿着雨衣出门／去大地深处寻找他们的兄长／瘦弱的微笑的兄长／和平的贫病的兄长／额头上揿着红字的兄长／在你耗尽灯座里的油脂以后／愤怒的雨水冲出河床／到处通缉隐居的历史／和心碎的史官"。不必细究你落笔的原委就能知道，这出声愤怒的责难，是指斥失格的人间。你的指斥并非一时之愤，而是一种历史之思。在你看来，"沧浪之水带着南方的腐殖质／把岸芷汀兰送进断代史／而坠露与落英堆叠而成的冲积平原上／稗草已建国千年"（《端午怀屈原》）。没错，从屈原到里尔克，从荷尔德林到北岛，诗人与生活之间的敌意是"古老"的，源远流长，延绵不绝，是高洁与卑污、殉难与苟活的比试，也是话语与真相、记忆与遗忘的火并。我很喜欢你的《告别时刻——致我们失去和因为失去所拥有的一切》，你在这首诗里明白无误地袒露了你面对历史、面对"种族之河"时的滚烫情怀。是的，尽管"英雄的名字烛火般摇曳／累世荣耀刻在雪花上"，道义、壮举和美总是看似弱不禁风，一击即溃——"但是泪水汇入种族之河／在大瀑布下摔碎自己变身血水涌向下游／但是亡灵在某个夏夜彻夜而歌／送夜行者在密林中越过山脊／但是沉默深处有海洋喧嚣／爱过的人总会听到"。这诗句里有屈原的面容，因为我读到了"虽九死其犹未悔"的烈士之志，"上下而求索"的不屈之姿，以及对知音、同道的热切召唤。读之有被瞬间打动的感染力度。我想说，你不断积聚和不时释放的"敌意"，既有即时的犀利，又有绵厚的钝重，秾郁中又别有霞光般的璀璨。

但同时我又想说，你写下了诸多暗哑的诗篇：你的愤怒最终都折向了暗哑。北岛那个时代的诗人，通常在面对世界时，在表达否定或质疑时，有一种毫不犹疑的决绝（"告诉你吧，世界／我——不——相——信！／纵使你脚下有一千名挑战者，／那就把我算作第一千零一名"）。尤其是北岛，其诗作的抒情主人公冷峻、果敢，富于与世抗辩的英雄气质（"我只能选择天空／决不跪在地上／以显示刽子手们的高大／好阻挡自由的风"）。连北岛式的所谓"迷惘"，其实通常也是"无路请缨"式的壮怀激烈。但你不是。你仿佛有太多的犹豫，太多的顾虑，太多的无助，太多进退失据的无奈。你的笔端，太多"无为在歧路"的踯躅和伤感：

　　诗人何为
　　僧侣和酒徒何为
　　穿西装的销售经理何为
　　手里提着扩音器在街头踱步的城管队员何为

夜市上逼啤酒呕吐的苍白女孩儿

你欲何为

在长诗《远行》中的这一连串的诘问，没有答案，就像钥匙失去了锁孔，箭矢失去了标靶，满是不确定性的迷雾。这是我们这个时代的一个群体性的症候：我们正在群体性地丢失生活的方位感和目的性，与此同时也正在丢失对生活的价值和意义的感知。在诗歌中，你更像一个逡巡在街头的拾荒者，没有北岛式的气宇轩昂。你作为一个拾荒者的贫弱气质，源于你既对这个世界深怀敌意，又对之充满依赖。你深知，你是"失败的人"，你不能抵挡某种内在的欲望对于肉眼凡胎的诱惑："有一天，你过河入林／美杜莎的发辫在深秋飒飒舞动／你知道目光总会被劫掠"（《姿势》）。因此，你的"敌意"会被你的"依赖"折损，因为你不能拆迁这个世界；你不时腾起的愤怒，也总在冲出喉管的刹那折向喑哑，因为你预先听到了这个世界充满讽意的回声。所以你就有了在一迭声的"就这样吧""就这样吧"里发出的苍凉、弃退和无奈。当你说"是的，你输得很惨／但是你的姿势很美啊"（《姿势》），我以为，其中的怆然甚于其他。

我没有批评、贬斥的意思。我自己就是一个不折不扣的"失败的人"。相反，我常常感动于你自剖的勇气。不得不说，你真实地呈现了在当下、在浮世中诗与诗人的贫弱，呈现了那些在生活的全面围堵中佝偻的姿势。但另一方面，你是不同于一般贫弱的另一种贫弱。我之所以要讨论你的"敌意""思想"和"愤怒"，是因为你表现了不甘自弃的挣扎，一个深陷客愁的诗人的自尊与怅惘，你证明了你是一个清醒的自我批判者，一个在意义已被铲平的时代仍然以"诗人何为"自持的苦吟者，一个在意自己的"姿势"，因此必会在全军溃败时主动请命断后的勇士。

走笔至此，应该收住了。但另有一些话题，是我个人对之兴趣盎然并亟于向兄请教的，简呈如下。

因为之前对安德鲁·怀斯的画作印象颇深，所以我在读你的《被祝福的海尔格》时，意外地觉得你我有同好。说真的，我是不久前才得知你在绘画上的不凡才能的。所以，我很快意识到，我所谓的"同好"实在是一种不知天高地厚的攀附。喜欢美术、对美术作品有鉴赏力的诗人，跟在美术上有不凡功力的诗人，还是很不一样的。我愿意像个小学生一样好奇满满地去探询其中的关联和奥妙。我相信你给出的讲述一定会是精妙的、有说服力的。

另一个话题是关于长诗和短诗的。我记得北岛说过，短诗对于保持气韵和诗意，有不可取代的优势。北岛就很少涉猎长诗。《荷马史诗》的年代已逝，长诗在今天的命运极是蹇促。但一些有耐心的读者坚持认为，长诗更考验诗人的气力和智慧。欧阳江河的长诗，就布满智性的呓语，读进去之后也会让人流连和赞叹，欧阳江河似乎也更自得于长诗。你的长诗如《耳语》，是叙事性与抒情性兼具的佳品，一些段落也让我往返再三。你的短诗似乎分解、切割了长诗的两种品性：你的短诗，有的偏于叙事，甚至只是叙述一个轻微的细节；有的偏于抒情，但你的抒情很少出重拳，你是个点穴手，认穴也很准。你是个技艺精纯的诗人，我也很想听听你对长诗和短诗的说法。我相信，你的说法会很别致。

楮墨有限，不尽欲言；书不尽意，余言面叙。祈颂夏安。

2020 年 6 月 18 日于菩提苑
原载《文艺争鸣》2020 年第 9 期

辑二

回故乡之路

——《外婆的海》随想

一

小男孩五岁时就上了圣地亚哥的小船出海捕鱼了。

"你头一回带我上船，我有几岁？"男孩问。"五岁，那天你差点儿就没命了。"圣地亚哥对男孩回忆说。但是，在小男孩仍然还是个小男孩的时候，圣地亚哥感慨于他在惊涛骇浪中的迅速成熟，感慨于这惊涛骇浪的锻打已使他有了老派渔夫似的勇毅、善良、忠诚以及谙于世事的练达，就又脱口对眼前的男孩由衷赞道："你已经是个男子汉了。"这是圣地亚哥即将孤身出海捕获那条著名的巨型马林鱼前与男孩的对话。我常常认为，老人与男孩，是《老人与海》中一条引而未发的支线，一个需要另调笔墨、在一卷新取的册页中昂然破土的故事。

他单枪匹马，孤注一掷，在倾尽经验、技能、意志、智慧、体力乃至几乎搭进身家性命，不眠不休地与马林鱼和鲨鱼拼死缠斗的两天两夜里，老人几次三番独自大声地说："那男孩要是在这儿该有多好!"一个深陷孤独但又自尊得如鞘中寒刃的老人,他刻骨的寂寞,唯有来自隔代的温情方能融释。当然,如果男孩在身边,正好"也见识见识这光景",让他知道大海是如何"向人们施与或拒绝施与莫大的恩惠"——她神启般地早早向人喻示了命运的峰谷;让他了解一个遍体鳞伤的渔夫为何视"真正的海湾里深色的海水是世上最好不过的良药",了解一个渔夫与大海之间灵魂相契般的生命关系;让他明白与一个高贵而伟大的对手作战时宗教般的庄严和崇高,从而明白"一个人可以被毁灭,但不能被打败"的奥义。这个在收尾时让成功和失败双面合体的命运故事,最终却并未陷入虚无主义的渊口,盖因它有风帆一样扬起的关于尊严与信念的旗帜——它们无关于胜负,而只在于自我证明。对于圣地亚哥来说,让男孩"见识见识这光景",显然并非为了单纯的分享或虚荣的炫耀,相反,他的这一念想里,饱含着将自身的经验、洞见、精神、气质私相授受的热诚渴望,饱含着让灵魂的基因可以在传承中达成不朽的内在向往。

疲累不堪的圣地亚哥拖着巨型鱼骨靠岸后,得到了男孩的照拂。他在泪水中抚叹了老人刚刚遭遇的苦难,并果决地立誓:"从现在起咱们俩一起捕鱼。"关于老人与男孩的这条支线,就这样在小说中结束了。像一段隆出地面的竹根,刚踯躅着爬行没多远,又倏忽钻进了地底。但这肯定不能抵挡人们进行某种假设性想象的冲动。顺应逻辑且合乎道德的想象,应该是这样的未来图景:康复后的圣地亚哥带着男孩出海了;他们在信风和洋流中彼此依赖,互相支援;他们经历了满载而归的无数光阴,也遭逢了功败垂成的不尽时刻;一天天,一年年,他们的生活在铸定的循环中往复,他们生命中的能量在积聚中耗散、在耗散后重又积聚;男孩的面貌则在时光和命运的双重雕刻中逐渐定型于圣地亚哥的底版。如果愿意在这样的想象中加入幸福的滤镜，那么，他们每次出海都风和日丽，他们每次归航都丰收美满。

海明威在 1951 年写成这个小说。仅仅两年后，这个小说就为他争得了诺贝尔文学奖。如今并非众所周知的是，该年，古巴在一场革命战争中迈入翻天覆地的历史时刻。我们不能肯定地说，这场革命必将历史性地改变在墨西哥湾流中朝夕驭浪的爷孙俩的命轨，就像我们知道辛亥革命并没能让未庄的阿 Q 成功上岸一样。但是，我们获得了一个契机，一个理由，一个条件，使那条钻入地底的竹根可以重新露出地面，沿着新的可能性伸进未来，从而导出全新的叙事。

古巴革命重新塑造了古巴的政治与经济，在全社会范围内，程度颇深地改变了国家的生产方式和国人的生活方式。正是这历史性的时刻的降临，某种世代相继的前定命运有了突然转捩的可能。我们能由此设想的是，男孩自愿或不自愿地告别了渔船，他先是入学接受教育，直至大学毕业，之后则可能留在哈瓦那工作，埋头于浩瀚的文牍，夜以继日；或从事经济作物的优化，将它们制成更为精良的雪茄或朗姆酒；甚至，可能是一个地质测绘员，每次在曲折的海岸线上工作时，总是忍不住向大海深处眺望，一遍遍地回忆起自己曾无数次地驾着一条破旧的渔船，船上有一块用若干面粉袋打补丁的风帆，就在那里，他也无数次地眺望过哈瓦那，眺望过脚下这悠长的海岸线，他的身旁，坐着寡言的圣地亚哥。

如果你曾五岁出海捕鱼，这经历会如何影响你的一生？

二

我相信，后世的作家确实会时时陷于"影响的焦虑"之中，致使他们的写作往往表现出一种处心积虑的对于文学父辈的"闪避"。但我同时也相信，文学史的长河中，更能被我们看到的是，不同年代的作家在虚暗中将接力棒交接的动人情景。

1982年发表的《黑骏马》必是中国文学的不朽之作。它强悍的笔力，顿使作者在同侪中如鹤立鸡群。在我看来，漫无涯际的草原不啻是大海的另一种形态，同样辽阔、原始，密布一种彪悍的野性，苦难的人群于其中百世浮沉。打小生活在草原的白音宝力格，如我们对小男孩的假想一样，受完了高等教育，在读书中养成了"另一种素质"，为"追求更纯洁、更文明、更尊重人的美好，也更富有事业魅力的人生"来到了大城市。九年过去了，"白音宝力格，你得到了什么呢？是事业的建树，还是人生的真谛？在喧嚣的气浪中拥挤，刻板枯燥的公文，无休无止的会议，数不清的人与人的摩擦，一步步逼人就范的关系门路。……观察那些痛恨特权的人也在心安理得地享受特权？听那些准备移民加拿大或美国的朋友大谈民族的振兴？"

时隔九年，白音宝力格终于有了一次对大草原皈依式的重返。在对草原古歌《黑骏马》亦步亦趋的重演中，在对少年时代与额吉、索米娅共度时光的回忆中，在重逢后与索米娅、其其格相处之日的感悟中，他终于"从中辨出一条轨迹，看到了一个震撼人心的人生和人性故事"，同时，他也由此为自己找到了思想与情感的升华之路、寄托之所。我有时会想，或许，这就是《老人与海》的那条支线最应该延伸的叙事道路。那个五岁就出海捕鱼的男孩，那个成年后去往哈瓦那定居的男孩，是否也会在城市的喧嚣中艰于呼吸？是否会在体制化生存的种种约束中日渐委顿？是否会在普遍的伪善和流行的不义中丧失对生活的希望？——当此之际，他会把重返海湾视为人生最后的进路吗？他会驾着小船出海，在不眠不休的两个昼夜后，用沙丁鱼和钓线捕获一条巨大的马林鱼，以此为据，重拾生命的尊严，重建生活的信心，重获灵魂的安宁吗？

在纷乱和犹豫中依然能辨认出自己生命的胎记，在去往故土的方向依然能寻找到归真的道路，这终究还是幸事。唯一的问题是：当男孩重返海湾，从棚屋拿出捕鱼的家什奔向小港，那条拖曳过马林鱼骨的破旧小船，还沉默地泊在寂静的沙石滩上吗？老人，圣地亚哥，他还在吗？

《外婆的海》是接力棒的又一次传递。只不过，这一次，作者进行了性别对位的角色安排。可以肯定地说，《外婆的海》就是《老人与海》的性别对位版。在这个洗练的短篇小说里，外婆被赋予了圣地亚哥式的形貌与性格的几乎全部。比如，外婆"体格偏瘦，脊背挺直，胸脯干瘪"，圣地亚哥也"瘦骨嶙峋，颈背上刻着深深的皱纹"，"浑身上下都显得很苍老"。与他们的样貌形成反差的是，圣地亚哥的"那双眼睛，和大海是一样的颜色，看上去生气勃勃，有一股不服输的劲儿"，有着不容许被打垮的自我信念；同样，外婆则"坚韧、倔强、爱憎分明，让她成为灼热的女人。你把她领进房子，你的房子很可能被燃烧。……她是一个未被生活驯服的女人"。她酒量大，她有泪不轻弹，她用一根辫子就勒晕了一条疯狗，她"像男人那样驾驭捕捞船，吃了很多苦，也赢得了大家的尊重"。外婆会在每年端午划着小船离岸甚远，去祭奠自己早逝的丈夫；圣地亚哥则"一贯把大海想象成女人"，总是用一个阴性名词的爱称呈给他依恋终生的大海。没错，鳏寡也是这两个人物某项共同的处境。

同样，"子一代"被隐去，成为叙事中的空白。人类在表达传统赓续的焦虑、文明断裂的恐惧、记忆消亡的忧患时，在表达人性恒定的证据、血脉延绵的图谱以及永世不朽的温暖时，跨代的祖孙情谊总是会被文学性地征用。在这个小说里，林赛像那个男孩一样，年幼时就被外婆带上捕虾船出海。虽然这是一次失败的经历，并使她一度远离了大海和渔船，但这丝毫不影响外婆一直是她的精神偶像，因为"她在北京闯荡的力量和勇气，不是来自父母亲，而是来自外婆"。

林赛在北京的经历，是一个女版白音宝力格所可能遭遇的全部："困难、委屈、遭同事嫉妒、不被领导认可，三次失恋，两次被人甩掉，一个人深夜回家，很累很疲惫，不知道明天的希望在哪儿……"我相信，因为这样的遭遇，和白音宝力格一样，一次皈依式的返乡，应该会被她纳入关于前程的规划。林赛终因外婆罹患脑梗而匆匆返乡，虽属意外和偶然，但却使关于前述男孩返乡后的某些揪心的悬想得以落地：在故乡，在海边，有一条渔船一直在等待林赛。

这条渔船在外婆受伤后闲置了三年，既不出售也不租借，用遮风蔽雨的防护罩严实地覆盖着。显然，林赛很快明白了外婆这样做的意图。我猜，林赛即便没有读过《老人与海》，不知道圣地亚哥在出海捕鱼时常念叨"要是那个男孩在就好了"，此刻，她也一定能在关于外婆出海的种种溯想中准确、结实地捕捉到外婆内心涌起的无尽呼唤：要是林赛在这里就好了！——所以，虽然只是意外返乡，但只是一个意念的交错，她便果断地决定留下，接过外婆的渔船出海了。这不只是一种营生的接手，更重要的是，这是与这一营生所相寄托的全部人性内容的继承，是林赛人生进路的充满希望的重启。我想，林赛也和白音宝力格一样，在感悟中辨出一条轨迹，"看到了一个震撼人心的人生和人性故事"。在《黑骏马》中，索米娅要求白音宝力格将来把孩子送回草原抚养，白音宝力格在感动中毫不犹豫地答应了，因为，草原女人虽然命运多舛，苦难深重，但她们像草原、像大海一般，用某种辽阔和深厚，承纳了世间的一切苦厄，在她们身上，散发着人性最高贵部分的幽深光泽。这一切，构成了一些人的精神原乡的基础与内核，成为一切皈依式返乡的最深切的动机。

外婆的性格显然不只是勤勉、果敢和强悍。外婆因为受伤而无法再从事捕捞作业后，仍然每年向远在北京的林赛虚报渔获；她因脑梗就医，但不愿意花林赛的钱；她已丧失生活能力，却催促林赛回京上班——我认为，她只是不愿意让外孙女看到自己衰败的形象。她的每个举动的背后，都让人看到了逼人的自尊之气，像极了我们与圣地亚哥对眼时瞬间就能读取到的核心信息。影响所及，林赛虽然向阿德学习驾船，虽然她也是"那些独自靠近浪花的女人，需要的是轻拂和拥抱"，但在驾船出海的第一天，她仍然拒绝了阿德的照顾，"要一个人去完成"。这也可以是一个性别议题，有着能向四方打开的开阔的意义空间。

林赛的第一次出海捕捞，就因为毫无经验的手忙脚乱导致头破血流，几乎所有的捕虾器全滚落大海。但这有什么关系呢？她和圣地亚哥一样，在成功和失败双面合体时完成了自己，这一刻，如小说所言，她会被一种圣洁所贯穿。这一刻，她的身体集合了老人和男孩，集合了额吉、索米娅和白音宝力格，也集合了外婆和她自己。在这个别致的小说里，我看到了一个回家故事的完满的格式塔。

2023 年 12 月 16 日于菩提苑
原载《长城》2024 年第 1 期

无尽的远方和无数的人们

——叶舟《凉州十八拍》读札

读叶舟的长篇小说《凉州十八拍》，着实令人精神一振。这部小说，熔历史与现实、宗教与神话、传说与演义、地理与人文、典雅与通俗、古风与时韵、人情与风物于一炉，蕴藉丰饶，运思奇崛，更兼博古通今、上天入地、丝路花雨般绚烂的语言织体，读时不禁连连为之击节。这是一部文气浩荡的皇皇巨制，也是一部鬼斧神工的稀世佳构，既广柔又幽微，既繁茂又通透，既从容又急切，既紧致又写意，作者便以这样一种高密度复合叠加的超凡笔法，构筑了一个体量庞大、意义宏远又摇曳多姿的民族与国家的现代寓言。

这部小说，以清末民初凉州地界军、政、民三方或明或暗的激烈角力为叙事的基本面，内嵌一个现代版的"托孤""救孤"故事，极尽斑斓地展现了灾荒、兵变、天下大乱、山河将倾之时的历史巨澜，以及为庇佑大地、守护生灵而九死未悔的种种义勇与壮举。所谓"人事慷慨，烈士武臣，多出凉州"，这部小说便是围绕"慷慨"和"烈士"而激扬文字。彼时凉州，由郡老、士子等乡绅为代表组织而成的力量架构，不仅是民间自治的一种社会传统和机制，也是百姓在政治朽暗的年代抵御军阀和地方政府欺压、盘剥、凌虐的脆弱的保护伞，是凉州大地陷于水深火热时进行自救的最后凭借。承平堡的建成，顾山农的出场，是这一民间力量迈向巅峰的标志，也是它走向末路的开端。承平堡建得既像书院，又像兵营，其功能的模棱暧昧，喻示了时代环境的晦暗不明、政治生态的朽败不堪。它最终成为"保价局"这样的商业实体，这在表面上是对某个两难之选的解决，也在很大程度上维护了河西走廊的贸易通道，并有着日进斗金的异常繁荣，但实际上，它也陷入了更为惊心动魄、生死一线的凶境。顾山农的每次亮相都似乎有着深谋远虑的设计与规划，有着幽深的意义指向。他对现任郡老的各个击破，不仅展示了他精到老辣的权力手腕，同时也显示了他青出于蓝的不凡器量与卓越见识，他与他统率的保价局凌驾于郡老群体之上，成为新一代的民间领袖。但实际上，他身负"托孤"和持守河西大地秘密的沉重使命，不得不在与军、政两界的委蛇中运智斗勇，他忍辱负重，与虎谋皮，甚至不得不在与魔鬼的谈判中一寸一寸地让渡灵魂。巨大的使命担当使他身心俱疲；在只能孤身犯险的凶境中求存，使他失去了家庭，失去了健康，甚至失去了尊严，沦为彻底的孤独者。他的"仄身子口音"，他的"双舌"，以及他曾经的戏子身份，都极贴切地喻示了不得不在分裂的人格情状中疲于切换的窘境，在巨大的伦理悖谬中艰难挣扎的困境，以及在这切换、这挣扎中不为人知的极度酸楚。承平堡最终毁于军阀的炮击，这是它必然的结局。在经历了炼狱般的精神磨灭后，顾山农于绝望中滑陷无可自拔的虚无之地，这是他宿命般的归途。但实际上，这些都是凉州人民为存续历史命脉、保护山河完整以及承担千秋大义而付出的悲壮牺牲。《凉州十八拍》满篇"慷慨"和"烈士"，诚如史传，它同时又是对顾山农这类"烈士"及其事迹的再传。而顾山农作为一个现代乡绅，其形象刚柔并济，智勇双全，既文又野，亦古亦今，但在浩大的时代巨澜面前，他的勇毅，他的果决，他的智谋，甚至他的优雅，又都在与惊惧、犹疑、迷茫、张皇的持续对峙中损耗殆尽。这个人物性格立体，心理深邃，情感厚实，既传奇又真切，生动可信。这一人物塑造、刻画得如此饱满，如此成功，可谓叶舟对中国当代小说人物画廊的重要贡献。

这部小说的叙事主干所涉及的时间跨度不算宏阔，但凉州、敦煌、酒泉、祁连山、嘉峪关等地理名词，以及鸠摩罗什、萨迦班智达等历史人物，统统自带年代的纵深感，苍凉、辽远、厚重，有着"伟大地理"和"伟大文明"的双重加持。承载着这悠远绵厚历史的河西大地，终于在二十世纪，在"共和""革命"的时代巨澜中，天坼地裂，"山河板荡"。若非对这"伟大地理"和"伟大文明"有着了如指掌般的谙熟和披肝沥胆般的挚爱，断难以如此庞大的篇幅、如此遒劲的笔触精细、生动、酣畅淋漓、深切入骨地描摹出河西大地在二十世纪上半叶的历史性震荡。从这一点来看，说叶舟既是文学的赤子，也是河西大地的赤子，实不为过。不过，更需要指出的是，我们在《凉州十八拍》中所见的并非只有乱花迷眼的市井风物，也不只有河西走廊上摄人心魄的历史沟壑，更不只有那些纵横交错、曲折跌宕的怪诞情节；更为重要的是，我们还看到了叶舟将河西大地上纷扬的历史碎片织锦一般地呈现于笔端，同时更将他对河西大地历史的内在体认，作出了有机而丰沛的表达。《凉州十八拍》是一部有深刻历史见地和诚恳历史态度的大书。小说开篇不久，一个从上海赴西北考察的记者所带来的便携式相机，使顾山农这等人物睹之也大受震撼。顾山农立刻意识到，凉州、河西已被现代科技、现代文明远远甩在了身后，孤悬一隅，形同弃儿，俨然已成"锈带";武威城里的公学私塾都难堪现代教育的大任,就像凉州地界的军阀、官府以及郡老制,都已是窒碍"共和"的顽障。顾山农对待朱绣这样的宿儒,态度复杂。他既尊重旧式士子立身的价值理想,敬重他们在知识开蒙、文化传承方面的历史贡献,同时又深知他们在现代启蒙意义上的力有不逮,除锈乏能,从而又待之不免轻慢。承平堡建设之初,拟作"五凉书院",是规模蔚然的新式学堂,但形逼势格,在军、政两界的挤迫下不得不挪作他用,以解救"山河板荡"的燃眉之急。这极富象征性地喻指了近代以来中华民族在"启蒙"与"救亡"两大主题之间遭遇的历史纠结,也喻指了近现代以来的中华民族为摆脱历史纠结、历史困境而苦觅出路时遭遇的身心之痛。叶舟的这种历史体认,通过顾山农等人物以及通过对某些历史事件的讲述,常以内省的方式展开,为小说植入了一种难能可贵的历史主义气质。

小说着墨最多的另一人物徐惊白,他的成长、蜕变,围绕他而展开的关于北疆死士团的极具传奇的悲壮故事,是对"慷慨""烈士"等关键主题叠加洇染。这些人物和这些故事,向我们昭示了蕴藏于河西走廊、祁连山南北、大漠戈壁的某种惊人力量,它既是守护生命的不竭勇气,也是存续血脉的不屈信仰,它同样象征性地喻指了一种大地般浩瀚而沉默的民族精神。这一民族精神在共赴国难的壮举中淬火般耀眼,喻示着这一民族精神将为"启蒙"和"救亡"注入崭新的内涵,并重新定义它们。

除了在结构上化用古曲的匠心独具之外,这部小说的叙述语言也是颇可称道的。由于采用了旧时说书人调式,小说的叙述语言便文白相间,雅俗互见,语体庞杂。整部小说是大河滔滔的语流,境面开阔,水体雄浑,其中有信手拈来的唐诗宋词,也有脱口而出的村言野语,雅可上天,俗能入地,古今一体,文质并举,有声有色，张弛有度，既作叙事，又兼抒怀，声调里带着地域的标识，衍为文字也仍捎着本土的口音。难得的是，如此繁复的语体皆默然相契，浑如一色，使人不得不惊叹于作者不凡的语言功底。

《凉州十八拍》使"西北"大张旗鼓地涌入我们的视野。它以与众不同的卓越方式，使我们想起无尽的远方和无数的人们。这是一部关于伟大地理和伟大文明的史诗。

2023 年 4 月 7 日于菩提苑
原载《文艺报》2023 年 5 月 18 日第 7 版

在鲁迅议题的左右

——《顾左右而言史》读札

1995 年，王彬彬 33 岁。是年，他在为自己即将行世的首本著作《在功利与唯美之间》(学林出版社，1996 年)所撰的自序中写道："我知道，这年头，像我这样的人，要干干净净地出一本并不会畅销的书，可真不容易。"其所谓"这年头"，无论在当时还是现在，于多数人都是不言而喻的时代认知；而所谓"像我这样的人"，其中的自许，在当时却未必是昭然著闻的。不过，有一点是确凿的，即他的语气所表露出来的与时风、与流俗互不兼容的紧张关系，以及与"这年头"对峙时的孤愤。略事推敲，你或能认同，他这本书的书名，也隐含了"两间余一卒"的幽深意象。

时至今日，王彬彬已为业界硕儒。他著述奋勉，宏文迭出。二十余年来，他每每蓄势待发的雄辩之姿，配合着汹涌的文章产出，无时不令人瞩目。毫无疑问，"干干净净地出一本并不会畅销的书"对于他已并非"不容易"，甚至于有的亦可谓畅销，以致再印。但另一方面，他也常遭遇鲁迅式的"碰壁"，于昧暗中体味着更高层次的"不容易"。何至于此呢？这时候，我就会油然想起他的"像我这样的人"的自许，想起这自许中的狷介、自矜、孤梗、清卓、桀骜、傲岸以及不折不扣的自我肯定，想起他的人格与精神气质中经久不变、殊难软化和磨损的核心。从青涩到苍劲，从混沌到显著，他已越来越让人看清和认定，什么是"像我这样的人"。

读王彬彬的《顾左右而言史》(江苏凤凰文艺出版社，2018年)，时有一种扑面而来的强烈感受，那就是：我会不时地在他用力开拓的知识疆域上，或勇猛掘进的思想维度上与鲁迅相遇。我常常武断地认为，王彬彬的阅读视野有很大一部分是由鲁迅为他开启的：作为一个以鲁迅研究为志业的学者，他不仅熟读鲁迅，而且还沿着鲁迅提供的阅读线索进行了延伸性的跋涉。比如，他在书中援引的《蜀碧》《蜀龟鉴》这样的"凡是中国人都该翻一下的著作"(鲁迅《病后杂谈》)，以及《扬州十日记》《嘉定屠城记略》这样的杂史散记，窃以为都是起意于对鲁迅的阅读，起意于对一个伟大而深邃灵魂的积极、执拗而深切的探询。他曾经用过的一个书名《文坛三户》，就直接来自鲁迅，不仅贴切，而且自然，仿佛他和鲁迅的精神关系得自一种天赋或亲传。当然，他和鲁迅的精神关系绝不仅止于阅读爬梳、文献追踪以及戏仿式的文字挪移这样泛泛的器用层面；仅就这本书而言，他谈徐锡麟时涉及的革命伦理的议题，谈胡适、章太炎时涉及的启蒙、强权及知识者命运的现代性议题，谈侵华日军时涉及的"日本议题"，谈"华人与狗"时涉及的国民性议题，谈大屠杀时涉及的女性议题……如此种种，其实都紧紧贴靠在我所谓的"鲁迅议题"的左右。正是这些议题的生发、交错、聚汇，才整体上使"像我这样的人"的人格塑形与精神气质得以加密和硬化，从而岩石一般经久耐磨，岿然独存。除此之外，我尤其想说的是，一个中国现代文学的学者奋勇跨过深壑般的学科界限，研史、"言史"，其间的动机和力量，包含的不仅是他个人的学术兴趣，还包含着他基于历史和现实的深刻忧患。没错，这也是鲁迅议题——鲁迅曾说："读史，就愈可以觉悟中国改革之不可缓了。"（鲁迅《这个和那个》）

一

鲁迅于 1903 年 10 月在《浙江潮》发表《中国地质略论》。这篇科学论文，在我看来，不啻是一封国家情书：它不仅仅是一篇地理志，同时还是一个赤诚的民族主义者向国人、同胞奋然敞开的滚烫胸怀。他浩叹："吾广漠美丽可爱之中国兮！而实世界之天府，文明之鼻祖也。"然而，在结束对中国的地质分布、地形发育等专业知识的述略之后，尤其是中途不忘欣欣然高呼中国为"世界第一石炭国"之时，鲁迅却紧接着"不觉生敬爱忧惧种种心"。鲁迅所忧惧者，"曰中国将以石炭亡是也"。中华之浩大美丽，石炭（按：煤）储量之丰饶，早令外族列强"垂涎成雨"，"狼顾而鹰睨"，然而，反观中国，"而我复麻木罔觉，挟无量巨资，不知所用，惟沾沾于微利以自贼……呜呼，不待十年，将见此膴膴中原，已非复吾曹之故国，握炭田之旧主，乃为采炭之奴，弃宝藏之荡子，反获鄙夫之谥"。由此，一如我们在思想的其他方面所认识的鲁迅一样，他的"民族主义"陡然转入了否定性的路轨，"掷笔大叹"，滑向近乎绝望的政治批判和国民性批判："况吾中国，亦为孤儿，人得而挞楚鱼肉之；而此孤儿，复昏昧乏识，不知其家之田宅货匪，凡得几许。"

王彬彬学日语出身，一度淹停行伍，又曾设馆于东京大学，更兼久居南京，因此，于他而言，"日本议题"的生发有近似水到渠成的天然。收录在《顾左右而言史》中的《"不像在国外作战，恰

181

如在国内行军"——侵华日军中的"中国通"》一文，同样也是从"地理志"引发开去的批判性言说，很大程度上，可以将它直接视为上述鲁迅议题的接续和延伸。王彬彬在文中提到，"据说，1920年代直奉战争爆发时，交战双方都向日本人借地图，因为这些中国军队并没有像样的中国战场的地图"，但是，"日本人攻占南京时，手持的南京地图上，连南京的每一口小池塘都标绘得十分准确，而那时的中国人，并没有绘制出如此精确的首都地图"。而鲁迅之撰《中国地质略论》，其初衷便在于深患中国之"入其境，搜其市，无一幅自制之精密地形图"。鲁迅将此目为"绝种之祥也"。显然，王彬彬心同此理，遂敷文奏怀，推己及人。所论所述或非新问题，但仍然读之惊心，抚叹再三，良久意难平。

日本在明治维新之后兴起的"中国研究"，直接服务于帝国扩张的所谓"大陆策略"，即其目的在于使日本成为中国乃至东亚之主宰的殖民主义战略。由是，"日本军界有一股研究中国、争当'中国通'的潮流"。日本政府和军方为此而有计划、有步骤地在中国开小学校，广设据点，遍遣人员，出没于"吾广漠美丽可爱之中国"的山川河海，进行地理勘探和情报刺探。其勘查之深入和细密，甚至到了"那种只须一块铜板便可住一晚的腹地"。在这种目的性极强的"中国研究"的推动下，不计其数的"中国通"便在短短几十年间涌现、积聚并形成传承，继而在日本的侵华战争中发挥重要作用。那些揭载于日文书籍的文献记述，经由王彬彬的绍介，虽隔着世纪的围墙，但仍长驱直入、不由分说地瞬间将人刺痛。

与此相映衬的是彼时在日华人的作为。《马关条约》签订之后，中日往来空前便利，甚至互相可免除签证，人员往来流量骤增。清廷的对日态度也有从"羡憎"转向"以日为师"的微妙变化，表现在派遣留学生问题上，张之洞所谓"游学之国，西洋不如东洋"实际上就是清廷这种对日态度的具体反映。在条约签订之后的十多年里，中国去往日本的人在数量上远多于从日本来中国的人。其中，著名的有如蒋介石、蒋百里、蔡锷这样的军人，如周氏兄弟、郁达夫、郭沫若这样的文士，如秋瑾、徐锡麟、陶成章这样的革命家，但是他们都很难说是"中国通"意义上的"日本通"，更不要说那些"在数量上远多"的其他留学生了。同样，彼时留学西洋的，也难有这一意义上的"西洋通"。鲁迅笔下，"清国留学生"总会于樱花时节盘着油光可鉴的辫子成群结队地出现在花下，或在留学生会馆的房间里学跳舞，"地板便常不免要咚咚咚地响得震天，兼以满房烟尘斗乱"（鲁迅《藤野先生》），再或者，就是"关起门来炖牛肉吃"，以致鲁迅每见留学归国的学者，"总疑心他是在外国亲手炖过几年牛肉的人物"（鲁迅《杂论管闲事·做学问·灰色等》）。即使在"九一八"以后，在中国流行的"日本研究"，充其量不过是一些"低能的谈论"，"凡较有内容的，那一篇不和从上海的日本书店买来的日本书没有关系的?"中国人的"日本研究"，是剽袭而得的"日本人的日本研究"而已（鲁迅《"日本研究"之外》）。

当然，可相映衬的还有更为糟糕的一面，即彼时的中国人自己也大多未必是"中国通"，更遑论"日本通"或"西洋通"。鲁迅也常批评中国的"智识阶层"对中国国情的了解往往难抵骨相，却好肆言妄语。如此这般的相互映衬，背后是彼时国家政制的极度朽暗和国民根性的高度朽烂。离此不远，是"亡国奴的悲叹和号咷"。鲁迅的《中国地质略论》满篇皆布泣血之哀，王彬彬则以鲁迅身后所未能见之史实，广为罗织，将之续写为一个民族的椎心之痛。

在收录书中的《徐锡麟刺杀恩铭的公私问题》一文里，王彬彬击节再三，钦叹"徐锡麟是条'汉子'，是'汉子'中的'汉子'"。我倾向于认为，这正是他负痛时的呐喊。徐锡麟就是为武力推翻一个极度朽暗的国家政制而孤注一掷、壮烈赴死的。显然，王彬彬相信，若要避免或抚平这椎心之痛，止息"亡国奴的悲叹和号咷"，徐锡麟式的"革命"和"革命家"是不可或缺的，是比"纸上的革命"更被当时的中国所需要的。因此，若能颠覆或改造一个如此朽暗的国家政制，能掀翻万难破毁的铁屋子，"革命"便应该被无条件地拥戴；也因此，相比于这样的"革命"，公与私的伦理冲突根本算不得什么。"革命"有其自身的伦理，"革命"也会重新定义其自身之外各方面的伦理基质。当然，徐锡麟赴死的形象和意义也会在革命伦理中重新化育，从而达成对"叛徒"或"异端"的道义别解。不用说，中国或中国革命需要徐锡麟这样的"叛徒"，只要他是为着实现瓦解朽暗政制的理想。坚定地与朽暗政制为敌，是王彬彬选择站在徐锡麟身后、同路与归的终极理由。由是，我暗暗觉得，王彬彬写徐锡麟，犹鲁迅写《药》，他们隐隐然皆为抚哭叛徒的吊客，区别只在于后者孤愤、拗怒，前者慷慨、厉色。从对徐锡麟的钦叹声里，我看见了王彬彬向来的峻急。

王彬彬在《"不像在国外作战，恰如在国内行军"——侵华日军中的"中国通"》里还提到了一件"让作为中国人的我感到心痛的事情"，即侵华日军已将战火烧到了中国南方，"竟有中国人问日本兵到中国来是与谁打仗，令日本兵惊讶得合不拢嘴"。这固然反映了朽暗中国之令人绝望的政治败象，同时也不留情面地披露了国民情状的骇人真相，揭示了在铁屋子里昏睡的永恒场景。王彬彬不无讽意地写道："任何时候，都有些中国人'不知有汉，无论魏晋'。"

所以，我们很容易理解，收录书中的《"华人与狗不得入内"的公德教训》一文的批判意图，是有清晰的动机和指向的：它是关于国民性的"内省式反应"，并同样是如此不留情面的。这是在鲁迅之后仍须不断继承、时时怵惕的"社会批判"或"文明批判"的重要议题。这篇文章以翔实的史料考据证明，在上海滩限制华人进入公园的禁令虽屡有颁布，但"华人与狗不得入内"这块被深深楔入中国人的民族集体记忆的辱华牌子并不真的存在，它只是记忆的选择性捏合的结果。这些谨严而有说服力的考据和推断，有着胡适所谓"今日众人之所是未必皆是，而众人之所非未必真非"的方法论态度，有着秉持这种方法论态度所必须具备的胆识与果敢。

华人被禁入外滩公园，有种族歧视的原因在焉。但鲁迅式的反向批判，会更注重民族内省的、自我批判的路径，由"公德"而引申开去的国民性问题，仍需要广为追踪，深入开掘，仍需要不懈的、有力的、不讲情面的审视、检讨和批判。这就是这一伟大的鲁迅议题的历史意义，也是王彬彬这篇文章巨大的现实意义。

的确，王彬彬的很多随笔文章都会让人自问：生为中国人，我们是否真的了解中国的"广漠而美丽"，是否真的热爱它的"广漠而美丽"？我们该如何保卫它的"广漠而美丽"，以及我们该如何才有资格配享它的"广漠而美丽"？

二

收录书中的《大屠杀中的妇女、孩子与女孩子》是我最喜欢的篇什。这篇文章纵横捭阖，搜罗了大量关于妇女、孩子在"大乱离""大屠杀"降临时遭受酷虐、凌辱、屠戮的骇人场景和细节，有全景有特写，有鸟瞰有凝视，直面淋漓的鲜血。我所喜欢者，当然不是这惨绝人寰的炼狱之景。我喜欢的是这篇文章所表达的思想和情感。

无论从何种意义上讲，任何年代、任何形式的大屠杀都具有不折不扣的反人类性。尽管如此，大屠杀迄今未能在人类的现实视界中彻底消隐，相反，为潜在的大屠杀而积聚的庞巨势能，不断膨胀，时时处在弹指欲破的极限状态。即便是在每个貌似和平的时间段落里，某种可以在刹那将人间化为地狱的巨大危机，死死地笼罩着世界，一秒都不曾松动过。在大乱离、大屠杀的极端情境下讲述和讨论妇女和孩子的普遍遭际，既是一个踩点独异的性别议题，也是一个关于人性与反人性的文明议题。

这篇文章所采样的大屠杀，主要有"三藩"之变、张献忠陷庐州、张献忠祸蜀、扬州十日等，间有其他若干烈度很高的屠戮妇孺的个案。文中直言，"在大乱离、大屠杀中，妇女的遭遇总是特别凄惨"，"在大乱离、大屠杀中，妇女的遭遇较男性更为凄惨，这应该说在任何时候和在世界上任何地方，都是如此"。无须在这里搬运王彬彬从各种文献中扒出的暴戾场景与惨绝故事，我们也能知道，针对妇女的欺凌无非是奸淫、贩卖、折辱和屠戮以及某些极度变态的虐杀。即便如此，那些数据、那些行径连同那些惨象，仍然着实给了我极大的刺激，有的竟全越出了我的想象。王彬彬写道："人们通常称此种行径为'兽行'或'禽兽行径'，这真是对禽兽的极大侮辱。哪种禽、何种兽，能干出这样的事来？"

大乱离、大屠杀之下的妇女、孩子，直如裸露在狼群的羔羊，全然没有丝毫反抗、自卫能力，其遭遇可谓天愁地惨，使人目不忍见，耳不堪闻，是现实的、直观的"人肉筵宴"。"中国的女性，在大乱离、大屠杀中的遭遇，又要凄惨许多……特别容易受难和丧命。"王彬彬述其原因有二：一是生理性的，即迟至1937年尚未完全绝迹的妇女缠足陋习，使妇女"实际上就是行动极其不便的残疾人"；二是精神性的，即根植入心的贞操观念。这使得中国妇女在大乱离、大屠杀来临时，将因为行动不便被敌寇所杀，将因为贞节观念而自杀，甚至也常常"是自家丈夫和父亲杀戮的对象"。

王彬彬的思想表述向来是直白的、不隐晦的。在他看来，缠足陋习、节烈观念，是由男性强加给妇女的，因此男性是这些人间惨剧的绝对的制造者，正是大乱离、大屠杀这样的极端境况再分明不过地显露了男性作为绝对施害者的性别真相。妇女在这样的处境中可谓万劫不复。自古以来，总有一些文人如杜甫，为求取功名而常"老妻寄异县"，顾自奔波；如李贽，宦游经年，返乡后才知两个女儿早已饿毙。而一些乱世枭雄如张献忠之辈，为免牵累辄"令有妇女必杀"，连自己的妻女都杀。因此，妇女们不仅被外敌内寇（男性）所杀，本应保护她们的男性也常冷酷至极、凶残至极、无能至极。文中引花蕊夫人和川女刘氏的诗，以"更无一个是男儿""四维不振笑男儿"等句辛辣地讥讽和谴责了丧国亡命的男人们。对以"治世救国"之"主体"自命的男性，鲁迅在《我之节烈观》中所作的批判可谓犀利，而王彬彬此文则可谓透彻——因此，它同样是一篇难得的男权批判的檄文。

此文的后半部分叙及的孩子、女孩子在大屠杀中的遭遇，更为惨绝，王彬彬多半述而不论，似存故意，仿佛"无词的言语"，却多有无语凝噎之效。这部分的叙述，延续了鲁迅为"更卑的妻，更弱的子"而郁结的悲悯情怀，于缄默处蕴呐喊，于无声处听惊雷。鲁迅说："大小无数的人肉筵宴，即从有文明以来一直排到现在，人们就在这会场中吃人，被吃，以凶人的愚妄的欢呼，将悲惨的弱者的呼号遮掩，更不消说女人和小儿。"（《灯下漫笔》）对于严苛的等级制度里的弱者，尤其对于大屠杀情境下的绝对弱者，王彬彬给予了她们无条件的同情。他收录书中的关于犹太人的两篇文章——《谁是犹太人》《犹太人的金牙》——也表达了相似的情感。无疑，他的文章，揭示了"凶人的愚妄的欢呼"，也向世人展示了"悲惨的弱者的呼号"。

缠足和贞烈，都是"古已有之"，都是"从来如此"。由此，鲁迅才说："所谓中国的文明者，其实不过是安排给阔人享用的人肉的筵宴。所谓中国者，其实不过是安排这人肉的筵宴的厨房。"我也因此认为，王彬彬此文正是针对"古已有之""从来如此"而去的文明批判：它不是廉价的同情施与，不是低劣的叙事奇观，不是浅薄的文字煽情，而是鲁迅议题的宏大回响。

王彬彬的这篇文章，颇能代表他向来的风格习性：它是一种逆反性的批判本能，是对一切由不平等的权力制度所加持的阔人、男人、显贵、"主体"的下意识批判动作，是对一切构成压迫的等级制度的睥睨和忤逆，尤其是当他们依据所谓的"亘古之法"、借权力之傲慢而恣肆践踏现代启蒙的基本规范时，我们总是几乎能立时看见他迎风跃起的身姿。说到现代启蒙，可以肯定地说，王彬彬是现代启蒙的极力鼓吹者，是与一切古旧先生作战的不遗余力者。而收录书中的《1920年的浙江一师学潮》《胡适面折陈济棠》《章太炎的身后事》等文，表面上讲述的是学潮和知识分子的遭际，实际上暗含着对现代启蒙曲折路径的艰难指认。

王彬彬常著文挑剔甚至指斥作家、学者文章的"语文水平"，这仿佛也是鲁迅常有意为之并将对手一击而溃的绝技。但有意思的是，王彬彬自己的文章尚质黜华，绝少骈词骊句，不图才藻之美，却别有一种朴野之风。在这本书中展开的许多叙述，或条畅，或曲折，但总是细腻而周密，开阔而凝重，舒缓而峻洁。他置论时从不含糊，总是旗帜鲜明，不骑墙，不游移，追求一语中的式的直接而有力。其话术也直白、晓畅，不晦涩，不炫智，不耍滑，不飘浮，既批评，也辩护，有一种开诚布公、直抒胸臆、不糅私念的恳切，以及不妥协、不折节的硬气。他的朴野、坦荡、恳切和硬气，聚成了"像我这样的人"的人格和气质的基本面。一个思想和情感时常被鲁迅议题所左右的人，大抵总是会发出"真的恶声"的。"像我这样的人"的自许，某种意义上已是在对自我和人群进行切割，并通过"真的恶声"，发出作为异端的宣言。他迟早会遵从鲁迅的表率，希冀进入思想者的角色定位。

因此，这本书里的每一篇文章，都在看似完结后贻人思虑，促人深省。比如他说："其实，比军阀、武人更凶残的，并非只是旧文人旧知识分子。许多新文人、新知识分子，在面对思想文化方面的异见时，在捍收他们的'道'时，心里也是磨刀霍霍的。"若非亲历过鲁迅曾遭遇过的那种文化围剿，没有过在这样的围剿中的夙兴夜寐，人对学术生态与文化语境的认知就容易失重，对"智识阶层"的理解就会偏于天真，断不会有王彬彬这样的真切与"刻毒"。他实际上是提醒我们，一个学者、一个知识分子所遭遇过的这个困境，其实也是历史的困境、时代的困境和启蒙的困境。

当然，将自己的思想理路置入剪不断理还乱的历史之维，为推演或解决当下的各色议题寻求参考和方案，这样的学术选择仍然是不凡器量的表现。左或右的立场性支撑，都不可能脱离历史提供的依据。而王彬彬所谓"顾左右而言史"，无论是"左顾"还是"右盼"，其目的还在于最后达成那个"鲁迅议题"："读史，就愈可以觉悟中国改革之不可缓了。"

2022 年 10 月于菩提苑
原载《文艺争鸣》2022 年第 12 期

在被终结的历史中等待呼吸

——《等待呼吸》阅札

一

钟求是可谓小说家中的浪漫诗人。他迄今为止的大部分小说，都有一个结构上的家族相似性，即都在凝神布设一个叙事终端，在那里，仿佛是一个终于降临的弥赛亚时刻，人物、事件、情感甚至时间都被特定的意义重新包裹，霎时偏出日常、世俗和庸凡的惯性轨道，弹进一个超越性的维度，继而在激情和诗意中或疾或徐地滑行。钟求是大致上也是自信地认定自己的小说是有"诗性"或"诗性"追求的，并且认为"诗性又帮助作品生成了跃离地面的轻灵"①。这"诗性"，这"跃离"，这"轻灵"，都是可直接归之于浪漫属性的。如果细究一下，很容易就能发现，钟求是的"浪漫"是婉约型的，而且是苦吟式的。这种苦吟，不仅在客观上表现为他写

---

① 钟求是：《日常的边缘和受困》，见《街上的耳朵》，北京：北京十月文艺出版社，2018年版，第329页。

得慢，产量不高，还因为他常在某些叙事难题或困局中挣扎，主观上希图让文字"受难"。因此，总体上看，钟求是可谓浪漫修士，而非浪漫骑士。他的叙事体式和他的抒情气质，都偏于柔绵纤长，偏于静观和内向，他总是在那个弥赛亚时刻降临前进行耐心而沉默的铺垫，而当这个时刻终于来临时，他也习惯于把激情交付给突然加速的脉息、体腔深处无声的震颤，而不是喷薄而出的高烈度的呐喊。可能是基于一种修辞态度上的取舍，他似乎有意地避开了与浪漫骑士相匹配的纵横捭阖和波澜壮阔，避开了气贯长虹和壮怀激烈。从阐释者的站位来看，他其实也在很大程度上避开了将自己的作品与嵌着各种宏大话语的坐标进行维系的大概率。换句话说，在流行的阐释图谱里，大多数时候，他可想而知地像无线电静默般匍匐在低纬区。

　　钟求是发表于 2014 年的中篇小说《我的对手》翩若惊鸿。这个中篇，给出了一个志量恢宏的，后来在《等待呼吸》中被加粗和放大的阐释维度。这个小说伊始，投身情报特工行列的"我"在受训期间因为枪支走火，射出了一颗错误的子弹，从而被罚；之后，因立功心切，"我"伪造了一份与美国旧金山有关的敌情，以此邀功，结果出丑露乖被逐。很多年后，已然成为作家的"我"去往美国，特意造访旧金山，用早年掌握的间谍手段与美国特工周旋，一步一步地试图去接近、去探究一段流传于世的关于忠诚与背叛的故事真相。钟求是个缜密的叙述者，他的小说几乎没有什么闲笔，一些看似不经意的细节，最终都显现为埋设精巧、自出机杼、寓意深邃的伏笔，总被轻重不一的声部所回应。在小说的前半部分，"美国"是个看不见摸不着的无形的敌人，充满虚拟感，到了后半部分则是"我"真切地置身其间并与之缠斗的、实体性的对手；而在小说的最后，关于那个真相的一句偈语般的披示则是"这不是一颗错误的子弹！"——这与小说伊始那颗错误射出的子弹形成了奇异、暧昧、令人浮想联翩的应对。这是一部引人入胜的小说，钟求是技术性地征用了谍战小说的某些模型，又在笔法上超克了这些模型。他结实而深刻地描画了个人与国家、人性与道义、欲望与意志在特殊遭际下的复杂形态，呈示了信仰的"困局"，以及因之而起的叙述难题。而"子弹"这一令人惊惧的历史暴力的喻象，将再次出现在《等待呼吸》的开篇，出现在莫斯科的动荡之夜。

《我的对手》这部中篇小说在涉及"忠诚或背叛"这种在意义上受制于信仰的终极性价值命题时，置入了"中／美"这样的地缘政治背景。这当然不算是原创，更不是先例。但对于钟求是而言，写作思维上的这一考量，是一种有意味的变化，而且很可能是他从此步出低纬区的肇始。钟求是以往的小说并不是罔顾历史背景的，恰恰相反，因为他对时间、空间等诸般细节的富于精密度的讲究，他的小说常常不期然地带有某种信史般的准确感、现场感。然而，因为对人情、人性等"内在性""体验性"元素的刻意强调和刻意追求，他以往小说中的"历史背景"——作为外置的布景性元素——反而在阅读中容易被虚化。但《我的对手》不一样，这道外置的布景在小说中举足轻重，动关大局，殊为显要，因为"中／美"这样的地缘政治背景一旦被抽离或被虚化，其核心的价值命题就会坍塌，围绕于此的所有叙事努力便都将随之归于琐屑、平庸，甚至毫无意义。

不过，在《我的对手》中出现的这种写作思维的变化，对于钟求是而言可能是下意识的举动，可能是电光石火的瞬时灵感，更有可能的是，这仅仅是被题材自身的特定力量所驱动的结果。因为，直到六年后，我们才在《等待呼吸》中再次读到这相类的变化——虽然"旧金山—美国"这样的地缘空间被置换成了"莫斯科—

苏联"。

从故事的主干来看，《等待呼吸》是一部较为标准的爱情小说。这大约是很多人对这部小说的阅读直感，也是目前零星的评论文章几乎共同的落笔聚焦点。但是，略微探究一下，这种阅读直感是会让人顿生疑窦的。因为，在爱情小说的视域里，若叩之以柯林·麦克洛的《荆棘鸟》、雨果的《巴黎圣母院》、托尔斯泰的《安娜·卡列尼娜》、加西亚·马尔克斯的《霍乱时期的爱情》，叩之以林语堂的《京华烟云》、张爱玲的《半生缘》，甚或李碧华的《胭脂扣》，《等待呼吸》都会像一个贫血的孩子一样赢弱。仅以"爱情"为阅读和阐释时的抓手，《等待呼吸》显然并非一个特具说服力的作品。另外，尽管钟求是给女主人公杜怡设置了多舛的命运、曲折而繁复的遭遇，设置了将近三十年时长的堪称沧桑的人生跨度，设置了富于悬念感的故事结局，但总体而言，这部小说的叙述线条笔直而单一，并没有太多的枝蔓，只有三两个主要人物，人物关系也相当简单，直观地看，它的体量和骨架也只能用"赢弱"、用"轻""薄"来形容。然而，就是这样一部看似赢弱的小说，给了我真实而深切的感动。毫无疑问——至少我认为，仅仅以"爱情"，或者以人情、人性等片面的"内在性"为说辞的阐释维度，难以给出一种有穿透力的逻辑，让我们在阅读这部小说时可以直截了当地透过"轻"掂到"重"，透过"薄"触到"厚"，透过"赢弱"看到"强悍"；毫无疑问，对《等待呼吸》的阐释需要与更宏阔的背景进行意义链接，而这个背景多半就是曾被钟求是以大概率规避过的话语坐标。这个坐标提醒我们，对《等待呼吸》的解读不仅要用情感的支架，还应该有思想的凭借。

《等待呼吸》在 2020 年的发表，既是一种水到渠成的必然，也是一个妙不可言的巧合。历史与时代的冲撞，思想与情感的交织，命运与抉择的对峙，以一种引而不发的临界方式凝成了这部长篇小说特有的张力，也凝成了它天地交通、内外无间般的雄美气象。因为这部小说，它的作者已隐然现出了骑士的身姿。

二

1992年，即"莫斯科的子弹"猝然击中主人公夏小松的次年，英国著名作家伊恩·麦克尤恩发表了长篇小说《黑犬》（*Black Dogs*）。①这部小说的叙事时间起于第二次世界大战结束后的翌年春天，迄于1989年冬季，故事的主干以一对新婚夫妇的蜜月旅行始，以柏林墙倒塌的历史事件终。无疑，这是一部关于"冷战"的小说：在这部小说中，一对夫妻在几十年间的聚散与恩怨，需要置入"冷战"的语境方能显出诸种关键环节的细部究竟，显出不同命运走向的隐秘理由。《黑犬》是"冷战"这一两极化世界秩序的惊悚寓言，麦克尤恩天才地以两条黑犬的幽灵式喻象，指出了被黑犬叼住的文明的死穴，揭开了人类历史与文化的地狱般深重的暗面。他在书中写道："如果一条狗代表了个人的抑郁，那么两条狗就是一种文化的抑郁，对文明而言，这是最为可怕的心态。"

小说主人公崔曼夫妇——伯纳德和琼，战前都是共产党员。战争爆发后，面对德国纳粹这个世界公敌、人类共仇，他们搁置了政治分歧，一起供职于英国情报部门，并在工作中相识、相爱。战争一结束，沐着胜利的春风，他们立刻结了婚，启程去欧洲大陆蜜月旅行。但正是这次旅行中的遭遇使他们各自的信仰发生了根本性的转捩。琼因为对人性中像黑犬般潜伏并周期性浮现涌动的邪恶的重

---

① 《黑犬》的中译本，由郭国良译，上海译文出版社2010年12月出版。

新发现而转向了上帝，转向了神秘主义（"我遇见了邪恶，发现了上帝"）；伯纳德的转向则更直接地显现为"冷战"的硬性影响：他在1956年的匈牙利革命后彻底放弃了自己原有的政治身份，背离了他原先的政治立场所许给他的人类愿景——因为这在他看来是非理性的"乌托邦冲动"。他也完全鄙视琼那种在他看来是自欺欺人式的宗教救赎。他选择了理性、秩序，选择了以此为标签的自由主义。实际上，琼的选择也是"冷战"的负性影响的结果：她通过对"意识形态束缚"的挣脱，向两极化的世界秩序背过身去，她以玄思、冥想等更古老的思维与感知方式，从根本上表达着对现代文明的深刻怀疑，哲学性地否定了任何一种形态的凡俗世界及其秩序。他们彼此相爱，却无法再生活在一起，到了晚年更是怨怼不断，势同水火。琼逝于1982年。当时间来到1989年11月，来到柏林墙轰然倒塌的历史性时刻，来到"冷战"的尾声，当一个强大而统一的德国、一个曾发动过"一战"和"二战"的德国重新出现的时候，新纳粹主义的幽灵已开始让人们惊忧不安。我们不禁会猜想：如果琼还活着，她是否会认为这个统一的、令人不安的新德国的出现是"邪恶的周期性浮现涌动"？她是否会因此重新挽住伯纳德的臂膀，像当年那样，在与纳粹战斗的共同事业中，在并肩搏杀邪恶的非凡意义中与伯纳德再度彼此深爱？

我以为，可将《黑犬》视为一个非常重要的参照性文本，用作阐释、理解《等待呼吸》的楔子。至少，从时间序列上讲，《黑犬》可视为《等待呼吸》的前篇，《等待呼吸》可算是《黑犬》的续章：当"莫斯科的子弹"击中夏小松时，持续近半个世纪的"冷战"也终告落幕；而《等待呼吸》讲述的就是"后冷战"时代的悲欢。此刻，两极化的世界秩序已然解体，曾经令人窒息的意识形态之争似乎偃息了，长期以来骇人听闻的军事对峙也似乎解除了，统一的德国似乎也没像人们原先担心的那样闹出什么幺蛾子。世界不仅相对平静，而且大体安全，所以，某些人急不可待地站出来宣布"历史终结了"：在"冷战"中获胜的意识形态，以及由此种意识形态所主导的政治体制、经济模式、社会结构、文化样式以及世界秩序，将作为终极形态覆盖地球和人类，以及地球和人类的当下与未来。所谓"历史终结"，某种意义上讲，就是时间停止了：历史将不再被更新，人类的根本性的困境或冲突已一劳永逸地解决，历史不会再有波折，不会再有转捩，当然也不会再发生革命和颠覆，风和日丽将是这个世界的常态。然而，在杜怡那边，结论或许并不如此。很显然，在她看来，那个象征着"冷战"终结的动荡混乱的莫斯科之夜，不仅以一颗子弹洞穿了恋人夏小松的肺，摧毁了一个呼吸器官，同时也使她个人的生命从此陷落于长年"等待呼吸"的缺氧状态。与那些宣布"历史终结论"者的乐观不同，"后冷战"时代的很长一段岁月，对于经年缺氧而等待呼吸的杜怡来说，是一个又一个"无法安放的年"，是生命中一片又一片无法示人的荒漠。回到前面关于"如果琼仍然活着"的假设中，我倾向于认为，答案的选项会有某种明晰性：假如琼今天仍然活着，也许，琼会暂时性地重新挽起伯纳德的臂膀，以合力对抗可能出现的世界公敌般的某种邪恶，但是，与此同时，她也并不会因为两极化世界秩序的解体而天真地认为历史真的"终结"了，时间真的停止了。相反，她仍然会坚定地认为，某种根深蒂固的邪恶，不会随着"冷战"的结束、不会随着两极化世界的解体而烟消云散。她一定相信，此间的历史，还远远没有抵临最后审判的庄严时刻。

《等待呼吸》的叙述起步于《黑犬》驻足的地方，从时间节点上说，这两部长篇小说几可谓无缝对接。当时间来到2020年，一场波及全球、暴虐人类的，已持续数月并仍在恣肆蔓延的严峻疫情，正将人性及与人性有关的一切重重地置于超高倍数的显微镜下。它同时也使脆弱的国际秩序急剧失衡，在全球各处掀动地缘政治危机。值此之际，一个超级大国的政要借机所发表的对华政策演讲①，被各国媒体纷纷与1946年春（《黑犬》的叙事时间起点）的"铁幕演说"进行比附，俨然是"新冷战"的宣言。将近三十年前被宣布"终结"了的历史，已不由分说地要更新了，时间又被重新启动了。正如前文所说，《等待呼吸》在2020年的发表，有一种妙不可言的巧合：它严丝合缝地将自己嵌进了终结"冷战"和启动"新冷战"之间的历史段落。

当然，从历史的实质性的层面讲，"新冷战"的真正发端并不以该政要的所谓"宣言"为标志——这一"宣言"只不过是一个超级大国对已然启动的"新冷战"在政治上的辩护性应对而已。我更愿意使用一种文学性的提取来认定这一严峻时代降临的初始端口：我认为，杜怡在经过漫长的等待而终于重启呼吸的时刻，才是"新冷战"的真正发端。对于杜怡来说，这个端口，是她重获新生的时刻，是她得以重新校对人生方向并摆脱迷途心态的关键时机。而对于钟求是来说，他早先惯于交付给脉管和体腔的激情震颤，这一次，与一段跨度深远、寓意丰赡的不凡历史发生了辽远、深幽而又真切的共振，余音袅袅，绕梁不绝。

如果说，《黑犬》以麦克尤恩独有的暗黑、森寒而为"冷战"时代的惊悚寓言，那么，我愿意认为，《等待呼吸》以钟求是特具的忧伤、低回而为"后冷战"时代的悲情寓言。

---

① 2020年7月23日，美国国务卿蓬佩奥在美国加州尼克松图书馆发表所谓"对华政策总结篇"的演讲。该演讲渲染了所谓的"中国威胁"，将中国形容为"美国和自由世界最危险的敌人"，并称"美国对中国的态度必须比对苏联更为谨慎"。

三

夏小松、杜怡和我，年岁相仿，我们这代人，在"冷战"终结前的最后阶段步入了人生最弥足珍贵的青春期，我们在这个年龄刻度里逐渐定型人格与世界观，其中也包括关于爱情与浪漫的基本定义。某种意义上讲，我们这代人是"冷战"的产物，我们的价值观念、精神结构、思维逻辑与情感、行为方式，都无可避免地带着"冷战"的深重烙印。而夏小松这个人物，则是我们这代人当中表现尤为典型的个例。无论从哪方面看，他的存在，本身就活脱脱是"冷战"的具体而微的缩影。

经济学专业的研究生夏小松本可以去美国留学，却借着中苏关系的解冻，掉头来到了莫斯科，因为在他看来，"对经济学的争论而言，那儿应该更有现场感"。在"冷战"的终局渐渐显露端倪的时候，萨缪尔森、弗里德曼和哈耶克已开始向颓势的一方形成逼迫。虽然，作为一个研究者，通常乐见于创立社会主义者和反对社会主义者之间的思想论战，但对于要站在马克思这边，夏小松从来没有过一丝犹豫，"因为是马克思怂恿我来莫斯科的"。他将马克思的头像文在胸前（"从今以后，我的心跳马克思都能听到了"）。他视马克思的论敌为自己的对手，精心谋划着撰写雄文去保卫马克思。当然，他与杜怡的邂逅也与马克思有关，马克思贯穿了他与杜怡交往的始终，织就了这段关系叙述中的几乎全部细节。一个寒冷的冬夜，在马雅可夫斯基站的地铁候车厅里，夏小松就着一个街头艺人演奏的小提琴旋律，神情肃穆地朗诵了《资本论》的若干著名段落。马克思不仅在这一刻被进行了音乐转调般的诗意升华，而且，更为重要的是，马克思以一种别致的浪漫无可争议地成了他和杜怡的爱情的注解。在杜怡这边，毫无疑问的是，她异常清晰地知道，马克思和马克思主义是她所无比挚爱的恋人夏小松的偶像和信仰。

"莫斯科的子弹"击中了夏小松的胸膛，也射穿了他胸口的马克思头像（"那破枪，一不小心射中了马克思"）。这使得夏小松的死极富象征意味。当"冷战"终结，资本主义弹冠相庆的时候，夏小松的死不仅是个体生命的消亡，也象征着一种视马克思主义为氧气的历史，不得不进入等待呼吸的冬眠期。

1992年，夏小松离世的次年，也是苏联解体的次年，伊恩·麦克尤恩在英国发表了被视为"冷战"寓言的《黑犬》。与此同时，水银泻地般的金融资本弥合了曾经横亘在两大阵营、两个体系间的所有鸿沟，无远弗届地覆盖了地球的边边角角。它被视为能擦拭一切差异的橡皮，是化敌为友的灵丹，是超度一切危厄的真经，是驶往幸福彼岸的方舟。萨缪尔森、弗里德曼和哈耶克正在接管全世界的话语权杖，大大小小的各类思想讲坛上，不管在场还是不在场，无不能看见他们正襟危坐的浓重身影。这一年，作为一种批判性的思想回应，中国的一些知识分子在上海发起了著名的"人文精神大讨论"，对全球化、市场化、商业化进程中出现的全民性的、整体性的"道德滑坡"忧虑不已。

很快，1994年来了。钟求是技术性地在书中将1994年至2003年这十年处理成"无法安放的年"，除了一连串表示年份的阿拉伯数字，不另着一字。这种处理，既是一种省略，更是一种留白。若是一个细心的读者，便会悄悄存疑：这十个春秋，这寒来暑往的平常日子，何以就"无法安放"？历史不是如某些人宣布的那样已然终结了吗，时间不是已经停止了吗，何以还有"无法安放的年"？——或者，我们还可以换一个角度来追问：这"无法安放的年"究竟是属于谁的？你的，我的，还是他／她的？

可以肯定的是，如果夏小松还活着，这十个"无法安放的年"

毋庸置疑地应该由他来领取。这十个年头，是全球化浪潮急遽推进、掀起席卷和吞没世界之大势的空前时期。对于夏小松而言，与如此这般的大势之间，天然地存有相斥感、排异感。在他的精神内部，他与哈耶克的论战尚未启始，更远未完结，在他的精神内部，"冷战"以另一种方式进行着、持续着。

夏小松虽然死了，但如果我们承认，杜怡作为夏小松的恋人，其实同时也是夏小松的灵魂的偎依者、寄放者，那么，我们就能想到，这"无法安放的年"也应该由杜怡来领取。杜怡虽不能如夏小松一样对马克思主义有相对专业化的认知和理解，但可以肯定的是，马克思、马克思主义是她青春和爱情记忆的椎心部分，是她的志趣和情感的高敏区域，也是最能激活她灵魂的命门所在。

一次交欢后，杜怡和章朗有了如下这样一段对答：

> 过一会儿，杜姐说了一句，知道吗，今天是什么日子？……今天是苏联解体的日子。我"噢"一声点点头，脸上却停留着茫然。
>
> 杜姐说，你点着头，可你什么都不懂。又说，你什么都不懂，现在却待在我的身边。我有些尴尬，尴尬中又有些不服气。我说，我也不是什么都不懂，譬如我懂音乐，我懂《氧气》这首歌。杜姐说，你其实也不懂……这首歌唱的不仅仅是身体的感觉。我说，什么……意思？她说，你听到的是身体的做爱，我听到的是精神的挣扎。我说，嘿嘿，做爱当然挣扎，这个我懂。她说，你他妈还是不懂！

在这段对答中，杜怡用一连串的"你不懂"来清晰地划出她和章朗之间的代际鸿沟。她的沧桑映照出了章朗的懵懂、浅薄和苍白，大时代赋予她的经历，以其特有的苍凉和丰富，立时使她从精神上将章朗远远甩在了身后。这段对答同时也透露出，她生命和灵魂中的某个坚硬的块垒从未在岁月的剥蚀中风化、松软。她对章朗说"我身体给了你，可我还没爱上你"，不仅是她向章朗宣示彼此在精神上明显的不对称，而且也在声明，她似乎也并不打算去改变、校正这种不对称。一个在全球化或"后冷战"时代才步入青春期的男子，虽和她只差七岁，却明显隔着无可跨越的灵魂断层，有着无可修正的精神错位。于她而言，在精神和灵魂层面，章朗显然并不重要。她最后的不辞而别，更显示了这个在全球化时代成长并染有这个时代特具的玩世不恭之态的年轻男子在她内心深处的微渺。

很显然，没有什么能击穿杜怡用孤独、冷漠织就的用以避世的坚硬外壳，性爱、肉欲也不能冲决她深重的阴郁。然而，我们却已经能很容易地明白，杜怡终于突然重启生命的呼吸，突然在灰霾般阴翳的生活中睁开灵魂的眼睛，是因为马克思再次出现了。

四

在钟求是出版于 2009 年的长篇小说《零年代》里，就已经有孕妇在流产手术前突然改弦易辙要求生下孩子，以及生计困窘的夫妻不得不将若干孩子——送人领养的醒目情节。这些情节改头换面地在《等待呼吸》中再次出现。虽是再次出现，但其寓意和给予人们的阅读感受却大不一样。

一个经济学教授、一本俄文版的《资本论》、一次马克思主义政治经济学的讲座，就招魂般地将杜怡唤醒。她意外地在讲座中得知马克思重新执掌了全世界思想领域的牛耳，并且，"马克思一直在关注着世界的进程"。这是她决定生下孩子，前往夏小松故乡山西晋城去抚养的关键环节，是她如此这般重校人生方向的重要理由。在她人间蒸发似的在杭州消失之后的又十年里，有一些背景性的信息，杜怡也许知道，也许不知道。比如，2011年，英国著名学者（又是英国人）特里·伊格尔顿出版了《马克思为什么是对的？》一书，为在英国写就《资本论》的马克思进行了经过历史性升级的辩护；再比如，次年，美国当局在外交上提出了亚太再平衡战略，宣布重返亚太，并在不久前撕毁了与苏联人在"冷战"结束前不久签订的《中导条约》。新的冷战格局已难掩峥嵘。当然，无论她知道或不知道，其实都不重要，对于杜怡来说，最最重要的是，马克思回来了——应着一个新的世界大势的迫切需要，他回来了。而夏小松寄放在她这里的灵魂，和她的某段生命，和她的全部爱情，都因此一起复苏了。从此，所有的年月，不再无法安放。

马克思或马克思主义在整个"后冷战"时代的浮沉，与杜怡的个人生命轨迹形成了对位度很高的复调。正是这一复调的形成，才使《等待呼吸》有可能仅被视为爱情小说的绵柔、孱弱之态得以被矫正、被洗刷，从而展露骑士之风。这一复调，规划出了钟求是以往小说所未能企及的语义空间和阐释幅度，在这个空间和这个幅度里，同样是生育和抚养孩子的情节，其寓意就突破了乡土或市井的语义圈定，有了跨度更宏大、维度更丰茂的意义构建。在这部小说的尾部，小纪这个孩子的身份，他与夏小松之间的生命关系，杜怡特意施予他的语言和文化教育，以及正在行进中的莫斯科之旅，都在这一复调结构中，在历史与时代的巨型坐标中别具深意，而不仅仅是为一段遍体鳞伤的爱情故事医治创口、画上句号。也正是如此，我们才有理由、也应该将《等待呼吸》视为"后冷战"时代的寓言之作。

据作者自述，在完成这部长篇小说前，他未曾亲临过苏联或俄罗斯，自然也未曾亲临过莫斯科或贝加尔湖。不用说，他需要做足功课，才能在叙述中使莫斯科的街景、广场、车站、商店、轨线犹如地图般精确，使昼夜的变化、季节的转换、人群的疏密、风土的精陋也都具有惟妙惟肖的逼真感。当然，苏联解体前的政治局势、民意动态以及物质消费水平，也都需要纤毫毕现的、原生态般的时代感。基本上，钟求是都做到了。仅就上述方面来说，钟求是的功课几近满分。

其实，要做好上述功课尚不是最难的。真正困难的，是对马克思、对马克思主义（至少是对马克思主义经济学）的讲述。对于这部小说来说，马克思并不是一个泛泛的叙事道具，并不是一个可掂来掂去、随意搬弄的符号缀饰。马克思之所以能够在夏小松、杜怡的爱情中扎根、入骨、走心，以至成为他们共同的信念，需要对其有相当深度的、专业化的、既有语言技巧又具理论力度的阐述。当杜怡在多年后再次遭遇马克思，这时的"马克思"同样需要别开生面但又鞭辟入里的讲述，需要有高度，有锐度，需要有一击致命的感染力——毕竟，老实说，仅凭"马克思"三个字是不足以为杜怡招魂的。而钟求是的这一门功课，仍然可得高分。这门功课，体现了钟求是作为曾经的经济学专业的大学生在专业方向上的深广的阅读积累与良好的学术素养，也显示了他将知识引入文学写作时的那种既能进乎其内又可出乎其外的高超技艺与过硬功力。小说在涉及马克思或马克思主义时的每次讲述，不虚浮，不发飘，相反，都结实、精练、准确。小说后半部分，经济学教授的那堂关于马克思主义经济学的讲座，虽是一堂普及性、入门性的课程，且在书中用了大篇幅的文字加以呈示，但其内容有很高的知识性，有信服力很强的见解，并且生动酣畅，要言不烦。从情节的设计上来看，这段大篇幅的文字呈示极有必要，因为杜怡在做出要生下孩子这个于她的人生而言是凤凰涅槃的重大决定时，她对这位教授说的最后一句话是："谢谢您郑教授，谢谢您上次的讲课！"——可以这么说，正是凭借对马克思的成功讲述，这部长篇小说的复调或寓言品性才得以确保。

当然，这部长篇小说也在最大程度上充分确保了钟求是一贯的诗性和浪漫。语言的考究和婉约，自不待言，那是钟求是的"受难式"文字的、个人签名般风格的标志性部分。就人们对"浪漫"的一般理解而言，小说中最浪漫的段落当然集中在夏小松和杜怡的莫斯科之恋。此外，也零星地点布在诸如"贝加尔湖"这样的诗意空间的描摹和联想里。而实际上，全书主要是被一种悲情的浪漫气质所宰制、所填充。这种悲情的浪漫，其实也是钟求是小说一贯的气韵，我们曾在他的《零年代》《两个人的电影》《街上的耳朵》《谢雨的大学》甚至《我的对手》等作品中一再领略过。

有意思的是，有人曾刻薄地讥讽过"革命浪漫主义"，然而，放眼量风物，这样的讥讽又有何用呢？哪怕再刻薄万分、刻毒千倍，又其奈我何？——浪漫，并不影响胜负。不唯如此，浪漫在很大程度上还表达了浪漫者对审美正义的自信。当年，坠入爱情、被浪漫环拥的夏小松在准备一篇暂定题为《当代苏联语境中的马克思和哈耶克论点比较》的、"有点厮杀味道"的论文时，"虽然哈耶克还活着而马克思已去世一百多年"，但是，"他相信马克思功力深厚，能够击败已年过九十的哈耶克"。

或许，我们也应该认为，钟求是也如夏小松这般相信着的。

2020 年 9 月 16 日于菩提苑
原载《小说评论》2021 年第 1 期

"反思文学"：如何反思？如何可能？

——重读《绿化树》《蝴蝶》

一

和"伤痕文学"一样，"反思文学"的提出，也是在相关文学作品接踵问世后不久便立即进行了清晰定义的命名行为，它由一个文学批评的概念而迅速成为中国当代文学史的一个知识单元。这些当机立断的命名，这些迅即抛出的概念，体现了二十世纪八十年代文学批评的勃勃生机、慧眼独具以及鹰觑鹘望般的超常敏锐。经过近四十年的"历史化"，"反思文学"在我目力所及的几乎全部中国当代文学史著中获得了默认式注册，在各种流行的中国当代文学史教科书中永久定居。今天，"反思文学"在文学史讲堂的转述中基本上只是一个定型的知识颗粒，一种内涵和外延都边界清晰的概念呈现，有着固定的意义绑定和统一的符号表征。与它最初命名时的"敏锐"必然相伴的某些"草率"，如今已被自动忽略；在概念的推演过程中曾感觉"不圆融"的那些犄角，也已在"历史化"的绵掌里化为齑粉。

"反思文学"这一概念的核心自然是"反思"。一直以来，"反思文学"都被认为是"伤痕文学"的深化，而推动这"深化"的力量也就在这"反思"。"反思"就意味着作为"反思"之要义的"理性"（它自带"批判性"效能）将参与其中，成为文学运思的关键性构件、决定性环节，并使之表征为一种可辨识的，而且是突出的艺术特征，从而区别于与其共享题材却耽溺于浮浅的、怨妇式的感伤主义的"伤痕文学"。因为这"理性"，"启蒙"一词便应声而出，"反思文学"由是成为"新启蒙时代"的思想旗帜，是"新启蒙时代"在当时以及后来用以自证时频频援引的话语渊薮。在被征引的一长串名录中，《绿化树》《蝴蝶》总是不由分说地赫然在目。的确，张贤亮、王蒙都是那个时代身姿夺目的旗手。

　　不过，以今天的眼光来返视，苛刻一点说，当年的"反思文学"实际上大多并不具备起码的"反思"质地，经得起推敲、掂量的反思之作确实不多，能在多年以后激起重读兴趣的更少。在中共十一届三中全会（1978）以后，特别是对中华人民共和国成立以来"若干历史问题"作出决议（1981），宣布对"文化大革命"进行彻底否定之后，"反思文学"的"反思性""批判性"就锋镝已销，顿失其效。

　　某种程度上，我们不妨这样认为：所谓"反思文学"是对"伤痕文学"的深化，这个"深化"，基本上只有量变的指标，殊少质变的临界刻度。比如，洪子诚先生就认为，"反思文学"较之"伤痕文学"，"两者的界限并非很清晰"。[1]举例来说，作为"反思文学"发轫之作的《剪辑错了的故事》（茹志鹃，1979年）从"鱼水关系"切入所作的政治反思，较之作为"伤痕文学"代表作的《班主任》（刘心武，1977年），后者在结尾处"救救孩子"的呐喊所引发的历

① 洪子诚：《中国当代文学史》（修订版），北京：北京大学出版社，2008年版，第259页。

史联想，其"思想性"显然不输于前者，并且后者似乎让人觉得更具历史感和思想锐气。同样，《犯人李铜钟的故事》（张一弓，1980年）所倾力讲述的"故事"，其用力处在于突出了"悲剧性"在叙事中的爆炸式呈现，就一般的阅读感受而言，这"故事"的悲剧力量明显大于"思想的力量"。虽有强劲的悲剧力量作为凭借，但这部小说对"大跃进"的历史谬误所作的反思和批判，其水平并没有太过明显地超出当时全民思想认知的均值。因此，某种程度上，我们可以把大多数的"反思文学"看成只不过是体量增大的"伤痕文学"。这倒是可以用来解释，何以"反思小说大多倾向于篇幅的拉长"，因为"约定俗成的短篇小说的容量无法展开情节……因而，80年代初的'中篇小说热'成为'反思文学'的一种共生现象"。[1]

综上所述，虽然我们并不全然否认"反思文学"的思想含量，甚至还可以对它的"批判意识""批判精神"给予充分嘉许，但仍不能改变这样一个基本事实：通过对政治灾难的叙述、悲剧命运的揭露，进行对人道悲悯的激发，才是反思文学最本初的叙事动力。可以肯定的是，"反思"——那种在理性宰制下的历史重估与思想重构——基本上并非其首选鹄的。"反思文学"很大程度上只是"反观文学"而已。毕竟，作家在写作过程中所时刻面对的那些"隐含读者"，愿意且只愿意置身人道悲悯中者众，他们在很大程度上决定了作家的叙事方向与情感维度，甚至，能一并决定作家的思想高度。这就是为什么，二十多年之后，同样是写"文化大革命"，余华以纤毫毕现的笔法所展现的、死于非命的宋凡平如何被折断双腿才得以放入棺材的情节（《兄弟》，2005年），仍能在年龄、阅历参差不等的庞大的读者群中激起浩荡、剧烈的情感反应。尽管人道悲

① 陈思和主编：《新时期文学简史》，桂林：广西师范大学出版社，2010年版，第37页。

悯是一切反思的重要入口，但它毕竟不是"反思"本身。尽管人道主义或可被视为"启蒙话语"之一种，但我们同时又要承认，我们的"新启蒙"仍然停留在五四新文化运动的起点线上（虽然人们似乎也愿意把"反思文学"视为"五四"旗帜下的重新集结），而挟"五四"之后半个多世纪的历史经验和思想积累，却没能促成这"启蒙"在新水平、新高度上的生长发育。这样的"反思"，于"启蒙"何益？何干？

不得不说，从各方面讲，大部分的"反思文学"都仅有五四时期的"问题小说"的水平，绝大多数作品不具有耐磨损性。"反思文学"够不够得上"启蒙"的高度，本身成了一个需要反思的问题。实际上，早在1988年就有人撰文批评"反思文学"，认为"当时的绝大多数作品血泪控诉有余而理性批判不足，道德评判有余而政治剖析不足，对个人的品质关注过多而对周围制约机制揭示太少"，究其原因则在于"武器陈旧而贫乏，批判缺乏应有的力度"。① 所谓"武器陈旧""批判之力"，此说已经从根本上质疑了"反思文学"的"反思质地"，因为它既不能提供新方法（武器陈旧），又不能获取新胜利（批判乏力），于是，它自然不再被认为具备启蒙的必要资质，去启动一个时代的思想风潮。

当然，少数作家如张贤亮和王蒙是总体平庸的"反思"群体中的例外。《绿化树》和《蝴蝶》则是这"例外"的例证。

二

张贤亮也是反对给新时期发端之初风起云涌、相互迭代的各类

---

① 李新宇：《对"反思文学"的反思》，载《齐鲁学刊》1988年第6期。

文学潮流贴标签的，包括反对给"伤痕文学"和"反思文学"画线。在2008年的一次访谈中，他说："'伤痕文学'也有人叫'反思文学'，实际上不必要附加这样的标签，文学作品就是文学作品，这个时代的文学作品反映了中华民族曾经经历过一段什么样的痛苦时期，它不一定是伤痕，也不一定是反思……"不过，他同时又不无得意地说："我感到自豪的是，将来写中国文学史，谈到上世纪八十年代时，我是一个绝对不能回避的人物，我是启蒙作家之一。"① 与胡适在日记里自封新文化运动先驱时的字斟句酌、措辞委婉颇不一样，张贤亮在多年以后单刀直入、毫不谦让地给自己追认了"启蒙者"的身份和殊荣。说白了，"伤痕""反思"都不是他想要的标签，因为其格调不够上乘。"启蒙者"才是他心仪的名谓，因为这才是先知、精英和高端、华贵的标志。

张贤亮的自豪、自信当然并非没有道理。真正能将"反思文学"提升到"启蒙"高度的作家凤毛麟角，而张贤亮确是其中翘楚。甚至可以再说得绝对一点：仅凭薄薄一册《绿化树》，张贤亮也会是中国当代文学史绕不开的人物。

黄子平最早指出，《绿化树》"对苦难的'神圣化'和对农民的'神圣化'"是一种偏失。② 虽然没有明说，但可以看出，黄子平显然认为《绿化树》的偏失是一种意识形态性的偏失。对于这样的偏失，黄子平颇有微词。然而，作为与张贤亮同侪的李泽厚则持论相反。李泽厚认为，他们这一代知识分子"只有两件事可干，一是歌颂，二是忏悔"，而"张贤亮的《绿化树》呈现了这一思想史

① 马国川：《张贤亮：一个启蒙小说家的八十年代》，见《我与八十年代》，北京：读书·生活·新知三联书店，2011年版，第96、97页。
② 黄子平：《我读〈绿化树〉》，载《文艺报》1984年第11期。

的真实"。① 一般而言，人在接受将"他者"进行圣化的同时，也必接受了取消自我和主体性，进入宗教式的对于原罪的忏悔，以及对于受难、牺牲的安之若素甚至顶礼膜拜。显然，有某种"代际"伦理发挥了作用，使对"歌颂""忏悔"的历史评价发生了分歧：晚生代（黄子平）认为《绿化树》传达了一种谬误的历史意识（这时候，他显然给《绿化树》植入了"文学"之外的维度），而同代人（李泽厚）则认为《绿化树》反映了一种可靠的历史真实（这时候，他显然也不只是把《绿化树》当成"文学"）。两代学者对《绿化树》的批评都大大地溢出了"文学"的边界，分别给出了思想史视野中的阅读判语，而这又恰恰是他们在分歧之外的一处共识：他们都不约而同地将《绿化树》当成当代中国的一份重要的思想档案。毫无疑问，作为"思想档案"的《绿化树》，其"思想性"在整个"反思文学"的潮流中是领先和超拔的，是具备足够的理性深度，并能为历史反思提供内涵丰富的思想依据的。不用说，这也是张贤亮敢于自夸、自命"启蒙者"的根本原因所在。

我不妨先给出我的结论。首先，我认为，张贤亮在同时代的反思文学作家中是拔群出众的，他的文学功力与他的思辨水平相互砥砺、相互激发，使他的包括《绿化树》在内的系列作品于彼一时代卓尔不凡。他和章永璘一道成为文学史地图上的醒目路标。其次，我倾向于接受李泽厚所谓"思想史的真实"的评价，而他只差一步，就能依凭《绿化树》点石成金、一语破的地阐明中国现代思想史上的一个重要命题。当然，无论李泽厚是否豁开了那个命题，《绿化树》作为蓄有这一重大思想史命题的文学文本，照样可以毫

---

① 李泽厚：《二十世纪中国文艺一瞥》，见《中国现代思想史论》，北京：东方出版社，1987 年版，第 249、252 页。

无愧色地居于"启蒙"的尊享之地。

《绿化树》开篇，因言获罪的"右派分子"章永璘刚刚解除了劳改身份，来到邻近的农场落户。在这里，他遇到了马缨花。时值1961年，中国尚在饥馑之年，章永璘刚满二十五岁，此前他已在狱中度过了物质和精神皆极端贫乏的四年，他后来心心念念用于"自我超越"的《资本论》此时也不过是刚刚启读而已。推算起来，新中国成立的1949年，他十四岁，大约初中学历，青春期，乍识风情，偷尝初吻（《初吻》）。尽管他有一个高老太爷式的祖父和一个吴荪甫式的父亲，有一个显达煊赫的贵族家世，但可以肯定的是，从十四岁到二十一岁（1957年）入狱前的这七年间，他所受的教育不会逸出新中国制定的基础教育体系与知识水平，至少不会逸出太远。如果考虑到这个小说的"自叙传"性质，结合张贤亮的"本事"，那么，章永璘当于1955年从北京移居宁夏，之后的两年里，先农民而教员，紧接着银铛入狱。显然，他没有上过大学（无论是旧式的还是新式的），没有受过高等教育，以今天的学历标准而论，他的"知识分子"身份颇可存疑。尽管如此，青年章永璘的阅读涉略和他的博闻强记仍然是惊人的，令人咋舌的。刚二十出头的章永璘，实在已是一个货真价实、含金量奇高的人文知识分子的成品，他发达的知识体系和收放自如的知识修为，实可令时下大多受过高等教育的同龄文科生自叹弗如、自惭形秽。除非我们不得不承认，章永璘以十四岁之幼齿即依凭家世大体完成了他后来展露的发达知识体系的搭建，否则，如此优质的"青年知识分子"几乎是令人难以置信的存在。依小说所录，他熟悉的外国诗人和作家包括普希金、聂鲁达、契诃夫、安徒生、莱蒙托夫、但丁、歌德、拜伦、贺拉斯、惠特曼等，或许还可以算上在"题记"里郑重写下的阿·托尔斯泰。每每触景生情、浮想联翩之际，他能满篇整段随口吟诵的诗句或援引文学聊以自况的人事、物件、情境，来自《叶甫根尼·奥涅金》《神曲》《浮士德》《草叶集》《脖子上的安娜》以及阿拉伯的《天方夜谭》、古印度的《梨俱吠陀》等。当然，他的修养谱牒里也少不了唐诗宋词，少不了李白、崔颢、韩愈、卢纶、杜牧、柳永以及《红楼梦》。他在"美国饭店"的昏黄灯光下给马缨花讲述的蒙学故事有《丑小鸭》《灰姑娘》《海的女儿》以及来自《聊斋志异》的《青凤》《聂小倩》；芳汀、玛格丽特、艾丝美哈尔达、安娜等一些相对普及的文学人物（都是风尘女子）他自然是可以脱口而出的，"拉撒路"这样相对偏门的《圣经》人物，"佛教密宗里的毗那夜迦"，他也是信手拈来。他看过卓别林的《淘金记》以及《碧血黄沙》这样的好莱坞电影，他熟悉威尔第的《安魂曲》（"尤其是《拯救我吧》那部分"），熟悉勃拉姆斯的《摇篮曲》（以及这首曲子背后的故事），也熟悉路易斯·阿姆斯特朗的《令人头晕的舞会》（无论过去还是现在，这位1971年离世的美国爵士乐手显然在中国远非广为人知）。他能煞有介事地用简谱迅速记下他不期而遇的当地民谣（"信天游""爬山调"或"花儿"），头头是道地摆弄一下乐理予以鞭辟入里的美学品鉴，以显示他的音乐素养并非泛泛，当然，他也没忘记用几乎同样的方式炫示了一下他对贝多芬的熟稔。他懂得用"巴比伦"这样别致的"历史概念"来形容"美国饭店"。他知道"从中亚细亚迁徙过来的撒马尔罕人"。一些乡俗、方言、地理、水文、植被、荍麦、五谷、四时、稼穑的知识，他修火炉修土炕时的"运筹学"以及相关的热学原理和技术知识，他无法说与马缨花分享的"文学概论"，也都看似无心插柳般地缀于叙述的各处缝隙，像从指缝不断漏下的钻石微粒。最后，哲学自然是必不可少的，所以有亚里士多德的《诗学》和庄子的《逍遥游》依次出现，更不用说贯穿始终的马克思和《资本论》了。毫无疑问，如果章永璘发达的知识体系不是由于张贤亮记忆恍惚从而率性地穿越年代之隔予以追加，那么，至少说明，章永璘是一个被刻意而倾力打造出来的具有高度"修辞性"的知识分子形象。

章永璘这位超群轶类的优质青年，这位知识精英的典范，尽管刚刚解除劳改且尚未摘脱"右派"帽子，但苏轼所谓"粗缯大布裹生涯，腹有诗书气自华"大致可以贴切地用来形容彼时的他。所以，只是一个照面，马缨花就爱上了他。海喜喜在与章永璘的性竞争中败下阵来，海喜喜还一直以为自己输在不够年轻（"唉！女子爱的是年轻人！"），其实大谬。能让马缨花倾心的是"念书人"，是"红袖添香"的性别想象，因为在她的潜意识深处，"她把有一个男人在她旁边正正经经地念书，当作由童年时的印象形成的一个憧憬，一个美丽的梦，也是中国妇女的一个古老的传统的幻想"。然而，历史已置身"现代"，她基于传统定式的性别幻想已然漫漶，已被"现代"重新规定。恰恰因为诸多"知识"和"修养"的重重加身，在"现代"知识分子章永璘看来，马缨花"虽然美丽、善良、纯真，但终究还是一个未脱粗俗的女人"，他清醒地意识到他和她之间有着"不可能拉齐的差距"："我和她在文化素养上的差距是不可能弥补的！"要弥补这"差距"的难度，某种程度上讲，远远超过跨越阶级或政治身份的鸿沟。章永璘没有明说的是，这"差距"其实是知识者的优越感。这"差距"、这"优越感"，不仅是缠绕在章永璘这一代、这一类知识分子心头的历史性困惑，也是促成他或他们通过内省、思辨摆脱精神困局，实现"自我超越"的动力。

或许，对《绿化树》的研析，就应当将这"差距""优越感"本身列为焦点，而不是急着对章永璘进行"虚伪"的道德判断、"两面性"的政治解读。因为，这"差距""优越感"是中国现代思想史上的一个硬核，一个难以驯服的力比多，它构成了中国现代思想史上的一个重大命题，使得《绿化树》的叙述呈现了"思想史的真实"，并使这部作品迈入真正的"反思"之境。

三

《绿化树》的关键叙事，触及了近代以来的启蒙运动对于"启蒙角色位置"的结构性设定问题，更进一步的是，它触及了这一结构性设定与中国现代思想史遭遇时发生的变异事故，触及了这些变异、变体如何反过来使当代中国陷于历史与现实困境的思想命题。

毋庸置疑，所有的启蒙行为或实践，无一例外地需要一个"启蒙者／被启蒙者"的基本结构方能有效施展。在这个角色（身份）的二元结构中，以知识分子为其主体的"精英分子"不容争辩地占据着"启蒙者"的高阶身位，可被笼统称为"民众"的"被启蒙者"居于低阶身位，如是依例严格归位。在启蒙语境里，这样的二元角色位置的设定，是先验的，借用康德对"先验"的诠释来说，这个二元结构是一种"先天形式"。我们不妨把这个"先天形式"直接视为启蒙运动的基因。不用说，在这个"先天形式"中的高、低阶位的区分，实际上也内在地画出了优／劣的价值界线。启蒙者、知识精英的优越感便源于这"先天形式"的结构性规定。

发端于中国近代的启蒙思潮，一开始就全盘继承了十七世纪以来西方启蒙运动的这一"先天形式"，即"知识精英—启蒙者"与"普通民众—被启蒙者"各自的角色归位。所谓"知识精英"，或是康德这样的哲人，或是狄德罗这样的百科全书式的智者，或是梁启超这样的学问大家，或是鲁迅这样的思想先驱，或至少如康德所说，是有决心、有勇气运用自己的理智并提前进入"成年阶段"的人。康德就非常笃定地将"启蒙"委任给"有智识教养的学

214

者""有学识的人""学者"（scholar）。^① 不过，近代中国的知识分子情状是：在沿袭一千三百余年的科举制于 1905 年废除之后，知识分子彻底失去了读书进仕的传统路径，失去了本可预期的"劳心者治人"的政治前途，同时还使其"万般皆下品"的、一贯的精神优势遭到严重挫伤。然而，对于他们当中的那些不甘于教书、卖文等职业性生存的知识精英来说，搁置其家国之忧的宏大动机不论，发动启蒙运动和进入启蒙者角色，是他们登高而呼、重掌精神优势的不二选择。实际上，不唯精英，但凡知识者无不乐于趋奉启蒙，每每对号入座。这一先验的优越感，同样基因一般内在地深植于章永璘的心理结构，使这个在幼齿之年便提前进入"成年阶段"的年轻人，不仅在面对马缨花、海喜喜这样的农民时，也在面对同处一室、朝夕相处的"营业部主任"、退役中尉、会计、报社编辑时，都难掩遗世独立的孤高。

问题在于，需要章永璘"煮三次""泡三次""洗三次"的"思想改造"，是在一个重新设定的启蒙角色的位置结构里进行的。"知识分子劳动化"是对知识分子进行全面改造的时代要求，这个改造途径已然包含了后来被明确提出的"接受工农兵再教育"或"接受贫下中农再教育"的思想改造理路。所谓"接受……再教育"，就是将知识分子摁进了被启蒙者的角色位置。相应变动的，自然还有启蒙者的角色：原本被笼统称谓的"民众"，填补了将知识分子驱逐后空出的身位。不言而喻，这个重新设定的启蒙角色的位置结构，是对那个"先天形式"的颠扑、瓦解和倒置。

---

① "有智识教养的学者""有学识的人""学者"，是不同中文译者对 gelehrte 或 scholar 的翻译。可参见康德：《回答这个问题："什么是启蒙运动？"》，何兆武译，见《历史理性批判文集》，北京：商务印书馆，1990 年版，第 22—32 页；或《何为启蒙？我之管见》，张国敬译，载《中译外研究》第 1 辑，北京：中央编译出版社，2014 年版，第 55—70 页。

平心而论，章永璘对待"劳动改造"和"思想改造"的态度不可谓不真诚，他并非如一些评论者认为的那样"虚伪"。他面对底层劳动者时涌起的道德上的原罪感，因这原罪感而起的忏悔，都是由衷的。他对劳动者的赞美也发自内心：

> 我一路走，一路沉思。我又发现，在我们的文学中，在哺育我的中国文学和欧洲文学中，这样鄙俗的、粗犷的，似乎遵循着一种特殊的道德规范，但却是机智的、智慧的、怀着最美好的感情的体力劳动者，好像还没有占上一席之地。命运给了我这样的机缘发现了他们，我要把他们如金刚钻一般，一颗一颗地记在心里。

至少，他的真诚、赞美和忏悔，像他细致描述过的"饥饿"一样，是一种"心理真实"。与此同时，由这忏悔和赞美激发的、意在努力"超越自己"的"思想改造"，于他而言也深具内在的自觉性。因此，他抱着《资本论》"面壁"，在高度专注的披览中苦觅救赎之道，并迅速成为马克思的信徒。① 他的忠诚可由张贤亮代为道明：

> 我（按：李泽厚）曾问过张贤亮同志，引那么多《资本论》是不是有点嘲讽的意义？他严肃地回答说："没有。当时确乎是非常认真的"。我完全相信他的话。②

---

① 在《绿化树》发表的同一年，张贤亮加入了中国共产党："一九八四年我（张贤亮——引注）就与二十几位知识分子同时入党，新华社还发了消息，影响非常大。"见《我与八十年代》，第102页。
② 李泽厚：《二十世纪中国文艺一瞥》，见《中国现代思想史论》，第253页。

但是，即使如此，他愣是没能跨过横亘在他心头的那个"先天形式"，无法将这个硌在他灵魂敏感部位的硬核软化或粉碎。这个年纪尚轻就有惊人阅读量的知识青年，这个如张贤亮一般看到狗打架都能联想到社会问题[①]，无时无刻不在思考家国命势，和范仲淹一样有着先忧后乐的士大夫情操的知识精英和思想精英，如何能心如止水，自甘无为，黯然从那个"先天形式"的身位中撤出？

其实，章永璘本人有一种清晰的自我意识："我清楚地认识到了，我表面上看来像个苦修苦炼的托钵僧，骨子里却是贵公子落魄……"在面对马缨花的时候，他虽然获得了食物，获得了爱情，但他清楚地知道这层关系的实质是"一种千篇一律的古老的故事"："公子落难，下层妇女搭救了他。"在这里，"贵族公子"和"下层妇女"的身份设定和区分，是章永璘内心一个坚硬的块垒，显然，他有着关于自己并非"下层"的清晰的自我意识。与此同时，张贤亮开始连篇累牍地着墨于章永璘对《资本论》苦心孤诣的研读，描写他使用《资本论》的知识和原理检讨历史、研判时局，使用马克思主义的唯物辩证法缝合灵肉、身心的裂隙，最终超越自己，也超越了时代与群伦。就这样，在张贤亮的倾力打造下，章永璘从"知识者"一跃而为"思想者"，那个在"先天形式"中居于高阶的启蒙者形象，已跃然纸上，熠熠生辉。

实际上，"思想改造"的难易程度具有颇为悬殊的个体性差异，无法笼统地在知识分子群体中一概而论。张贤亮所谓"煮三次""泡三次""洗三次"的艰巨之说，某种程度上只是针对他、章

---

① 张贤亮在 1984 年元月写给李国文的信中说："对你我这样经历坎坷、命运多蹇的人来说，即使你在贵州的'群专队'里，我在宁夏的劳改农场里，也都在思考着国家的命运。……在这种心情里……就是看到两条狗打架，我们也会联想到社会问题上去。"见张贤亮：《当代中国作家首先应该是社会主义改革者》，载《百花洲》1984 年第 2 期。

永璘以及有似于他们的一类知识分子而言。对于另一些、另一类知识分子而言则未必尽然。现代以来的中国革命尤其是新民主主义革命证明，知识分子一直就是、从来就是革命的领导者，只不过这些知识分子都经历了脱胎换骨的思想改造，经历了阶级换位，自觉地成为他们原生阶级的"逆子贰臣"。在背叛的同时，他们重设了自己的历史定位，成为信仰的坚定者和实践的勇敢者，并慨然迎接了血雨腥风、枪林弹雨的壮丽洗礼。这也是为什么在坚定者和勇敢者看来，张贤亮式的"煮""泡""洗"有着明显的做作、矫情之态，而所谓的"虚伪""两面性"等人格症候都不过是他这种矫情之态的另外几副丑陋的面孔。

但是，恰恰是这"矫情作态"，作为一种心理与精神症候，隐晦、曲折但又分明执拗地彰显了在张贤亮或章永璘的意识深处坚执的某个理念，即他们仍然下意识地认为，那个启蒙的"先天形式"才真正贴合于"历史理性"，才是不可颠扑的"历史结构"之一。他们下意识地认为，即便是如他们这样的落魄知识分子，也对那个"先天形式"中的那个高阶身位拥有天然合法的居留权。当章永璘和马缨花面对时，他不仅意识到了那个"差距"，同时也需要这个"差距"，以提示他在某个层面上的优越；他不仅知道那个"差距"难以拉齐，而且实际上，在他的潜意识深处，他根本就不想去拉齐这个"差距"，从而避免沦为彻底的赤贫。

问题变得明朗了：《绿化树》通过一种潜隐的叙事，揭示了启蒙的"先天形式"如何被倒置，揭示了这一倒置如何程度严重地抑制了启蒙的正常发育。《绿化树》默然质疑了这个倒置的结构，却有着"于无声处"的反思效果。之前，当我们的阅读和评论过多地聚焦于章永璘对"饥饿"之"心理真实"的描述，聚焦于他的"狡黠""虚伪""两面性"和"不彻底性"等人格瑕玷时，借此引发的仍然只是一种从"阶级意识"出发的激情批判——一种更适用于"伤痕文学"的政治控诉和情感挥斥。而《绿化树》作为"反思文学"的真正超拔之处，却在别一层面：它以对启蒙的"先天形式"的迂回讨论，通过某种修辞性的处理（比如青年章永璘的饱读与早慧几乎是难成的，至少是罕见的，但他作为一种修辞性的存在，在文学中有不容反驳的合法性），触动了现代思想史的重大命题，从而使"反思"摆脱了普泛的"检讨"的空洞和无力，超越了陷大多数人于短视的时代局限，在富于纵深感的历史视野中，也在更高远的认识层次上"呈现了一种思想史的真实"。

这个近代伊始就被知识分子自动认领的启蒙的"先天形式"，才是《绿化树》的"文眼"。有了这个文眼，或是由于这个文眼被点出，《绿化树》才由反思之作而为启蒙之作。不用说，于张贤亮而言，"启蒙者"的名衔定会由历史追授，断不必汲汲然自封。

四

如果说《绿化树》的"反思"是"思想性"的，那么，《蝴蝶》则可谓是"哲学性"的。

王蒙本人对《蝴蝶》钟爱有加。据说，胡乔木对王蒙的另一著名中篇《布礼》十分喜欢乃至激赏 [1]，《布礼》的原发刊《当代》的主编秦兆阳也"盛赞此篇"，但在第一届全国优秀中篇小说（1979—1980）评选时，因为王蒙本人的属意，《蝴蝶》挤掉《布礼》登上了金榜。这显示了《蝴蝶》作为终极之选在当时的王蒙心

---

[1] 温奉桥：《隐喻的迷思——〈蝴蝶〉新论》，载《中国现代文学研究丛刊》2015 年第 4 期。

目中的地位。① 王蒙后来为其作品的英译本、德译本所写的一篇序言，再次表明了他对《蝴蝶》的自珍之意。在这篇题为《蝴蝶为什么得意》的短文中，他写道："我的一篇小说取名蝴蝶。我很得意，因为我作为一个小说家就像一个大蝴蝶。"② 而一本由某著名大学出版社编选出版的"王蒙五十年创作精读"的评点本，书名干脆就定为《蝴蝶为什么美丽》，编选者为这本书配写的序言则顺理成章地名为《当蝴蝶飞舞时》。③

王蒙在《蝴蝶为什么得意》里堆砌了若干组在语义上可以两两对立、扑朔迷离的自我评价，其用意是为了"让那些评论者永远瞠乎其后，发出互相矛盾的断语"，让"你永远不会像我一样地知道王蒙是谁"：

> 王蒙是"现代派"的风筝。王蒙是停留在五十年代的古典。是幽默。是象征。是荒诞。是始终坚持现实主义。是乡愿。是尖酸刻薄。是引进西方的艺术手法食洋不化。是党官。是北京作家群的"哥们儿"。是新潮的保护人。是老奸巨猾。是智者。是意识流。是反官僚主义的先锋。是一阔脸就变。是儒。是庄。是魔术师。是非理性。是源于生活。是"三无"

---

① 王蒙在《难忘的东华门小驻》一文中这样写道："后来在评奖中篇小说时，因为每个作者只能得奖一篇，对于奖《布礼》还是奖《蝴蝶》争执不下。有人问起我个人意见，我说就奖'蝴'吧，此事使秦兆阳老师甚为恼火。"见《大块文章（自传第二部）》（修订版），北京：人民文学出版社，2014年版，第56页。

② 王蒙：《蝴蝶为什么得意》，见《王蒙散文随笔选集》，杨流昌编，沈阳：沈阳出版社，1993年版，第40页。

③ 郜元宝等选编：《蝴蝶为什么美丽：王蒙五十年创作精读》，上海：复旦大学出版社，2007年版。郜元宝为此书所作的序言《当蝴蝶飞舞时》，全文刊于《当代作家评论》2007年第2期。

（无人物、无情节、无主题）……①

这一段夫子自道，内容令人眼花缭乱。不过也不奇怪。"蝴蝶"这个撷之于"庄生梦蝶"的意象，本身就是亦实亦虚、亦真亦幻的"迷离"之喻。既然王蒙对蝴蝶之象、迷离之风颇为中意，那就难怪他偏爱蝴蝶或《蝴蝶》，援以自况并且大为"得意"。然而，有意思的是，王蒙的这一系列堆砌，无意间豁开一个口子，给了我们一个提醒：很显然，上述种种扑朔迷离的征象，以及其背后的逻辑，也可以直接挪过来观察和讨论张思远——他既是位高权重、宝马轻裘的张副部长，也是胼手胝足、草木之人的农民老张头，是一个"年轻的老年人""不幸的幸运的人"。与那个"扑朔"的逻辑相应，一种似是而非、指鹿为马、略具故弄玄虚感的语言，也是王蒙的鲜明风格。

"庄生梦蝶"或《齐物论》的命门是"物化"（"此之谓物化"）。物化也者，齐万物、等死生、梦觉如一、体用不二、彼我同化，是要从根本上泯除万物的差异，包括取消可见的各种对立。所以，王蒙的那些看上去语义冲撞、势如水火的自我评价，并非"分裂"和"矛盾"，因为在"物化"或"齐物"的视野里，万物彼我无界，浑融齐一，道通为一。从道家的人格理想来看，人格内部构造的两两对峙又浑融一体，是一种"气"，在庄子看来恰恰是一种合乎自然的健康人格，这正如宋代道学家陈景元（碧虚子）对庄子人格的点解："周、蝶之性，妙有之一，气也。"② 因此，王蒙的夫子自道，

----

① 王蒙：《蝴蝶为什么得意》，见《王蒙散文随笔选集》，第39—40页。
② 陈景元对"周蝶"的评点"周、蝶之性，妙有之一，气也"涉及对庄子的人格解读。紧接着他又认为，"周、蝶之分虽异，妙有之气，一也"。在这里，他同时强调了"气"和"一"互为表里的内在统一性。转引自蒙文通：《道书辑校十种》，《蒙文通文集》第六卷，成都：巴蜀书社，2001年版，第904页。引者略作句读。

以及他所谓"年轻的老年人""不幸的幸运的人"的玄奥表述，都是其人格模式以及与此直接相关的思维方式的呈现。当他将年轻／年老、不幸／幸运进行叠加、互化时，就与《齐物论》中的"方生方死""未始有始""有情无形""有谓无谓"的措辞相通，凡此种种，都是一种"齐物"思维。这在王蒙的一般行文中其实颇为常见。

正是有了这"齐物"之"道枢"，张思远就不像章永璘那样有"灵"与"肉"的撕裂，从而避免了陷于这种撕裂的种种痛苦。比如，张思远下放山村后不久，就通过加诸肉身的劳动改造，重新发现了自己：

> 在登山的时候，他发现了自己的腿……在帮助农民扬场的时候，他发现了自己的双臂。在挑水的时候他发现了肩。在背背篓子的时候他发现了自己的背和腰。在劳动间隙，扶着锄把，伸长了脖子看着公路上扬起大片尘土的小汽车的时候，他发现了自己的眼睛。

与章永璘对"劳动改造"的内在激愤和怨怼不同，张思远对"山村"、对劳动自始至终洋溢着乐观情调，他对于自己身体的这一系列"发现"，充满了"属灵"的喜悦，充满了灵魂获救的感恩之念。显然，张贤亮或章永璘是一个被各种二元论困扰并苦求超克之法的偏执之人，而王蒙或张思远则能在浑融中轻捷地走向自洽。

《蝴蝶》第一次、也是比较集中地写到"蝴蝶"，是在小说半截处的"山村"一节。在正面、晓白地引述完"庄生梦蝶"这个典故后，张思远称自己通过"梦蝶"来超越、摆脱当时的人生困境，像庄生一样"自喻适志"。不过，"庄生梦蝶"这个故事里同时还包含了"蝶梦庄生"这个反向动作，这个反向动作所指认的现实，是张思远"化为罪囚，与世隔绝，听不到任何解释，甚至连审讯都没有，没有办法生活，又没有办法不活，连死的权利都没有"。这让人想起卡夫卡的《猎人格拉胡斯》。卡夫卡研读过德国汉学家、传教士卫礼贤翻译的《庄子》以及德国神学家马丁·布贝尔翻译的《庄子》，并显然熟知"庄生梦蝶"的故事。据考证，小说《猎人格拉胡斯》的灵感就直接源于"庄生梦蝶"。①在卡夫卡的这个小说里，猎人格拉胡斯死后，因为运送他尸体的船迷了航，无法到达"死亡的最底层"，致使他不得不处于将死未死之状：

> 我总是处在通向天国的大阶梯上。我就在这漫无边际的露天台阶上游荡，忽上忽下，忽左忽右，始终处在运动中。我从猎人变成了一只蝴蝶。②

同样，张思远在经历了巨大的劫难后，昨是今非，其命运发生断崖式跌落（这形似格拉胡斯在追逐猎物时的坠崖而亡），先是入了狱，释放后又无家可归，此时的他，在王蒙的笔下"也是一只蝴蝶，却不悠游。上不着天，下不着地"。这与猎人格拉胡斯这只"蝴蝶"何其相似。特别是，张思远作为罪囚的"没有办法生活，又没有办法不活，连死的权利都没有"的情状，与格拉胡斯的"将死未死"又更何其相似。在这里，使张思远和格拉胡斯、王蒙与卡夫卡相统一的，就是"物化"或"齐物"的思维。此处岔开去略说两句：如果进一步地联想，我们还会发现，卡夫卡的《变形记》——格里

---

① 参见曾艳兵：《卡夫卡与中国文学》，北京：首都师范大学出版社，2006年版，第79页。
② 卡夫卡：《猎人格拉胡斯》，见《卡夫卡全集》第1卷，洪天富译，北京：中央编译出版社，2015年版，第328页。

高尔和甲虫，何尝不也是一种稍加改造并与现代主义嫁接的"物化"？这位对中国古典文化无比喜爱和敬仰的现代主义经典作家，自二十世纪八十年代始，曲折委婉地反哺了中国文学。

然而，"齐物"所具有的极端相对主义和虚无主义，对于一部在变化"未始有始"之际写下的"反思"之作来说是致命的。既然万物齐一、是非一体、左右皆可，那么，"反思"又从何说起？如何可能？——不得不说，王蒙对《蝴蝶》偏爱是不无道理的，因为他含而不露、几无凿痕地解决了前述难题，他的处理可谓智巧：他利用了"齐物"，他也利用了相对主义和虚无主义；他轻微地利用了相对主义和虚无主义，但又重重地克服了相对主义和虚无主义。

五

除了"山村"一节，《蝴蝶》其他各处对"蝴蝶"已着墨不多。这不打紧，因为《蝴蝶》通篇已被"梦蝶"的迷离之思所贯穿和披覆。小说伊始，已官复原职的张副部长衣锦还乡，重返山村，他随即陷入迷思：那个坐着吉姆牌轿车、养尊处优的张副部长，"和那个背着一篓子羊粪，屈背弓腰，咬着牙行走在山间的崎岖小路上的'老张头'，是一个人吗"？随着回忆的时间往前推移，当他还是市委书记的时候，他也曾这样迷思：尊贵的张书记，"和原来的那个打着裹腿的八路军的文化教员，那个为了躲避敌人的扫荡在草棵子里匍匐过两天两夜的新任指导员张思远，究竟有多少区别呢？他们是不同的吗"？再往后，当他被政治风暴席卷的时候，他也迷思："这是我吗？我是张思远吗？""他觉得不可思议，觉得是另一个张思远被揪了出来……"入狱以后，他又自艾："一个钻山沟的八路军干部，化成了一个赫赫威权的领导者、执政者，又化成了一个被革命群众扭过来、按过去的活靶子，又化成了一个孤独的囚犯，又化成了一只被遗忘的、寂寞的蝴蝶。"

或有人会觉得，张思远的迷思涉及"异化"的命题。这当然没什么错。《庄子》本身就是关于"异化"、批判"异化"的。但王蒙本人显然无意触碰这一话题，最关键的是，《蝴蝶》通篇有鲜明而稳定的政治立场，无可兼容"异化"之说。实际上在王蒙那里，张思远的迷思，最深刻也最曲折的用意在于别处：王蒙是想用"庄生梦蝶"般的迷思来暗示某种自我意识的迷失。

前面说过，"庄生梦蝶"的命门是"物化"，是齐万物、等死生、梦觉如一、彼我同化，是要从根本上泯除万物的差异，包括取消可见的各种对立。而彼我同化、主客互换的前提条件是"忘我"（"吾丧我""无己"），是对自我意识的废止，对主体性的自行裁撤。表面上看，"忘我"——撤除"主体性"和"自我意识"——是一种行为自决，但实际上它基于自我意识的迷失，基于"既然迷失了，不如干脆废止了"的思辨逻辑，是"知其不可奈何而安之若命"①的消极无为（庄子却将此视为"德之至也"）。对主体性或自我的解除，其实就是对人作为一种"价值生存形态"的解除。其所谓"忘""坐忘"或"吾丧我"，就是"堕肢体，黜聪明，离形去知"②，就是"形如槁木，心如死灰"③。庄子的这些说辞，彻底融去了"自我"或"主体性"作为一种价值形态得以建构的所有意义。不过，与其说"自我""主体性"在庄子那里消失了，不如说是迷失了。

无论是"周梦蝶"还是"蝶梦周"，都有一个关键性的环节——"梦"。是"梦"消解了彼我、主客之分。"梦"是"我意识

① 见《庄子·人间世》，方勇译注，北京：中华书局，2015年版，第61页。
② 见《庄子·大宗师》，同上，第119页。
③ 见《庄子·齐物论》，同上，第16页。

我活着"（"我思故我在"）的存在意识的暂时中止，是"本我"对"自我"的吞噬、覆没和解除，是人的自我意识迷失其中的典型状态。在梦中，真伪莫辨，时间、空间、身份俱可错位、扭曲、叠加、压缩，从而会发生"梦里不知身是客"式的"主体本真"的迷茫——这也是为什么闻一多认为庄子的思想是一种在迷失和漂泊中产生的"神圣的客愁"[1]。当然，正是这种迷失，加剧了对自我或主体身份的焦虑，因此，说到底，庄子其实从来没有放弃过对"我是谁"的终极究诘。"庄生梦蝶"的典故，在"物化"思想之外，仍然包裹着关于"我是谁"的本体追问，"自我""主体性"在他的相对主义的无限循环的思辨往返中颠沛流离。这是"自我意识"迷失后的"本体论后遗症"。

从明面上看，张思远前后若干次对于自己处境、身份的意识恍惚，是显而易见的"自我迷失"。然而，张思远在小说中又并非仅仅是张思远，他不是一个"人"，而是一个符号、一种象征。张思远不像章永璘那样是个标准意义上的知识分子，他没有可炫示的丰厚知识，他甚至不知道莫泊桑和福楼拜，"他对于法国文学就像海云对于党委领导工作一样无知"。他也不需要像章永璘那样必须通过学习《资本论》来进行思想改造。他是高级官员，他身体的每一部分，他生命的每一秒钟，都与革命运动、与国家大局甚至国际大势紧密缝合在一起。他不像章永璘那样与世界有着某种距离感，不需要像章永璘那样必须要通过"联想"才能把"两条狗打架"与"社会问题"对接。他年仅二十九岁时就曾有过这样强烈的自我意识，认为"他就是革命的化身，新潮流的化身，凯歌、胜利、突然拥有的巨大的——简直是无限的威信和权力的化身"。当他和海云

---

[1] 转引自叶朗：《胸中之竹》，合肥：安徽教育出版社，1998年版，第83页。

第一次邂逅时，"她那么愿意看你，因为，你就是党"。当他确定海云爱上他时，"当然是爱，然而爱的是党"。即使他成了一个一无所有的"白丁"下放到山村，在村民眼里，他身后仍然有庙堂的巍峨投影。也正因如此，当他遭受政治劫难时，已然和他离婚多年、早已恩断义绝的海云，仍然能从她那个典型的小资产阶级知识分子的立场出发为他辩诬，相信他"质本洁来还洁去"。那么，问题来了：当我们认为张思远在"梦蝶"或"蝶梦"的迷思中丧失了自我意识，丢却了主体性，是否同时也认可了那个与张思远严丝合缝地叠合在一起的形象，同步地迷失了"主体本真"？

"反思"推进到这一步，不可谓不深刻，它不露痕迹地悬设了"哲学"视角，一种具有本体论权威的视角。当然，这个宏大的形象是否确实与张思远同步发生了"主体本真"的迷失，窃以为，这个问题暂可搁置不论，但我们从中窥探到了《蝴蝶》作为"反思文学"代表作的奥秘：它的反思路径，它的方法，它的隐微，它的被散枝开叶、杂花生树的语言屏障所重重遮盖的思想机巧。

到现在为止，对王蒙和《蝴蝶》的"反思性"解读被过于偏执地引向了庄子，暂时搁置了王蒙"亦庄亦儒"的两面性。庄子或道家只是王蒙的立面之一。正如王蒙的自我评价，他"是儒"，是"始终坚持现实主义"。儒家强调理性和"现实感"，是清醒的现实主义。儒家并不等死生、淆虚实，它用"不知生，焉知死"来画出生与死的界线；儒家的"中庸"也不是"齐物"，不是和光同尘，而是在追求折中调和、不偏不倚的同时，承认并重视差异、对立和冲突等作为先决条件的客观存在，就如它认为君君、臣臣、父父、子子的等级差异才是维系社会、人伦的铁律。儒家会在"周""蝶"之间给出清晰的主、客体判别，它会同意"庄生梦蝶"，但同时一定会嗤笑"蝶梦庄生"。其实，即使是庄子，也清醒地知道"周与

227

胡蝶，则必有分矣"。至少，王蒙分得清"庄"和"儒"的界限，"觉"与"梦"、"彼"与"我"以及"主体"与"客体"在他那里皆判然有别，他也知道一个有主体性的自我如何在清醒的现实中理性地思维和行动。所以，小说结尾处，张思远离开山村乘飞机返京，在飞机上，他清楚地知道，飞机"比任何一只蝴蝶都飞得高得多"，到家之后他也立即投入了繁忙的政务，一种需要自我意识、主体性和理性都相当清晰和稳定的，有着明确目的性、指向性、程序性的智性工作："他拿起粗大的铅笔。他开始翻阅这些材料，一下子就钻进去了。……明天他更忙。"

《蝴蝶》的这个结尾，通过张思远的自我意识的回归和主体性的复苏，重新明晰和确立了"周"与"蝶"的主、客体关系：这是一个"周"作为主体、"蝶"作为客体的单向度的认知关系。这也从根本上封堵了"蝶梦庄生"这一反向路径。在对"庄生梦蝶"这个典故的历代诠释中，清代文人张潮所谓"庄周梦为蝴蝶，庄周之幸也；蝴蝶梦为庄周，蝴蝶之不幸也"[1]是一种有历史性积淀的思想共识。而张思远自我意识和主体性的恢复，给彼／我划界，使梦／觉分离，这些界限和鸿沟，使"蝴蝶梦为庄周"的反向动作不再有发生的可能，从而也使"不幸"不再具有向现实转化的概率。这是一种相当刻意的意识形态修辞。王蒙的这一修辞举措，使得从"异化论"的角度对其发动的异议基本失效，也使某些意图质疑他借助"梦"来否定"乌托邦"意识形态的诘难失去了最后的理据。

从叙事学的角度讲，《蝴蝶》有着一个双重结构的文本设置。在其中的一个层面，也是显性的层面，张思远作为体制内的一员，有着坚定的信仰，虽九死其犹未悔，忍辱含垢，弘毅负重，终于守

① 张潮：《幽梦影》，许福明校注，合肥：黄山书社，1991年版，第15页。

得云开见明月。他的始终如一的忠诚品质，无懈可击。而在另一个层面，一个隐性的层面，一个由王蒙的隐微修辞组织的层面，则由"庄生梦蝶"的隐喻，由对"自我意识"和"主体性"迷失的隐微暗示，将"反思"推进到了哲学性的、本体性的层面。只是一个瞬间，只需要一个瞬间，世界在闪电的照耀下露出了荒诞的面目。有人讨论过张思远面对严厉的"忠诚秩序"考验时的身份危机，讨论过张思远与这个"忠诚秩序"之间的离合关系。①这一讨论当然是有见地的。不过，严格地讲，这样的讨论其实还只是一种限定在前述第一个层面的讨论。不过，有可能的是，这两个文本层面之间抑或也是一种"周"与"蝶"的关系，至于孰周孰蝶，或许只有王蒙自己知道。这就像他为此得意不已的，"你永远不会像我一样地知道王蒙是谁"②。

就像作为虚构文本的《蝴蝶》，它之于作者王蒙，之于它的每一个读者，都不妨以孰周孰蝶的恍惚往返之，品探之。

六

一个有趣的阅读发现，赘于文末。在李洱发表于2018年的长篇小说《应物兄》里，人物之一双林院士于当年下放农村时，"在劳动中发现了自己"：

> 给玉米锄草的时候，他发现了自己的腿，发现了手，也发现了心脏的运动规律。……挑水的时候，他发现了自己的肩，

---

① 陶东风：《一个知识分子革命者的身份危机及其疑似化解——重读王蒙的中篇小说〈蝴蝶〉》，载《文艺研究》2014年第8期。
② 王蒙：《蝴蝶为什么得意》，见《王蒙散文随笔选集》，第40页。

发现肩负使命不是一句空话。……他甚至发现了脚后跟的意义，以前谁会在意脚后跟呢？到了"五七干校"，才知道脚后跟可以坐。蹲下吃饭的时候，它就是你随身携带的小板凳。当然了，因为吃不饱饭，也发现了自己的胃。[1]

显然，我们仿佛又遇到了一个张思远。甚至，双林院士与儿子的代际冲突都与张思远如出一辙。当然，更重要的是，对在那个时代加诸自身的劳动改造，双林院士和张思远有着完全一致的"身心体验"，都认为田间地头的高强度体力劳动使他们获得了意外的、也是相当宝贵的自我发现，是身体和灵魂的双重拯救，因此，他们对这样的劳动（包括对"劳动改造"本身）毫无怨言，甚至充满赞美，也对当年的劳动改造之地充满望乡式的感念。但双林院士和张思远又有很大不同，因为他是严格意义上的知识分子（而且是高级知识分子），没有庙堂气息，也不需要有张思远式诚惶诚恐的政治自律。相反他喜欢古诗，喜欢与文人进行"文言古律式的交往，好像是要在现代的语法结构之外，用古代知识分子的语式和礼仪，重构一个超然而又传统的世界"[2]，用古诗，用文类，培护一种浩然之气，维系一种道德理想。这一点又使他或可与章永璘归类（尽管章表现得更为"现代"），他在给后辈的信中引述《德意志意识形态》的细节也会让人联想到章永璘捧读《资本论》的情景。他作为一名科学家而信仰马克思主义。某种意义上，双林院士是张思远和章永璘的精神合体：一方面他有着张思远式的对于政治信仰和政治体制的忠诚（他坚信拥有信仰之于人的重要性，并劝说自己的孙子

---

① 李洱：《应物兄》，载《收获》长篇小说专号，2018 年冬卷，第 211 页。
② 同上，第 208 页。

入党）；另一方面他又有着章永璘式殚精竭虑的忧患意识，有"自任以天下之重"的士大夫情怀，以及舍我其谁的入世之姿。但他又明显不同于这二者，不同于王蒙和张贤亮在这二者身上的自我投射。他大半生羁旅客居，喜爱李商隐的《天涯》，流连"莺啼如有泪，为湿最高花"的意境，而我倾向于把他对"最高花"之意境的崇仰，理解为是对王蒙式"躲避崇高"的反讽；他建树卓绝，却事了拂衣，深藏功名，与章永璘式"念书人"谋求闻达、觊觎庙堂的幽暗传统以及确乎存在的"虚伪性""两面性"形成黑白分明的强烈反差。他直接越过了"灵""肉"冲突，虽然也在吃不饱时"发现了胃"，却没有章永璘式描画"饥饿"之"心理真实"时的刻意，更不会在这种"心理真实"上来回徜徉。他全然没有在意过那个启蒙的"先天形式"，他在任何时候都不会被这样的"先天形式"硌得生出哪怕是轻微的不适感。他不会有"人生似幻化，终当归空无"的虚无感、失重感，因为信仰坚定，浩气充盈，所以他总是脚踏实地，矢志不渝，从不会在波诡云谲的生命遭际中迷失自我，也不会刻意追求"物化""齐物"以适志一时。更甚者，是其不计一己得失、泯绝个人哀痛的烈士高格。在李洱的笔下，双林院士这样的知识分子"是意志的完美无缺的化身"，"用语言对他们表示赞美，你甚至会觉得语言本身有一种失重感"。毫无疑问，李洱令人信服地开发了章永璘、张思远之外的另一类知识分子形象，他或他们与世同波而不自失，游于世俗而泯然无迹。我们对其既熟悉，又陌生。

《应物兄》有更宏阔的历史跨度以及维度丛集、体系庞大的文化坐标来重新审视中国知识分子与政治、文化、学术、道德、家国、天下的关系，重审知识分子自身的精神构造。《应物兄》也重述了王蒙、张贤亮、张思远、章永璘那一代知识分子（如果当过八路军文化教员的张思远也可以勉强算作知识分子的话）在严酷年代的人生与心路，尤其补全了他们在"后反思"年代的生活境况与精神样态。在李洱绵密的笔触下，这些人物有更为清晰、结实、完整和富于质感的形象立面。与王蒙、张贤亮当年在刻画这些人物时启用的思想资源、价值取向和修辞路径相比，《应物兄》的取法、开掘和提炼，几近完美地展示了经四十年"历史化"的思想成就、文化视野和艺术水准。它与《绿化树》和《蝴蝶》彼此印证，在精神和语义上有颇多别开生面的离散和聚合。这些"别开生面"虽不便在这里展开，但无疑，这再次挑明了在文学史上时常发生的那些"重读"和追抚的意义所在。这也是我写作此文的动机。虽然我们不能简单、粗暴地认为《应物兄》是一个升级版的"反思小说"，但可以肯定的是，《应物兄》里有"反思文学"的遗产。这仿佛是一种薄暮中的历史暗示，黄昏时的归鸟入眦，一些近乎失踪的文学史断片重又浮现。正如北岛诗云：

消失中呈现的是
时间的玫瑰

2020 年 4 月 25 日于菩提苑
原载《扬子江文学评论》2020 年第 4 期

声声慢

——《我的名字叫王村》读札

一

我直到晚近，从《赤脚医生万泉和》开始，才陆续地阅读范小青。一直以来，我都不是个勤勉、敏慧的读者，与大多数强调"现场感"的职业批评家不同，我的禀赋和才力都不胜趋对"现场"，虽偶有为之，每每左支右绌。好在我对一些优秀批评家的文学判断持有高度信任，愿意接受经他们的"经典初始化"工作后形成的文学史结论，这使我的阅读便捷、精简。我得承认，阅读中的这种节电模式迎合并暴露了我天性中的怠懒。不用说，相较于他们，我对中国当代文学的阅读相对滞后，并且，在"文学史结论"的引导下，很多年来我都只读所谓"代表作家"或"代表作品"。我肯定，有着如此这般阅读模式者众，我不会是孤例，绝不是。

当然，从二十世纪八十年代起我就知道范小青，知道她若干作品的题目，那多半是在文学史著的不起眼的章节或角落里用眼睛的余光倏忽刮掠到的。提笔撰写这篇有关范小青的批评文字，我再次陷入了晚近以来每次思及范小青时都不免陷入的某种困惑：范小青无疑是个优秀作家，但显然，对于文学史来说，她又似乎并非一个"重要"的作家；她勤奋，高产，水平稳定，风格成熟，声誉日隆，但在"职业读者"之外，她仍然鲜受关注；她"在坚守中变化，在变化中坚守"，一路"蛇行"，足迹蜿蜒，却并没有形成自己的文学地盘以打造固若金汤的文学荣耀，至少就典范性而言，她始终不是某一群体（比如"知青作家"）、某一潮流（比如"新写实"）或某一地域（比如"南方叙事"）的代表人物。她在前述群体、潮流或地域中显然不具有不可替代性。若从她发表处女作的1980年算起，至2007年发表扛鼎之作《赤脚医生万泉和》，在我看来，这艰苦耕耘的近三十年时光只能用来说明她的"大器晚成"——尽管她早就拥有"著名作家"的顶戴。和一般人的"大器晚成"不一样的是：她文学天赋的开启并不滞后，她写作经验的积累和存储也足够厚实；她的人生际遇丰富，同时也并不缺失机遇——但是，她还是"晚"了。何故使然？

思之再三，我以为，是范小青文学个性中的"慢"导致了她的"晚"。尽管她写得多，也写得快，但她仍然是"慢"的，就像火箭只需一秒就能证明其"快"，而牛车绕行地球十圈也只能说明其"慢"——文学史上的作家，有的就是火箭，有的就是牛车。尽管范小青已有了《赤脚医生万泉和》这样的杰作，但并不说明她由此摆脱了"慢"，相反，这"慢"像是婴儿屁股上的青痕，不是揍出来的，而是她天生的文学宿命，无以摆脱。举例来说，《赤脚医生万泉和》之后的范小青并没有以此为起点进入"加速度"状态，相反，四年之后的《香火》再次证明其"慢"。她改变不了她的"初速度"。我以为，就范小青的"慢"而言，这种"慢"有时候阻碍了她，但也在某种意义上成就了她。

《香火》以太平寺为一个叙事的结构点，呈现了两个断裂的时代。新世纪以来，对"中国经验"的书写成为新的文学吁求与写作风潮，以半个多世纪的当代中国为叙写对象的大跨度长篇写作开始涌现。著名的有余华的《兄弟》、莫言的《蛙》、苏童的《河岸》。这些作品都以历史断裂为其叙事的结构表层。毫无疑问，作家们都试图对这两个断裂的时代给出"历史"与"美学"的理解。这些表现"断裂"的鸿篇巨制都以对"中国经验"不同路径的新颖、深刻的抵达，产生了广泛的影响，赢得过至高的奖项。这些卓越的作家占得先机，拥有了对一些巨型、醒目文学景观的命名权，他们的作品也被期待中的各种宏大解读所拥抱。不用说，待《香火》出版，我的直觉反应就是：慢了。习惯于"代表作家"和"代表作品"之阅读模式的读者，在有了余华、莫言、苏童之后，尚能有暇顾及其他吗？即使是怀有强烈"现场感"的职业批评家在面对《香火》时也普遍地态度懈怠——就我目力所及，关于《香火》的若干评论多为心不在焉的信手涂鸦，言不及义的强赋新词。

范小青的"慢"，是一贯的，无论是当年写知青，还是后来写小巷。这种慢，大多数时候使她失去了在批评界、阅读界被充分阅读、从容讨论、准确接受的余裕。《香火》与《兄弟》《蛙》《河岸》的差异，就在这种"慢"而导致的阅读怠慢中被忽略，正如她与陆文夫之间的巨大差异一直以来总是有意无意地被人无视，以致在"市井小说""苏派文学"的旗帜下，她总是被简单地认定为陆氏文学的回响和余绪。当然，在当代中国作家中，范小青不是"慢"的孤例，比如我还可以举隅王安忆。但王安忆有一套独特的路子去弥补自己的慢：她总是把她所能涉身的任何一次文学风尚努力在自己的作品中呈现为极致，因此，她虽然常常并不开风气之先，却往往是某一文学风尚的集大成者。但范小青既不善开风气之先，也难为集大成者。她的"慢",从世俗的意义上来说,对她是致命的。

二

简略地说,《赤脚医生万泉和》涉"医",《香火》涉"巫"。

我个人倾向于不把《香火》理解为一个佛教故事或"禅宗公案"。表面上看,《香火》关于"太平寺""和尚""香火"的叙写涉乎佛教,特别是穿越幽明两界的玄幻笔法,会引发对宗教故事的丰富联想。实际上,流传于中国大多基层乡村的所谓佛教,其存在形态更接近于"巫",而非严格意义上的佛。我们可以在同是江苏籍作家的汪曾祺所写《受戒》里看到,苏北乡村僧俗同流,宗教戒律完全抵抗不了滚滚红尘的强大溶解力,以致无法在僧俗之间断然画出界线,以确立宗教的自我形象。严格意义上的佛教,被基层乡村的世俗逻辑所瓦解,徒剩其表。在《香火》里,孔大宝司职太平寺香火,只是一种职业选择而非一种修行方式,就像《受戒》里的和尚们,他们都可以娶妻生子,忙时回家种地,闲时帮人杀猪。通常,在基层乡村,与其说人们信佛,不如说他们敬鬼。孔大宝他们就是以"闹鬼"的方式吓走了试图来拆庙的农民干部,可见"鬼"也深藏于那些试图前来驱鬼的人们的内心。在他们看来,与寺庙、菩萨相联结的是"鬼"与"神"的世界,而和尚甚至香火,是幽明两界的通灵人物。由此可见,乡村佛教更具原始巫术的基本形态。范小青是很写过几个驱鬼故事的,她对这些故事的叙述有着与《香火》一样的戏谑风格,而殊少宗教叙事所必具的华严气质。这说明她对以"鬼世界"为主体特征的乡村宗教形态是有相当清晰的认知度的。

对《香火》的"巫""佛"之辨,是想为接下来要说明的两个问题铺垫。其一，范小青一直以来都是个在世俗生活或世俗经验内部架设叙事视角的作家。因此，她不会将"巫"上升为"佛"，从而可以在一个超越性的层面承载信仰的重量。相反，在她的叙述中，她殊少使用迢远的视距，总是将叙写的对象控制在凡夫俗子眼力可及的范围，而她叙述时的调式、声线、节奏都有着与世俗生活同步、同谱的共振关系。小说人物，如万泉和、孔大宝，不是若愚若拙，而是实愚实拙，卑微得如同尘土，即使到了"鬼世界"，他们依然是卑贱的劳碌者，看不出有什么厉害的法力可以去改变侮辱过侵害过他们的人世。他们因为承受屈辱、付出牺牲而呈现出来的道德境界，不是因为个人修为高超所致，相反是天性孱弱或命运宰制的结果。范小青没有抬高视线以使自己置身事外，并使叙事变得脉络清晰、方向可控，相反她一直在小说故事的"事态"中，若非卒章显志，这"事态"便总是处于方向莫辨的混沌之中。范小青的小说也常常被篇幅巨大的人物对话填斥，这些对话看似唠叨，但它的功能则是使我们的阅读牢牢绑定在"事态"发生的语境中，不被轻易带出。的确，范小青不是个思想犀利的作家，即使我们可以在《赤脚医生万泉和》里读出鲁迅的《药》，可以在《香火》里读出《祝福》或《长明灯》，但她仍然不会钟情于让一个真理在握的批判者形象将自己包裹。她习惯于在世俗生活的内部近距离地与一切平视，同时她也试图说服她的读者效之。从这个意义上讲，我喜欢范小青的叙事态度：不藏拙，也不露巧，诚实，认真。

但我们不要忘了，范小青不是从《香火》，也不是从《赤脚医生万泉和》才开始使用高度压降的叙事视角以及与世俗生活互相同情的叙事态度的。更不要忘了，当我们说出"高度压降的叙事视角""与世俗生活互相同情的叙事态度"时，其实我们是在谈论二十多年前的"新写实"。从叙事的语言形态上说，我们今天读到的《香火》《赤脚医生万泉和》与出版于1987年的《裤裆巷风流记》其实并无太大出入，但是，当"新写实"的大门在这一年开启时，范小青却并没有得到最早的入场券，尽管她已经用一部出色的长篇小说展示了自己的功力和储备。个中原因的复杂自不待言，可搁置不提。重要的是，此后的二十多年里，范小青"在坚守中变化，在变化中坚守"，此中"坚守"之物谓何？有批评家施战军者，曾写过这样的句子："'新写实'走了……范小青还在那个地方。"此言听着悲怆，却点化了一个不随波逐流的作家形象，一个在文学的跑道上散步的作家形象。

擅长以"文学思潮"为叙事架构的文学史，在进入新世纪之后渐次失效，因为我们已进入了一个殊难被"文学思潮"所聚拢的写作时代。范小青这样的作家就会在这样的时代里显出其重要性来。更为重要的是，那些倏忽而来又倏忽而去的种种"文学思潮"，若无沉积和反刍，往往只能给文学史留下缺乏说服力的残次品。而今天，当我们在讨论时代最重要的作家和作品时，比如王安忆的《天香》、莫言的《蛙》、余华的《兄弟》，当然也包括范小青的《赤脚医生万泉和》《香火》，我们应该注意到，它们都是"新写实"的遗产。

其二，如果说，范小青多年以来的小说被认为擅写"世情""世相""世态"而未能引发评论界的"历史想象"的话，那么，作为姊妹篇的《赤脚医生万泉和》《香火》则应该启动相关的宏大评述。可能中国当代文学史上从来没有人像范小青一样从"医"和"巫"的特定角度，以两部长篇的容量对当代中国乡村政治、经济、文化以及身体、心灵作出如此扎实、准确的叙写。这是一件了不起的事。近三十年来的中国文学普遍地惯于在社会灾难和命运无常间去叙写乡村苦难，这样的叙写很难让人看清其中沉潜的"乡土逻辑"，无法说清在特定年代之外苦难何以发生频仍。但范小青用她的两部长篇有意无意地给出了有说服力的解释。

在乡村，如果说"医"关乎身体的疗救，"巫"关乎灵魂的厝置，那么"医"和"巫"几乎覆盖了农民安身立命的主要方面，乡村生活的许多立面都是围绕着"医"和"巫"建立起来的。这使得对乡村苦难的理解有了"社会"和"无常"之外的路径。不用说，范小青笔下的"医"和"巫"，联系着前现代的、非科学的乡土逻辑。这些前现代、非科学的乡土逻辑构成了乡土生活的基础以及意识形态层面。她不可能将万泉和塑造成一个妙手回春的圣手，也不可能将孔大宝描绘成一个渡尽劫波修得正果的空明之人。这是乡村"医"和"巫"的内在限定。她既没有在小说的乡土世界里给出沈从文式的人性愿景，也不会像鲁迅那样忧愤深广。这是多年以来她对自己在文学上的一个限定。这其实很难做到，因为我们通常看到的是，乡土叙事稍不留意就会滑向沈从文或鲁迅。从某种意义上说，范小青的这两部小说就其对乡土逻辑的深刻把握而言，显然要超过莫言的《蛙》——后者所叙写的现代性设计与乡村伦理的冲突更主要的是在显性的层面上展开的。

从"医"和"巫"的路径去理解范小青的这两部长篇，是可以引发丰富而宏大的议题的。比如，我在读完《赤脚医生万泉和》之后，到网上看了一遍电影《春苗》。万泉和与春苗当是同时代的人。《春苗》固然说教意味太浓，但它引发的对于农村医疗合作的思考是不能回避的。比如，《香火》开篇从抵制驱鬼开始，到篇末鬼魅丛生，这有何寓意吗？一个不以复仇为旨归的鬼世界，是否意味着对一个疯狂而强大的俗世的妥协、败退和不得不全盘接纳？这是何种讽喻？

一篇短文无法容下这些议题逐次展开。提出这些议题是想说明范小青因为"慢"而被忽略掉的异质性与重要性。如果回到"新写实"内部，我们其实能清楚地看到，范小青与这个阵营里的其他作家也有泾渭之别。大多数情况下，"新写实"被理解为现实主义与现代主义的交融，但范小青的"新写实"则是当代现实主义与中国古典主义的交汇。她那众多叙述世情、世相、世态的小说，深得"与世同波而不自失，游于世俗而泯然无迹"的古典趣味。中国古典小说讲究内在超越，不会自失于世相、世情、世态。如今再回头去看范小青以往的很多小说，似乎可以清楚地看见她在"内在超越"上所做的努力，她一直都是个试图让文学与时代、个人与历史产生全面、持续、强烈共振的作家。只是因为她的修辞、她的风格——抑或也因为她的性别，对她的理解长期以来被错误地停放在一个浮世绘般的"风情作家"的牌签上。

三

对《我的名字叫王村》的喜欢，纯粹是私人原因。或许，我的个人经历还可以为这个小说的若干细节做一些补充。

范小青的这部长篇小说讲述当下农村的"日新月异"，讲述在迅猛的发展速度下时代内部的节节断裂。这个小说有两条线索：一是农民主人公因为不能忍受遗弃精神病弟弟的自谴，展开去大城市寻找弟弟的旅程。不妨把这称为人伦线索。二是他的家乡在城市扩张、利益驱动的双重挤迫下一夜间沧海桑田。

主人公进城寻亲，不是无果就是被遣返。所有本可能成为便利的寻亲途径——身份证、介绍信、救助站、精神病院，最后都反过来成了重重障碍。朴素的人伦，在这些障碍的重挫下伤痕累累。他乡再好，终究没有归属感。当主人公终于找到弟弟并带着他回到家乡时，"巨变"则瞬间铲去了他对家乡的所有记忆，他再次失去了归属感，故乡近在眼前又遥不可及，成为一个回不去的地方。

2006年夏，我弟弟在广州失踪，我在广州寻他半月有余。除了印刷寻人启事四处张贴，在电视台打广告，便只能求助于民警。当我在一个郊区的派出所报案做笔录时，民警突然说，不必录了，你跟我去火葬场认领一具尸体吧。当警车载着我开进火葬场时，巨大的绝望几乎让我崩溃。那些肝胆俱裂的瞬间，那些悲伤、无助的日夜，是我至今不肯结痂的记忆伤口。

在读完《我的名字叫王村》之后不久，今年大年初三我回了一趟老家。沿老家的方向驱车两小时，就会经过一处高速公路服务区。我已记不得多少次经过这里了。服务区建在山崖半腰。山崖上有用白色砖墙围砌的巨大的私人陵园，不知道里面的墓主们是否歆享着子孙的供祭。我少年时曾在这里聆听过的松涛，已被高速公路的轰鸣击得七零八落。我戏水过的小河也早已断流。山崖下的村庄已不再飘起炊烟，各种新式的小楼密匝但又孤独。曾经，这是个非常贫穷的山村，最晚到二十世纪七十年代，这里的山间地头仍有野狼出没，它们在黑夜深处眨动的绿色荧光是全村人内心最深切的恐惧之一。但现在，因为一条高速公路的进入，所有的面貌都改变了。当然，得说乡亲们的生活变好了。但不知道为什么，我并不因此有多么高兴。

这就是我的故乡。现在我告诉你，它的名字叫王村。

原载《收获》2014年长篇小说专号春夏卷

向爱投降

——《天鹅》论略

一

　　《天鹅》是部不折不扣的爱情小说。掩卷而思，首先涌到眼前的问题是：徐小斌为什么要写一部爱情小说？

　　出道之初的徐小斌，以《对一个精神病患者的调查》而引文坛注目。我曾撰文详尽地论述过这部小说——这是个布满了弗洛伊德和萨特身影的现代主义作品，是个由精神分析和存在主义相互缠绕的思想和语言的织体。在这部小说中，徐小斌通过景焕这个角色，开始了她对于"逃离"这一贯穿性主题的叙写。不过，景焕式的逃离，并非失却方向的狼奔豕突，相反，她执意地逃向孤独：这是她主动选择的投奔方向与最终选择的停泊地。就此而言，徐小斌非常早地就在中国当代文学中捕捉、描画和叙写了"孤独"这一现代情绪。景焕式的孤独，有两个层面的批判意义：其一，在道德层面上，它是对世俗沉溘的抗议和蔑视，是对欺世者和伪饰者的嘲弄和鄙弃，这正像尼采所说："孤独作为对纯洁性的一种崇高爱好和渴望，对于我们来说是一种美德，这种纯洁性认为人与人之间——
‘社会上’——的一切接触总是陷入不可避免的非纯洁性之中。”①
因此，景焕不惜主动犯罪来摆脱工作、家庭、爱情等种种被她视为
桎梏的社会关系。其二，在"存在"层面上，也是更为重要的层面
上，景焕视孤独为自由，因此她摆脱职业即摆脱冷酷的制度，挣脱
家庭即为了挣脱冷血的伦理，最后，她也漠视爱情，因为爱情也是
一种社会关系，它意味着要进入对方同时也被进入，这两者都难被
自由原则许可。景焕在思索昙花于白天开放这一"越界现象"时，
悟尽禅机般地说："我认为，什么都是可以实现的，只要，只要是
自由的。"这一"自由选择"思想，使小说由弗洛伊德主义一步迈
进了存在主义，迈进了关乎现代社会和现代生存的"本体论"。

但是，如果一个人的卓然不群不被视为超常而备受尊崇时，
他/她便会被认为是反常而被遣入疯人院，即重新纳入一系列强制
性的规训和惩罚体系。景焕便几度被送进疯人院。这不仅是她的困
境，同时也是自由的困境。景焕只能耽于一个关于"弧光"的梦境
以替代性地满足自由的理想。最后，她投身人群，却从此不知所踪。
由此，我们能触摸到一种典型的现代主义美学情绪：一种困兽犹斗
般的忧愤，一种激情受挫时的悲怆，以及一种批判失效后的绝望。

我相信这部小说是徐小斌后来所有写作的真正出发地，尽管
她后来的作品更为强劲，更具厚势，也更加宽广。这个从小就压
抑、孤独而敏感的作家，幼年也曾耽于一个天国花园的梦境，在自
我封闭的内心世界里，通过聆听神祇的呼唤，实施着对外部世界的
逃离。我因此相信，景焕是她的自况，是她起笔之初笔端难掩的秘
密以及最后敞然无忌的坦承。可以肯定的是，《对一个精神病患者

---

① 转引自［美］J. 宾克莱：《理想的冲突》，北京：商务印书馆，1986 年版，第 197 页。

的调查》是她的椎心之作、生命之书，是她"以血代墨"的文学象征。自此以后，回应着某种神秘的呼唤，那些"逃离"的身影开始或密或疏、或急或缓地沉浮于她各种文本上下，奔突在"世界"的边缘，带着沉郁的诗性，掩身绵长的绝望。

到了二十世纪九十年代后期，因《双鱼星座》的出现，对徐小斌的读解进入另一个阐释空间。徐小斌自己说道："在《双鱼星座》中，我第一次自觉地写了逃离的对象——那就是这个世界，这个菲勒斯中心的世界。"① 这表明了她"世界观"上的一次演变：当她还是个少女时，与她对峙的所谓"世界"，是个"成人世界"；当她在风沙淬砺中成长为一个"成熟女人"时，所谓"世界"，是个"男人的世界""菲勒斯中心的世界"。因此，在徐小斌的"世界体验"中，"现代"已不是构成荒谬感的唯一因素，甚至也不是根本的、终极的因素。在她崭新的世界观里，"性别"这一"根本性的权力概念"（凯特·米莉特语）使她对存在之荒谬感的探究、辨析与判断，从保罗·萨特走向了西蒙·德·波伏娃。

在《对一个精神病患者的调查》中，有关宇宙之偶然性的神秘主义讨论已然展开。在医学治疗这一工具理性的幌子下实施的爱情欺骗，以及在偶然性的支配下四处发生着的人生错位，都被归咎于宿命论与"现代社会""现代生存"的合谋。此后，关于"错位"、关于"偶然性"、关于"宿命"的神秘叙事，带着些许博弈论的智性色彩，在《敦煌遗梦》《迷幻花园》《如影随形》《吉尔的微笑》等小说中四处挥发，只是这一次，在"现代"之外，宿命论被与"性别"捆绑在一起加以强调。如果说，在《对一个精神病患者的调查》中，景焕、谢霓和柳锴的三角关系还是一个"现代命题"，那么，毫无疑义，在《迷幻花园》里，芬、怡和金的三角关系则显然

---

① 徐小斌：《逃离意识与我的创作》，载《当代作家评论》1996 年第 6 期。

是一个"性别命题"。《双鱼星座》被人们谈论最多。人们乐意沿着徐小斌设置的叙事线索，讨论"一个女人和三个男人的故事"，讨论"一个女人"如何应对分别以"三个男人"为代码的权力、金钱和性欲，讨论"一个女人"在四面楚歌的危境里哭告无门的绝望。当然，只需稍拐一个弯，这个小说就会被提到另一个语义层面：从根本上说，它讲述的是"女人和男人"的故事原型——一个万古不变的叙事结构，它探究的是性别之间的永恒战争，以及女人在溃败之后"逃离"世界的企图，最后，它还不得不"宿命地"揭示女人作为失败者身陷永夜的哀痛。

一般而论，徐小斌处于二十世纪九十年代以来中国女性写作的前沿。她的深刻，她的丰富，以及她一直持有的坚定、锐利的批判意识，使她的作品谱系像开阔、逶迤、肥沃的冲积平原。她的笔下，裸着断茬痛苦伸屈的肉体，在生死边缘低回呻吟的灵魂，反抗着宿命的意志冲动与平复于智性的命运挫折，驰骋于异域的辉煌想象与寂灭于规训的庸常堕落，乱象横生的人生开局与亘古恒定的性别终局，以及她浪漫、纵情的叙事体背后冷峻到彻骨的批判表情——凡此种种，形成了她的文学风貌，使她在中国当代女性写作的队列中有着很高的辨识度。

但是，无论是批判"现代"时所表达的自由冲动，还是批判"男权"时所挥斥的政治激情，"爱情"都是徐小斌一贯以来旗帜鲜明地加以弃绝的他物：在她的世界观序列中，"爱情"曾经是实现自由的巨大障碍，后来则是男权政治的隐秘机制。为此，她曾坚定地自称："没有任何爱情与风景可以使我驻足于世界的某一个点。"① 她从《双鱼星座》开始，以对欲望的恣肆、深刻的叙写，破解了爱情神话，奚落了男性神话。她不客气地写道："神话的时代

① 徐小斌：《逃离意识与我的创作》，载《当代作家评论》1996 年第 6 期。

结束了。"在她巫气十足又讥意四起的笔端，流溢着难以自抑的厌男气息。与此同时，从《海火》中的方菁和郗小雪，到《迷幻花园》中的芬和怡，到《吉耶美和埃耶美》中的徐茵和吉耶美，再到《羽蛇》中的羽和金乌，在这个持续、反复的人物序列中，一种渴望与同性结盟的不轨的欲望指向被表达和强调出来。当然，沿着"逃离"的逻辑，这样的同性结盟最终也会被弃绝："孤独"是唯一被允许的终局。可以这么说，景焕是徐小斌庞大的小说谱系所勉力刻画的最初和最终的形象。

而今，爱情，这件早被挑落在地的神话外衣重被拾掇，破败处细加缝合，并以"天鹅"的名义饰以华彩。是否，我们正在面对一个全新的徐小斌？——是，也不是。

二

我倾向于认为，一次次无休止的"逃离"，渐次积聚为一种生命中不能承受之轻：徐小斌和她的小说人物一起，深深地陷入了萨宾娜式的困境。景焕失踪了，卜零出走了，佩淮赴死了，羽被摘除脑叶了……"孤独"中的决绝，使她们付出了令人窒息的惨痛代价。无论是针对"现代"，还是针对男权，当批判的激情逐渐消退之后，除了心力交瘁，她们并未清晰地看到救赎的路径。她们斩断了与外部世界的一切关系，却在迷茫中深陷不能承受之轻，正如徐小斌写作《羽蛇》时就下意识地触碰到的至理："脱离翅膀的羽毛不是飞翔，而是飘零，因为她的命运，掌握在风的手里。""孤独"只是暂时性地发挥了自我保护的作用，却无法承诺永世的安宁，相反，"孤独"很快被时光打造成了桎梏，陷她们于万劫不复的深渊。她们的命运与马克思的名言相逆：她们在这次斗争中失去的是整个世界，而得到的只是锁链。

此时，徐小斌需要让古薇出场了。不用说，古薇是中年景焕，是出走佤寨的卜零，一出场就带着孤愤、超凡的气质。区别只在于，她开始向"世界"投诚，开始渐次地敞开孤堡的城门，让"世界"涌入。虽然她仍坚称"所有人都是矛盾的集合体，她尤甚"，但是，"在真爱面前，她还是投降了"。更甚者，在真爱的互动中，古薇直截了当地表示，"她要钻进他的身体里，重新做回他的一根肋骨"。景焕或卜零曾经坚持的个人主义的或是性别主义的立场，这一次，似乎统统被放弃了。

我认为，很显然，徐小斌这一次是想借助"爱情"来修复与外部世界的关系。"爱情"直接修复了因为徐小斌的坚执立场从而一直以来在"男／女"关系结构中赫然呈现的断裂。这至关重要，因为这意味着徐小斌企图尝试与由男性主导的整个世界的沟通。徐小斌罕见地用这样的笔墨正面描画一个男性形象：夏宁远是"天国的孩子"，他心理上的单纯，性格上的聪颖，气质上的坚毅以及形貌上的俊美、强健，都无法让徐小斌曾经的厌男症起于端倪。尽管，这部小说中的男性形象除了爱情男角夏宁远之外殊少正面意义，但毫无疑问的是，徐小斌还是试图让古薇通过爱情、通过爱情男角获得救赎。事实上，无论是在世俗还是在精神层面上，古薇确实因为夏宁远这个男角的行为而获得拯救。显然，徐小斌在肯定某些她曾经否定过的形象和价值。也许是在"孤独"的深渊里浸渍太久，也许是在危境的暗夜里负累过多，徐小斌意外地对"爱情"有了理想主义的寄予，故命其承载重托，去填平一个又一个深邃的沟壑——比如中年音乐家与青年军人之间的年龄、身份、地位以及地域等种种差距。甚至，她还让萨满、伊斯兰、佛等不同教义在叙事中平行登场，互不颉颃，仿佛这个世界起讫于泰安。虽然，"爱情"中的人物会发生角色冲突，但这样的冲突明显是局部的、暂时的和戏剧性的，是为了达到更高的和谐与融洽，是为了实现和抵达我们对于"爱情"的流行理解。我倾向于认为，这是徐小斌的一种叙事努力：借助"爱情"，修复曾在她的世界观里触目皆是的种种残缺与断裂。

的确如此。为了实现对"爱情"进行赞美诗式的叙写，徐小斌还试图调整她一贯以来对于"母亲"形象的恶谥。早在《羽蛇》中，虽展示了一个庞大而跨度遥远的母亲谱系，但这个以母／女代际关系构成的母亲谱系并没有向我们呈现伟大而美好的光泽，相反，它被仇恨所充斥。在谈到这个小说时，徐小斌表示："慈母爱女的画面很让人怀疑……母亲这一概念因为过于神圣而显得虚伪。实际上我写了母女之间一种真实的对峙关系，母女说到底是一种自我相关自我复制的矛盾体，在生存与死亡的严峻现实面前，她们其实有一种自己也无法证实的极为隐蔽的相互仇恨。"[1] 因此，在她曾经的认识里，"自我相关自我复制的母与女"是末日审判时"美丽而有毒的祭品"。然而，在《天鹅》里，"母亲"的价值形象被强行调适：古薇与夏宁远之间在年龄上的代际差距，使古薇自然地在爱情角色中更多地体现出母性情怀——她成功地修复了夏宁远的成长史中母爱的缺失。古薇这个人物，是"母"与"女"的结合体，徐小斌用"爱情"修复了母／女之间的深刻断裂，让这个曾经对峙的结构在面对夏宁远时合二为一，在夏宁远那里实现了"母亲"（母）与"情人"（女）的融通。

徐小斌所作的这一系列"世界观"或"价值观"的调适，有其悲情和无奈的一面。在尝试了冷峻的对峙、激越的批判之后，救赎的方舟并未如期而至。每在逃离时绝尘而去的背影看似轻逸却不堪

---

① 贺桂梅：《伊甸园之光：徐小斌访谈录》，载《花城》1998 年第 5 期。

其苦。的确，二十世纪九十年代趋于极端的个人主义并未给孤绝中的抗争者带去点燃希望的曙光，相反却使抗争着的个人逐一陷入了无援的困局。于是，出于救赎的另一种尝试，徐小斌试图缓解她和"世界"之间一直高度紧张的关系。当她祭出"爱情"的法器时，我仍能感觉出她无奈中的渴盼与热切，以及犹疑中的战战兢兢。对于"救赎"而言，这可能是最后的机会与最后的途径。

然而，作家在其漫长的写作生涯中会与她（或他）塑造的核心人物形成相互塑造的关系。徐小斌在"以血代墨"的生命之书中写下了景焕和羽这样的人物，她的思想和气质中同样也会被楔入景焕和羽这样无法化解的坚硬形象。这些形象会宰制她的叙事，在每个关键的路口决定她的取舍，不管她试图尝试绕行多大的弯子，它们都会将她拽回与这些形象相贴合的叙事道路与叙事方向上来。

如同卜零出走"佤寨"，古薇也是在"西域"遭遇了夏宁远。"爱情"的发生地被徐小斌设置在了一个不染尘烟的浪漫之所（甚至夏宁远在血统上也被设定为"夷人"）。夏宁远的军人身份、二十九岁的年龄以及音乐世家的背景，都被古薇一厢情愿地设想为自己初恋情人的转世，从而可以心安理得地接纳。其中太多的巧合，不仅不让人感觉是冥冥中的某种神启，更使人看出了徐小斌的某种刻意：虽然她试图通过"爱情"来缓解与"世界"的紧张关系，但在其精神深处她仍然不自觉地表露出对置身其间的"现世"和"现时"的拒斥——如果必须有"爱情"，她只想让它来自全然陌生的"异域"，来自少不更事的"过去"。古薇和夏宁远联手创作歌剧《天鹅》——为此，徐小斌在章节的命名上使用了繁缛的音乐术语，并在叙述中糅进了大量的乐理和乐史——音乐，尤其是歌剧这样的高端艺术所具备的超凡性质，使这对男女异乎寻常的恋情有了可以安置的华丽平台，有了可以诠释的合理语境。但是，《天鹅》

最初的一段旋律，起源于夏宁远关于天鹅的一次视觉幻象，这让由此一段旋律引发的爱情不经意间暴露了它虚幻的开端。

虽然有"英雄救美"的桥段来铺陈经典爱情中的奋不顾身，但徐小斌的最后用意却并非要渲染这通俗桥段，而是要让死神现身，使爱情戛然而止。在这部小说里，死亡的寓意也并非用缺憾来歌颂完美，用短暂来比衬永恒，而是要让爱情滑入虚无，使救赎的途径再次中断。因为爱人的离世，古薇与这个"世界"刚刚缓解的关系将再次陷入全面的紧张。

西域女巫温倩木先后对夏、古讲过，爱情只是"小欢喜"，是"有局限"的，是无法解决人置身其间的"世界"危机的。但何谓"大欢喜"，又何谓"无限"？——在小说的尾部，温、古之间的对话玄机重重，但核心内容是要否定借爱情来抚平一切的神话思维，强调"人的本性是不愿意受任何限制"的自由理念，重申"人生下来就是一个人，到死还是一个人"的孤独本性，而所谓的"大欢喜"——我没理解错的话，它应该就是指最终的救赎——则是指与大地相契合的生命形态的转换。如果滤掉言说中的宗教修辞，这样的生命转换指的就是死亡。与其说这个小说在叙事中设置的种种玄机让人陷入神秘主义，不如说它再次回到了泛神论的浪漫主义与向死而生的存在主义。当古薇在万籁俱寂时义无反顾地纵身赛里木湖的深处时，我眼前闪过了失踪的景焕、出走的卜零、刺青的羽和赴死的佩淮。

徐小斌在《天鹅》中呈现了作家自我的某种分裂。她既厌倦曾经信奉的极端个人主义所造成的存在困境，又难以挣破某种将其自我加以封存的坚壳；她既试图以"向爱投降"来达成与外部世界的和解，同时又不断地对和解的可能与终局疑虑重重；她试图屈服，在关键处却又不屈不挠，她长期以来形成的对于"世界"的不信与不屑,是她心头的硬刺,在每一次心脏搏动时都以尖锐的疼痛对她进行某种致命的提醒。她让古薇选择像天鹅一样以忠贞的名义赴死,一方面显示出她确实对圣洁"爱情"心怀敬仰,但另一方面,"爱情"却将生命引渡到死亡。如果死亡才是"大欢喜"式的终极救赎,那么抗争的意义又何在呢?

如果说,徐小斌在这个小说中有关爱情的叙写婉丽跌宕,让人有"新生"的讶异感,那么,她有关死亡的命题则将人拉回到她沉潜、黑暗的旧时风格。我在这个小说中读到了奋不顾身的决绝,也读到了左右为难的犹疑;读到了幡然醒悟的欣悦,也读到了上下求索的艰难;读到了辗转反侧的流连,也读到了以血代墨的腥烈。但无论如何,"救赎"的主题仍然是她小说中化不开的硬核。我猜测,这个小说在她心里酝酿已久,百转千回;她不仅要说服自己何以要"向爱投降",并且要说服自己,死亡何以是救赎的终极面向。我猜测,这样一部小说的写作会让她心力交瘁,因为我相信,在她的内心深处,有关救赎的答案仍然悬念丛生。

原载《中国现代文学研究丛刊》2013 年第 5 期

创伤记忆与读城伦理

——《旅顺口往事》阅札

一

2005 年仲秋某日，我第一次到大连。是夜，同行的师友聚在一起商议次日一早去旅顺口，去看"大狱"。因为舟车劳顿，我们到达大连时已倦意深浓。但在商定借出差的半日罅隙去旅顺口探访"大狱"时，众人还是挣开倦容，露出莫名的兴奋。不知为何，我对他们谈论"大狱"的口吻和表情有些介意。翌日，他们去旅顺时，我在大连的街头跟人学胶辽官话登连片。那是一次被从内心里拒绝的旅行。无论如何，在那个曾名马石津、都里镇、狮子口的地方，如此粗陋的行程不免失之轻佻，何况，怀着视其为历史或建筑奇观的旅游心态探访"大狱"，对于知识者来说必是一种严重的错。

对于治中国新文学史的学者而言，"旅顺"或"旅顺口"当是一个醒目的文学史地标。一个发生在日俄战争时期的"看杀"事件，在紧要处催生了中国新文学的一个巨匠，并因此造就了新文学史上延绵至今的"鲁迅传统"。与这个巨匠和这个传统相关的，是黑暗的历史旷野、颓圮的文化废墟，是忧愤的思想表情、激越的批判动作，以及"两间余一卒"的孤拔形象、"荷戟独彷徨"的美学气质。归结起来，新文学史上的呐喊或彷徨，都与近代以来痛彻神州的民族创伤直接相关，与令人窒息的羞耻感直接相关。新文学产生于这样的历史境遇，并表述了这样的历史境遇。在进入新文学的每一个路口，我们都应该时刻准备着与这样的"痛"和那样的"耻"劈面而遇。

但是，让人咂摸不透的是，在后来有关那个"看杀"事件的各种叙述中，"仙台"总是会被提到的，"旅顺"却不再被提起，仿佛日俄战争悬于半空，从来不曾落于某片具体的土地。有关那片土地的山川风貌、地理水文、历史沿革以及街巷市井、民俗人情，对于大多数的新文学阅读者来说，一直是个虚空。旅顺无疑比"七子"中香港、澳门等地更有"历史"，但因为某种原因，它却被"历史性"地淡忘了。一个旅顺口，半部近代史——这样的说法一点不虚夸，正所谓"一山担两海，一港写春秋"。但这样的说辞如今只被印在当地的旅游手册上，在不起眼的角落，供粗心的游客随意忽略。如果你不去那儿，你有可能看不到这些原本灼烫的说辞。你去了那儿，读到了这些说辞，却有可能沿着旅游业的修辞，仅仅将旅顺的历史视作一堆冰冷的死物。

当然，更令人生厌的是，眼下的中国，有许多类似《读城记》这样的小资读物，城市的命题在汹涌的消费趣味和隐秘的买办心理的驱动下被分解，被从与耻辱相关的深重历史中剥离出来，然后进行无痛化的解读。那些绚烂至极的骈词华藻，貌似优雅的娓娓讲述，故作妙趣的插科打诨，使城市陷落于无边风月。谁能保证，此刻没有人埋头于一堆食材资料中，正写着《舌尖上的旅顺》这样的轻佻书籍？我甚至可以推想，他可能从来就不曾来过旅顺，今后也未必打算来；他可能只需要一个月，就能让书稿爬上印刷和装订的流水线，然后带着支票埋头于另一堆食材中。

不过，值得庆幸的是，时隔多年，我可以携上一本《旅顺口往事》出发，重启久遭搁置的旅行。

二

如一般所见，《旅顺口往事》是历史散文。"历史"在进入文学性的表述系统时，不仅仅意味着史料的筛选和重组，也不仅仅意味着要被赋予美学的外表，同时也意味着"历史"与作家之间的生命关系被打通。具体来说，这意味着作家要将自己的血管与历史血脉接通。一方面，历史会因此在作家内心激发思想与情感的回响，使其难以自抑，流注笔端；另一方面，作家也会用自己的心血去融化那些几成冰川的历史块垒，使其在当下的讲述中变得鲜活，触之有生命的温度。

素素自己写道："我不是一个民族主义者。阅读甲午战争史，却把隐藏在我身体内部的民族意识给激荡了起来。我终于知道，在这个世界上，民族其实是一个人的血统或身份证。它无法被删除，也不可能被屏蔽。"我想，这是素素的个人写作在与历史遭遇后的又一次自我发现。之前，从《流光碎影》到《独语东北》，每一次与历史相互缠绕的文学表达，使她完成了一次又一次的精神与风格的蜕变。但老实说，不是所有的作家都能在已然开启的文学方向上成功蜕变，因为在恢宏的历史血脉的激荡下，气血亏弱的作家会早早休克。我相信，《旅顺口往事》对于素素来说也是一场艰难的跋涉，正如她自己坦言，写旅顺口，让她"由此知道了，什么叫不能承受之重"。表面上看，《旅顺口往事》有着与《独语东北》相似的构思和笔致，多从有代表性、象征性的历史事件和历史遗迹落笔，逐渐洇染开去。但《独语东北》最终注视的是历史中的人性细节，而《旅顺口往事》则关乎"血统或身份证"，关乎耻辱和疼痛，它是在耻辱和疼痛的折磨下对历史细节的重新发现与重新叙述。

因为这有确定指向的"重新发现"和"重新叙述"，素素显然思量过全书的讲述节奏，并知晓其间的抑扬顿挫。当然，这无疑也基于素素对旅顺口五千年历史全局的了然，基于由她自己厘定的对于历史价值轻重的权衡。全书凡四卷，各卷篇幅相近，但力量分布不一。就我的阅读而言，我最为喜欢的章节是这本书的《卷二·重镇》。在《卷一·古港》的追述里，是"鱼香和米氛的缠绵"，是"理还乱的乡愁"，尽管也有烽烟，有战乱，有国殇，有殉难，但追述的笔致总体上是文学性的。但《卷二·重镇》的讲述则有调式上的显著转捩。这一卷的讲述从"大坞"始，至"万忠墓"讫：这是一个完整历史叙事的结构，由一个耀武扬威的军事神话开始，最后由一个血腥惨烈的屠城之耻结束。关于"大坞"，关于这个开启旅顺口"重镇"历史的近代军港，素素有一个精妙的比喻："我一直想，在当年的旅顺口，大坞是什么？想来想去，我认为它更像是旅顺口的子宫……旅顺口的许多东西，既因它而生，也因它而存在。"很明显，素素清楚地知道，这才是她真正要着力讲述的"旅顺口往事"：当旅顺口由一个"古港"而为"重镇"时，它才真正进入现代中国人的历史记忆，它撼人的悲剧性，它的"不能承受之重"，也自此开始。对这一卷的阅读，才真正让我对素素油然而生敬意。因为，对从"大坞"到"万忠墓"的贴切讲述，不仅需要有对"痛"和"耻"的本能、锐利的敏感，同时还必须承受住在披阅和写作过程中无时不在的这样的"痛"和那样的"耻"中泅渡的心力交瘁。素素在这本书的序言中说:"读旅顺口,心脏常常感到窒息般的闷。写旅顺口,手有时会抖得敲不了键盘。"我想,这是素素在进入"旅顺口往事"时身心遇刺的结果。而这个遇刺者,如今向我们讲述目不暇接的遇刺场景,页页惊心——1890年的大坞、丢盔弃甲的炮台、不能一日守的城池、屠城的血海,以及长崎的失格、黄海的白旗……

旅顺口的"历史形象"似乎就应该这样被文学所记载:"原只是一道地理的口子,却成了这个国家内心一道永难愈合的伤口,只要想起来,就血流如注。"这是素素对于旅顺口、对于旅顺口往事的带有文学修辞的概括,这也是旅顺口的永难挣脱的文学宿命。素素的出色,在于她对这个宿命的认知极为透彻,然后,秉承这样的认知,勇敢、坚韧、谨慎地将旅顺口的历史交付给文学。

三

《旅顺口往事》的写作历时四年。四年时光,说长不长,说短不短。但对于这样一本书来说,重要的不是时光的长短,而是时光中的付出,包括是否与旅顺口一道剖开心扉,切开血管,将心比心,以血试血。

如果说,《流光碎影》式的写作还可以让文学性去覆盖和装饰那些历史静物的话,那么,在写作《独语东北》时,素素肯定感觉到了文学性所无法遮掩的知识短板,感觉到了用所谓的文学性去遮掩知识短板的窘迫——毫无疑问,《独语东北》最精彩的篇什不是"历史叙事",而是素素对亲历事物的经验式体悟。但《旅顺口往事》却让人有一种知识性的踏实感。从"古港"到"重镇",到

"要塞"，再到"基地"，精当的谱系设计体现了她对于"总体历史"的理论预想；而从"郭家村""牧羊城"到"三里桥""友谊塔"的烛幽发微，则体现了她对"事件历史"的辛勤检视，以及她据事直书的方法论态度。后者是实证主义的显著影响，前者则有"年鉴派"的清晰影子。除此之外，大量的田野考据也坚实地支撑了素素这本书的关键讲述。无论是在史海中与旅顺口遭遇，还是因为旅顺口而纵身史海，若非勇气，若非以血试血的壮怀激烈，但凭文学的扁舟何能轻逸涉渡？读《旅顺口往事》，有时会有一丝恍惚，仿佛在旅顺口的每一处街角，每一道山梁，每一个岙口，每一尊塔碑，我都看到了素素的身影：柔和、沉静，却并不孱弱。的确，《旅顺口往事》让人看到了素素对旅顺口每个角落的深切抵达，对卷帙浩繁的史料的勤勉披阅，对艰深史学理论的不懈钻研，以及由此形成的对于旅顺口的历史经纬和地理坐标的沉定把握。这是一个作家对于一个城市的历史态度，对于一段历史的生命态度。这样的态度虽非苛求，但我肯定，对于今天的中国文学和今天的中国作家来说，这样的态度并不具有普遍性。

有学者称《旅顺口往事》是一部旅顺口地方知识的百科全书，我深以为然。这样的结论显然得之于这本书为我们所打捞和呈现的丰饶的历史细节。一般人对旅顺口的了解仅限于普泛、狭窄的公共知识，限于近代以来与战争相关的、局部的历史记忆，除此之外的知识常付之阙如。我承认，我就属于此类。或有知道从马石津到旅顺口的地名更替线索的，但罕有知晓始自"郭家村"的沧海桑田，罕有知晓鲜卑、契丹、女真以及渤海、大辽、金国在这里的风云变幻，以及耶律倍去国的忧伤、袁崇焕戍边的悲壮，以及马云、叶旺、刘江、黄龙等一长串名字背后的渺远故事。即便我们知晓一百年前在这里发生的两次惊世之战，知晓《马关条约》《旅大租地条约》，也未必有人知晓修筑"重镇"的贪腐账目，溃不成军时的慌不择路，甚至，列宁的姐姐、姐夫随俄军抵旅时的洋洋得意。我也承认，在读完《旅顺口往事》前，我对百年来的旅顺口的历史于细节处基本无知，哪怕我和许多人一样，认定是"旅顺口"、是旅顺口的"看杀"催生了一个我们视如偶像的文学巨匠。

不用说，一个作家在如此密匝的历史细节中浸润日久，必会生出史学情结，她会在考证、分析、究诘的反复中努力寻找价值方向，形成历史判断。对于近代以降骤然发生在旅顺口的林林总总，素素写道："听起来像天方夜谭，看上去即是资治通鉴。"在"天方夜谭"和"资治通鉴"之间，文学和历史显露了彼此的分野。每当这样的对峙发生时，素素会不自觉地站在"历史"一边。她写大坞，没有凭吊，而是用史家的理性，解密一个军事神话所以破碎的玄机；她写炮台，抑住感伤，却是用史家的逻辑，穷尽了"一朝瓦解成劫灰"的命数；她写海战，不事渲染，但是用史家的冷静，掐灭了通往胜算的所有念想。在俄国人将旅顺口描绘成"远东的啤酒馆"的想象里，素素越过了其中的浪漫，擒住了帝国的野心，也"历史地"意识到这野心的不可阻遏。素素在这本书里的所有讲述，最后统统指向一个清晰的判断：决定旅顺口命运的，不只是它的地理，更是它不得不存在其中的历史。对这些章节的阅读，有时会让我暂时忘了素素的作家身份。实际上，这本书的大部分文字里，已看不到素素早期散文里对于文学性的那种刻意。我在一篇见诸网络的访谈文章里看到，素素坦承这本散文集是"无技巧"的。这和我们通常在各种历史／文化散文中举目可及的斐然文采与神采飞扬确乎不同。我猜想，素素或许做过"技巧"的努力，但是，每当此时，她都会迅速发现，在"旅顺口往事"面前，所谓"技巧"，终不过是一种矫情。

四

　　"旅顺口"作为一个特定的历史意象，牵涉近代以来世界格局中的东亚与西方的政治对峙，纠缠着殖民与反殖民的国家争衡。这一系列的历史命题既深刻又复杂。对这一系列命题进行全面、精确和深入的阐述，肯定不是文学的使命。《旅顺口往事》的历史讲述有着属于文学的命题取舍，以及最终只能停留在文学里的历史情怀。

　　对于大多数作家来说，支持其写作的精神立场的通常是人性原则与伦理意识。素素也不例外，只不过在面对"旅顺口往事"时，这样的"原则"和"意识"会在史学情结背后沉潜，但它们会是最终发挥作用的力量。而素素在这本书里表现得与众不同的是，她的人性原则总是会很快捷地过渡到伦理审决。

　　在有关"万忠墓"的章节里，素素一方面提醒自己不要狭义地解读万忠墓，不要轻估了它的意义和重量，相反，要将这场由日本入侵者发动的屠城血案上升到人性灾难的高度来理解，"发生在旅顺口的这一幕，岂止是大清国的耻辱，更是整个人类的悲剧"，另一方面，当屠杀的细节被不断援引之后，素素的声音明显变调："说到底，这是一个国家对另一个国家的谋杀。"她坚定地认为："一九四五年秋天，裕仁天皇口念的降书，只不过是强咽的一口恶气。尽管耻辱的投降让日本军人脱下了沾血的作战服，尽管他们日后穿上了干净而体面的西装，甚至系上了雅致的印着和式花纹的领带，大和民族骨子里的嫉妒和好战，仍让他们的邻居以及爱好和平的人们不敢安睡。"我们很容易辨认出，素素最初试图从"人性""人类"出发的发言，折向了"国""族"立场的提审。

　　在如今的旅顺口，太阳沟的殖民遗迹，已在景观美学的强势修辞下成为无关伦理的旅游胜地。当年，殖民者肆无忌惮地依据自己的需求和想象塑造了这个城市的面貌，无论是俄国人建的欧式市区，还是日本人修的关东神宫，都是殖民者给我们这个民族刺下的墨黥。素素写道："在旅顺口，这是一个纯粹的欧式市区，不准中国人在这里居住，只许中国人在这里租用店铺。如果中国人想在这里经营旅馆，也只能给欧洲人住。这是典型的殖民地特征……华洋分处，种族隔离。"可能是与这些年的史学训练有关，大多数时候，素素是个平和的讲述者，文字素净，语气淡定，即便如此，我还是能感觉到她强抑的愤懑："（殖民者）用抢来的钱，买啤酒、音乐和新潮的泳装，再闭上眼睛做怀乡的梦。这样的好日子，旅顺口却只能站着旁观，因为这个要塞属于殖民者。"在写到"曾经的大清铁岸，如今成了日本人美化自己的战迹地"时，她拟想，当年途经此地的梁启超若非醉去，定当失态至极——这何尝不是素素的自况？

在有关"记忆"的研究中，人们常要面对这样的问题：人以什么理由来记忆？因为所有的记忆都有确定无疑的伦理或道德向度。文学，尤其是与历史结盟的文学，是古老的记忆形式。如果我们要借此询问素素的这部历史散文是"以什么理由来记忆"，我想说的是，必是一种基于民族伦理的强烈焦虑驱动了她最为内在的写作动机，也正是在民族伦理的向度上，这部历史散文选择了"痛"与"耻"的写作面向，实现了"创伤记忆与民族关怀的结合"。

毕竟，百年已逝。也许，我们已经开始面临记忆断代的境况。如今，我们该如何向涌向旅顺口的国人讲述表忠塔、太阳沟给我们造成的伦理尴尬？或者，仅仅将它们视为旅游景观而公然规避其中的伦理难题，从而在关于旅顺口的讲述中滤去有关"国""族"的一切命题？或许，这已经是当下旅顺口的某种记忆状态，因为素素不止一次地暗示过今人对"耻"与"痛"的漠然："我知道，现在的年轻人不太关心这个，历史毕竟是个沉重的话题，他们只想娱乐身体。"更不要说不久前发生的对于战舰残骸的商业打捞与低俗买卖。

无论如何，记忆的起因是为了抵抗遗忘。如何将创伤性的历史记忆重新注入当下的公共记忆，接续历史记忆的代际链条，我们需要有文学和伦理学的重新考量。就此而言，素素和《旅顺口往事》皆可谓典范。

其实，人都是生活在历史之中的，只是一般而言，大多数人都以为自己外在于历史。而作家的职能之一，就是以文学的方式将我们重新带入历史，让我们意识到，"历史"是我们呼吸的空气，是我们行止的规矩，是我们可以生存以及如何生存的最终依据。

《旅顺口往事》让我再次明白了这个道理。

原载《当代作家评论》2013 年第 4 期

辑三

请君为我倾耳听

——音乐与中国当代小说的叙述实验

1994 年 11 月，对西洋古典音乐的涉略和认知尚处入门阶段的余华，就在与《爱乐》杂志的记者的对谈中断言："没有任何艺术形式能和音乐相比。"作为一个小说家，他对音乐的推崇显见地超过了他的本业，所以，他理所当然地认为，"音乐的听众应该比小说的读者更多一点天赋"。[①] 在文学内部，诗是公认的最高形式，所谓的"诗性追求"，或者要"把小说写进诗的境地"，是一种美学晋阶，是几乎所有小说家内在的写作律令和美学终极。按余华自我刷新的艺术等级观，以及他在若干关于音乐的随笔中谈及的音乐对其写作的深刻影响来看，他似乎在暗示，有余力的小说家还应有继续向音乐迈进的境界设定。其实，仅就语言形态或音韵学的层面来说，小说（散文）向诗（韵文）的迈进，这一动作本身隐含了对音乐品质的深自暗许。

[①] 余华：《重读柴可夫斯基——与〈爱乐〉杂志记者的对谈》，见《音乐影响了我的写作》，北京：作家出版社，2012 年版，第 87 页。

当然，中国当代小说家自觉地、有意识地在自己的写作思维中征引音乐形式或音乐元素，在作品中呈现或深或浅的"小说音乐化"的媒介间性特征，并非自余华始。只不过，真正意义上的小说与音乐的媒介间性的深度达成，有着对小说家自身音乐素养的严格要求（中国当代小说家中鲜有如卢梭、罗曼·罗兰、司汤达、托尔斯泰甚至泰戈尔等人那样兼具高超音乐才能者），也有着对此类小说受众基础的高度囿限，因此，中国当代小说家在小说音乐化道路上的求索，并非常态，且脉线窄仄。尽管如此，中国当代小说，尤其是新时期以来的小说，在尝试援引音乐而拓展自身的艺术领地、丰富自身的艺术手段、提升自身的艺术表现力方面取得的成果，在四十余年的历史进取中，既形成了某些阶段性的征候，也生成了某些结构性的积淀。时至今日，有关于此，已颇可谈论。

同样，基于专业壁垒的严限，对于中国当代小说音乐化的相关研究，虽非付之阙如，但也雪泥鸿爪，寥若晨星。然而，实际上，小说通常与何种音乐类型化合，"音乐化"在何种程度上展示媒介间性的幅员，小说家在汲取音乐素材和音乐形式时表露的美学取向、文化立场甚至政治态度，等等，这诸般深具价值的议题都已在中国当代小说中深植，并期待在跨学科的阐释空间中进一步充分、深入而有效地展开。

一

中国当代小说中，惯见以某个音乐术语或音乐体裁来为小说命名的。如王蒙写于1989年的《初春回旋曲》。这篇小说所述，是对纷乱的旧人、旧事以及某些历史记忆和时代印象的频频闪回和切换。所谓"回旋"，多半是闪回和切换的动作性意象，与音乐意义上的"回旋曲"顶多是一种字面上的联想关系，实则似是而非，可谓是一种音乐"碰瓷"。小说与音乐的此类链接，不在少数。

另一种惯见，则会被纳入关于小说与音乐的媒介间性的理论框架加以讨论，即小说与声乐——准确地说，是与声乐中的歌词部分的共振关系。正如作家张承志所说："无论谁，在他活一世的路上，都会与音乐，主要是歌发生若干关系。"①一些小说名篇如余华的《活着》，就是美国歌曲《老黑奴》(Old Black Joe) 的歌词触动了作者的灵感与构思。另可举隅的则如路遥的《人生》，它在叙述的若干关键节点上布设了陕北民歌的大段唱词。小说与声乐歌词的共振，通常被认为是文学性层面的共振，而音乐本身在这共振关系中的含量是微弱的，微弱到可以完全不被论及。总体来说，在这样的小说中，音乐通常是外在的、无机的，是静默的，是无须唤起声音或旋律联想的。当然，随之而来的结论是：当一部声乐作品的音乐部分经过有机的艺术编码，密不可分地进入小说织体，构成了一部杰出小说内在的、不可或缺的叙事或修辞机制时，我们可以认定这个小说家毋庸置疑地持有对小说艺术之超拔感、卓异感的自我要求，持有锐意将小说艺术挟入实验性、前卫性境地的自我期许。发表于1982年的《黑骏马》便是这样的超凡之作。

《黑骏马》原是一首流传于蒙古草原的千年古歌，其歌词部分是讲述"一个哥哥骑着一匹美丽绝伦的黑骏马，跋涉着迢迢的路程，穿越了茫茫的草原，去寻找他的妹妹的故事"。这也直接被小说征用为情节与叙事框架，因此，小说的每一节都以这首古歌的两句歌词作为引言来起始。古歌所叙，与当下事件（主人公"亲身把这首古歌重复了一遍"）在内容上相互嵌套，形成一个和声结构式

---

① 张承志：《音乐履历》，见《音乐履历》，上海：上海三联书店，2003年版，第235页。

的对位。游牧民族的循环往复、亘古不变的宿命在这个对位中有了悲剧性的呈示，使主人公"从中辨出了一道轨迹，看到了一个震撼人心的人生和人性的故事"。由于古歌《黑骏马》的歌词平淡、简约、浅显至极，因此，作者需要以文述乐，以特写的方式、激越的文字层层描绘，使这首蒙古长调所深蕴的隐蔽而复杂的灵魂得以绽出。这些描绘包括少年主人公第一次听到这首古歌三折三叠的尾腔、危乎高哉的花音时的荡魂失魄，以及小说结尾处已获人生彻悟的主人公在优美悲怆的旋律所掀起的壮美风暴中的匍匐低泣。多年以后，作者对这首古歌进行了注解式的补叙："它概括了北亚草原的一切。茫茫的风景、异样的习俗、男女的方式、话语的思路、道路和水井、燃料和道程、牧人的日日生计、生为牧人的前途，还有憧憬的骏马。……它居然能似有似无地、平淡至极又如镂如刻地描画出了我们每年每日的生活，描画出了我那么熟悉的普通牧民，他们的风尘远影，他们难言的心境。特别是，他们中使年轻的我入迷凝神的女性。"[1] 在小说中，《黑骏马》、古歌、长调，以抑扬有度、抒情无界的语式，不断地唤起我们对音高、音程或旋律的联想，使音乐不再被从语言剥离，相反，音乐成了语言的肌理，激昂而辽远，从而与叙述水乳交融，同时也将由长调深将裹挟的关于草原民族的历史、文化、风土和命运的知识、记忆和情感，统统织入绵密厚实的叙事体。音乐，既为这部杰出的小说破题，也为这部小说封印。

中国当代小说在音乐化叙述实验道路上，除了常见的与歌曲这种声乐品类的艺术接驳，也时见小说家以拿来主义的智慧和胆气挪用或化用其他品类的声乐形式，如歌剧（地方戏曲）。余华在写作

---

[1] 张承志：《音乐履历》，见《音乐履历》，第 240 页。

长篇小说《许三观卖血记》时，"非常强调它的音乐感"，而他所期冀的"音乐感"则是由越剧唱腔来达成的。由于人物对话构成了这部小说的叙述基础，于是，对白的方言特性，以及对叙述的旋律性和节奏感的追求，使得余华决定"要用我们浙江越剧的腔调来写"："让那些标准的汉语词汇在越剧的唱腔里跳跃，于是标准的汉语就会洋溢出我们浙江的气息。"[①] 具体来说，是余华发现了越剧台词和唱词在长度上"差别不大"的特点，"所以我在写对话时经常会写得长一点，经常会多加几个字，让人物说话时呈现出节奏和旋律来，这样就能保持阅读的流畅感，一方面是人物的对话，另一方面是叙述在推进"。[②]

莫言的《檀香刑》则是对猫（茂）腔这一地方戏曲舞台表现形式的全面横移。准确地说，《檀香刑》是一部歌剧化的小说。小说主要人物以赵、钱、孙为姓，以甲、乙、丙为名，是显而易见的符号化、扁平化人物，是中国传统戏曲的流习，每章起始常从前文本《檀香刑》中摘引戏文，并注明"大悲调""走马调"等曲牌名。每章都可谓大段的清唱剧，由独白和对话引起和推进叙述，中途不时插入或长或短的唱段（由印刷字体的变化来标示）。莫言自认为这部小说适合在广场朗诵，"是一种用耳朵的阅读"，所以，"为了适合广场化的、用耳朵的阅读，我有意地大量使用了韵文，有意地使用了戏剧化的叙事手段，制造出了流畅、浅显、夸张、华丽的叙事效果"。[③] 当然，在我看来，由于"檀香刑"作为一种强调震慑效果的刑罚，本身具有很高的技艺性和表演性，是"看杀"的经典寓

① 余华、杨绍斌：《"我只要写作，就是回家"》，载《当代作家评论》1999 年第 1 期。
② 余华：《我叙述中的障碍物》，载《扬子江评论》2018 年第 1 期。
③ 莫言：《檀香刑·后记》，见《檀香刑》，北京：作家出版社，2012 年版，第 424 页。

言，它与戏曲的音乐和舞台表演形式的贴附，有着某种天然的契合与微妙的恰切。

《黑骏马》《檀香刑》等对古歌长调、地方戏曲的音乐寄寓也表明，向中国民族民间音乐汲取灵感和素材，大概率是——或至少一度是中国当代小说音乐化叙述实验的默认路径，并已取得不凡成果。

二

在改革开放年代的中国小说中，西洋古典音乐最初被视为现代性的识别码——正如它在更早期的小说中被当作资产阶级及其生活方式的识别码。当现代主义式的荒诞感、虚无感与时代的经济基础、价值主流相比具有显见的"超前"感时，西洋古典音乐便成为承载这"超前性"的天选。《你别无选择》的故事伊始，李鸣不忍"荒诞"而申请退学——这在视大学生为"天之骄子"的二十世纪八十年代初，无疑是"吃饱撑的"，是一种超前的现代性情绪。而这部小说最后让迷醉于西方现代派音乐的森森的作品在国际大赛中获胜，也是关于现代性将在此间获取胜利的预言。《无主题变奏》中音乐学院拉小提琴的女生，出场之始也是"超前性"的符号，但她在爱情征途上的黯然退却则喻示了现代性在此间必将遭遇的某种历史困境。

晚近，如迟子建的《烟火漫卷》中缀饰般提及的西洋古典音乐曲目，是用于提点哈尔滨这座城市的历史及其文化遗留。而在格非的多个小说中，巴托克、普罗科菲耶夫或勃拉姆斯是人群的某种"际差"的标识。格非所述，暗示了一个全球化背景下的文化事实或权力秩序：直至今日，仍有"许多亚洲家庭将古典音乐与西方现代性、文化修养和中上层阶级地位联系在一起。"①

《你别无选择》的叙述，录入了大量的西洋古典音乐的专有名词，在中国当代小说中第一次以现代主义的气质描绘了高等音乐学府的生活表里，是另一类型的以文述乐。《无主题变奏》则有在叙述形式上对变奏曲式的刻意模仿："我每天想起一点就写一点，没主题也不连贯；等写了一把纸头了，就把它们往起一串……跟生活一样，怎么看都成，就是不能解释。"后者，才是小说音乐化叙述实验的真义。在对西洋古典音乐的研习中返身观照自身的小说观念、结构思维和修辞手段，以经过融汇的新观念、新思维、新修辞贯于日后的写作，就此而言，余华和格非是其中最可圈点的模范。

余华的《高潮》一文探讨肖斯塔科维奇的《第七交响曲》的音乐叙述以渐强方式抵至高潮后，如何以一个抒情小段来维持高潮的强度。在其小说《第七天》中，鼠妹终于获准前往安息之地，叙述便进入了某个高潮，余华随即加入一个众幽灵为其净身、制衣、梳妆的抒情段落，以维持这个高潮的时间长度。这可视为余华从肖氏音乐叙述获取心得后的修辞实践。但更值得一提的是，余华在《否定》一文中论及了音乐叙述中的否定性原则，即伟大的作曲家总是在理所当然的叙述逻辑中突如其来地插入否定性叙述，"使叙述顷刻之间改变了方向"②，从一个不可思议的维度抵达非凡的高度。对于余华来说，要超克自己出道时的儿童文学作家身份，便需要用"否定"来完成的身份叙事：先是《兄弟》中李光头的厕所偷窥，后是《文城》中年方七岁至十二岁的顾氏兄弟的集体嫖宿，"反儿童"的维度使余华完成了某种否定，蜕变成了今天的自己。

---

① ［美］吉原真理：《为何如此多的亚裔会投身西方古典音乐？》，见 https://mp.weixin. qq.com/s/pyxIuT4mxwNrBRmjI4aSig。
② 余华：《否定》，见《音乐影响了我的写作》，第 51 页。

格非近作《登春台》倾心于"观念（或哲学）矩阵"的摆布。格非的观念矩阵，不是单调地操练短暂与永恒、有限与无限、偶然与必然、虚无与实有、个体与宇宙的朴素辩证法，而是极尽可能地展演某种万花筒般的可能性：命运的浩瀚方程式，是如何在每一个突如其来的变量出现时蓦然启动，并最终将各色人等统统卷入不可控的种种深渊。《登春台》的矩阵是：有限性经过偶然性的发酵，让无限性的泡沫溢出了国王的餐杯。与这一矩阵相匹配的是，《登春台》使用了一个复杂的音乐化的叙述结构：在一个序曲中展示动机后，四个平行展开的故事仿佛四个并列的声部，构成规整的复调；由于四个声部之间存在深刻的对答关系，所以它又似一个赋格段，是以极度智性的曲式呼应哲学的玄奥；最后，终章又回到序曲的动机，在变奏中，在另一个调性中完结。我倾向于认为，这是格非之"先锋性"的再次发露，是小说叙述的新实验。

2024 年 4 月 30 日于菩提苑

原载《文艺争鸣》2024 年第 7 期

短篇小说的式微与新媒体时代的
"杜甫式命运"

王国维在《宋元戏曲考》里说："凡一代有一代之文学，楚之骚，汉之赋，六代之骈语，唐之诗，宋之词，元之曲，皆所谓一代之文学，而后世莫能继焉者也。"此言自有其不可动摇的真理性。但若细究，我们或可认为，王国维此言谈的是另一个意思：其实，"文学"终归是超历史的美学或艺术范畴，因时而化、兴亡隆替的只是"文体"——骚、赋、骈、诗、词、曲；尤为关键的是，任何一种文体，在代际更迭降临之际，便自动进入"后世莫能继焉"的命途。

毋庸讳言，在当下的文学受众与普遍的阅读期待中，短篇小说已然边鄙，几近式微——尽管短篇小说的产出仍然汩汩滔滔，而注力于短篇小说的作家仍然矢志不渝。当然，短篇小说在当下的这一遭际，并不是由互联网的普及与手机阅读的兴起所导致的。实际上，早在有作家惊呼"文学失去轰动效应"的年代，随着视听艺术的异军突起，随着娱乐精神的商业化发酵，短篇小说便在"失去轰动效应"的文学中首当其冲，成为最早被挤迫至边缘的一种文体。互联网的普及、多媒体技术的涌现、智能手机的推广以及碎片化阅读的兴起，只是加剧了短篇小说形同庶出的命运悲凉感。在失去"凝视"能力的一代阅读风潮中，碎片化阅读甚至羞辱了短篇小说的"篇幅"：它因为不够"碎"，不得不眼睁睁看着各式粗鄙的段子爆屏，甚至不得不惊诧于久遭潜抑的诗歌友邻忽如一夜突然霸屏。构成反讽一极的是：由于人们在碎片化阅读之余，仍有对探求"总体性"的内在渴望，因此，长篇小说一跃而为文学品类中最受欢迎的一种。资本的策略性推动，使长篇小说受欢迎的程度被包括销售纪录一类的魅人数据、影视改编一类的出圈现象所加持。但是，与此同时，几乎所有的纯文学期刊都在隐忍订数趋零的难言之隐，其中突出的原因之一便是：它们不过是短篇小说的载体而已。或许，在短篇小说或短篇小说作家看来，今天的文学受众已从"读者"蜕变成了"群氓"。从文学的专业角度出发，我们大约只能无奈地以"小众"之谓来美化途穷的短篇小说。但无论如何，我们应该认识到一个事实：短篇小说的当下遭际，是"凡一代有一代之文学"这一断论的真理性显现，是"后世莫能继焉"的文体兴替时刻的降临。

然而，就像在神性冰解、世俗凸显的时代人们追问"诗人何为"一样，或许，我们也仍然可以基于某种人文情态，有样学样地作一追问：短篇小说尚能何为？

两年半前，在一个学术会议上，我曾就会议给定的"文化产业时代的文学发展与前景"这一议题发言。我想在这篇小文里分享我当时就此议题发言的主旨，并继而简单谈论一下"短篇小说尚能何为"的问题。

现代意义上的"产业"或"产业化"，是工业革命之后的产物。任何一个产业体系，都不外乎是一个围绕制造（生产）和市场（消费）而运转的经济体系。那么，今天，我们的文化或文学的生产已经"产业化"了吗？——或许，我们至少得部分地承认，情况的确如此。于是，我们又不得不承认这样一个事实：当下的文化或文学，已悄然地改头换面，从上层建筑——一种特殊的上层建筑，向下"超越"而为经济基础，从形而上转为形而下，来了一次大幅度的"范式革命"。这还是文化或文学吗？我想旗帜鲜明地指出，产业化的文化或文学，和我们目下谈论的文学是两个概念，前者是产业，后者是事业，这是充满悖论和差异的两个大概念。

作为一种必要的区分，我想指出，网络文学是"产业化"文学的典型样态。以我的认知，网络文学毫无疑问是互联网经济的衍生物。互联网经济背后有两个支撑性的物件，一个是技术，一个是资本，这是后工业时代典型的行业联动式的经济体系。网络文学在这个体系中被生产出来，目的是为了且只为了产生利润，产生经济效益，产生 GDP，产生经济基础之为经济基础的一切，而"审美""文学性"之类不过是站街女的口红，是一种为攫取流量而进行的经济类算法吐出的余数。从国家到地方，尤其在某些地方，网络文学已被纳入体制，其受重视的程度已着实超过传统的纯文学。在网络文学之外，如果还有其他所谓"产业化"文化或文学，那么，其实质都不过如此而已。

退一步说，即便今天的文学尚未被产业化，或尚未被完全产业化，我们也确乎已然置身一个勃然兴起的产业化时代。产业化的时代大潮正在冲撞并试图吞没我们的文学。别的不说，仅文学在与它直接相关的其他各类产业的逼迫下，处境也是高度局促的，危机感满满的。在这种处境下，文学可能只能面临被缩略和被化约的命运：今天的人们不再需要通过吟诵唐诗来抒情咏志，因为年轻人更依赖流行音乐来达成这样的满足；而叙事的部分则可以通过电影、电视甚至抖音短视频，来取代我们曾经对小说的高度依赖。

但是，尽管如此，我仍然认为文学不会消亡。不仅如此，它还将仍有作为。在文化或文学的产业时代，公众的阅读和我们今天谈论的文学创作之间将越来越不直接发生关系，尽管如此，文化或文学产业仍需要文学提供高端的语言、形式及美感形态，优秀的作家和高端的文学还会继续存在，在文化产业链的高端提供可被复制、可被移植、可被化用的样本，提供可被稀释、勾兑的"原浆"。只不过，随着文化或文学产业的发展、发达和不断推进，那些无法被公众直接阅读的作家，那些只在"高端"从事样本式创作的作家，将越来越可能陷入"杜甫式的命运"。我们都知道杜甫生前没有得到过文学的荣耀，死后一百多年才在韩愈、元稹等人的鼓吹下享有哀荣。所谓"杜甫式的命运"，就是说，这些作家很有可能得不到现世的回报，他们通过写作而积攒的象征资本极有可能不能及时地转化成经济资本。今天杜甫的诗集不断有出版社出版，以此谋利，但是杜甫却根本无法与这些利益沾边。这是一个比喻，用来说明作家在文化产业化之未来的处境和命运。未来的作家，中国的作家，全世界的作家，可能都会面临杜甫式的命运。

短篇小说何尝不是如此？有人说：短篇小说是文学的艺术高地，短篇小说在，文学性就在。此言极是。而短篇小说在今天的作为，一如文学在产业时代的作为，并且，它更是样本中的样本，高端中的高端，是针尖的蜜蜡。文学以及短篇小说以"杜甫式命运"自况，只是想说明和强调，它们不是过时了，它们只是不合时宜。

2023 年 7 月 11 日于菩提苑

原载《长城》2023 年第 9 期

反自由的性别

一

1792 年，三十三岁的玛丽·沃斯通克拉夫特（Mary Wollstonecraft）发表《女权辩护》。此书被公认是女权主义的独立宣言。在由英国人发起的某些评选中，它与《圣经》《物种起源》等并列，成为至高的经典，沃斯通克拉夫特因此无可争议地被尊为英国启蒙时代的伟大思想家、作家以及全世界女权主义的鼻祖。伍尔芙、波伏娃以及凯特·米莉特对她的竭力推崇，证明了她超越时代的绵恒的历史影响力。《女权辩护》最早的中文版，被列入商务印书馆的"汉译名著"系列，于 1995 年 9 月配合着第四届世界妇女大会在北京的召开而适时推出。顺便提一句，沃斯通克拉夫特与空想社会主义信奉者、无政府主义政论家威廉·戈德温（William Godwin）的婚姻，某种意义上可谓女权主义与左翼政治结盟的原型象征。

沃斯通克拉夫特宣称："我久已认为独立乃是人生最大的幸福，

是一切美德的基础；即使我生活在一片不毛的荒地上，我也要减低我的需要以取得独立。"[1] 这段话是这部被称为"独立宣言"的名著的全部精义所在。由于对独立重视至极，沃斯通克拉夫特激烈地批评一切在实质上表现为奴役和歧视的等级制度，包括她所处时代的君权以及在任何时代都坚不可摧的男权："我坚信任何一种用森严的等级服从来维系其权威的职业，都是十分有害于道德的。"[2] 因此，她企求一种深刻的、能带来全新价值体系和教育举措的社会变革，使妇女因此可以获得理性、知识和美德，从而填平人类社会的道德低洼，并从根本上——无论是天性或自然层面，还是政治和道德层面——提升整个人类社会存在的完善感。在此过程中，妇女势将脱离卑微、边鄙和依附的旧貌，在争取自由的道路上将最终不再视男性为"唯一的审判者"。概言之，沃斯通克拉夫特所谓独立者，自由也。这是启蒙运动所确立的至高价值。沃斯通克拉夫特所想强调的是，妇女应该且必须与男子共享这天赋人权，否则人类社会将深陷无可自拔的道德堕落。因此，她最早这样尖锐地指出：依附而非独立的、受制而非自由的妇女，其婚姻直同卖淫。

《女权辩护》发表的当年，英国诗人雪莱（Percy Bysshe Shelley）诞生。又五年，1797 年，沃斯通克拉夫特在产下一个女儿十天后，死于感染引起的败血症。她断无可能想到，十六年后，她的这个女儿会与雪莱私奔并结婚，此后便一直以玛丽·雪莱（Mary Shelley）之名行世。

如果不是启蒙运动之后整个欧洲的历史坐标发生了转捩，以及文学史的某些极具偶然性的契机，英年早逝的雪莱很可能"没世而

---

① [英] 玛丽·沃斯通克拉夫特：《女权辩护》，王蓁译，北京：商务印书馆，1995 年 9 月版，第 10 页。
② 同上书，第 22 页。

不名称焉"。他因生前作为一名激进的无神论者（"渎神诗人"）和空想社会主义者，以及先后两次拐带少女私奔的放浪行止而在英伦臭名昭著，这导致他溺死时遍遭媒体奚落，并在身后很长一段时间里无人提及。

雪莱用时很短、毫不费力地就使玛丽属意于他。他们在沃斯通克拉夫特长眠的墓地聊天，"一聊就是几个小时。我们尚不知道他们聊天的话题，但除了女权、自由恋爱、无神论、政治与社会的暴政、激进人士的社区之外，还会有其他话题吗？"① 不消说，雪莱用于攻击习俗、宗教和禁忌的非理性偏见的自由观念，激荡着饶有叛逆感的浪漫萦怀，羼杂或利用了一位母亲关于独立和自由的学说，掳掠了她女儿的身心。在母亲的墓前，刚满十六岁的玛丽将灵魂和肉体都献给了雪莱。若按女孩的父亲戈德温的说法，"雪莱当场就在沃斯通克拉夫特的墓前'诱奸了'他女儿"。② 因为戈德温的反对，雪莱携玛丽私奔。随同私奔的，还有玛丽同父异母的妹妹——十五岁的克莱尔（Claire）。雪莱的传记作者写到此处不禁讥意满满："雪莱与他的曾祖父相比可谓青出于蓝而胜于蓝：在第二次私奔中，他拐走了两位姑娘。"③ 而在此之前两年，雪莱同样用"自由"之道，"启迪"了年仅十六岁的哈丽雅特（Harriat）。他鼓励她挑战环境，尤其是逼迫她去质疑礼法，鼓励她"将学校称为牢笼，并逐渐将她的父亲视为另一位暴君"。④ 很快，哈丽雅特以随雪莱私奔而成为自由主义（自由恋爱、自由意志……）的践行者。可以

---

① ［英］理查德·霍姆斯：《雪莱传：追求》，李凯平等译，桂林：广西师范大学出版社，2022 年版，第 317 页。
② 同上书，第 319 页。
③ 同上书，第 322 页。
④ 同上书，第 94 页。

想见，当这些手法两年后施之于玛丽时，必已何其娴熟和精进。

慑于舆论和律法，反婚姻主义者雪莱不得不和哈丽雅特结婚。所以，他拐带玛丽和克莱尔私奔时尚有婚姻在身。但这又能如何呢？雪莱对其长诗《麦布女王》所作的散文式注释中，是这样阐述他的"自由恋爱"的："爱是自由的；许诺永远只爱一个女人，和保证只相信一种宗教信条一样荒谬。"[1] 更甚者，由于他的自由观念所立足的伦理基础标有"反对独占"的信条，他之所谓"自由恋爱"，还暗示着性伙伴是可以共享的，所以，在他和哈丽雅特私奔期间，同行的男伴垂涎于后者的美貌而一直跃跃然想加入其中，雪莱竟视若无睹，从未出言劝止。

二

张爱玲在为国语本《海上花》撰写的译后记里，颇为别致地指出："《海上花》第一个专写妓院，主题其实是禁果的果园，填写了百年前人生的一个重要空白。"[2] 这里之所谓"禁果"，并非指男女苟且，而是指"爱情"。在张爱玲看来，《海上花》所写的一批人，上至高官巨贾，下至店伙西崽，其热衷于花酒、耽迷于"书寓"（高级妓院），竟是为了寻找爱情的。她这样写道：

> 书中这些嫖客的从一而终的倾向，并不是从前的男子更有情性，更是"习惯的动物"，不想换口味追求刺激，而是更迫切更基本的需要，与性同样必要——爱情。过去通行早婚，因

---

[1] ［英］理查德·霍姆斯：《雪莱传：追求》，第206页。
[2] 张爱玲：《国语本〈海上花〉译后记》，见《海上花落》，北京：十月文艺出版社，2009年版，第322页。

此性是不成问题的。但婚姻不自由，买妾纳婢虽然是自己看中的，不像堂子里是在社交的场合遇见的，而且总要来往一个时期，即使时间很短，也还不是稳能到手，较近通常的恋爱过程。①

盲婚的夫妇也有婚后发生爱情的，但是先有性再有爱，缺少紧张悬疑，憧憬与神秘感，就不是恋爱，虽然可能是最珍贵的感情。恋爱只能是早熟的表兄妹，一成年，就只有妓院这脏乱的角落里还有机会。②

张爱玲道出了这样一个历史事实，即在文化专制、礼教为法的时代，自由恋爱是无从实现的。因为成年男子几乎没有可能在公共的社交场合——像在"堂子里"可以便利地遇见妓女那样——遇见哪怕一个未婚的成年女子。待字闺中的姑娘通常大门不出二门不迈，缠足更是极大地限制了女子的行动能力。苏轼词云："墙里秋千墙外道，墙外行人，墙里佳人笑。笑渐不闻声渐悄，多情却被无情恼。"这半阕词，说尽了"墙里墙外"的空间切割所呈现的人际与情态。而借着踏青、灯市、庙会等稍纵即逝的节庆机会去转角遇到爱，则跟私订终身后花园一样，多半只出现在戏文中，或如张爱玲所说，是"《聊斋》中的狐鬼的狂想曲了"。

所以，自由恋爱的要义在于必先赋予女子自由，要将她们从"暴君式"的父权下解救出来。否则，那些经新文化运动洗礼而嗷嗷待哺的青年男子们如何去求取自由恋爱的完成式？难不成还继

---

① 张爱玲：《国语本〈海上花〉译后记》，见《海上花落》，第321页。
② 同上书，第322页。

续在妓院这脏乱的角落寻找机会？——某种意义上说，正是响应于辅助男子实现自由恋爱这一宏旨的时代呼求，"妇女解放"才应运而生。

火烧赵家楼的风潮波及四川成都时，茅盾的小说《虹》里的梅行素正好在女校上学，年方十八。本城最高学府的高等师范生们正在高呼："男女社交公开！"梅行素沉浸在《新青年》和《每周评论》的堆拥中，在课堂上听着新来的教员大谈"社会的进化"和"人的发见"，那些"抨击传统思想的文字，给她以快感，主张个人权利的文字也使她兴奋，而描写未来社会幸福的预约券又使她十分陶醉"。移时未已，她便认定自己是个有"自由意志"的人（"我相信我的行动真真是根据我的自由意志！"）。但不多久她便发现，这"自由意志"让她一上街就成为围猎的目标；她入职的泸州师范，"新文化"在那里正蜕变为肉欲的陷阱；而她的邻居，一对被自由恋爱洗脑的青年女子，正使一个满嘴新思想的男教员欣享齐人之福。梅行素于是"出川"，以为奔赴大时代的旋涡中心，便可看见真正的"自由世界"，结果被"革命军人"围猎，"打仗，捉反动派，开群众大会，喊口号；开完了会，喊过了口号，上亚洲酒店开房间去——"。茅盾笔下的"时代女性"，静女士、慧女士、徐曼丽……有几个不曾掉落过诱奸的陷阱？又有几个不在经历迹近相同的陷阱之后又落入各各不同的幻灭之境的？

在新近出版的《诱奸史：从启蒙运动至当代》一书中，作者诺克斯（Clement Knox）认为，现代诱奸叙事发端于启蒙运动，而自由主义则是罪魁。如果说旧式的诱奸叙事常以虚假的婚姻承诺来诱人性交，故而被称为"邪恶类型"，那么启蒙运动以来的现代诱奸叙事，诱惑者则常高举自由恋爱的大旗，是个性解放的英雄，且常由作家和知识分子所扮演①——正如雪莱和拜伦，而每个被"自由意志"灌注的个人，其性选择都被自动默认为是理性推导的优选结果，是对"生命、自由和追求幸福"之独立宣言的热烈回应，是对"未来社会幸福的预约券"的积极信任——即便她是被诱惑者和最终的受害者。然而在你惊醒之后、幻灭之前，"邪恶"之色在这套诱奸叙事里却早被完全滤去。

倘若今天细加究诘，某新文化运动先驱与杭州的一个师范女生发生在西湖边的艳事，会不会就是一个现代诱奸叙事的个案？女生是"先驱"名义上的表妹、婚礼上的伴娘，因此，"先驱"所为，与茅盾笔下享齐人之福的新式教员，与雪莱拐带一对同父异母的姐妹，是否有"形式"或"逻辑"的同一？当一直以来人们用"出轨""婚外恋"来定义这一故事时，是不是有故意滤去"邪恶"之色的阴暗动机？

其实，即便经历了启蒙运动，即便男女果真同处自由之境，性别关系中显而易见的不平等的权力关系的存在，也使得现代诱奸叙事应该且必须置入女权主义的辨析维度。

三

一部现代诱奸史，是女性在争取自由的道路上的牺牲史、代价史。那么，女性应该反自由吗？当然不是。

玛丽·雪莱是《弗兰肯斯坦》的作者，现代科幻小说的鼻祖之一。她与雪莱拥有一个私生子的事实，是《弗兰肯斯坦》的灵感之

---

① Clement Knox, *Seduction: A History From the Enlightenment to the Present*, New York: Pegasus Books, 2020, pp.9–14.

源。"私生子"给玛丽造成了巨大的痛苦与无尽的困扰。弗兰肯斯坦创造了怪兽，又抛弃怪兽，最后与怪兽同归于尽的故事，是玛丽在现实中的切身经验的隐喻。雪莱是乌托邦的热切歌颂者，而玛丽却写下了反乌托邦的经典之作。

哈丽雅特因抑郁症投水自尽。她死后，玛丽才得以与雪莱结婚。在雪莱意外溺亡后，玛丽不得不与雪莱的父亲达成一个协议：老雪莱要求玛丽在他去世前不得在公开的文字里提及雪莱——他声名狼藉的儿子，从而，他许诺为这对无助的孤儿寡母提供生活保障。老雪莱活了九十岁；他去世后仅七年，玛丽离世。因为生活所迫，玛丽不得不在自己的文字里隐藏雪莱，等她可以无须这样隐藏时，或许因为年迈，或许因为幻灭，她已吝于提及。耐人寻味的是，在某次对谈中，玛丽表示，她只在哲学上认可自由恋爱，但在实际上怀疑它。①

所以，女性当然不应该反对自由，但前提是，当自由降临时，你必须是一个足够强大的主体，能驾驭、操控这幸福的机件。这意味着你首先能切实地养活自己，无须因为仰人鼻息而忍气吞声；意味着你懂得将理性视为"智性工程"（沃斯通克拉夫特语）的核心，长年修炼，通晓得失进退时的道德与法律依据。女性应该接纳怎样的自由？玛丽母亲的话是应该切记的："除非自由使妇女的理性加强，直到她们了解到自己的责任并且看到责任和自己真正的幸福有关联。"②玛丽·雪莱，以及哈丽雅特和克莱尔，以及有似梅行素的"时代女性"们，她们晦暗、绝望和千疮百孔的人生无不如此证明着。

---

① Clement Knox, *Seduction: A History from the Enlightenment to the Present*, p.188.
② ［英］玛丽·沃斯通克拉夫特：《女权辩护》，第 11 页。

所幸，克莱尔活到了八十岁。在雪莱和拜伦去世半个多世纪之后，克莱尔作为"幸存者"似乎最有资格以回望的方式向世人总结她与两位诗人的"自由恋爱"。她写道："自由恋爱是多么邪恶的激情，它滥用了生命的安抚和慰藉，并使之成为毁灭性的灾难。……这就是我对两位伟大诗人的回忆；他们是自由恋爱最中意、最坚定的鼓吹者和实践者。……在自由恋爱的教义和信仰的影响下，我看到英国两位诗人最先成为谎言、卑鄙、残忍和背叛的怪物。"①

2022 年 12 月 30 日于菩提苑

原载《文艺争鸣》2023 年第 2 期

---

① Clement Knox, *Seduction: A History from the Enlightenment to the Present*, p.204.

反启蒙的性别

一、铁屋子中的铁屋子

众所周知，鲁迅在《〈呐喊〉自序》中提出了著名的"铁屋子"喻象。铁屋子"绝无窗户而万难破毁"；许多在铁屋子里熟睡的人们，不久都将闷死。鲁迅的问题是：是任其在昏睡中死灭，还是通过呐喊将他们叫醒了等死？

"铁屋子"的喻象在后来的各种启蒙叙事中被无量征引，而鲁迅的质问中所内置的反启蒙的向度却一直被有意无意地忽略。睡死或醒死，对应的是"安乐死"或"受难死"；如果结局是必死，何苦选择"受难死"而不泰然接受"安乐死"？这成为悬置的难题，横亘在推行启蒙的道路起点上。鲁迅的质问，由"安乐"和"受难"相诘难而迸出的巨大的伦理感出发，抵达的是无边的绝望。当是时，被现代性所逼视的中国，其腐朽历史的积重难返，极权政治的暴虐无道，专制文化的吃人陋习，以及国民劣性的诸般顽相，都令鲁迅的心灵深陷回天无力、救赎无望甚至无地徘徊的死灭之境。

对于以"立人""立心"为其立论之根本的鲁迅来说，自然是哀莫大于"心"死了。在深切而无边的绝望面前，一切拼死挣扎都不过是徒劳，是虚妄，激不起任何"意义"的浪花；同样，在"必死"的巨大寂灭感面前，睡死和醒死，"安乐死"和"受难死"，其实没有质的区别。换句话说，通过呐喊而将熟睡中的人唤醒，这样的启蒙动作，其实没有意义。唯一有意义的，是反抗绝望。

假如铁屋子万难破毁，即便将所有熟睡中的人唤醒也最终无法将它凿穿、砸破、推倒，那么，让人"醒死"就转而成了一种极度的残忍。之所以说鲁迅的反启蒙是基于一种巨大的伦理感，就是因为鲁迅无时不在警惕启蒙（"唤醒"）有可能造成的二次伤害。启蒙而不计代价，是常见的一种论调；启蒙而讳谈代价，是另一种常见的论调。但鲁迅不一样。如果说鲁迅反启蒙，那么，至少他是反对前述两种启蒙论调的——虽然它们常常是主流的启蒙论述。鲁迅比同时代人更犀利地——或者说是更不留情面地察觉到了被启蒙的迷彩所包裹的工具理性。而如果说鲁迅是个伟大的启蒙主义者，那么，恰恰是因为他更为关注启蒙的巨轮碾过人群的后果，关注这巨轮与个人、身体和生命之间的事实关联，并始终坚持要求将启蒙归置在人道主义的轮轨内。

毫无疑问，鲁迅是一位伟大的女性主义者——波伏娃也曾同样这般盛赞过福楼拜。中国的女性主义者也非常倚重鲁迅关于女性、关于性别的诸多精辟之论，将他引为崇高的知己。而"铁屋子"的喻象若在性别话语的推动下作进一步的阐发，它会成为新的批判利器；它与启蒙或反启蒙的微妙关系，也会启动我们重审女性与启蒙之间某些被错置或被弃置的重大议题。比如，对于女性来说，"铁屋子"是双重的：在鲁迅所言的"铁屋子"之内，尚有另一重"铁屋子"——父／男权制——笼罩、压迫其上。女性之经受禁锢、压

287

迫、欺辱的惨痛历史，便由这双重的"铁屋子"得以有直观的呈现。这铁屋子中的铁屋子，同样绝无窗户且万难破毁。问题来了：应该启蒙或唤醒女性吗？如果将女性唤醒的结果不幸只能是"醒死"，那么，女性为此付出的代价或承受的痛苦，也同样必将是双重的，是远超一般意义上的男性所付出或承受的。谁，以及如何为这沉重的代价、惨重的痛苦负责？女性能否规避或较大幅度地削减"醒死"的代价和痛苦？如果不能，女性是否应该或有权拒绝这样的唤醒或启蒙？又若不能，其为何哉？女性究竟需要什么样的启蒙，以及如何启蒙？——派生的议题还有：由谁来唤醒熟睡中的女性？为什么是他／她？

二、在二十年代"醒死"

1923 年秋，冯沅君发表《隔绝》。一对自由恋爱的男女"新青年"，筹谋双宿双飞，"立志要实现 Ibsen, Tolstoy（按：易卜生，托尔斯泰）所不敢实现的"，不料事与愿违，女主人公繻华罹惹家母幽禁，致使一对恋人横被隔绝。"新青年"们所以为的"神圣的，高尚的，纯洁的"爱情，在家母所代表的旧势力看来不过是"真同姘识"，绝对是"卑鄙污浊"的。这样的新旧峙立，在"五四"一代可谓司空见惯，颇为普遍，衍为小说，也不必拍案惊奇。今天重拾这篇小说，意在特别指出，女主人公之遭致身体拘禁，囚在小屋，失去自由，这鲜明的一幕，是一个醒目而锐利的象征，让人看见了铁屋子中的铁屋子。

被囚在铁屋子里的女主人公发出了这样的誓言："身命可以牺牲，意志自由不可以牺牲，不得自由我宁死。"此言一出，裴多斐的浪漫身姿立时耸立于字面。裴多斐的身姿流行于"五四"，它代表了新文化运动的一个关键而崇高的向度，并使"自由"成为现代启蒙最具辨识度的铭文。"自由"而外，万般皆下品，包括身体、性命和爱情，无不如是。毫无疑问，《隔绝》是自由宣言的文学版，是现代启蒙在文学的回音壁上撞出的宏浑余响。《隔绝》是书信体小说，由女主人公繡华以第一人称代入进行叙述，其中有男女主人公肌肤相亲却又有柳下惠般克欲意志的大段铺叙。这在当时实属大胆。鲁迅在谈到冯沅君笔下欲迎还拒的两性描写时，认为这"实在是五四运动之后，将毅然和传统战斗，而又怕敢毅然和传统战斗，遂不得不复活其'缠绵悱恻之情'的青年们的真实的写照"。① 我倒是对此另有一孔之见。我认为，繡华在情欲中的忽进忽出，恰恰表明，无论是情感与欲望，还是灵魂与肉体，她都能凭借其丰沛的主体意识收发自如，是自由意志充盈的象征，因此，繡华之形象——作为一个觉醒了的"新女性"——其实表露的是冯沅君向往、推崇自由意志的刻意。

然而，一言成谶，被"自由""主体""个性"等现代启蒙理念唤醒的繡华，其结局是终于"醒死"了。而铁屋子中的铁屋子，却未见丝毫损毁的痕迹。两年以后，1925 年 10 月，鲁迅作《伤逝》，供上了子君这又一"醒死"的"新女性"为祭。子君虽与爱人战胜了"隔绝"，但并不能作为例外而逃开"醒死"的宿命。假使繡华能活着战胜隔绝，结果也不过如此。而如祥林嫂一般"睡死"，或像子君一样"醒死"，有什么优劣吗？我以为，忧愤如鲁迅者，或许并不认为"醒死"是更好、更高尚、更有价值的死法。

与冯沅君发表《隔绝》相隔无几，庐隐发表了《海滨故人》。

---

① 鲁迅：《中国新文学大系·小说二集序》，见《鲁迅全集》第 6 卷，北京：人民文学出版社，2005 年版，第 253 页。

这个小说中，五个在京城就读大学的"新女性"，与寡欢薄义的人生相互驳难，于枯澹、无聊、迷茫、凄苦之中发出"知识误我"的感慨："十年读书，得来只是烦恼与悲愁，究竟知识误我？我误知识？"虽然茅盾称庐隐是"被'五四'的怒潮从封建的氛围中掀起来的，觉醒了的一个女性"，是"'五四'的产儿"，[①]但实际上，正是在"知识误我"的慨叹中，庐隐及其小说人物露沙等，与"五四"、与新文化、与现代启蒙拉开了审慎的间距。这五个女性，"她们都是很有抱负的人，和那醉生梦死的不同"，因此，她们以如今所谓"姐妹情谊"（sister-hood）的名义，"在一切同学的中间，筑起高垒来隔绝"，但很快，婚恋时刻的降临，瞬时击溃了这虚拟的高垒。她们都是提前出走的娜拉，但都极具反讽意味地最终——转型为出走前的娜拉。她们活脱脱是象征性"醒死"的一代。这真是历史性的吊诡。的确，"五四"娜拉们只在"出走的瞬间"才是可见的女性，此后便走向历史的地下，走入前途未卜的无名之地。有论者指出，新女性们踏出"父的门"，又不得不面临"夫的门"的召唤，婚姻作为一种"封建编码"，意味着女人的历史性终结，"是女人的历史性生存的死亡"。[②]此论鞭辟入里，尤其是，从此"门"到彼"门"的喻说，已隐有铁屋子的生动意象。露沙在遗书里称将"随三闾大夫游耳"。三闾大夫是自谓"众人皆醉我独醒"的，他的自投汨罗，当属"醒死"。小说结尾对露沙的存亡留了悬念，但我倾向于认定，露沙必已"醒死"无疑。

我们需要特别记得的是，"醒死"之痛远胜"睡死"，特别是对于身处铁屋子中的铁屋里的人。

---

① 茅盾：《庐隐论》，见《茅盾全集》第 20 卷，合肥：黄山书社，2014 年版，第 129 页。
② 孟悦、戴锦华：《浮出历史的地表：现代妇女文学研究》，郑州：河南人民出版社，1989 年版，第 38 页。

三、反启蒙的三十年代

1930年初，冰心发表《第一次宴会》。这个在冰心后来创作数量本就微小的小说中不太被人留意的作品，其实却揭示了一个重大的精神隐秘。在这个小说中，一个新婚的年轻女人，一个刚刚获得新的社会角色的女人，在翻检行李时发现母亲悄然赠送的礼物，霎时被一种巨大的情感击中；作为"新女性"，她曾极度憎厌并试图拼力抵制旧式母亲的影响，像美国女性作家艾德里安娜·雷奇所说的那样，"不顾一切想弄清母亲与女儿的接合处，以便施行彻底的分离手术"[①]，但最后，女儿与母亲的角色裂痕却被一种共通的性别经验（婚姻）所弥合。对母亲形象给予情感和价值的双重认同，对母亲形象所代表的性别经验的返身认同，使冰心的性别意识弹向了"启蒙现代性"的反面。由现代启蒙所开启的新的历史叙事，在冰心的写作中被疏离。夏志清说冰心是个"离五四传统稍远的作家"[②]，丁玲说冰心"不能真正有'五四'精神"[③]，不是没有道理的。冰心本人也将自己在精神与写作上的转型称为"歇担在中途"。表面上看，冰心的写作仍然被新的历史叙事所推涌，但细究一下就会发现，在她那里，历史的世俗面孔正在被"母亲"所替代，历史的神圣内容正在被"母性"所填充。

1957年，张爱玲发表《五四遗事》，隔着四十年的时间之河回望新文化运动，重审现代启蒙的唤醒后效。故事的结束时间被定

---

① ［美］艾德里安娜·雷奇：《关于女人的诞生》，转引自［英］L.爱森堡、S.奥巴赫：《了解女性》，屈小玲、罗文坤译，北京：光明日报出版社，1990年版，第53页。
② ［美］夏志清：《中国现代小说史》，转引自《冰心研究资料》，北京：北京出版社，1984年版，第411页。
③ 丁玲：《"五四"杂谈》，载《文艺报》第2卷第3期，1950年5月10日。

格在三十年代；受启蒙运动洗礼、向往自由恋爱的新青年们，出人意料地达成了一个一夫三妻的令人啼笑皆非的结局："这已经是一九三六年了，至少名义上是一个一夫一妻的社会，而他拥有三位娇妻在湖上偕游。"张爱玲直截了当地将一种性别宿命论戳露在叙事体外，不由分说地否决了现代启蒙对于"女子问题"的基本意义。在她看来，无论年代如何更迭，也不管社会形态怎样变易，"女子问题"永远无法在历史实践中找到对应的解决途径，因为历史在本质上是反女性的。1958年，《青春之歌》发表。这部小说的故事时间，截取三十年代的前半。它以一个性别与政治相叠加的双重修辞，展开了新民主主义革命的历史叙事。撇开其狭义的政治立场不论，这部著名小说展示了常以潜意识的隐蔽方式而呈现的性别政治，即男性作为启蒙者和女性作为被启蒙者的恒定的角色设置。林道静作为"永恒的女性"，在人生的不同阶段，分别被不同的男性阶段式地、递进式地唤醒。换句话说，由于某种恒常的角色派定，有一个下意识被接受的结论：是且只有男性，才能将女性从套娃式的铁屋子里唤醒。

1992年，池莉发表《凝眸》。同样是关于三十年代的历史叙事。柳真清总是身着刻意模糊性征的"直身旗袍"，并能在面对暴徒时凛然做出"像一个男人羞辱另一个男人那样拂袖而去"的动作。她对于男性的内在崇拜，她的"去女性化"而不得的自惭，可谓昭然。但在进入历史腹地之后，她才得以窥破，与新启蒙有关的种种宏大话语，都不过是历史的美容术。"男人自有他们自己醉心的东西。因此，这个世界才从无宁日。将永无宁日。"她陷入了巨大的、无可救药的"厌男症"，强行自我隔绝，将自己制为"醒死"的活标本。但柳真清的"醒死"已完全不同于二十年代，它决绝地否弃了只能将女性置于"醒死"的所谓启蒙，它的将世界死死拒之于外的门扉上，愤怒地钉着誓作某种性别清算的历史账单。

　　本节有意将关于三十年代的若干性别叙事的文本加以拢聚，亦试图制其为一个标本（这个标本当然还可以制作得更大一些），用以表示：近一个世纪以来的性别叙事正以层积、累加式的态势，表达某种反启蒙的锐意——在更深一层的意义上，这个标本要呈现的是现代性在性别议题上的危机。如果某种启蒙只能导致"醒死"的后果，它就应该彻底地、及时地被反对和被否定。"反启蒙的启蒙"，不仅作为一种新的启蒙理念，而且还必须作为一种态度和方法而被女性主义者时刻操持。尤为重要的是，在对新的启蒙机制的寻求与设计中，应当包含有自我唤醒的功能——无论是对于女性，还是对于一切人。

2022 年 9 月 3 日于菩提苑
原载《文艺争鸣》2022 年第 9 期

危难之际的文学伦理

清代文人赵翼有诗云："国家不幸诗家幸，赋到沧桑句便工。"（《题遗山诗》）这句诗，甚为锐利地点中了一个古今相通、中外俱同的诗学痛处，即在某个极端的意义上，国家（"不幸"）与诗家（"幸"）之间存在着一种深刻的伦理悖谬。

不过，从大处看，从理论原则上看，这一伦理悖谬对于文学和艺术创作其实并不构成根本性的困境或难以逾越的障碍。化解这一伦理悖谬的最完美的路径和结果，诚如这句诗在字面上的逻辑所示，就是将"国家不幸"具足地转化为"诗家幸"，即"诗家"以"诗"的特定方式完美地圆成了对"国家不幸"的历史和美学的义务担当。"国家不幸"与"诗家幸"在一种并不复杂却十分深刻的辩证关系中彼此抵达，互相圆成。

然而，从小处看，从具体实践中看，这样的"圆成"却并不简单，也不容易。自古至今，战火频仍，灾祸不绝，疫害如缕，因此而问世的文学篇什如恒河沙数，但能为时人争诵、为世代流传的，却百年不遇，千载难逢，万中无一。可见，"诗家幸"并非普降甘霖式的雨露均沾，而是天造地设般的时运与命定，是时选，是天择，是无法预知和确定的弥赛亚时刻。黑格尔在《历史哲学》中说："人类在历史中学到的唯一的教训，就是没有从历史中吸取到任何教训。"这句话道出了某个难度：由于历史总是诡计多端，人类在攫取历史教训方面总是不免孱弱甚至无能，这就使"国家不幸"訇然转换为"诗家幸"的呕心谋划和深切期待，也常常不免陷于沦落与虚渺。

一

但凡天灾横掠，嗣后往往有惯常被称为"文艺轻骑兵"的诗人、作家及作品蜂拥而至。相关的文类涉及各种抒情短章、通讯速写，以及在文学圈"碰瓷"有年的"非虚构"。这类作品涌现的速度之快可谓追风逐电，匪夷所思；数量之多，可谓车载斗量，不可胜数。

"轻骑兵"式的文学抒写无疑是必要的和重要的。对于这样一种写作方式和作品形态的肯定，也基于一种朴素的伦理。一场惨烈而大规模的灾祸发生时，全民性的社会动员，除了行政号令之外，可能再没有比文艺力量的介入更行之有效的其他途径了。甚至，很多时候，文艺力量的动员效果往往比行政力量更浩大、更宏远。此际的文学和其他艺术门类作品的创作，皆受命于一种朴素、清晰且坚定的人道主义情怀，其话语和情感都被一种与人道情怀相匹配的修辞所高度统一，其目的在于激发"苍山有难，山河同悲"的共情（同理心和同情心），从而达到全民性社会动员的目的。孔子所谓"诗可以群"的训解，便能在这里得到恰切的印证。与此同时，"轻骑兵"式的文学抒写，作为一种"诗"与情感的即时记载、同步刻录，也为日后的审视与重返提供了富于现场感的、原初而本真的素材。由之，"轻骑兵"式的抒写不仅是一种情感所趋，也是一种文学必然，更是一种伦理风尚，它值得重视、支持，其中的优秀者也值得推崇。

当然，必须进一步说的是，"轻骑兵"式的文学抒写毫无疑问地并非"国家不幸"所想要致力转换的"诗家幸"，至少，所谓的"诗家幸"并不主要是"轻骑兵"式的抒写成果。从"国家不幸"中圆成的"诗家幸"，其艺术高度与思想含量，显然不是"轻骑兵"式的短平快的浅显手段和通俗水平所能企及的。不仅如此，实际上，情况可能更让人心情沉重：在经过某些复杂的理论迂回之后，"浅显"和"通俗"可能招致严厉的伦理责难。

"轻骑兵"式的抒写表现了一种共情，它通过分享他人的悲痛而使我们感受到他人的存在之重，并使人们从灾害的痛苦之中体会到无形的团结力量。詹姆斯·道斯认为，人有一种基本的需求——一种对被联结（connectedness）的需要，正是这种基本需求，使得"共情"——同理心和同情心——长久以来都是文学研究热烈探问的主题的原因。他说："它们（同理心和同情心）位居我们存有的核心，以至于它们每受到一次解构，我们都会心惊肉颤。"[1] 然而，他同时又不无疑虑地提问：同理心或同情心会像钱一样，花完就没有了吗？

这峻意十足的提问，切中了某个与诗、与文学、与审美相关的伦理要害。在道斯看来，由于"读者在拿起一本小说以前便已经知道里头充满痛苦、心碎和放逐，但仍然甘之如饴"，因此，在道斯的严厉的理论眼光的逼视下，种种通过文学作品阅读他人所遭

---

[1] ［美］詹姆斯·道斯：《恶人：普通人为什么变成恶魔》，梁永安译，上海：上海三联书店，2020年版，第206页。

受的痛苦的行为，究其实不过是一种消遣式的"休闲行为"，并且，"这种休闲行为更像是出于幸灾乐祸而非同情心"①。这个关于"休闲""取乐"的发现和结论，是令人震惊的，因为，正是从这个发现、这个结论出发，我们就地重温了阿多诺的名言："奥斯维辛之后，写诗是一种野蛮。"由之，阿多诺在大屠杀之后提出了著名的"非审美化"（de-aestheticize）思想——他基于一种历史主义的、否定性的批判立场，首先从伦理层面否定了诗和审美的先验合法性。换句话说，在阿多诺看来，诗或审美并不先天地享有"政治正确"的豁免权，相反，"诗性"必须与"正义"站队方能存有。伦理的正当性，成为诗与审美的头号问题。我们不得不如此反省：假如写诗是一种野蛮，那么所谓的"共情"，所谓的"眼泪"和"感伤"，就很难不是一种虚饰虚伪、一种虚拟的感伤，因此它们终究也是一种道德上的腐败与堕落。

何谓真正的"诗家幸"，实难一言蔽之。但有一点是毫无疑问的，即真正的"诗家幸"不仅必须在体量、格局和境界上与"国家不幸"相匹配，并且必须洗清为"休闲"和"取乐"提供资材的嫌疑，摆脱"野蛮"和"虚伪"的强劲坠力，从而引导文学渡劫般超克全方位的伦理危机。

二

阿多诺所谓"奥斯维辛之后写诗是野蛮的"，并不是说从此以后可以彻底地将诗或诗人从我们的生活和视野中取消、驱逐了。他的意思是，在经历了奥斯维辛这样的人道灾难之后，之前的诗歌都

---

① ［美］詹姆斯·道斯：《恶人：普通人为什么变成恶魔》，第 205 页。

失效了，如果诗人在诗作中还沿袭以往的诗艺和美学——如像席勒那样视欢快为艺术存在的理由乃至一种真理标准，那将是严重违逆人伦的，是不道德的和野蛮的。因此，诗的功能需要被重新审视（如阿多诺所说："艺术必须自动与欢快一刀两断……奥斯维辛之后欢快的艺术则不再是可能的了。"[①]），诗的技艺和修辞需要重新设定，如以策兰为代表的战后德语诗人那样，寻求一种"反表征的表征"（即"通过摧毁习惯化、审美化的表征来呈现不可言说之真相"），甚至这还不够，还必须去寻求"语言与知识的重获：一种新的语言与知识的诞生"[②]。

研修中国新文学史的人，一定对"一种新的语言与知识的诞生"的议题心有戚戚。百余年之前，身临"三千年未有之大变局"，国难当头，在有识之士的吁求与奋争之下，正是语言与知识的重置，开启了中国新文学的端绪。而陈独秀《文学革命论》中所谓"三大主义"，其实也是对于文学伦理的全面刷新。二十世纪三十年代"文艺大众化运动"的兴起以及由鲁迅牵头提出的"民族革命战争的大众文学"，四十年代为贯彻《讲话》精神而确立的延安文学，都曾试图以对"一种新的语言和知识"的重获，使文学得以被新的合法性所支持、所武装，从而参与应对和克服具体的、特定的历史危机。同样，在作为历史浩劫的"文化大革命"结束之后，"告诉你，世界，我不相信"这样的诗句以对时代迷雾的直接穿透，宣告了"一种新的语言和知识的诞生"，为文学画下了新的界标，为劫后余生的人们提供了护心的盾。

---

① ［德］阿多诺：《艺术是欢快的吗？》（"Is Art Lighthearted?"），转引自赵勇著：《法兰克福学派内外：知识分子与大众文化》，北京：北京大学出版社，2016年版，第132—133页。
② 陶东风：《奥斯维辛之后的诗——兼论策兰与阿多诺的文案》，载《文艺研究》2020年第12期。

面对一场波及全球的疫情所引发的危机，我们的文学是否也需要上升到重置语言和知识的地步，才能获得某种合法性支持呢？有一点是无疑的：疫情时代的语境已空前复杂。如此这般的繁复、精微与裂变，使今天的严肃文学，尤其是我们指望其成为"诗家幸"的文学，都需要面对这样的诘问：诗，尚能群否？

　　是的，必须有一种新的语言和知识的重获，否则，任何对于这场疫情的叙述，任何有关这场疫情的诗章，都将是草率的、轻浮的和野蛮的。

　　我们因此有必要留出时间和耐心，以容反思之利器在人心与苦难的地层开掘新的语言和知识。我们得承认，在今天，面对任何一种灾祸，人类就此进行的反思，难度已大大增加。但是，即便这样，唯有反思不能被取消。虽然人类——如黑格尔所说——难以从变动不居的历史中吸取教训，但无疑，若人类社会在每一次灾祸之后都能进行深切反思，进行根源性的探察、认知和拷问，便能不断累积人道的厚度，提升人类绝处逢生的概率与自我救赎的能力。反之，假如没有深切的反思，人道会流于肤浅，野蛮就会被纵容。大部分时候，肤浅的人道、感伤的政治，对于危机的化解，起效甚微。比如，狄更斯就深知，"即便他有能力'让全世界的伪君子为他所描写的贫穷景象与夭折的孩子们落泪'，仍然无法让他们看出自己与这些苦难的关联"。[1] 这意味着，如果反思——特别是深邃的、革命性的反思，那种试图发现苦难的发生机制，从而竭力尝试剪断苦难与人类之关联的反思——被取消或被削弱，苦难就将以自动循环的方式不断再现。反思，唯有反思，以及对反思的不懈推进，方能导向新语言和新知识的诞生。

---

① [美] 詹姆斯·道斯：《恶人：普通人为什么变成恶魔》，第208页。

而对于如今每一个作家来说，其人道情怀的化育则需要导入另一种深具宗教感的伦理焦虑——如陀思妥耶夫斯基所说："我只担心一件事，我怕我配不上自己所遭受的苦难。"

2021 年 5 月 25 日于恕园
原载《文艺争鸣》2021 年第 6 期

被缩略和被化约的文学

一

少年维特以一场撕心裂肺的诗歌朗诵完成自己绝望的表白后，回到自己的住所，开枪自杀。不知道歌德走笔至此时是否曾潸然泪下，一如后来的托尔斯泰曾为安娜·卡列尼娜的弃世涕零不已。我所知道的是，在维特之死终结了一段感伤主义的叙事之后，一场从文学向现实横移的"狂飙突进"运动在歌德的指尖开启了它风暴般壮阔而浪漫的历程。在德国浪漫主义时期，在那个如席勒般认为"美独自就能使整个世界幸福"的年代，"人们普遍相信，在德国及其他地区，发现数位年轻男子打扮成维特的模样，朝头部开枪自尽，倒在一册《少年维特之烦恼》上"①。毫无疑问，那些维特的模仿者使《少年维特之烦恼》在文学史上的经典性得以加持。我们大约也可以由是获得认知：正是浪漫主义对感伤的极致体验，使得

---

① ［美］迈克尔·费伯：《浪漫主义》，翟红梅译，南京：译林出版社，2019 年版，第 21 页。

"忧郁"自此成为德意志的国家表情。

中国作家韩少功也曾描述过相类情节。在一篇题为《在后台的后台》(1991)的序文中,他开篇即道:"我有一个朋友,肌肤白净举止斯文,多年前是学生领袖。当时有个女大学生慕名而来,一见面却大失所望,说他脸上怎么连块疤都没有?于是扭头而去,爱情的火花骤然熄灭。"①这个桥段不久后也被他写进隐有多种"本事"的小说《昨天再会》(1993)中:"那时候有一位少女慕名来爱他,一见面竟大失所望,说他的脸怎么这么白净?一条疤都没有!然后弃之而去。少女一定觉得英雄的脸上一定不能没有伤疤,不能没有痛苦感。我总算想起来了,她一定读过曾经风靡一时的《牛虻》。"②就是这部名为《牛虻》的意大利小说,曾深刻地影响过奥斯特洛夫斯基,也影响了他笔下的保尔·柯察金,并和《钢铁是怎样炼成的》一起影响和塑造了整整一代中国青年对于信仰、伦理和爱情的基本观念,成为他们身逢其事、身处其间时的行动指南。2004年,在史铁生辞世前六年,他曾亲自对《牛虻》一书进行改编和缩写,这大约可理解为他自己以及由他所代表的一代人假以"致青春"的别致方式。诚然,文学或许不能从根本上改变人性,决斗、饮弹或卧轨的极端行为也并不在现实中被提倡,但是,正如韩少功所说,至少,它仍然"能为爱情定型:定型出脸上的一块伤疤,以及因此而来的遗憾或快乐"。

在殉情自杀的枪响之前,歌德让少年维特对着绿蒂朗诵的诗,是歌德本人译自莪相(Ossion)的《塞尔玛之歌》,一首充斥着巉

---

① 韩少功:《在后台的后台》,见《进步的回退·演讲、序跋集》,上海:上海文艺出版社,2017年版,第185页。

② 韩少功:《昨天再会》,见《逼近世纪末小说选·卷一》,陈思和主编,上海:上海文艺出版社,1995年版,第538—539页。

岩、危崖、莽原、废墟、冷月和坟墓意象的，与"阳光普照的荷马"在风格上两山对峙的苏格兰古诗。我们有理由这样推想：这首漫长的诗作，被一个情感恣纵的少年带进一个激越而悲怀的朗诵场景，这诗、这场景，以及弥漫其间的自矜自哀乃至自毁的"遗世"气息，摄定了郭沫若一生中至为重要的阅读记忆之一。所以，在他的安排下，一个行将自尽殉国的中国古代诗人，在一座森岑郁悒的神庙、一个风雨如磐的暗夜，身负刑具，玄衣披发，面对虚空，开始了与风暴同时咆哮的《雷电颂》。这是德国浪漫主义与哥特式风格纠合着在中国现代文学史上留下的鲜亮烙印：在郭沫若的笔下，诞生了一个少年维特在第三世界的奇妙变体。毫无疑问，歌德、德国浪漫主义和"狂飙突进"运动对于创造社、对于"中国现代作家的浪漫一代"的影响可谓中毒般致命。比如郁达夫出道之初的小说《南迁》，其创作的灵感干脆直接来自歌德的《威廉·迈斯特》，它将歌德这一小说中关于意大利（"南方"）和迷娘的部分，移植到日本南部的安房半岛和一个名为 Miss O 的病弱、善感、文艺气质十足的日本女子身上。初版的《南迁》，每节的中文标题后面都附有德文（而不是郁达夫同样能娴熟驾驭的日文或英文）；这些标题有的直接来自歌德的小说（如《亲和力》），其他的也大致来自《威廉·迈斯特》中的《迷娘曲》。李欧梵将这样的挪用称为"文本交易"（textual transaction）。[①] 而这当中最有意味的是，和歌德翻译并让维特朗诵莪相的诗歌一样，郁达夫亲自翻译了歌德的《迷娘曲》，翻译了这首同样含有"苍穹""岩洞""危崖""瀑布""龙族"等哥特式意象，并使主人公闻之顿感"生的闷脱儿"（sentimental）的著名

---

① 李欧梵：《引来的浪漫主义：重读郁达夫〈沉沦〉中的三篇小说》，载《江苏大学学报》（社科版）2006 年第 1 期。

诗作，只不过，这一次，译诗被交由一个纤柔女子 Miss O 清泉般咏出——不出意料的是，沿着某个宰制性的逻辑，Miss O 不久后便逝世了。

二

艾布拉姆斯曾说，在亚里士多德的《诗学》被重新发现之后的很长一段时间里，包括艾氏在《镜与灯》里主要论涉的"整个十八世纪"，但凡批评家们"想实事求是地给艺术下一个完整的定义的，通常总免不了要用到'模仿'或是某个与此类似的词语"。①但在"模仿说"的冗长谱系中，"模仿"一直单向地被设定为是诗对于"世界"的模仿。莱辛就曾强调"模仿是诗人的标志"。因此，"艺术模仿生活"的单向设定既天经地义又持之有据。

但是，伟大的或经典的文学总能超越法度，逆向而行。它们通常会在两个基本向度上"再生产"自己。

一是在"生活"中被"复制"，譬如在一册《少年维特之烦恼》边殒命的男子，以及怀想亚瑟的刀疤面容慕求爱情的女子。亚里士多德曾说："悲剧所摹仿的不是人，而是人的行动、生活……悲剧是行动的摹仿，主要也是为了摹仿行动，才摹仿在行动中的人。"②然而，我们在前揭案例中看到的是与之倒行逆施的另一幅图景："生活"中的悲剧恰恰是"行动中的人"模仿了文学中的"人的行动、生活"。这样的例子俯拾皆是，不胜枚举。某种意义上说，如

---

① [美] M.H. 艾布拉姆斯：《镜与灯：浪漫主义文论及批评传统》，郦稚牛等译，北京：北京大学出版社，2004 年版，第9—10 页。
② [古希腊] 亚理斯多德：《诗学》(修订本)，罗念生译，北京：中国戏剧出版社，1986年版，第14—15 页。

果艺术不能被生活模仿，那么，"艺术高于生活"的论断就不免成为批评公式里的无理数。所以，如果不计较其理念与动机的偏执，我们应该承认，王尔德所谓"生活模仿艺术远甚于艺术模仿生活"的论断自有其坚实而深刻的文学理据。顺带要说的是，以我有限的阅历，我所知道的有关"生活模仿艺术"之最为震撼的案例，是在浙江绍兴横空出世、拔地而起的"鲁镇"。

二是在后世的文学中不断"复活"。这也是辞世不久的哈罗德·布鲁姆的诗学体系中最招人讥诟的地方：前人在文学上的伟业是不是必定对后来者构成深重的"影响的焦虑"？是不是必须通过对诗祖的"闪避"方能成就当下的文学创举？显然未必。在中国，从韩愈的"文起八代之衰"，到明清之际诗坛的"宗唐"或"崇宋"，"复古"一直是中国古代文学史默认的基调，这一基调其实暗含着中国历朝历代文人对某个文学初始"原型"的追慕（而不是"闪避"）。黄子平在其早年影响颇广的论文《同是天涯沦落人》中讨论了一个在中国文化传统与美学精神中已然固化的叙事模式如何从白居易到王实甫、从郁达夫到张贤亮的千年流转：这个流转过程的核心，与其说是呈现为不断的"变异"，毋宁说是不懈的"遗传"，是同一文化基因作用下的家族相似，是对"影响"的坦然接受而不是急于"闪避"的深切焦虑。即使在跨语言、跨文化、跨国别的文学视野里，歌德、《少年维特之烦恼》在郭沫若、郁达夫那里发生的回应，同样可视为时间／文学史维度上的一次"复活"，并可视为"世界文学"得以提出和成立的美学前提。不用说，一部经典作品将因"复活"次数的增进而被视为"经典中的经典"，相应地，经典作家也将因之增辉，进而被视为"作家中的作家"。

当文学可以在生活中得以"复制"、在后来者那里得以"复活"之时，便是文学最具统治威仪、拓疆扩张伟力之季。当此之际的文学或诗人、作家，最是雄心勃勃，往往左右睥睨，顾盼生辉。比如，不满二十岁便已是"文坛偶像"的穆时英，"随便哪家书店都要叨光他的名字"①，在上海这个"造在地狱上的天堂"，在摩天楼、霓虹灯、无轨车、狐步舞、爵士乐、混合酒、埃及烟的间隙，遍布城市的巨大的广告牌上是用句法新异的"穆时英体"写出的广告词。穆时英的小说与上海，彼此模仿，互为镜像。甚至，他难捺自得，让小说主人公的书架里也摆上穆时英的小说集。他自己"满肚子堀口大学式的俏皮话，有着横光利一的小说作风"②，于是他干脆在小说里让一个"喜欢读保尔穆杭，横光利一，堀口大学，刘易士"的女孩赞美起男主人公——一个可与"刘呐鸥的新的艺术"相提并论的新进作家（《被当作消遣品的男子》）。文本内外，他大小通吃，风骚俱领。那种风头无两的得意扬扬，曾经确乎专属于文学。比穆时英约早一百年，当《老古玩店》在狄更斯自办的刊物上连载时，"小说获得了巨大成功，一时间所有人都对此津津乐道……甚至连远在纽约的人们都聚集在码头上，苦等装有这份刊物的客轮进港，每当客轮缓缓靠岸时，他们就会迫不及待地大声喊道：'小耐儿死了没有？'"③ 于是，1842 年，当不满三十岁的狄更斯在波士顿上岸时，他受到了如今摇滚巨星般的欢迎，他给朋友的信里写道："这个地球上没有一个国王或皇帝有过这样的待遇。"

---

① 漠：《偶像们的取巧》，载《新垒》半月刊，1933 年第 1 卷第 2 期。
② 迅俟：《穆时英》，转引自严家炎《中国现代小说流派史》，武汉：长江文艺出版社，2009 年版，第 136 页。
③ [英]毛姆：《狄更斯与〈大卫·科波菲尔〉》，见《毛姆读书随笔》，刘文荣译，上海：上海三联书店，2000 年版，第 120 页。

三

中国文学在二十世纪八十年代的一时兴盛，可谓一次"回光返照"。很快，有人宣布文学失去"轰动效应"了（1988）。很快，一些经典的文学场景被王朔在《动物凶猛》中戏仿；可以肯定的是，少年维特式的做派在王朔的小说里只可能被戏仿，直接跌进被奚落的沼坑。《雷电颂》在韩东的《山民》式的虚无主义面前显得突兀、生硬、造作，而众所周知的是，韩东用《有关大雁塔》利索地削平了杨炼《大雁塔》的"深度"。王朔们成功地封堵了文学"向上"超越的路径，人们对于文学曾经怀有的宗教情感，连同文学的救赎和精神建构的功能，突然被按下了停止键。

就其个人而言，王朔、韩东们都收获了厚薄不一的成功。时隔多年，他们中的一些人仍能在从文学攫取的丰厚红利中坐吃老本。但他们对于文学的损伤是严重的。正如王朔的《一半是海水，一半是火焰》所示，水与火的彼此倾轧，发生于文本内部的互相拆解，喻示了文学从此之后的"离散"之迹。文学被缩略了，它不再与"生活"、与"世界"在体量上对称，"生活"不再需要模仿文学，那些曾像基因一样顽强的"原型"或"结构"，如今多半只能在戏仿中"复活"，在反讽中"遗传"。终于有一天，曾被我们共同推崇的天才作家写出了被斥为"新闻串烧"的作品时，我们不得不沮丧地意识到，在核裂变式的当代现实面前，文学已缩略为当量几可忽略的微弱存在。这与作家是否仍具有想象力或整合力无关，事实上是，文学已再次回到了只能被动模仿"生活"的单向程序之中，只不过这一次，连模仿都有些吃力。

此外，其实还有一个更为严峻的大势已扑面而来。按德国天才学者基特勒（Friedrich Kittler）的说法，自留声机、电影、打字机等多样化媒介的出现导致的信息数据分流，浪漫主义文学已被终结，而"离散"必是浪漫主义之后文学的命定。文学的"物质基础"已被置换，文字书写的垄断地位已被瓦解，语言将退回到"纯粹能指"的局促而卑微的地位。从这个意义上讲，我们既不必怪罪王朔们的瓦缶雷鸣，也不可埋怨"天才作家"的回天乏术。如今，我们唯一要面对的，我们只可能面对的，是文学正在被缩略，直到被化约。

2020 年 3 月 11 日于菩提苑

原载《文艺争鸣》2020 年第 6 期

最后的作家，最后的文学

　　我们正陷入一个由数字技术和互联网造就的万物皆媒的全新环境，这个全新环境仍以日新月异、瞬息万变的惊人速度和无法估量的变革潜能在不断推出其最新形态。我们正身处一个生产方式和生活方式被全面刷新，而且难以把握其形态的时代。因为新媒体的存在和笼罩，世界的各个层面正在被重新组织，这当中自然就包括文化内容与文化认知的重组，至少就知识及其传承而言，我们正逐渐地却又加速度地进入一个后喻时代，即因为技术革命与知识更迭的周期不断缩短，上一代人在知识习得方面须返身求助于下一代人。

　　这种根本性的时代转型，将影响和造就文学范式的根本性转型。这意味着，如果我们认可生产方式对文学范式有决定性影响，亦即我们认可中国古典文学和中国现代文学分别对应农耕文明和工业文明，中国现代文学是相对中国古典文学的一次彻底的范式转型的话，那么，新媒体／后工业／技术文明接下来将造就另一次彻底的文学范式的转型，文学史将不只是要翻开一个新篇章，而是要跨入一个新纪元。

一

新媒体就其传播的性能而言，被认为是"所有人对所有人的传播"。这意味着传播在今天已没有死角。新媒体几乎已克服了传播过程中可能遇到的任何障碍，这当中包括空间和时间维度上的距离障碍，即便如文化传播意义上曾经的巨大障碍——语言障碍——如今也可以通过简便的技术手段迅速加以克服，而以往由于地缘政治、文化隔阂等原因形成的传播屏障，在全球化的当下时代，在技术和资本的双重助力下，也不再形同天堑。新媒体传播的广度可谓无远弗届，无处不在，传播的速度可以世界同步，全球零时差，而且从用户体验的角度来看，其使用成本低廉，方便快捷。

对于文学来说，纸媒时代在出版、发表等方面的专制和垄断如今已被瓦解，所以当下的文学在相当程度上已被应许为"庶民的胜利"。这不仅意味着对于庶民来说，"文学性"不再孤悬如梦，"作家梦"不再恍如彼岸，也意味着对于文学来说至少有两个方面的深刻走向。

首先，由于新媒体在传播广度方面的强大覆盖力，使得以前通过印刷和实物传播而有可能导致的阅读遗漏，在今天则几乎不会出现，或者说，发生阅读遗漏的概率非常低。对于作家来说，那种"知我者，何存天下"的孤芳之虞在新媒体时代会得到集体性的缓释。当然，这同时也意味着，一个作家、一部作品如果在当下不被重视，则其日后被"重新发现"的可能性很低。一个作家，成功或失败、幸或不幸，在新媒体时代有了立等可取式的命运裁决。对于有实力、有水准的作家和作品来说，这无疑是好事，至少，以往文学史上众多只能享受死后哀荣的作家个案将会越来越少。但这也可能引发另一种消解性的文学动机，即那种藏之名山、束之高阁，等后世知音前来发掘的写作上的名士清高，在今天可能毫无意义，于是，我们的作家和我们的文学真的有可能放弃这种清高，以应对新媒体时代的阅读期待，使得我们的文学不再具有引领阅读趣味的能力和企图，相反，它完全有可能被外在的阅读环境和阅读趣味所裹挟。事实上，我们的文学和我们的作家已在这种裹挟之中深陷四面楚歌式的危境，一百年前陈独秀以"平易的、抒情的国民文学""新鲜的、立诚的写实文学""明了的、通俗的社会文学"来为中国新文学命名时，以他当时的意气风发，一定不曾料想，不过百年之寿的中国新文学在今天却有可能和它当年与之决裂的对手一起被钉上"雕琢的、阿谀的贵族文学""陈腐的、铺张的古典文学""迂晦的、艰涩的山林文学"的标签，成为需要被且即将被彻底否定的历史陈迹。如今不得不主要依赖体制力量维护的"我们的作家"和"我们的文学"究竟是当下文学业态中的中流砥柱还是汪洋中的一条船，可由仁智两说。

其次，新媒体由于传播速度的快捷，使得出版、发表与阅读可以同步化，读者间的交流也可以实现同步化，这就使得文学作品"经典化"的时间过程被大大压缩。旧有的传播手段，在克服空间距离时造成的时间上的延宕，以及读者在意见交互时造成的时间延宕，是以往"经典化"过程中时间成本耗费巨大的根本原因。这种耗费，在很大程度上导致我们在谈论经典时常常喜欢说经典要"经得起时间考验"。但新媒体时代，"时间"在速度的作用下失去了恒定的模样，它将不再是确立经典的重要维度，至少将不再是至关重要的维度。在新媒体的作用下，文学作品的传阅广度以及在此基础上迅速形成的读者意见的总体性研判，才是确立经典或"经典初始化"的重要杠杆。

我想就此指出的是，由于新媒体提供了即时的交互空间，使以往散状分布的、大部分情况下容易被忽略和被遗漏的读者意见得以汇拢、交换、碰撞，从而形成巨大的意义空间，这个由交互平台形成的意义空间，正在挤迫并完全有可能取代专业的文学批评（尤其是学院派文学批评）曾经占有的话语空间，专业的文学批评尤其是学院派文学批评自命的"经典初始化"功能被削弱，直到被取消。因为，所谓专业的文学批评或学院派文学批评是纸媒时代的低端技术条件下形成的特定专业，而在技术条件和阅读水平都相当发达的新媒体时代，专业的文学批评或学院派文学批评愈益显露出了其专制的面貌、贫血的内里和装腔作势的风格。我们有必要意识到这样的深刻变革正在发生：我们引以为"专业"并以此安身立命的文学批评正在弥散。

二

新媒体的背后，支撑其运作的是技术和资本。限于篇幅，本文暂不讨论资本对当下文学的意义生产的决定性影响，仅讨论新技术所带来的书写方式对当下写作产生的革命性影响。

先举一例。在传统的侦探小说中，通过文字对一个谋杀场景的描写，既常让作者感觉费力，又让读者感觉烧脑。但多媒体技术作为一种书写方式进入后，这样的场景描写被一种超文字的方式解决，某种既让作者费力又让读者烧脑的困难瞬间迎刃而解。所以，已经有越来越多的人意识到了新技术带来的书写形态，将突破传统语言和传统书写的表意束缚，并大大拓展其表意空间。

然而，实际上，这远不是日新月异的当代技术给当下写作带来的关键性影响。

不久前，AlphaGo 再次以绝对优势战胜围棋世界冠军柯洁，让世人震惊无比。相比于二十年前的 1997 年人工智能战胜国际象棋世界冠军卡斯帕罗夫，人工智能完胜围棋世界冠军则让人深刻地意识到，人工智能已跃升到一个我们不曾预期，也不曾相信其能够企及的能力领域。围棋推崇"想象力"，而人工智能曾被怀疑无法复制这一最具人类特性的能力，从而也曾被怀疑无法战胜围棋手。但事实是，AlphaGo 证明了自己已具备国际象棋式的推理思维之外的另一维度的高超能力。如果用一种语言学的方式来进行拟说，那就是：以 AlphaGo 为代表的人工智能不仅早就掌握了转喻的能力，如今也已可靠地掌握了隐喻的能力。就语言能力而言，它已可以在横组合和纵聚合的双轴线上自如地驰骋和切换。就在 AlphaGo 挑战柯洁之前没几天，微软诗人小冰出版了它的中文诗集《阳光失了玻璃窗》。尽管诗人于坚撰文批评这部收录了 139 首原创作品的诗集只是语词和意象的生硬拼贴，但我们同时应该意识到，于坚的批评其实也适用于中国诗坛的基本现状，适用于当下中国诗人的绝大多数，这样一来，他针对小冰的诗所作的批评就失去了特指性。实际上，读过小冰的诗的人都会有一种强烈的感受：你不能否认小冰确实写下了诗。进一步的感受是：小冰的诗至少处于当下诗歌水平的中等线上下。人工智能在很短的时间内达到了一个惊人的智能水平，并会在将来以加速度的方式在智能水平上进行自我提升。这不禁让人想起霍金所说："文明所能产生的一切都是人类智能的产物，我相信生物大脑可以达到的和计算机可以达到的，没有本质区别。因此，它遵循了'计算机在理论上可以模仿人类智能，然后超越'这一原则。"

现在，我们是否可以想象并着手讨论人工智能将在不久的未来取代人类进行写作这一问题？

在我看来，实际上，罗兰·巴特关于"作者死了"的理论主张，在人工智能时代得到了最好的回应和最好的诠释。按罗兰·巴特及其结构主义文学理论的理解，作家的一切创作都是"功能性"的，而非"主体性"的。在他看来，任何一部文学作品，都是之前所有文学作品的重组，我们总是可以在一个文本中找出各种"前文本"的踪迹（trace），就好比我们在莫言的作品中读到了福克纳、博尔赫斯、拉伯雷、蒲松龄、施耐庵、鲁迅等作家的身影，于是，莫言只是福克纳、蒲松龄等人的填充物，他不具备所谓的"主体性"，而其小说作品也不过是依据某种方式对上述诸多作家作品（人物或片段）的重新组合，充其量只是一种"功能性"的存在。如果我们曾经认可过罗兰·巴特的这种阐述，那我们就应该进一步承认，就"功能性"而言，人工智能不仅可以替代人类，而且完全有可能比人类做得更好。

也有一些作家，比如韩少功，意识到了人工智能的逼近，但仍然以某种方式掐断了进一步讨论的可能性。韩少功在新近发表的《当机器人成立作家协会》一文中明确表示，人类在写作上永远优于机器人的、机器人永远无法模仿人类写作的重要方面是：价值观。在韩少功看来，"拥有价值观"无疑是机器人永远无法克服的难题。相似的对于人工智能写作的批评颇多，较为集中的观点是认为人工智能无法模仿人类的"情感"，于坚对小冰的批评也反复强调了这一点。但无论是韩少功还是于坚，都忽视了一点：从接受美学的立场来看，一部作品的情感、价值观多半是由读者赋予的，作品的意义最终是在阅读中甚至是在误读中生成的。尤其是，在资本时代，价值观早就依据资本自身的形式被预先定制了。更何况，按赫拉利在《未来简史》中的说法，所谓的价值观和情感，其实都是一种生物学计算，都可以通过分析其中的程序而被人工智能所模仿和习得。

我们似乎有理由相信，人类在写作上被取代的大限已在迫近。有可能，我们将见证人类最后的作家和最后的文学的谢幕。

　　意识到人类在写作上有可能被人工智能完全取代，会引发普遍的哀伤。这也是人们下意识地拒绝讨论这一灾难性问题的深层原因。技术的每一次进步，都带着利弊的两重性，人类在享受技术进步带来的各种便利时，也在努力设计各种围栏来阻止技术有可能造成的社会弊端甚至灾难。但实际上，综观历史，我们试图阻止的技术灾难，大多发生了。

　　也许我们仍然有足够的理由否认人类写作被取代的可能性。但至少可以肯定的是，人与技术的哲学关系将被重新审视，一种新的人本主义将可能是新媒体时代的文学主题。而文学史，真的迈进了新纪元。

2017 年 7 月于菩提苑

原载《文艺争鸣》2017 年第 10 期

年代、历史和我们的记忆

  定义"记忆"的途径很多：人类学或文化学的，病理学或精神分析学的，历史学或伦理学的，以及艺术或美学的。所以"记忆"在雅克·德里达看来是多义的。各执一端的阐释，容易使"记忆"的有关讨论陷于莫衷一是的境地。就我个人而言，我喜欢德里达为纪念保罗·德曼逝世而撰写的文章中对"记忆"的定义。他写道："我们悲痛之中称之为保罗·德曼之生命的东西，是我们记忆中保罗·德曼本人能对保罗·德曼的名字作出应答，并为保罗·德曼的名字作出担保的时刻。人去之时，专名留下，我们能够通过专名来命名、呼唤、援引和指称，但我们知道，我们可以想象，保罗·德曼本人，持名人和所有这些行为、参照物的独特的一极，将再也不能作出回答，他自己再也不能作出回答，而永远只能借助某样东西作出回答，这样的东西被我们不可思议地称作我们的记忆。"①

  有关"记忆"，德里达实际上是从功能学的意义上赋予其理

---

① ［法］雅克·德里达：《多义的记忆：为保罗·德曼而作》，蒋梓骅译，北京：中央编译出版社，1999年版，第58页。

解。可以引申的是，1936 年以后，当我们呼唤、援引和指称"鲁迅"时，在这个专名的背后，鲁迅本人，"持名人和所有这些行为、参照物的独特的一极，将再也不能作出回答"。然而，自 1936 年迄今，对"鲁迅"的呼唤和援引却从来未曾停止过。"鲁迅"借助我们的记忆对种种呼唤和援引作出了回答。进一步的理解是，当我们呼唤"鲁迅"时，我们试图唤起或唤醒的不是鲁迅的肉身，而是有关鲁迅的记忆，是在记忆中存盘的、由鲁迅刻录的价值和意义。

由此我们可以进入另一个层面的讨论。

记忆，在很多时候都被认为是文学的源头，是作家个人写作的内在驱动力量。按照弗莱在原型理论中的说法，文学是神话的位移，简言之，文学是对人类童年记忆的复制。按弗洛伊德的说法，人的一切行为，包括作家的写作行为，其根本的动机来源于深不可测的潜意识，来源于只可在记忆中回溯的童年经验。不计其数的作家都曾现身说法，印证了上述理论的合法、合理与合情。中国的当代作家里，余华喜欢说"只要一写作，我就回家了"。这里所谓的"家"，指的是有着马家浜文化遗传的、滨海地理风情的，有着未被普通话严重侵蚀的越地口音的江南一隅，指的是汇聚了余华丰富的童年记忆的故乡海盐。苏童则声称自己在"用写作挽留过去的记忆"，他在多次的演讲和访谈中将自己的写作动因归于对童年时两个事件的两个记忆：三岁时从河对岸打到自家门楣上的一颗子弹，以及九岁时得的一场大病。余华的小说里，到处是"家"的影像，而苏童的小说则有着在童年经验中凝成的忧郁气质。毫无疑问，文学与记忆的关系因此被钉死，被固置，变得不可更改。由此得出的结论是：作家的写作，不管是出于对记忆的追述，还是出于对记忆的逃避，他们的出发点其实毫无二致。

但另有一些作家会对记忆的文学功能提出质疑。他们认为，记忆是不可修复的，尤其是记忆的彼时现场是不可再生的，也是不可能重新抵达的。不管是文学进入记忆，还是记忆进入文学，其结果都是记忆被修正、被改写甚至被涂抹。这些论述接近新历史主义所言。何为历史？历史就是关于历史事件与历史经验的记忆。美国历史学家贝克尔说："历史就是被记住的东西。"但新历史主义认为，历史现场同样也是不可复原、不可抵达的；所谓历史，其实是留存于文献的各种语言组织，"文本性"是它的基本属性。语言或文本，毕竟是不透明的，并且究其本质是带有隐喻和修辞性质的，而所有的叙述话语又都是带有意识形态立场的，因此，语言或文本既可能是引导人们追溯历史记忆的林中路，也完全可能是阻碍人们洞察历史的障目一叶。尽管"文本性"与"文学性"之间仍然有关键性的差异，但显而易见的是，"文学"与我们狭义上理解的"历史"显然是冰炭不可同器。文学与历史，毕竟分属不同的范畴，文学讲求"雅"，历史追求"信"，信与雅之间，大多数时候不唯不能共处，还彼此消解。比如，当《史记》被称为"无韵之离骚"时，其作为"史"的信度其实无形中被损害。人们倾向于相信，"鸿门宴"中的许多细节并非历史还原，相反，是文学想象，甚至只是顺应作家个人情趣的文学虚构。项庄真的舞剑了吗？范曾真的举起玉玦"示意者三"了吗？项羽的犹疑，刘邦的怯懦，韩信的谋断，樊哙的勇武，以及那些看似简约其实精当的心理刻画与表情举止，在充满着现场感与节奏感的叙述中栩栩如生，历史真的如此这般地发生了吗？——今天的文学理论已能轻易地揭开其中的修辞术，所以今天人们更愿意相信那是文学。

不过，关于记忆，在德里达式的理解中，其真伪的辨析已不再重要，至少不具有关键性。正如我们通过记忆来呼唤"鲁迅"，我们试图唤起的不是专名之后的肉身，而是其意义和价值。同样，当文学以记忆的名义展开时，我们同样不必拘泥于对记忆现场的复原（尽管有的作家竭力地试图做这样的复原），而应当留意记忆所提供的某种价值和意义。毕竟，通过阅读《史记》，我们理解了"鸿门宴"的历史意义，明白了项、刘等人的性格品质及其高低不一的历史价值。对于作家来说，幼年间扑入眼帘的世界图景，多少还只是一些无机的存在，尤其是那些无意中漠然的目击或日常中不以为意的熟视：碧绿的菜畦，光滑的石栏，高大的皂荚，紫红的桑椹；一条道路，一条河流，一道雨后的彩虹，一首有始无终的民歌以及枫杨、刺青和门楣上的子弹。这些无机的存在，在日后对记忆的追述中被唤起，纷纷进入某个构建意义的序列之中，成为有机的存在。在谈到《许三观卖血记》时，余华说："作者在这里虚构的只有两个人的历史，而试图唤起更多人的记忆。"也就是说，历史可以虚构，而目的在于唤起记忆。这个被唤起的记忆，其价值或意义，同样也可以用余华的一句话作一个通俗的释义："写作和阅读其实都是在敲响回忆之门，或者说都是为了再活一次。"① 由此，文学与记忆，才进入了一个有价值的关系之中。

文学虽然不是历史，但文学的的确确为历史保留和提供了某些记忆。陈寅恪的所谓"以诗证史"，说明的就是文学与历史之间的这种关系。学界有所谓"金针度人"之说来夸誉陈寅恪的《元白诗笺证稿》在方法论上的典范意义。当然，我们还是必须在德里达的意义上理解记忆，哪怕是在文学与历史发生交融的时候。当文学与历史交错时，文学不仅在"经验"的层面上为历史提供记忆，还须在"存在"的意义上为历史提供意义。因此，伟大的文学，不仅是一种历史见证，同时还具有某种"历史性"的意义，它提供了对于

① 余华：《许三观卖血记·中文版自序》，海口：南海出版公司，1998年版，第2页。

历史记忆的深刻理解，表达了对于历史记忆的有力批判。

所谓历史记忆，是指在某个具体时刻与某个具体空间的历史经验。因此，文学作品中有关历史记忆，通常都会以"年代"或"事件"来加以标示。如《中国一九五七》，如《一九三四年的逃亡》。

不久前，全球的影迷被一部名为《2012》的好莱坞电影所骚扰。这部以玛雅文化的巫术谶言为故事外壳的灾难片，以对迫在眉睫的末日的预言袭扰了公众庸常的生活心态，引发了对于未来的种种猜疑与焦虑。据称，有不少美国观众在观影后致电五角大楼，质询政府与军方是否有意向公众隐瞒了有关地球灾难的地质、气候或天文信息，以及是否如电影所示，隐瞒了正在进行中的建造诺亚方舟的秘密计划。这部电影在预言未来上所达到的震惊效果，可见一斑。其实，同样是对未来的预言，文学有更值得骄傲的杰作——乔治·奥威尔的《一九八四》。恰好，即将辞逝的 2009 年是这部惊世之作出版六十周年。

在不多的纪念文章里，读到了戴锦华的《〈一九八四〉与世纪记忆》。1970 年代末，《一九八四》在当时只有少数人才能接触的《编译参考》上分三期连载；戴锦华就这样与乔治·奥威尔相遇了。不出你我的意料，只能用"震惊"来形容她当时的阅读体验，她自己的青春记忆完全服帖于这部伟大作品。《一九八四》作为预言，奥威尔作为预言家，成为一种定型的注解。但不久，戴遇见了一个叫苏珊娜的德国女子，她告诉戴，《一九八四》不是预言，它是关于纳粹的，它是对历史记忆的摹写。理解上的分歧由此出现，她们发生了对悲剧原型权的争夺。这次争执，使戴第一次尝试着走出自己的历史和自己国度的创伤记忆，"望向疆界之外，去思考极权、暴力、体制与自由。……法国大革命，纳粹，奥斯维辛，麦卡锡时代的美国，法国五月风暴。是的……它是一个关于现代专制的天才寓言"。

作为历史节点的"一九八四",不是信手拈来的轻谈,也不是随心所欲的武断。奥威尔依着对人性的透彻理解,预言了文明崩溃的最后年限。在这里,历史在未来重演,而记忆与预言互换。至少,在一九八四年来临之前,奥威尔以文学的方式让我们保持住了对历史的警惕,使"专名"的另一极不致陷于彻底的失落。

据说,1985年元旦,所有人都长长松了一口气:1984年已然安度,预言幸未成真。很快,像电脑操作似的简单,两三次的鼠标揿动后,1984年就被删除进了某个垃圾箱。大致平静的1985年,就这样过去了。

仅仅一年之隔,某个接力棒传到了中国作家手里。1986年,余华在海盐的一间陋室里完成了《一九八六年》的写作。1986年,是被如今更多的人所见证过的历史时刻。但《一九八六年》在精神指向上,却完全是回溯式的。即使从年代的标示上来看,并不特指1986年的当下,相反,对它的理解更多地被指向二十年前爆发以及十年前结束的"文化大革命"。这是一个有关开始或结局的小说,一个关于如何开始又如何结局的小说。发生在1986年的一个疯子自戕的偶然事件,被寓言式地理解成以刑罚为标志的民族文化记忆和以"文化大革命"为标志的社会集体记忆,以及以"看杀"为形式的现代文学记忆。尽管这个小说是回溯式的,但它揭示了一个深刻的秘密:一旦我们的记忆丧失警惕,"恶"就会以隐秘的基因编码,代代遗传。

顾城很早就吟咏过:昨天,像黑色的蛇。这条蛇,蜷在一角,僵了,冷了,死了,但某一天它却一定会复活,就在你渐渐忘却它的存在的时候。人,总是那样健忘。有多少人,已对我们曾遭受过的外侮心怀淡漠,对死去活来印象迢遥。我们的历史因此容易陷入危机。记忆，在这个时候其实还是一个涉及民族伦理与人类道德的机能。读一读鲁迅的《为了忘却的记念》，就会更深刻地体会到其中的伦理与道德。当我们的文学基于这样的伦理与道德，为我们唤起了记忆的价值和意义，我们就有信心用我们的记忆去抵抗即将颓败的历史。

原载《文艺争鸣》2010 年第 1 期

辑四

文学史的起搏器

——略谈中国新文学的"内源性"

一

本文的议题，要从"吴越之间"说起。

吴越之间，不仅是互相毗邻的地缘空间，而且因为自古以来两地之间在政治、军事、文化上的屡次相互覆盖，从而形成"吴""越"并举的地理概念。汉代以先，吴、越两地的文化差异颇巨。吴地因泰伯奔吴而立国，泰伯的王室身份便使得吴地文化与中土文化、与周朝礼乐文化有了直接而天然的亲缘关系。《左传》《史记》等史著皆载"季札观乐"的详备事迹：吴公子季札使鲁观乐，他以深密的感受力和卓越的见识，透析了礼乐之教的深远蕴涵，以及周朝的盛衰之势，语惊四座，使众人为之侧目。季札观乐的方法和用语，几为中国古代文艺批评的范畴之端，深刻地影响了包括《文心雕龙》在内的中国古代文论。季札为孔子所私淑，目为圣人，世有"南季北孔"之誉。这说明，吴国虽起于"荆蛮"，并在文化上一直错误地遭受中原诸侯的歧视，但其以季札为代表的礼乐素养与文明高度，实际上却丝毫不逊于中原。与正宗、雅驯的礼乐文化的教养相关的是，吴地的百工、技艺，以高超的形式造诣在审美上领先于诸地，并逐渐地将中土文化彻底引入优美的境地。

当其时，越地则尚处于断发文身、裸以为饰的阶段，保持着与中土文化相颉颃的另一种文化形态，并凝聚、积淀为另一路潜在的历史脉络。这一文化形态或历史脉络，便是当代作家李杭育后来在《理一理我们的根》中所强调、所辨析的"中原规范文化"之外的"非规范文化"。李杭育断言，规范的、传统的文化之"根"已然枯死，真正有生命力的"民族文化之精华，保留在中原规范之外"。

至五代十国时，钱镠在钱塘（杭州）建吴越国，吴、越两地的文化便进入深度交融的历史时期，并在后来的社会发展中形成了所谓的"东南财赋地，江浙人文数"的长时期繁荣。时至今日，已有一个"江南文化"的学术概念来统领环太湖、长三角一带的文化阐发，从某种意义上说，这个学术概念试图消弭吴、越之间的地理分野，使对这一区域的文化理解进入一个相对便利的、大致趋同的、总体整合的时空层面。明清以来，"文人"（知识分子）与"江南"形成了另一并举的关系性范畴，所谓"何处是江南"，追问的是知识分子的存在之境：有知识分子的地方就有江南。明清时期，官府在政治和文化上针对"江南"的策略，无论是休休有容的绥靖还是文字狱般的肃杀，都不断地说明，这时候，"江南"已成为极权政治所试图驯服却一直无法驯服的"利比多"。

2004年，我在王嘉良先生率领下参与撰写并出版了一本题为《"浙江潮"与中国新文学》的专著。该书试图从区域文化的视角来梳理浙地文化与中国新文学发端的内在逻辑，阐明浙地文化在中国新文学发端之际的引领作用。撰写之初，我们首先遇到并要着手解决的一个学术问题是：浙地在中国古代文学史上几无地位，但近现代以来却"善生俊异，后先络绎，展其殊才"，几可谓"无敌于天下"（鲁迅语），尤其是以周氏兄弟、郁达夫、茅盾、徐志摩、戴望舒、艾青、穆旦、施蛰存、夏衍等为代表的浙籍文学人物，层出不穷，在几乎所有文类、所有领域和所有阶段，持续引领着中国新文学发端之际的潮流和方向。毫无疑问，这一段看似充满偶然性的文学史爆发，却"历史而逻辑地"与浙地文化的原初结构有关，与前文所述的"另一路潜在的历史脉络"有关，与"中原规范文化"之外的"非规范文化"有关。

对这一问题的一个粗略而笼统的解释是：南宋以后，"浙东学派"逐步形成，并在越地独领风骚。浙东学派的事功体系，与越人的求新、开拓、冒险意识同气相求，建构起了一种拿来主义兼实用主义的文化心理结构。比如，与中土文化的"安土重迁"相比，越人不惮于"逃异路，走他乡，去寻求别样的人们"，凡此种种，形成了对中土的"官僚—儒家文化"正统构成颉颃之势乃至颠覆之态的"小传统"。费正清在《剑桥中华民国史》一书中将之命名为"面海中国的小传统"。所谓"面海"，不仅是一个地理坐标，同时还喻示了这一"小传统"与现代海洋文化之间的相似质地或融通关系，以及它"别求新声"的外向性格。与此同时，它还明确地喻示了与盘踞中土的、悠久而深厚的农耕文化传统之间的差异、断裂和否定关系。这里要强调的是，正是这一"小传统"，构成了现代中国启蒙思潮与启蒙运动的内源性的部分。沿着这一逻辑，我们才能明白，以鲁迅、蔡元培为代表的浙籍知识分子或文人在社会、思想和文化发生结构性变革的大时代，何以能迅速地成为历史舞台的耀眼主角，浙籍作家何以能在新旧文学发生革命性更替的特定时刻"一洗万古凡马空"，"历史而逻辑地"筑就中国新文学发端之际灿若星河的"半壁江山"。

需要补充说明的是，"浙地"向有"两浙"之谓，以钱塘江为界，分为浙东和浙西。钱塘两岸曾分别为吴、越两种文化所据，又在历史交互中形成彼此覆盖、求同存异的区域性的文化肌理，并在晚近形成浙西向"吴"、浙东倾"越"的差异格局。如今的"江南"这一范畴，虽有地理上的统括性，但其在文化表述上对于同一化、同质化的概念追求，容易遮蔽甚至抹杀次级区域——如吴、越之间——在文化层面的差异格局。

如果依陈思和先生的提法，将"五四"文学革命视为中国新文学史上的一场先锋运动的话，那么，这场重在思想启蒙的文学运动被处于吴、越文化紧密交叠关系中的浙籍作家所引领。若细分一下，鲁迅或周氏兄弟这样的越地作家在其中的贡献更大一些，地位更显赫一些。而到了二十世纪八十年代中期的又一波先锋文学运动起步时，不难发现，以叶兆言、苏童、格非、孙甘露、余华等（甚至也包括毕飞宇、朱文、韩东等）出生和成长于吴地的作家成了这一历史性浪潮中的领袖和中坚。这一波的先锋文学运动被视为中国新文学史上的文学再启蒙，是对形式变革的关注优先于其他的、崭新的语言实验，而持有较强形式感的、对形式变革具有先天敏感性的吴地作家很自然地成为先驱，继而成为其中最有成就者。仅就这一维度而言，其实我们还可以开出诸如钱钟书、杨绛、穆旦、徐志摩、戴望舒、施蛰存等一长串的名单。

这也是在"浙地"或在"江南"这些统括性范畴内部强调区域文化的差异格局的重要性所在。

二

讨论浙地区域文化与中国新文学发端之间的逻辑关系，包括在讨论这一逻辑关系过程中有意地对吴、越两地文化所做的"细分"，是为了强调前文所述的"内源性"，即浙地区域文化对于中国新文学这一"历史总体"的内在驱动作用。某种意义上讲，浙地区域文化可视为中国新文学史的心脏起搏器。这是当年我参与撰写《"浙江潮"与中国新文学》时首先解决了的一个理论问题。在此基础上，我们有理由进一步追问：中国新文学的"现代转型"，是否主要地依仗了"内源性"因素？

由于中国新文学在发端之初以彻底反传统之容面世，以新旧之争的冰炭之势示人，以及在后继的文学史述中的意识形态用意，使得多年以来人们对中国文学之"现代转型"的认知不免偏颇，仿佛这"转型"如凌空蹈虚、横空出世，而且，新文学被视为"活的文学"，旧文学被视为"死的文学"，胜利的新文学旁边必定躺着旧文学的尸体。这样的历史修辞，明确了新旧文学之间你死我活的角色对位，竭力放大了新旧文学之间的对峙感和断裂感，并且，进一步地，使"传统／现代"这样的二元结构被完全抽去了"相生"之睦，徒剩"相克"之厉。鲁迅说："中国书虽有劝人入世的话，也多是僵尸的乐观……我以为要少——或者竟不看中国书。"这话常作为注脚，缀饰在人们向"传统"和"旧文学"投去鄙夷时。

赵园先生曾说："'五四'新文化运动并非全由外铄。传统社会有内生的动力，滋生、潜藏着自我解构的力量。"[①] 赵园所谓"内生的动力"，显然与前述"内源性"的说法相去不远。赵园强调"这不是新鲜的话题"。确实如此。余英时先生早在1979年发表的《五四运动与中国传统》一文中就已指出：对于五四运动的研究和

---

① 赵园：《对传统社会家庭伦理的回望与思考——关于〈家人父子〉》，载《光明日报》2015年12月8日第10版。

评论，向来都强调它"新"的一面，至于它和旧传统的关系，"便很少深涉了"。①余英时撰写此文，显然出于一种矫枉的学术动机。他指出，"不但五四运动打破传统偶像的一般风气导源于清末（康、章的）今古文之争，而且它的许多反传统的议论也是直接从康、章诸人发展出来的"，而"康有为、章炳麟的反传统思想虽然已受了外来的影响，然而其中的主要成分则无疑是从清代学术中逐步演变出来的"。余英时更是指出，以鲁迅为代表的"非汤武而薄周孔"式的激烈的反传统举动，其思想源头恰在鲁迅一生迷恋的"魏晋文章"。余英时由此认为，五四时期在思想界有影响力的人物，"在他们反传统、反礼教之际首先有意或无意地回到传统中非正统或反正统的源头上去寻找根据"。不妨联想一下关于鲁迅"批判国民性"的研究：当下就有学者认为，所谓"批判国民性"就意味着在我们传统文化的内部具有将自我"他者化"的能力，这种能力就是在传统内部"寻找（批判）根据"的能力，就是赵园所谓的在传统社会内部滋生和潜藏着的"自我解构的力量"。所以，我们不难理解余英时的如此结论："五四运动自另有其中国传统的根源，绝不是西方文化的挑战。"

商伟先生的《言文分离与现代民族国家——"白话文"的历史误会及其意义》一文，从一个更具"本体性"的层面讨论了中国新文学的"内源性"力量。他令人信服地指出，胡适所谓的与文言文相对立的"白话文"，并非欧洲意义上的、与拉丁文相对立的 vernacular（口语化、地方化的语言），相反，白话文和文言文一样，也是有着至少上千年历史的传统悠久的书面语，"白话文和文

---

① 余英时：《五四运动与中国传统》，见《中国思想传统与现代变迁》，桂林：广西师范大学出版社，2004 年版，第 82—89 页。下引余氏之论，皆见此文。

言文一起，共同起到了维系古老广袤帝国的'神圣的无声语言'的作用"，所以，"把白话文视为中国的 vernacular 的书写形式，该有多离谱"。商伟的结论是：无论动机怎样、目的为何，"五四"白话文运动最后闹了一场历史误会，因为，"从结果看，（它）并没有创造出像欧洲 vernacular 那样出自地方性口语的文字书写形式"。[①] 然而，有意思的是，恰恰因为白话文有着作为书面语的语言统一性，才使得中华帝国向现代民族国家的转型，看上去更像是发生在帝国"内部的转型"，没有像近现代欧洲那样，因地方语言（vernacular）的散裂而导致整个欧洲在地域上的分崩离析。

关于"内源性"的议题，虽非新鲜话题，但也并非一个已引起足够重视的话题。对"内源性"的强调，亦非意图"翻案"（余英时语），而是为了矫正一种理论误植，一种迄今越来越严重的言必称希腊的学术偏颇。这"误植"或"偏颇"，使得我们身边越来越多对外国文学如数家珍的作家，和对古典文学严重缺钙的批评家。虽有批评家在当下阅读中与"传统"这一"总体性的幽灵"浩然相对[②]，也有作家清晰地认定百年新文学只是中国文学的"小传统"，只是移动的冰山露出海面的一角[③]，但总体而言，微斯人也。

2019 年 8 月 7 日于恕园

原载《文艺争鸣》2019 年第 11 期

[①] 商伟：《言文分离与现代民族国家——"白话文"的历史误会及其意义》，载《读书》2016 年第 11、12 期。

[②] 孟繁华：《总体性的幽灵与被"复兴"的传统——当下小说创作中的文化记忆与中国经验》，载《当代文坛》2008 年第 6 期。

[③] 格非：《中国小说的两个传统》，载《小说评论》2008 年第 6 期。

林译《撒克逊劫后英雄略》的
"民族主义"索隐

一

1905 年 10 月，商务印书馆出版了由林纾与魏易合译的长篇历史小说《撒克逊劫后英雄略》。该书原著是英国作家沃尔特·司各特（Walter Scott，1771—1832），原著题为 *Ivanhoe*（《艾凡赫》）。

林译小说对于中国现代小说的多方面的重大贡献自不待言。这以有人在 1935 年的论断为极致："中国的旧文学当以林氏为终点，新文学当以林氏为起点。"[①] 而《撒克逊劫后英雄略》大约是《茶花女遗事》之外最被人熟知的林译小说，并着实地影响了诸多杰出的现代中国作家。凌昌言在《司各特逝世百年祭》中如此称道林纾对司各特的译介："……林琴南先生便用耳朵替代眼睛来发现了《撒

[①] 寒光：《林琴南》，上海：中华书局，1935 年版；转引自《林纾研究资料》，北京：知识产权出版社，2010 年版，第 198 页。

克逊劫后英雄略》里的'《史记》笔法'；并且由于他的介绍，司各特便和嚣俄、仲马成为三个仅有的中国所熟悉的西洋作家。中国读者对于这位'惠佛莱说部'的作者的认识和估价，竟超过莎士比亚而上之。……因此我们可以说，司各特是我认识西洋文学的第一步；而他的介绍进来，其对于近世文化的意义，是决不下于《天演论》和《原富》的。……司各特给予我们新的刺激，直接或间接地催促我们走向文学革命的路上去；司各特是直接或间接地奠定了我国欧化文学的基础了。"① 这番评价，几将林纾、司各特、《撒克逊劫后英雄略》定义为近世中国文学承前启后、继往开来的伟大关键。

如此这般的评价或溢美颇多，不必一一罗列。不过，在诸多评说中，唯周作人的说法似乎别有深意。他在《鲁迅与清末文坛》中回忆说："对于鲁迅有很大影响的第三个人，不得不举出林琴南来了。鲁迅还在南京学堂的时候，林琴南已经用了冷红生的笔名，译出了小仲马的《茶花女遗事》，很是有名。……《茶花女》固然也译得不差，但是使得我们读了佩服的，其实还是那部司各得的《撒克逊劫后英雄略》，原本既是名著，译文相当用力，而且说撒克逊遗民和诺曼人对抗的情形，那时看了含有暗示的意味，所以特别的被看重了。"② 这段话，除了进一步让人认识到林译小说对于现代中国文学、中国作家的确乎存在的深刻影响之外，还应特别留意到的是周作人所说的"暗示"。周氏兄弟究竟在《撒克逊劫后英雄略》中发现了什么样的"暗示的意味"，并因此使这部小说在他们那里"特别的被看重"？需要特别指出的是，在《撒克逊劫后英雄略》问世后的一百余年间，各种研究、评说可谓纷纭，周作人的这段话也

---

① 凌昌言：《司各特逝世百年祭》，载《现代》第 2 卷第 2 期（1932 年 12 月），第 276 页。
② 周遐寿（周作人）：《鲁迅与清末文坛》，载 1956 年 10 月 5 日上海《文汇报·笔会》。

常被征引，而周氏兄弟所说的"暗示"却意外地几乎没有"特别的被看重"。

林译小说虽然被誉为"无一不寓革新国社，激劝世人之微意"[1]，但若细究，《撒克逊劫后英雄略》才是对梁启超"译印政治小说"之呼吁的正面、深切的响应，才是以"政治小说之体"步出"诲淫诲盗两端"的因旧规划。林纾对于"政治小说"或"译印政治小说"的呼吁有高度的认同，直谓"欲开中国之民智，道在多译有关政治思想之小说始"。[2]《撒克逊劫后英雄略》表面上看是一部历史小说，但是，"从中国文学的立场而言，'历史小说'这个名词是晚清文人的发明，也是晚清众多次文类的一种，似乎颇受读者欢迎，最主要的原因可能是它和梁启超经由日本引进的新文类'政治小说'有关"。[3]因此，如果说周氏兄弟在《撒克逊劫后英雄略》里看到了"暗示"，其一应是在"历史小说"的文体表象背后看到了"政治"。

司各特在英国文学史上就被认为是 Historical Romance 这一文体向 Historical Novel（历史小说）这一文体演变过程中的关键人物，尤其被认为是 Historical Novel 的始作俑者。Ivanhoe（《艾凡赫》）的副标题就是"A Romance"。Romance（罗曼司）有类于中国文学传统中的"传奇"和"演义"。[4]李欧梵认为，"如果用英文来翻译'演义'这个文类，较有对等意义的是 Historical Romance"。[5]可以这

① 朱義胄：《春觉斋著述记》（卷三），上海：世界书局，1949 年版，第 2 页。
② 林纾：《译林·序》，见阿英编《晚清小说丛钞·小说戏曲研究卷》，上海：中华书局，1960 年版，第 408 页。
③ 李欧梵：《历史演义小说的跨文化吊诡——林纾和司各德》，见彭小妍主编《跨文化流动的吊诡：晚清到民国》（中国文哲专刊系列之四十六），台北："中研院"中国文哲研究所，2016 年版，第 21 页。
④ 梁实秋认为，Romance 是一种"近于我国文学中的'传奇'"的文体。见梁实秋：《英国文学史》（卷一），北京：新星出版社，2011 年版，第 45 页。
⑤ 李欧梵：《历史演义小说的跨文化吊诡——林纾和司各德》，见彭小妍主编《跨文化流动的吊诡：晚清到民国》（中国文哲专刊系列之四十六），第 21 页。

么说，《艾凡赫》是一部基于历史故事的传奇性演义，最多可以认为它是一部历史小说，即把历史小说化，在其中增进虚构和通俗的成分。林纾的合作者魏易不可能不懂得 Romance 的文体涵义，但在拟定中文书名时他们仍然弃用"传奇""演义"一类的文体标识，而使用了"略"。略者，行略、传略的简称，是传记文体之一种。正是这一有意的误用，才能看出林纾将司各特、《撒克逊劫后英雄略》与太史公、班固、《汉书》、《史记》相提并论的曲折用意。林纾的这一比附，不仅仅如郑振铎所说的"以一个'古文家'动手去译欧洲小说，且称他们的小说家为可以与太史公比肩……自他以后，中国文人，才有以小说家自命的"①，或者如林纾弟子朱羲胄所说"自先生称司各德迭更司之文，不下于太史公，然后乃知西方之有文学，由是而曩之鄙视稗官小说为小道者，及此乃亦自破其谬圄，属文之士，渐乃敢以小说家自命"②。实际上，至少就《撒克逊劫后英雄略》而言，林纾的这一比附是试图有意地为读者屏蔽它作为 Romance 的传奇特性（尽管这并不容易做到），有意地引导读者不先入为主地将其视为"演义"，视其为一种发端于"野史""稗说"的想象性叙事，从而悄然将其坐实为"史传"，默许为"有正史可稽"的历史叙事。③ 因为，"政治小说"虽为小说，但就"政治"的某种刚性要求而言，《撒克逊劫后英雄略》这样的政治小说，如果"不自诩为真实的历史记录的叙事还是很难被接受的"④，因此需要一种暗示性的隐微修辞，来混淆"正史"与"戏史"之间的界

---

① 郑振铎：《林琴南先生》，载《小说月报》第 15 卷第 11 号（1924 年）。
② 朱羲胄：《贞文先生学行记》卷一，上海：世界书局，1949 年版，第 1—2 页。
③ 林纾对欧洲小说的"写实"有他的个人理解："西人之为小说，多半叙其风俗，后杂入以实事。"见林纾：《洪罕女郎传·跋语》，北京：商务印书馆，1906 年版，第 135 页。
④ ［美］杜赞奇：《从民族国家拯救历史：民族主义话语与中国现代史研究》，王宪明译，北京：社会科学文献出版社，2003 年版，第 33 页。

线。林纾的这一坐实或默许，很明显，便旨在突出地强调《撒克逊劫后英雄略》作为政治小说的某种"刚性"，从而使读者留意这一"刚性"，进而避免仅将其作为英雄美人式的通俗、香艳、奇情小说的消费性阅读——如前所说，尽管这并不容易做到。

二

梁启超昌明"政治小说"于"三千年未有之大变局"降临之际。其用途、其目的在于"强启民智"，新一国之民，从而配合由康、梁维新派所倡导的自上而下的政治变革（保皇立宪），以达成"保国""保种"甚至"保教"之最终结果。林纾服膺于康、梁，自谓"叫旦之鸡"（《不如归·序》），效誓致力启蒙，视译书为实业救国，是"爱国保种之一助"（《黑奴吁天录·跋》），且高度赞同康、梁所倡之"立宪之政体"（《爱国二童子传·达旨》），即使在辛亥革命爆发后，共和政体欲现之际，他仍然于忧戚深重的"不眠"中题诗"景皇志事终难就，可亦回思戊戌曾"，以缅挽早已宣告失败的改良主义运动。

时至晚清，如何于大变局中挽狂澜于既倒，扶大厦之将倾，朝野上下、仁人志士就此作出的思谋和举措，掀动了史无前例的壮阔的民族主义浪潮。如列文森所说："近代中国思想史的大部分时期，是一个使'天下'成为'国家'的过程。"[1]列文森所说的，是一个价值的空间层次不断递减、不断缩略的过程，是一个将价值关怀从虚渺的抽象概念里不断撤回抽出，并最终聚焦于国家、民族、种族等实体概念的过程。在西方列强的侵略欺凌下，在丧权辱国的经年

---

[1] [美]列文森：《儒教中国及其现代命运》，郑大华、任菁译，北京：中国社会科学出版社，2000年版，第87页。

忧愤里，在如今所谓的现代性焦虑中，"民族主义"是各路人士在图谋"保国保种"时的根本性的话语架构，是当时一切政治实践的宰制性的驱动力，是当时所有政治派别共同的核心价值面向。梁启超有言，"凡百年来种种之壮剧，岂有他哉，亦由民族主义磅礴冲激于人人之脑中"①，"今日欲救中国，无他术焉，亦先建一民族主义之国家而已。……有之则莫强，无之则竟亡，间不容发"②。换言之，在他看来，民族主义是当时可资进行政治动员、救亡图存的最高和最终的依恃。

然而，晚清不同的政治派别在对"民族主义"的理解、阐释和认同中发生了对峙性的分歧。同样是为了"保国保种"，革命党人则强调"排满归汉"的前提。孙中山于1903年组成"中华革命军"时，将"驱除鞑虏"视为"恢复中华"的先决条件，他是年在檀香山所作《敬告同乡书》中称"革命者志在排满而兴汉，保皇者志在扶满而臣清"③，赫然在"革命者"和"保皇者"之间划下鸿沟。章太炎更是认定，"举一纲而众目张，惟排满为其先务"④，所以，虽然同奉文化保守主义，以章太炎为领袖的国粹派的文化保守主义目的则是"排满"，是"'以国粹激励种性'，其直接目的，并不在于反对外来的欧美资本主义文明，而是为着推进'逐满复汉'的民族革命"⑤。这与以康、梁为代表的文化保守主义泾渭分明，冰火不容。在章太炎的推动下，邹容、陈天华等更是从"种界"立论，强

① 梁启超：《国家思想变迁异同论》，载《清议报》1901年第95期。
② 梁启超：《论民族竞争之大势》，见《饮冰室合集》第2册，文集之十，北京：中华书局，1989年版，第35页。
③ 孙中山：《敬告同乡书》，见《孙中山全集》第1卷，北京：中华书局，1981年版，第232页。
④ 章太炎：《排满平议》，载《民报》，1908年第贰拾壹号；转引自《章太炎全集》卷四，上海：上海人民出版社，1985年版，第269—270页。
⑤ 丁伟志：《晚清国粹主义述论》，载《近代史研究》1995年第2期。

调了民（种）族区隔、华夷之辨这一属于儒家思想重要组成部分的、用于"激励种性"的"春秋大义"。他们不约而同又理所当然地征引《左传》之"非我族类，其心必异"作为"排满"的战斗口号。概言之，革命者当时把"排满"与"民族建国"相联系，视"排满"为实现民族建国、完成"振兴中华"梦想的第一要务。

作为对峙的另一方，梁启超以其首创的"中华民族"的提法来应对革命党、国粹派的诘难。"中华民族"的观念强调了中国境内各民族是统一的民族共同体。在戊戌变法之前，他就写了《论变法必自平满汉之界始》，力主化除满汉畛域，填平民族鸿沟。特别在 1903 年游历北美后，受伯伦知理的国家学说的影响，"开始出现了明显的国家主义倾向"①，他以"大民族主义"的提法去弥合由激进民族主义、"小民族主义"意识形态所导致的民族裂隙。梁启超之所反复倡导的"新民说"，此"新民"之"民"，国民之谓，这表明他试图努力用"国"的概念替换"族"的概念，强调"国"的概念高于"族"的概念，因此，在"保国"的危难关头，族与族的矛盾不是第一位的，应该被搁置，甚至应该被化解。康有为则从"文化群体"的概念出发认定满汉同一，他的《辨革命书》一文认为，"今上推满洲种族，则出于夏禹，下考政教礼俗，则全化华风……无不与汉人共之，与汉人同之"，从种族、文化等多方面论证满族已为汉族一部分，"纯为中国矣"。②由此，他坚持"满汉不分，君民同体"③。当然，更为重要的是，康有为一生致力于"天下大同"，

---

① 张灏：《梁启超与中国思想的过渡》，崔志海、葛夫平译，南京：江苏人民出版社，1995 年版，第 169 页。
② 参见郑大华：《中国近代民族复兴思潮研究》（上），北京：中国社会科学出版社，2017 年版，第 75 页。
③ 康有为：《辨革命书》，载《新民丛报》第 16 期（1902 年 9 月）。

他的"乌托邦'大同世界'充满着激进的平等主义和普济众生的思想"①，一切有可能造成不平等、歧视、仇恨的人类制度都是应该被消除的，国家的界限在他那里都是要被超越的，更遑论民族或种族的界限。无疑，康、梁的民族主义立论，是与其"保皇立宪"的政治主张在逻辑上相匹配的。

林纾的民族主义取向，不仅表现为他作为古文家所持有的文化保守主义立场，而且，"梁启超为提倡'新小说'而展开的高度政治化的斗争，事实上为林纾的翻译提供了一种'道'，由此也为其打开了一片天地：民族救亡成为当代的'道'"②。因此，他译书之所欲助，是为"爱国保种"。进一步地，他对当时及未来的中国民族架构的设想，全盘得之于康、梁的民族主义主张。他对于康、梁的包括民族、文化在内的一系列政治主张，不仅在思想上是帖伏的，还在翻译过程中有自觉的、有意的语言跟进。譬如，"《黑奴吁天录》中'世界得太平，人间持善意'被译成'道气'；'上帝创立的国度'则被译成'世界大同'，以回应康有为具有广泛影响的作品《大同书》"。③

林纾对"排满"的反对和对汉/满对抗的焦虑，便是周氏兄弟在"撒克逊遗民和诺曼人对抗的情形"中看到的"暗示"。显然，周氏兄弟在这两组具有同构性质的民族对抗的叙事中看到了林纾的曲折用意。

司各特所身处的十八、十九世纪之交，尤其是《艾凡赫》初

① ［美］费正清、刘广正：《剑桥中国晚清史》（下卷），北京：中国社会科学出版社，1985年版，第286页。

② 胡缨：《翻译的传说：中国新女性的形成（1898—1918）》，南京：江苏人民出版社，2009年版，第22页。

③ ［美］孙康宜、宇文所安：《剑桥中国文学史》（下卷），北京：生活·读书·新知三联书店，2013年版，第588—589页。

版时的 1819 年前后，正是欧洲民族国家作为一种现代国家形态和"政府体制"形成的初始阶段，对"国家认同"的趋附正在超越对民族身份的强调。对于这个时期的英国来说，由于邻国的拿破仑作为欧洲霸主正进行着野心勃勃的、试图征服欧洲的侵略扩张，战争频发，因此，团结起来抵御外侮的国家主义使命使英国内部长期以来的民族对抗、民族矛盾渐趋缓和，出现了一个虽然脆弱但却稳定的民族和平时期，达成了一个可称之为"英国民族"的想象的共同体。十九世纪，不仅英格兰人，"许多苏格兰人和威尔士人也接受了这种英国民族意识，但也有一些人仍然认为自己属于苏格兰民族或者威尔士民族，但他们共同拥有对英国国家和英国帝国的忠诚"[①]。司各特所取得的文学成就，以及他在卷帙浩繁的作品中不遗余力地展现的鲜明的苏格兰特性，都足以让苏格兰人视其为本民族的文化英雄。但《艾凡赫》的创作，却表明司各特在国家／民族的认同问题上的双重立场，或如卢卡契所说的"中间道路"：他既坚信自己是"纯粹的苏格兰人"，同时也认为自己是"英国人"——一个多民族统一政体下的国家公民，以"英国"为名的"大民族"之一员。他唯一的一部不以苏格兰为背景的小说就是《艾凡赫》，这部讲述中古时代民族对抗的历史小说，戏剧性地以民族矛盾的消弭收尾，它实际上被司各特用以影射和劝谕十九世纪英国内部的民族主义现状，这也使得这部作品成为司各特所有作品中最受争议的一部。而对于林纾来说，他从这部小说里看到的最重要的部分是：经历了被征服、被欺凌、被奴役的漫长的百年历史，"劫后"的撒克逊人如何放弃了复仇，看似不可化解的民族世仇最终如何干戈成了玉帛。

---

① [英] 沃森：《民族与国家：对民族起源与民族主义政治的探讨》，吴洪英、黄群译，北京：中央民族大学出版社，2009 年版，第 45 页。

三

1066年，诺曼人在著名的黑廷斯战役中获胜，终于彻底征服撒克逊人，成为不列颠的统治者。如今一般称诺曼人是法国人，其实不尽然。诺曼人实际上史称维京人，祖居斯堪的纳维亚，他们是从公元八世纪到十一世纪侵扰并殖民欧洲沿海和不列颠群岛的探险家、武士和海盗，其足迹遍及从欧洲大陆至北极广阔疆域，而欧洲的这一时期被称为"维京"时期。古英语中wicing这个词首先出现在六世纪的古代盎格鲁-撒克逊的诗歌中，意思就是海盗。他们剽悍、野莽、愚勇、好战、残忍且诡计多端，有高超的航海技术和无与伦比的快速越野渡海能力，有无数次以少胜多的辉煌战绩。他们通过大肆的杀戮和劫掠，逐步征服和控制了欧洲的部分领土和人口。所谓的"诺曼人"（Norman）是指九世纪始占领法国北部、建立诺曼底公国的维京人及其后裔，而作为词源的Norseman / Northman（古斯堪的纳维亚人／北方人）这个词则将他们作为北欧异教海盗的身份彻底地铭入了自己的历史。[①]

尚武、野莽且最终以少胜多的诺曼人，善于模仿，善于向先进文明学习，为我所用，从而有效地进行社会管理和国家统治，而他们也在统治中施加了欺凌性的种族压迫（有人就曾指出："使林纾感到震动的还在于此书叙述的英国盎格鲁-撒克逊民族受到异族压迫，广大农民沦为农奴，原撒克逊封建主也受到了征服者的欺

---

① 据《英汉大词典》释义，Northman（北方人、北欧人）与Norseman相通（见陆谷孙主编《英汉大词典》，上海：上海译文出版社，1993年版，第1233页，Northman词条）。Norman（诺曼，诺曼人）一词由Norseman演化而来，而Norseman是指古代斯堪的纳维亚人，是维京人的别称。参见《朗文当代英语词典》（*LONGMAN Dictionary of Contemporary English*, Pearson Education Limited, Edition 2009）第1186页的Norseman词条。

凌。"①）。撒克逊人是本土的原住民，有发达的文明，有先进的制度和技艺，但他们被品性野蛮、文化粗糙的诺曼人征服了，且被统治达百年以上。②相对于有清一代的中国，这一富于冲击力的类比效果，无疑，林纾看到了，周氏兄弟或许也看到了，至少被暗示到了。

1903 年 5 月，林纾和魏易在京师学堂译书局合译出版了德国人哈伯兰所著《民种学》（从英国人鲁威的英译本中译出）。这本译著被称为中国民族学或人类学的发端之作。而这部基于欧洲中心主义的民族学／人类学著作，在闪烁其词间并不过多掩饰其关于文明有高低、人种有优劣从而为帝国主义殖民扩张提供合法性依据的关键论断。更早一些，严复在《天演论》（1897 年）中宣扬的社会达尔文主义笼罩其时，"优胜劣汰"的焦虑表达中，暗含了当时国内各派对于"劣"的民族地位的自我默认。林纾是在由严复主事的译

① 邹振环：《影响中国近代社会的一百种译作》，北京：中国对外翻译出版公司，1996 年版，第 199 页。
② 时至今日，一些英国史学家仍坚持认为，"诺曼人对英格兰的征服是一个灾难深重的历史事件"。[英] 莉奥妮·V. 希克斯：《诺曼人简史》，陈友勋译，北京：化学工业出版社，2018 年版，第 7 页。该书的英文版于 2016 年问世。作者莉奥妮·V. 希克斯在这本书里论证了诺曼人与斯堪的纳维亚、与维京人在地理和血统上的强大联系，也辨析了诺曼人与法兰克人（Franker，亦即后来的法国人）之间的重大区别，指出"11 世纪 20 年代是维京人重新掠夺的时候"，而"当时的英格兰是维京人掠夺的主要目标"（第 231 页）。特别应该指出的是，她认为，"诺曼身份特性的一个表现方面是他们的军事能力"，从而她也倾向于认为"构成诺曼人的不是语言，而是行为，即他们的征服活动，以及他们强大得足以主宰历史过程的能力"（第 236 页、第 241 页）。她就此引述的文献对诺曼人的性格进行了如下描述："一个桀骜不驯的族群，除非由强有力的首领进行管辖，否则极易惹是生非"，"他们首先是一群残酷的、喜欢打仗的人"，身上具有"天生的凶狠劲头以及对战争本身的热爱"，他们"渴望财富和征服"，"他们渴望把所有的人们踩在脚下，进行统治。于是他们拿起武器，撕毁和平条约，组建起一支强大的军队，其中包括步兵和骑士"，以及他们不仅是"孔武有力"的，而且诡计多端，"能够设计阴谋诡计"（第 236—237 页）。也就是说，在 1066 年彻底征服英格兰之前，诺曼人虽然已有在法国北部建立诺曼底自治公国的百年历史，但其族群性格受法国文化的影响殊少，相反，却更多地保留了野蛮、尚武、掠夺、征服等维京人的行为特性。

书局翻译《民种学》的，因此完全有理由认为此书是《天演论》的衍生品。他在译序中称，迻译此书是"尤愿读是书者知西人殖民之心"。①这种显而易见的愤激，使其爱国保种的民族主义心迹昭然。此前他译《黑奴吁天录》（1901年）时，且译且泣，且泣且译，实是从白人对黑奴的欺凌中发现，"为奴之势逼及吾种，不能不为大众一号"②。可见，他对于种族欺凌、民族压迫是有着从文学到学术、从经验到理论、从历史到现实的痛切认知和迫切忧患的。但微妙的是，《民种学》中关于人种、种族的分类说，却有别于革命派的理论来源，它在某种意义中抵冲了章太炎、邹容、陈天华等人的分类说。显然，在爱国保种的、共同的民族忧患中如何寻求解放路径，寻求什么样的解放路径，林纾的思路是自觉地与革命派划界的。

郑振铎在林纾去世两个月后的纪念文章中曾提到，"沈雁冰先生曾对我说，《撒克逊劫后英雄略》，除了几个小错处外，颇能保有原文的情调，译文中的人物也描写得与原文中的人物一模一样，并无什么变更"。③沈雁冰的这个说法，常被后人征引，以证明林纾对原著的"忠实"，以及其所译版本的"可靠"。现在看来——尤其是这部小说有了后续若干个中文译本后，这个说法本身非常不可靠。众所周知的是，郭沫若早就指出过林纾的这个译本"误译和省略处很不少"④，只不过郭沫若的注意力被司各特的"浪漫派的精神"所

---

① 林纾、魏易：《民种学·序》，见《民种学》，北京：北京大学堂官书局印行，光绪二十九年（1903），第3页。

② 林纾：《黑奴吁天录·跋》，见薛绥之、张俊才编《林纾研究资料》，第91页。

③ 郑振铎：《林琴南先生》，载《小说月报》第15卷第11号（1924年）。

④ 郭沫若的原话是："林译小说中对于我后来在文学的倾向上有一个决定的影响的，其次的是 Ivanhoe 他译成《撒克逊劫后英雄略》的一书，这书后来我读过英文，他的误译和省略处虽很不少，但那种浪漫派的精神他是具象地提示给我了。我受 Scott 的影响最深，这差不多是我的一个秘密。"见郭沫若：《我的小学与中学》，见鲁迅等著：《学生时代》，上海：力行文学研究社，1941年版，第22页。

牵制，被英雄美人的 Romance 元素所吸引，从而并未在"误译和省略处"过多徜徉。

关于《撒克逊劫后英雄略》的"误译和省略处"，刘小刚的《〈撒克逊劫后英雄略〉中的民族主义》(《文艺争鸣》2014年第7期）一文有不少可资借鉴的论述。不用说，林纾的这些"误译和省略"，大多有着民族主义的话语考量。从这一角度切入阐述林译《撒克逊劫后英雄略》的专论并不多见，刘文自有其敏锐、独到之处。但刘文稍歉的是，对林纾的"误译"的某些判断多少带有猜想成分，而其关于林氏之"民族主义"取向的理解和阐述尚有用力不到之处。实际上，如果摒除翻译过程中语用学维度的错讹和出入，我们应该特别注意的是译者对原著所作的结构性改写，因为只有这样的改写才具有无可辩驳的故意和别有用心，由此出发所引向的阐述才更可能切中肯綮且逻辑清晰。

比照刘尊棋、章益翻译的《艾凡赫》(人民文学出版社，1978年版）和项星耀翻译的《英雄艾文荷》(上海译文出版社，1996年版），林译《撒克逊劫后英雄略》最大的结构性改写是放弃了原著将艾凡赫作为唯一核心人物的结构性设定①，而原本处于准隐性状态的人物——狮心王理查一世强势浮现，不遑多让，在译本里与艾凡赫构成了结构中的双核心。在刘、章译本和项译本中，理查一世的行止更具神龙见首不见尾的绿林游侠气质，在叙事的大部分时间内处于"不在场"的半隐匿状态，只在叙事临近尾声、在比武大

---

① 英国著名学者佩里·安德森（Perry Anderson）就认为，司各特的历史小说特点之一就是往往以"中等人物"(middling characters）为主角，重要历史人物反而作为陪衬，其目的就是从这个个人角度去反映两种极端势力的冲突，而这个主角往往游离于这两极。参见李欧梵：《历史演义小说的跨文化吊诡——林纾和司各德》，见彭小妍主编《跨文化流动的吊诡：晚清到民国》(中国文哲专刊系列之四十六），第22页。

会后的高潮处一跃进入公众视野，这符合司各特的历史小说惯于将"中等人物"设为主角、"重要历史人物"设为陪衬的结构模式之基本特点。在这一点上，刘、章译本和项译本是更为忠实的。而林译本从书名的改动中就明显能看出其试图隐去艾凡赫作为中心人物的"结构性改写"的用意。在林译本中，虽然没有为理查一世添加外部情节和人物动作，但通过叙事暗示，通过笔墨分配（比如在叙述理查一世率军攻打诺曼城堡时，林纾一改古文的雅致和俭约，使用了《水浒传》式的战争场景描写，用墨重，且笔致通俗，引人入胜），以及在其他人物的言谈中有意凸显其盖世英雄的形象（如艾凡赫的父亲塞德里克在数次谈及理查一世时语调、措辞、情感的处理，林纾颇为用心，有对原著的刻意偏离），达到不断申示理查一世的"存在感"的效果，使其在正式亮相前就呈现为一种"不在场的在场"，在叙事高潮处一跃进入公众视野前即已早早跃然纸上。由此，这一人物便不断上升到与艾凡赫这一中心人物同样突出的结构性地位，造成双核心的人物结构形态。

这一结构性改写的用意是不言而喻的。无疑，林纾全面领会和全盘接受了司各特的"民族和解"的创作用意。甚至，他还欲扬先抑、欲擒故纵地使用"劫后"这样的语言修辞来突出强调、强化了撒克逊人与诺曼人（林译"脑门豆人"）的民族冲突和民族矛盾。所谓"劫后"，则道尽了国破家亡和国仇家恨的深重况味。然而，即便民族对决如此尖锐，民族仍然要和解，冲突仍然要解决，矛盾仍然要消弭。如何解决？如何消弭？理论上讲，这一方面需要艾凡赫这样出身撒克逊贵族的、极富感召力且又"深明大义"的英雄、骑士的示效，另一方面也需要理查一世这样的"明君"的雄才大略和恩典惠施。艾凡赫在"民族大义"面前所表现出来的自我约束、自我要求，与司各特从一个苏格兰人的立场出发所企望达到的对更高层次的国家认同，颇多精神上的共性。因此，艾凡赫这个人物自然是他的用力之处，是结构之核心，并且是唯一的核心。与此同时，因为早在司各特出生前近一个世纪，英国的君主立宪制就已建立，因此，"君主"的重要性反而不需要强调，不需要列为重心，所以理查一世不必列为故事主角。但林纾不一样，他所追慕的立宪理想其时正处焦心之状，对于他来说，既有此前变法失败带给他的现实挫折感，又有革命、共和的新政主张带给他的话语和精神挤迫。既寻求内部的民族和解，又坚持保守的君主政治，这使得林纾的译本出现一个双核心的人物结构设置，就显得顺理成章和可以理解。

狮心王理查一世率领各路英雄重夺王位的故事，在林纾的译笔下重彩重墨，理查一世因此得以尽显雄才大略之形象。与此同时，艾凡赫的父亲、撒克逊遗老塞德里克不禁对理查一世表达敬佩之心时，在其赞辞中，林纾有意添加了"有人心，有天良者"的说辞。实际上，理查一世是只醉心于十字军东征以建立个人武功的君主，对朝政漫不经心，刘、章的译本称其"时而宽仁放任，时而又近乎暴戾"[①]，项星耀的译本称"这位国王的个人品德和军事声誉已深入人心，尽管他在政治上并无深谋远虑的方针，有时宽大无边，有时又接近专制独裁"[②]。而林译毫不犹豫地抹去了理查一世的这些重大的人格或性格缺陷，使其陡然成为一个几无瑕疵的完美君主。（但有意思的是，在林译《十字军东征三部曲》的后两部——《十字军英雄记》《剑底鸳鸯》中，林纾又让理查一世恢复了其冷酷、暴戾的性格。）毫无疑问，在林纾的理想中，既要民族和解，

---

① ［英］司各特：《艾凡赫》，刘尊棋、章益译，北京：人民文学出版社，1978年版，第455页。

② ［英］司各特：《英雄艾文荷》，项星耀译，上海：上海译文出版社，1996年版，第392页。

又要君主政治，而一个雄才大略、战功显赫且讲仁义、有天良、得人心的"明君"，是摆脱现实困境、解开历史死结的至关重要的力量。或许，光绪在林纾心目中勉强算是"明君"，故受其拥戴和寄托。即使不是，"君位"仍然是政治设置中不可或缺的首项，因为"明君"仍然是可以期待的。而且，就像塞德里克最终不介怀理查一世的诺曼人身份一样，林纾希望读者、民众也不必介意君主的民族身份。

英国的民族发展史，给林纾的启示和震撼是很大的。在他看来，因为"杂种"——不同种族／民族之间的融合（包括种性与文化的融合），才使得英国成为"今日以区区三岛，凌驾全球者"（《剑底鸳鸯·序》）。此前不久（1902 年），梁启超更是认为，经过民族融合的、"其保守之性质亦最多"的"盎格鲁撒逊人"是白人中之最优者，"故能以区区北极三孤岛，而孳植其种于北亚美利加、澳大利亚两大陆，扬其国族于日所出入处，巩其权力于五洲四海冲要咽喉之地，而天下莫之能敌也。盎格鲁撒逊人所以定霸于十九世纪，非天幸也，其民族之优胜使然也"。[①] 这些深切的感慨，既是对当时第一殖民国家的英帝国之民族、种性问题进行深入的历史考量之后所发出的震撼回声，也是针对其时国内复杂的民族主义态势所作的努力辩解。巧的是，卢卡契对司各特的研究结论，有着和他们颇为一致的认知。按卢卡契的说法，司各特"高兴地发现，英国历史中最动荡激烈的阶级斗争，最后总是要平息下来，转到一条光荣的'中间道路'上。正是这样，在萨克逊人和诺曼人的斗争中产生了既非萨克逊族也非诺曼族的英国民族；在血腥的玫瑰战争以后，

---

① 梁启超：《新民说·就优胜劣败之理以证新民之结果而论及取法之所宜》，见《梁启超全集》卷三，北京：北京出版社，1999年版，第 659—660 页。

也同样产生了都铎王朝、特别是伊丽莎白女王的盛世"。[1]司各特在《艾凡赫》中传达的民族妥协意向，在苏格兰一直颇受争议，同时也不断促发人们的思索，尤其是在全球化进程遭遇新一轮的民族主义浪潮冲击的当下，英伦三岛的民族主义情形似乎又回到了司各特的时代。这些争议和这些思索正在复苏，重新出发。但无疑，司各特的民族妥协主张、"中间道路"的立场，深得林纾之心，因为林纾也相信，温和的改良主义是实现中兴的唯一道路，这自然也包括，在抵御外侮的大环境下以民族和解、民族团结的方式爱国保种。由此，我们可以这样认为，在晚清各派关于未来中国的民族架构的想象中，林纾以其充满"暗示"的译著《撒克逊劫后英雄略》昂然加入之。也因此，我们可以这样认为：林纾在司各特的原著中读出了所谓的"八妙"，而他的这个译本，实际上达成了更为深层的另一妙。

2018 年 2 月 23 日于菩提苑
原载《中国现代文学研究丛刊》2019 年第 6 期

---

[1] ［匈］卢卡契：《历史小说的古典形式》，见文惠美编选：《司各特研究》，北京：外语教学与研究出版社，1982 年版，第 99 页。

反现代性、阶级分析与"后人类"

——当下性别写作研究的理论检讨

中国的女性文学／性别写作的批评和研究，在二十世纪九十年代一度被认为是"显学"。毫无疑问，较之整个八十年代在性别研究层面的勉强、无力和尴尬，九十年代的学者和批评家已握有更为得心应手的理论利器，庖丁解牛式的批评结论常常应声而出，海量的研究成果、壮观的研究队伍，无不确确实实地展示了这一学术领域作为"显学"的力量感和存在感。但如今的问题是，这"力量"竟已渐趋疲软，难以再有作为，曾经奇崛的波澜难以在二十多年的时光沙滩上持续奔突，而所谓的"存在"，如今也在学院内部四处遭遇不再掩饰的讽意，二十多年来一直尾随其后的某些"私下"的鄙夷，如今也可以罔顾"政治正确"的学术约束，公然展开赤裸裸的语言攻击。

至少在过去的十多年里，较之性别研究的其他相关学术领域——政治学、社会学、经济学、人口学、法学等在水平和成绩上的突飞猛进，中国的性别写作研究与批评却存在着无效的话语增殖、低水平的成果重复等重大缺陷。这些缺陷在最近十多年里持续放大，构成了它最遭贬抑的部分。时至今日，无论是女性写作本身，还是与之相关的批评和研究，都需要做反思、检讨和清算——而在过去的二十年里，这一领域、这一学科一直疏于进行这样的反思、检讨和清算。毕竟，事实已证明，仅仅倚仗"政治正确"这一纸质盾牌不但无力自保，而且还一览无遗地示人以虚弱。

性别写作研究和批评之所以深陷如今的困窘，原因自然是多方面的。单从理论上来说，某些认知和理解上的误区和短板，是造成其停滞不前的关键性原因。归结起来讲，大致可以从以下三个方面来进行探讨。

一、"现代性"的迷思

作为一个全新的、"历史分析的有效范畴"，性别或"女性"是一个现代性的政治概念，女性主义自然也被视为一种现代性话语。不过，二十世纪六十年代末以来建立的学院派的女性主义理论，是作为对"现代性"进行政治与文化反思的理论成果，因此它本身必定包含对"现代性"的批判，包含对由"现代性"派定的种种政治与文化结构的批判。由性别理论发展而来的酷儿理论，本身就说明了性别理论内部的后现代特性。因此，严格说来，从这一理论问世之始，它便天然地是一种现代性的"自反"，是"反现代性的现代性"。但是，一般而言，多数人在理解、讨论和使用女性主义理论时，往往只注意到了它的"现代性"，却忽略了它的"反现代性"。

二十世纪九十年代以来的中国性别写作研究和批评被"现代性"所裹挟。女性主义者通常以"现代性"自命。在简单地将"现代性"等同于"进步性"的机械理解中，性别写作的命运在很大程度上被定义成追求"更为现代的人生"。这样的结论，差不多是基于一种集体的盲视：大多数的性别写作研究者并不清醒地意识到，她或他们当下正身处其间并竭力批判的"性别结构"，其实就是她或他们竭力追随的"现代性"所派定的。

"现代"以降，"现代性"便迅速而有力地重新塑造了世界的整体面貌。若以结构主义式的语言来表述，那就是，"现代性"为这个世界重新派定了诸种权力结构。其中包括经济结构、文化结构、城乡结构、家庭结构以及全球范围的政治地缘结构。当然，所有人深陷其中的"性别结构"也自此派定。或许是因为"现代性"的魅惑，或者是因为对"现代性"之合法性的前提性认定，二十世纪九十年代以来的性别写作研究大多将批判性的结论限定在"性别结构"的话语空间内，而殊少指向"现代性"。在她或他们看来，是"现代性"为女性主义提供了批判的武器——这包括自由、民主的基本理念，以及在二十世纪九十年代屡试不爽的个人主义话语。她或他们认为，性别这一权力结构虽然先于"现代性"而存在，但在进入现代以后，在"现代性"的宰制下，这一结构所标示的"幸福指数"已进入"历史最好时期"。

实际上，早在二十世纪七十年代，凯特·米莉特在其著名的《性政治》一书中就深刻地揭示了这样的性别处境："现代性"丝毫没有改变性别"这一根本性的权力概念"，相反，性别这一根深蒂固的"剥削制度"在"现代性"的特定修辞机制中形成了表里不一的实践形态，即柔性的制度外表和实际上更为严酷的内在压迫。正是对这一制度特性的清晰认识，自二十世纪七十年代以来，西方女性主义的诸种理论几乎无一例外地以强调其越来越强烈的政治内涵为表征，强调在"现代性"语境下性别冲突的不可调和性，强调女性主义作为针对"现代性"的一种解构理论的不妥协性，强调女性写作要对纯粹诗学畛域进行超越从而具有更广泛的政治与文化覆盖，强调性别理论的跨学科性质从而使性别理论成为分析现代权力机制的文化研究。

归结起来说，在由"现代性"派定的种种权力结构中，"性别结构"仅为其中之一，而女性主义的理论方向，是要经由对"性别结构"的批判，进入对"现代性"这一总体性结构的批判。因此，女性主义作为一种理论话语，既是关乎性别的又是超越性别的。女性主义并非一种只把自己限定在"性别结构"中的狭隘理论，相反，它具有人类性的宏观视野，具有整体性的终极抱负。它对性别这一"根本性的权力概念"的分析，既是关乎历史的，也是关乎未来的。

然而，二十世纪九十年代以来中国的性别写作研究和批评，以及经由其时中国女性作家通过文学写作所表达的性别话语，存在着一些不容忽视的局限和缺失。一是，这些批评或话语，进乎"性别结构"，但难以出乎"性别结构"，批判的锋芒未能触及"现代性"这一"总体性结构"；二是，这些批评或话语，由于前述局限，难以让人辨识理论方向以及对未来的设定。阅读这样的研究和批评文章，我总是会问：它们的政治诉求是什么？它们的文化关怀是什么？——基本上，答案都是模糊的、虚无的，至少是褊狭的。这基本上可以说明，为什么当下的性别写作不再具有曾经的冲击力，从而越来越被读者漠视，而我们的性别写作研究和批评尚不曾对此作过有效的分析，并借此对自己习以为常的批评实践作出过有效的反省。

二、小资、个人与批评失语

女性主义门类繁多，性别理论派别丛生。不过，众所周知的是，经典的女性主义理论源自西方白人中产阶级女性立场。我们在警惕食洋不化的理论反刍时，常常会仔细厘定西方理论的话语边界，认真甄别其在中国本土的适用度。西方经典女性主义理论的引入，也经历过这样的反刍、厘定和甄别——尽管这项工作实际上做得并不出色。然而，这么多年来，却罕见有人认真地检讨我们自己的理论立场：在我们的研究和批评实践中，我们随时随地不断祭出的女性主义，究竟是何种女性主义？它的话语边界在哪里？如何厘定？它是放之四海皆准，还是有其特定的适用度？这适用度又该如何甄别？

我想直截了当指出的是，迄今为止我们在研究和批评实践中所采用的是知识女性的女性主义。用一个更为恰当的、马克思主义式的指称则是小资产阶级的女性主义。这个指称已经在很大程度上标出了这一理论话语的文化立场、政治视野以及美学趣味。这个指称也已经在某种程度上说明了，为什么这些年的研究和批评会聚焦于冰心、早期丁玲、张爱玲、张洁、翟永明、陈染、林白等作家身上，热衷于讨论冰心的婉约、张爱玲的苍凉、张洁的愤世、翟永明的黑暗、陈染的自恋以及林白的颓废。基本上，我们的理论话语只在前述作家那里产生了共振，只有在往前述作家那里投射时才收获了"有效性"的回应。而后期丁玲逸出了我们的理论边界，王安忆则在我们的评述中不得不趋于扁平，最后，当面对郑小琼这样的诗人时，我们的批评干脆就哑火了。

小资产阶级的立论，多从自我和个人出发。这类女性作家通常都视伍尔芙为精神偶像，将"自己的房间"视为最后的停泊地。陈染就曾以所谓的"阿尔小屋"来呼应伍尔芙式的"自己的房间"。不能不说，个人主义对于九十年代以来形成的文学上的多元格局贡献颇巨，它也强有力地驱动了九十年代以来的中国女性写作，使其成为这一多元格局中令人瞩目的文学景观，也使相关的批评和研究一度成为"显学"。这类女性作家的写作，在某个层面上切入了中国知识女性的生命之痛，发掘了在以往的中国文学中不曾展露过的精神矿层。但是，个人主义说到底还是现代性话语，在终极处它并不对"现代性"构成颠覆，相反，它服务于"现代性"这一总体性结构。个人主义只是暂时地、局部地为她们争得了"阿尔小屋"式的话语空间，然后，这个"小屋"反过来成为她们新的桎梏，成为无形的囚牢。这就是为什么中国的这类女性作家在举目四望时总是觉得"无处告别"，总是觉得身临绝境，困窘、无助、绝望、受伤、挫败、哀怜、逃离、颓丧等成为她们叙事中的关键词。个人主义尤其是极端个人主义，表面上为女性写作提供了话语凭借，但最终却将她们引渡到一个更为危重的孤绝境地，引渡到一个弃世并被世界所弃的荒原。在她们那里，"私人"和"生活"被人为地割裂，强调有"私人"便没有"生活"，有"生活"便没有"私人"，她们仿佛总是处于两难的极端选择之中，孤立无援。而在每个叙事的终端，"孤绝"却必定是唯一被允许的结局。她们最后总是被封存在那个狭小的"自己的房间"里，孤悬于世外。她们的命运与马克思的名言相逆：她们在这次斗争中失去的是整个世界，而得到的只是锁链。

今日，个人主义的叙事能量已然耗散。由小资女性发起的对"孤绝命运"的痛陈也早已不被当下的叙事伦理视为天经地义。相反，多数小资女性在现实生活中的优雅、富足、平和、保守，与她们在叙事中展现的孤愤、不堪、厌男和偏激，有着显而易见的巨大落差和不言而喻的错位，而这落差和错位，却实实在在地破坏了、悖逆了基本的叙事伦理。

在经典的西方女性主义之外，有所谓的"少数族裔的女性主义"，有"第三世界的女性主义"。这些理论派别，凸显了种族、国家在话语中的结构性意义。如前文所述，作为现代政治概念、作为历史分析范畴的女性主义，从来不是仅仅为性别写作量身定制的，相反，它从一开始就是超越诗学畛域的、跨学科的文化研究。这意味着，"性别"作为一个孤立的分析范畴，其话语的有效性是非常有限的。所以，在当下对压迫机制进行分析时，阶级、种族、性别这些具有同构性质的分析范畴彼此联手，组合成了一个动态的分析结构。只有在这样的一个结构中，萧红、后期丁玲、郑小琼这样的作家和诗人才会被重新纳入性别研究的分析视野，并使其价值得以在其中充分阐释，王安忆这样的作家也只有在这样的分析结构中方才显示出其意义的丰富和完满。这也在某个层面说明，为什么有一些女性作家如王安忆，不满于"女性主义"的理论褊狭，不愿意被"女性主义"的标签所贴附。

其实，女性主义从其登上历史舞台的那一刻起，就是有阶级属性的。当我们说"白人中产阶级女性"的时候，或者当我们说"小资产阶级女性"的时候，"阶级"都是其中醒目的标志。只不过，"阶级"如今不再作为一个硬性的分析范畴被使用。吊诡的是，正是因为阶级话语被腾空，小资女性的女性主义才得以填补而入，一度被认为是女性主义唯一的正宗。

"性别"与"阶级"相遇，意味着女性群体内部的政治分野。女性在这个时代里出现了身份的高度多样性。她们当中，有的人既有"私人"，又有"生活"；有的人可能仍然需要在"私人"和"生活"间做两难抉择；而有的人则可能既没有"私人"，也没有"生活"。之所以要指出之前中国的女性主义只是小资女性主义，就是要说明，现有的理论已无法应对当下的丰富性。我们需要补足我们的理论体系，重新出发，方能摆脱眼下在写作和学术上的困境。

三、"后人类"或 AI 时代的社会性别

"社会性别"（Gender）是性别理论的基石。一直以来，它都是我们对性别写作进行批评言说时所倚重的"元话语"。"社会性别"——如波伏娃说的那样——强调女人不是天生的，是后天造成的，强调语言、文化、政治、角色期待等诸多外在的、客观的社会性因素才是塑造女性的关键力量。也就是说，女性是被建构起来的。进而言之，不仅仅是女性，其实所有的性别都是被建构起来的。然而，正是"建构"一说反过来对"社会性别"这一性别理论的初始范畴的合法性构成了颠覆。

2015年6月12日，美国有线电视新闻网（CNN）报道称：1978年出生，为了美国黑人的人权而奋斗的美国知名人权运动家、黑人人权团体全美有色人种地位提高协会（NAACP）华盛顿州斯帕坎市的主席、地区警察监督队的女性主席瑞秋·多尔扎尔（Rachel Dolezal）"被揭发是白人，其酷似黑人的外貌系假装而成"。此前一天，与瑞秋失去联络多年的亲生父母公开了她小时候的照片，并表示其女儿"是欧洲白人血统"，真相大白于天下。在此之前的近十年时间里，因为对种族问题的过度关注，特别是自2007年进入有很多黑人上学的霍华德大学后，瑞秋就深深陷入黑人社会和他们的文化，后来她把自己"当成"黑人，从2011年起，她的外貌也完全变成了黑人。

事发之后，瑞秋在接受媒体采访时仍强调自己是黑人。瑞秋对媒体的应答颇具深意，因为这在某个层面上说明，种族身份是可以通过某些方式、某些途径"建构"起来的。如果认可并执着于"建构"一说，性别身份同样也可以被建构起来。按"建构"的逻辑，这不仅意味着女人是后天造成的，还意味着女人可以被造成男人，

而男人也可以被造成女人（大约正是从这一层面出发，波伏娃盛赞福楼拜是"伟大的女性主义者"）。这进而意味着，不仅拥有自然生理属性的"女性"未必天然地可以被视为占有女性写作的主体身位，而且，拥有自然生理属性的"男性"也未必不能占有女性写作的主体身位，从而使得我们不能够、不可以在我们的性别认知中被自动地、不假思索地屏蔽这些"男性"的主体性存在。而由此引发的追问，则有可能再一次使人们重新陷入"女人是什么"的本质主义陷阱里。

另一个对"社会性别"形成冲击的是 LGBT 族群，即由女同性恋、男同性恋、双性恋及跨性别者组成的群体（LGBT 并非一个完善的称呼，因为这个称呼里尚未包含双性人、无性人等边缘人群）。随着 LGBT 族群的逐渐公开化，性别身份多样化的时代已经来临，这使得原本只基于"男／女"二元关系进行立论的"社会性别"概念面临要么扩容，要么瓦解的境地。LGBT 族群的诉求使我们意识到，"男／女"性别结构中的压迫关系（男权）并非唯一的压迫关系，LGBT 族群在各类性别结构中遭受的压迫，比单纯的"男／女"结构要复杂得多，甚至，在他们看来，"女性"这一群体本身也构成了对 LGBT 族群的压迫，成为一系列压迫机制中重要的一环。尽管 LGBT 族群早已在文学写作中占有一席，比如中国作家崔子恩早在二十多年前就公开了自己的同性恋身份并发表了不少相关的小说，但相关的研究和批评却几乎阙如。

与此同时，在二十世纪六十年代就已提出的"后人类"概念，突然在近二十年被擦亮，成为一个前沿性的重要议题。我们已被宣布进入了"后人类"时代，并且我们早被认为已经是"后人类"。在技术更新突飞猛进的时代，人与机器的相互纠缠、结合变得意义非凡。技术发展，刷新了"代"的观念，每一次的技术更新，甚至具体到每一款苹果手机的推出，都可能造成新的"一代人"。尤其是生物技术和信息技术的发展，强有力地改变了人类身体的自然性质，它不仅可以使人更长寿、更健康、更强壮、更智慧，甚至可以改造性别，并进而在很大程度上对人的心灵和人格系统进行重组。当今世界，人与机器的界限、有机体与无机体的界限，甚至人与动物的界限正在模糊，人与机器、人与技术，已无可置疑地构成了一个共生体，这就是为什么当今人类被称为"天生赛博格"。所谓的"赛博格"，就是人机合一的后人类。赛博格的出现，使得身体的差异被抹平，这当中自然包括性别的差异也被抹平。美国女性学者哈拉维（Donna Haraway）就此认为，赛博格、"后人类"对传统的各种二元论构成了严峻的挑战，此前诸如自我／他者、文明／原始、文化／自然、男性／女性之类的二元论，往往为统治女性、有色人种、自然、工人、动物的逻辑和实践提供了某种难以推翻的合法性，而赛博格却代表了一种摆脱二元论的巨大可能，因为它已动摇了一切二元论中的基石。因此，赛博格的出现、升级和进化，才似乎真正让女性这一"最漫长的革命"看到了曙光，看到了取胜和终结的可能，并使我们一劳永逸地摆脱"女人是什么"的本质主义追问。所以哈拉维宣言：宁做赛博格，也不做女神。

退一步讲，即便不做赛博格，即便我们坚守身体的"人文主义传统"，坚持不抹杀人类的性别界限以及其他所有人类的自然属性，AI 时代的降临也给我们的性别写作研究提出了严峻的命题。比如，我们如何看待微软诗人"小冰"的作品？小冰的诗，水平优劣暂且不论，但小冰的"性别身份"却会让我们头疼。AlphaGo 在很短的时间内轻松地战胜了原本被认为人工智能不可能战胜的围棋世界冠军，紧接着，AlphaGo 又以 0∶100 负于经过升级的 Alpha Zero。人工智能的发展是惊人的。微软诗人"小冰"的出现，意味着人工智能取代人类成为写作高手，几乎是指日可待的未来。我在《最后的作家，最后的文学》一文中对此有过论述，认为我们这一代人将有幸或不幸地目睹人类最后的作家和最后的文学落幕的悲壮情景。那么，问题是：面对 AI 时代的机器写作，性别写作理论及其相关研究将如何自处？它会失效并消亡吗？

至少，迄今为止，我们的性别写作研究和批评尚无力应对前述种种问题和现象。我们的研究和批评，到目前为止，尚停留在讨论复杂的性别关系中相对容易辨识从而也相对容易把握的部分，而忽略了、放弃了不易辨识从而也不易把握的部分。实际上，相对容易辨识、容易把握的部分，在当下的性别视野中，其边界正在退缩，其批判性能量也在萎缩，不复二十年前的冲击力。与此同时，不易辨识、不易把握的部分却正在形成黑夜一般巨大的盲区。如果不正视、不检讨、不改变当下的研究状况，被我们视为最后一道防护性藩篱的"政治正确"，也将被一箭洞穿。

2018 年 10 月于菩提苑

原载《当代作家评论》2018 年第 6 期

文学批评和文学史论的史料内隙

——从两件往事说起

今天的中国文学批评，被所谓的"学院派批评"所宰制。学院派文学批评强调与文学理论和文学史的交互关系，如果静止地看，学院派文学批评是以用文学理论和文学史建立起来的坐标关系来确立自己的论述品质和行文风貌，并似乎达成了"逻辑与历史相统一"的学术方向。在这里，我想着重讨论当下的学院派文学批评与文学史——尤其是文学史料的某种关系。

在现代学术体系中，学院派文学批评与文学史之间形成了互为表里的依存关系。文学批评被认为从事的是"经典初始化"工作，大多数的文学史结论都纷纷从异口同声的文学批评中提取，并升级之、固化之、盖棺定论之。与此同时，学院派文学批评又不断以"文学史视野"自命，提取这些固化的文学史结论，进行下一轮的"经典初始化"。如此循环往复，构成了现代学术体系中学院派文学批评与文学史之间关系的基本面，也形成了学院派文学批评与文学史之间在学术或逻辑上的自洽，形成了它们在"学院"这一共同知识／权力空间中的某种融通。至少表面看是这样。

实际上，一些深刻的内部裂隙一直存在，只是一直未被发现或被有意无意地忽略。学院派文学批评与文学史之间形成的表面的自洽关系，构建了另一种文学事实，屏蔽甚至涂改了不能被这种自洽关系所接纳、所消化的文学事实。文学批评与文学史在不断自洽的逻辑方向上奔跑，通过遗忘和忽略——而不是修复这些裂隙，建立和巩固其自命正确的知识权力。这种遗忘和忽略，往坏里说，其实体现了我们的文学批评在风度、敏度和诚度上的严重缺失。

在切入正题之前，我先来讲述两段并不如烟的往事。

2000 年某冬日下午，我来到李杭育当时在杭州德加公寓的住所。之前不久，我们在去温州雁荡山参加一个文学活动的火车上相识。在那个只有短短两三天的活动里，他处处的能言善辩让人印象深刻。因为他的邀约，才有了不久后我去他家的这次访问。那个下午的对谈，涉略的话题非常丰富。李杭育博识深思，机敏，健谈。我得承认，某种程度上讲，不少话题越出了我当时的知识储备。

当其时，一些文学刊物和学术刊物已在进行眼下仍有余热的"重返××年代"的话题。比如蔡翔当时发表了回忆文章，较为详尽地叙述了二十世纪八十年代中期的"杭州会议"的缘起、过程及后来与"寻根文学"的关系；刘震云在一个对谈中讲述"新写实小说"的发生；李杭育则和李庆西在发表于《上海文学》的一个篇幅颇长的对谈中讨论二十世纪八十年代的中国文学以及在那时进入中国作家视野的外国文学，并以亲历者的身份提供了他们的观察、思考和感悟。我和李杭育的对谈就从他与李庆西的那篇谈话文字开始。不用说，我们的话题怎么也绕不开"寻根文学"。

李杭育生于杭州，长于杭州，年少时便常在钱塘江边嬉戏。那时的钱塘江两岸还错落地住着无数以打鱼为生的渔民，江面上常千帆竞发，保有渔舟唱晚和枫桥夜泊式审美联想的意象群落和抒情空间，也承载着可以触动李杭育某种激越情怀的深刻记忆。大学毕业后，李杭育被分配到富阳某地工作。某日返杭，来到钱塘江边，他突然发现，江面上空旷如野，已不再泊有渔船，仿佛无数的渔民和无数的渔船一夜间蒸发掉一般。一种失落感袭击了他，带着深切的伤感，他写下了《最后一个渔佬儿》。

问题是，迄今为止，不曾有人将《最后一个渔佬儿》作为作家个人的青春感伤之作来理解，相反，这部作品连同李杭育的"葛川江系列"被上升为一个国家、一个民族的时代感伤和文化感伤，并一直被这样理解着，从文学批评到文学史，无不如此。即便这样，李杭育仍然强调，"寻根文学"是一种内源性的自发写作，和后来人们普遍认为的那样相反，它与拉美文学、与《百年孤独》没有太直接的关系，因为《最后一个渔佬儿》写成于1982年，而在中国，最早发表《百年孤独》中文节译的是1982年年底第6期的《世界文学》(双月刊)，而《百年孤独》第一个完整的中译本则要迟至1984年8月才出版，李杭育读到这部作品可能更是晚至次年。李杭育断然否认了《百年孤独》对他早年作品如《沙灶遗风》《最后一个渔佬儿》的影响。如果说拉美的"文学爆炸""魔幻现实主义"确曾影响过二十世纪八十年代中国的"寻根文学"，但至少，作为"寻根文学"的标志性作家，李杭育并不认为自己被拉美文学的流风波及。可以另外举隅的是，莫言也曾多次表明他不曾通读过《百年孤独》，不认为加西亚·马尔克斯和《百年孤独》对他产生过直接影响。自二十世纪八十年代中期以来，"寻根小说"和"文化小说"这两个几乎同时命名的文学史范畴常在我们的批评实践中随意切换，互相通用。我曾问过李杭育：对于一部青春感伤小说被命名为宝相华严的"文化小说"，你自己为何不出面澄清、否认或提出反批评呢？李杭育当时俏皮地说：此命名高雅如斯，我为什么要出来否定它呢？

　　另一段往事，是2009年岁末在浙江金华跟余华在其下榻的宾馆的对谈。是夜，风雪交加，通宵达旦，气温让人瑟缩，但余华在对谈的言辞间却透着一种引而不发的激烈。自2005年和2006年先后出版了长篇小说《兄弟》的上部和下部，这个用十年沉寂使读者的阅读期待堆积至窒息的作家，此番在写作上遭遇了他出道以来最大的信任危机，他的再度出手在批评界引发了持续数年的争议。余华是个拥有高度自信的作家，批评界尖锐的质疑也不曾动摇过他的自信。时至2009年，《兄弟》的英、法、德等语种的译本都已出版，在国外受到的几乎是一边倒式的喝彩，以及是年以陈思和为代表的复旦大学批评家群体强势亮相为《兄弟》"翻案"，终使原本自信的余华有余裕表达对其个人创作生涯和作品谱系的颇具个性的看法，而这些"看法"不仅是对当时批评界的质疑之声的反击，也是通过一种"个人总结"对批评界长期以来的结论提出反批评。

　　余华认为："到现在为止，不管别人如何批评先锋文学，我认为他们对先锋文学的批评，其实都是对先锋文学的一种高估。别说是思想启蒙，称先锋文学是文学启蒙，我都认为是给先锋文学贴金了。先锋文学没那么了不起，它还是个学徒阶段。那个时代我们所有的作家，写小说的风格都是一样的。一个有差不多十亿人口的国家，用一种方式写小说，这是非常可怕的。那些小说，唯一的不同就是题材的不同：你写农村，我写工厂；你写教育，我写知青。但其实写作方式都是一样的，所以，从'伤痕'到'先锋'，这十年间，我们只是完成了一个学徒阶段。……可以这么说，'寻根''先锋''新写实'标志着中国文学的学徒阶段结束了。仅此而已。"①

---

① 王侃、余华：《我想写出一个国家的疼痛》，载《东吴学术》2010年创刊号。

这番话中，余华通过对"先锋文学"——当然也包括对作为"先锋文学"代表作家的自己——的"贬低"，来强调自己过去三十年的文学创作历程是一个不断挑战自我、绝不故步自封，从而不断迈向文学新高地的历程。换句话说，在余华的个人认定里，《活着》《兄弟》的文学成就毫无疑问地高于其写下《十八岁出门远行》《现实一种》《一九八六年》等"先锋小说"的时代。实际上，正是对"学徒阶段"的文学认定，余华认为"实验小说"的提法比"先锋小说"更为准确。

然而，从批评界的作为来看，余华从《活着》开始就饱受批评，到《兄弟》时受到的批评更是登峰造极：《活着》被斥"通俗"，《兄弟》则被斥"粗俗"，直至被某些人认为"江郎才尽"，直至一些莫须有的恶名也被加诸其身（比如有人痛斥余华"发明"和"开创"了一部长篇小说分期出版的先例，是营销手段的狡黠运用，是资本之手的暗箱运作，等等）。在这一系列的批评声中，作为"先锋"的余华不断被举隅，用于证明"先锋"之后的余华在写作上的持续滑坡。不少人为"先锋余华"的流失而痛心疾首，他们更愿意用"先锋"的标签将余华钉死在文学史的某个特定阶段，就此盖棺。我们在这个对比中看到了主流的批评群体和余华本人在其作品谱系认定上截然相反的价值判断：被余华认定为"学徒阶段"的习作，在另一边则被推崇为更具文学史意义的经典。

自宣布"作者已死"之后，现代以来的文学理论已全面剥夺了作家相对其作品的权威阐释者的地位，作家越来越只在版权意义上享有其特定的权利。文学理论不再试图去统一一千个读者心中的一千个哈姆雷特，相反，却通过对这"一千个"的合法性强调，使得"作者中心主义"彻底退场。既然如此，批评家或文学史家对文学作品阐释权的全面接管，就显得理所当然。一个作家自认为自己早年的作品不过是"学徒阶段"的习作，批评家完全可以对此"荒唐"说法不予采信。对于《最后一个渔佬儿》这样具有高度个人动机的作品，批评家自然也是可以在历史、民族、文化的高维度上进行解读的：任何一个人物都可以被阐释为"原型"的变体，何况作家的创作已被认定是"无意识"或"集体无意识"作用的结果，由是，他如何有资格对"无意识"或"集体无意识"拥有最终解释权呢？

作家在现代以来的文学理论场域里，充其量只是一千个读者之一，他或她对于自己作品的阐释权威已被瓦解。在这个场域里，文学批评或文学史有充分的理由不采信作家本人对作品的解读和认定。但问题是——仅以中国现当代文学批评和文学史著为例——我们的文学批评和文学史论却一直在大面积地采用作家的日记、书信、随笔、创作谈来支撑其命题的主要论述。不是吗？当我们论及"寻根文学"时，必提韩少功的《文学的根》、李杭育的《理一理我们的根》；论及"先锋文学"时，必提余华的《虚伪的作品》。尤其是，在以作家论为题的篇什中，作家的夫子自道更是被引用得俯拾皆是。显然，"作者"并没有死，而是不屈不挠地活着。大多数的批评或史论文字，仍然是作者意志、作者意图的忠实跟随者而不是相反，作家本人的"说法"在这些文字中作为权威话语、作为最具说服力的论辩资料而构成巨大、强势的存在。可以肯定的是，一直以来，我们的文学批评和文学史论在选择性地采用作家的"说法"。

显然，我们的文学批评和文学史论至少在关于作家论的学术层面上暴露出内在的理论裂隙。如果这样的理论裂隙仍然可以理解的话，那我们要追问的是：既然是"选择性地采用"，那么，我们的文学批评和文学史论究竟于何时何地，基于何种标准、何种尺度去采用作家的"说法"？真的有标准有尺度吗？当我们更喜欢采用余华《虚伪的作品》这一"少作"而不愿意采用"学徒阶段"这一"成熟之论""后设视角"来讨论先锋文学时，标准和尺度是何？当我们明明知道韩少功之后的作品中全然没有写到"绚烂的楚文化"，却仍然不遗余力地引用《文学的根》，我们又是以何种标准和尺度，以掩耳盗铃的方式遮盖这样的尴尬的？

说白了，我们的学院派只是在本文开头时提及的逻辑自洽中进行其选择性的采用。这个自求融洽的逻辑，只体现了文学史视野的一个部分，并且很有可能只是坐井观天的一部分。当这个自洽逻辑成为知识霸权时，它引导出的就不只是一个视野狭隘的文学史，还有可能是一个破绽百出的文学史。当然，我们更需要警惕的是，在我们的文学批评中那些不可自洽、超乎逻辑的随心所欲的妄为。

2017 年 12 月 27 日于菩提苑

原载《文艺争鸣》2018 年第 7 期

学院派、诗文评及批评文体

一

至少是近十五年以来，文学公众对文学批评的指摘一直不绝于耳。虽然批评家人才辈出，而且看上去批评家也从不缺席各种文学现场，但文学批评本身却一直被质疑为是"缺席"的。这与批评界深以为是的繁荣景象构成反讽。从今天来看，对"批评缺席"的指责，不仅是指一种独到的、不凡的、批判性的文化或审美立场的缺失，也指文学批评在应对当下文学变动时普遍的无力感：除了一连串空洞的概念更迭以及已成强弩之末的命名冲动，我们的文学批评既不能清晰地指出当下文学之优劣的边界所在，也不能令人信服地就此给出逻辑阐述。由此，导致了多年以来文学公众对于文学批评的基本漠视：尽管我们已有了梯队整齐的批评队伍，以及层出不穷的批评文字，但因为被漠视甚至被无视，所以这"队伍"和这"文字"便被公众的阅读视野主观地屏蔽，从而造成了"缺席""不在场"的客观效果。如果说，文学批评因其动力性、引导性和建设性的因素而被视为文学活动整体中的重要组成部分，那么，批评界可能需要承认并检讨，当下的文学批评在动力性、引导性和建设性的多个维度上已失去或正失去其有效性。

过去的二十多年，是学院派文学批评崛起、壮大并在话语样式上成为绝对主流，对当下中国文学批评的文体样态进行充分格式化的辉煌时期。学院派批评在中国当代文学批评史上有其显著功绩，迄今影响巨伟。学院派批评倡导之始，虽与二十世纪九十年代初的重大历史转型对知识而非批判、对学术而非立场的去政治化要求有关，但其宗旨之要是在抵御、屏蔽泛滥已久的庸俗社会学批评，提升中国文学批评的整体品级。这一初衷，怎么赞赏都不为过。现在看来，这个屏蔽的效果相当明显。不过，由此产生的一个问题或现象是：这二十多年里，学院派批评逐渐一家坐大，即使在当今媒体样式如此多样化的时代，仍然难以撼动其在批评格局中的核心地位。但学院派所暗含的"重新精英化"的内在向度，从一开始就潜藏着使文学批评最终成为知识分子内部——在由"知识""学术""专业""学科"所划定的疆域里自言自语、孤芳自赏、对影自怜的逻辑主线。不难看出，正是这样的逻辑主线，使学院派批评一家坐大，很大程度上导致文学批评对文学公众的疏离，反过来导致文学公众对文学批评的普遍漠视，导致文学公众对于"批评缺席"的心理认知。尤其是，学院派批评曾一度宣称文学批评是一项"智力活动"，更是以对知识和智力的优越感的炫耀，扩大和强化了它与文学公众的裂隙。毫无疑问，如果文学批评必须做出前述的某种检讨，学院派批评会是首当其冲的。

当下中国的学院派批评，就其整体的话语形态而言，是对韦勒克所谓的文学研究的三域分立模式的悄然改写。众所周知，韦勒克提出了文学理论、文学史和文学批评的三域分立模式，在这个模式中，三种文学研究方式各自独立又相互影响、彼此掣肘，它们在同一个权力平面上三分天下，各有疆域。这一模式在中国学术界曾广受认可，至今仍保持着表面上的认同。然而，随着学院派批评的崛起，由于"学院"在其学术制度和话语样式上的内在规定性，三分天下的格局悄悄地变成了一个等级秩序。在这个等级秩序里，至少传统意义上的文学批评被贬为最低等级的学术行为，甚至被认为是非学术的。业内流行一种说法，认为文学批评所从事的是"经典初始化"的工作，这一说法表面上看似合理，但潜藏的意思却是要说明文学批评在改写过的秩序中属于"初级""低端"的程序设定，因为这一说法同时暗含的另一个意思是：文学史或文学理论才是经典的终极裁判所、确认书的颁发者。所以，今天我们所熟识的学院派文学批评，是一种完全被文学理论和文学史所绑架的专业化和学科化的"智力活动"，其话语和文体样式已全然被"学院"的内在规定性所格式化：我们总是毫无例外地会在学院派的文学批评里看到兵器谱般的各式理论的操练，看到从柏拉图到黑格尔、从德里达到阿甘本的宝相华严的"名教"，看到被四处搬挪的文学史的宏大坐标，以及为强调学科纪律、学术态度的必不可少的注释和参考文献。若非如此，文学批评就不足以显示其学院派的身段和仪容，通俗的说法，就是认为如此这般的文学批评者是"没有学问"的。由于当下主要的文学批评从业者皆厕身学院，由于现代学院在学术制度上的硬性要求，推动文学批评的期刊平台也纷纷投入学院制定的学术体系，使文学批评面临一个必须贴上"学院"标签方能证明其合法性的外部生态。不用说，传统意义上的文学批评已在学院派的强势侵占下被文学理论和文学史招安，成为被文学理论和文学史所分解和吸纳的一个特定部分，从而，在某种程度上讲，传统意义上的——也可能是真正意义上的文学批评已然消退。

尽管学院派批评有值得充分肯定的文学初衷，尽管学院派批评至今发挥着强大的学术意义，但可以肯定的是，学院派批评客观上促进了一种心脑分离、以脑代心的批评样式的出现。它强调了知识、理论和"智力"，而淡化甚至取缔了体悟、情绪和意志。正是这样的分离、取代，造成了文学批评与文学公众之间的"隔"，也造成了文学批评在当下文学活动中基本丧失其动力性、引领性和建设性的核心功能。何况，千篇一律、千人一面的学院派文学批评已呈板结之态，它看似雅致的身段也已迟暮，正为千人所指，饱受诟病。

二

近年来，有不少人痛感西方文论话语对中国文学批评的统治，认为从西方舶来的批评理论和批评模式并不贴合于对中国文学的评析和判断。一些人提出重建中国文论，这包括提出要重新激活中国古代文论的核心范畴，使其可以重新焕发针对中国文学的阐释力量，并施以校正当下文学批评的疲弱和偏颇。但对于文学批评来说，这一思路展示的仍然是从范畴到范畴、从知识到知识、从智力到智力、从一种学院派到另一种学院派的终局。

相比较而言，从批评文体入手对当下文学批评的僵局进行搅动，可能是最为恰切的思路。而这一思路的展开，可以从中国古代文学批评传统切入说起。

表面上看，文体是相对稳定的一种语言形态，但正如我们已知的，所有的形式都是有意味的形式，"形式不仅仅是形式"，文体也并非是"客观"的和"中立"的。包括中国在内的现代学院体制和学术体系，都源自西方。百年以来，西方现代学院体制和学术体系的引入，不仅催生了现代中国学术，全面改造了现代中国学术的方法论，也铸定了学院派言说的话语框架和学院派文体的基本样式。可以这样说，学院派批评的文体样式，是现代西方学院体制和学术体系的终端输出形态。所以说，文体不仅仅是文体，要撬动一种文体意味着要撬动沉淀在这种文体中的历史，要撬动与这种文体相互捆绑的一整套话语或价值体系。

　　需要指出的是，中国古代文学批评的思想和方法也由此被喧夺，其不能被现代学术体系所整合所吸纳所规训的部分（包括批评文体）从此被屏蔽。二十世纪二十年代，由一个研究中国文论的日本汉学家向中国学界给出的"文学批评"这个词，就曾令朱自清既无奈又感慨："'文学批评'一语不用说是舶来的。现在学术界的趋势，往往以西方观念（如'文学批评'）为范围去选择中国的问题；姑无论将来是好是坏，这已经是不可避免的事实。"①

　　在中国人使用"文学批评"这个词之前，"诗文评"才是中国古代文论的正式用语。《四库全书总目》之"诗文评类"总述云："文章莫盛于西汉，浑浑灏灏，文成法立，无格律之可拘。建安黄初，体裁渐备，故论文之说出焉，典论其首也。其勒为一书传于今昔，则断自刘勰、钟嵘。勰究文体之源流而评其工拙，嵘第作者之甲乙而溯厥师承，为例各殊。至皎然《诗式》，备陈法律。孟棨《本事诗》，旁采故实；刘攽《中山诗话》、欧阳修《六一诗话》，又体兼说部。后所论著，不出此五例中矣。"② 这段总述不仅阐明了"诗文评"的源流，也阐明了"诗文评"之批评实践的基本方法，

① 朱自清：《评郭绍虞〈中国文学批评史〉上卷》，见《朱自清古典文学论文集》（下），上海：上海古籍出版社，1981年版，第541页。
② [清] 永瑢等：《四库全书总目》（下册），中华书局整理影印本，1965年版，第1779页。

此外，也在一定程度上指出了"诗文评"的文体样式。

仅就文体而言，"诗文评"有两大极为突出的特性。

一是它不拘文体，即没有一种垄断性的专属文体来限定"诗文评"的统一面貌。"诗文评"在文体方面的开放性最直接的表现就是它总是直接借用别类文体样式，中国文化典籍中的各种文体，如哲学中的子书，史学中的传、论、志，文学中的诗、词、曲、赋、骈文，甚至应用文中的奏书、书信等，都充当过"诗文评"的文体。即便在经历了魏晋的"文学自觉"以后，经历了《典论》《文心雕龙》这样的系统性的理论著述之后，"诗文评"仍然保持着文体上的开放、多元、不拘一格。众所周知，在文学批评史上被奉为圭臬的《文心雕龙》，虽从总体上看是一部体大虑周、富于体系性的文论巨著，但其单篇皆为文学体裁，亦诗亦文。当然，"诗文评"在文体上的不拘一格，并不意味着它不讲究文体，而是恰恰相反。它在文体上之所以不求一定之规，反映的恰恰是"诗性"的多维向度和自由延展。"诗文评"的这一文体特性，与当下以学院派为代表的规整、统一、模式化的批评文体形成鲜明比照。

二是，"诗文评"本身就是文学创作。或者，我们可以这样简单地认为：从"诗文"到"评"，是从一种文学到另一种文学。茅盾曾否认中国古代文论中存在文学批评，他说："中国自来只有文学作品而没有文学批评论；文学的定义，文学的技术，在中国都不曾有过系统的说明。收在子部杂家里的一些论文的书，如《文心雕龙》之类，其实不是论文学，或文学技术的东西。"[①] 茅盾是以对现代以来西方文学批评传统和模式的基本理解来观照和评价中国古

---

① 雁冰：《文学作品有主义与无主义的讨论》，载《小说月报》第 13 卷第 2 号（1922 年 2 月）；转引自孙中田、周明编：《茅盾书信集》，北京：文化艺术出版社，1988 年版，第 87 页。

代的"诗文评"的，并由此导向一个否定性的结论。那么，在他看来，被他从这一角度所彻底否定的包括《文心雕龙》在内的"诗文评"究竟是何？很显然，在茅盾看来，"诗文评"实际上就是文学本身（文学作品、文学创作）。王瑶在《中国文学批评与总集》中也指出，"诗文评"的专书"一般人只是当作说部闲书来看待的"。[①] "说部""闲书"之说，都指明"诗文评"在体裁上更类于文学创作本身。从《文心雕龙》到《诗式》，从《六一诗话》到《随园诗话》，这样的文论著作，这样的"诗文评"，其文气，其神思，其情采，其意境，披览之时何尝不是作为一种文学阅读而被我们击节赞叹的？至少，我们可以认为，与学院派文学批评对知性逻辑的强调不同，"诗文评"更多地展示了维柯在《新科学》里所强调的诗性智慧。在知性逻辑盛行、诗性智慧消退的年代，维柯慨叹"再也找不回荷马"了。某种意义上讲，这也是我们在面对由学院派文学批评一家坐大的局面时可引为一叹的。

"诗文评"的自由、灵活、多元又讲究审美、重视"文""笔"的文体特性，对于重新认识和改造当下文学批评现状，无疑是一种极具价值的参考。从这个意义上讲，朱自清当年的踟蹰便更显示其价值。他曾这样说："'文学批评'是一个译名。我们称为'诗文评'的，与文学批评可以相当，虽然未必完全一致。我们的诗文评有它自己的发展；现在通称为'文学批评'，因为这个名词清楚些，确切些，尤其郑重些。但论到发展，还不能抹杀那个老名字。"[②] 今天看来，这个老名字岂止是不能抹杀。

---

① 王瑶：《中国文学批评与总集》，见《中国文学：古代与现代》，北京：北京大学出版社，2008 年版，第 276 页。
② 朱自清：《诗文评的发展》，见《朱自清古典文学论文集》（下），第 543 页。

三

中国古代的"诗文评"之所以在文体上多元、自由，很大程度上是与其批评方法的特性分不开的：点悟式的、印象式的、比较式的、知人论世式的批评特性在很大程度上决定了文体的内在对应。那么，"诗文评"所采用过的诸种文体在今天真的失效了吗？

实际上，有不少中国当代作家、诗人，如王安忆、余华、格非、欧阳江河等，都发表过数量可观的"诗文评"。这些"诗文评"大多立意深邃，见解独到，体悟细敏，其水平在大多数学院派批评文字之上，两相较之常感有霄壤之远，加上这些"诗文评"文字俊朗，体量宜人，笔下舒卷自如，又绝无学究式的酸腐气，读之常常不忍释卷。张承志区区几页《美文的沙漠》，抵过多少卷以掉书袋为能事但又始终词不达意的高头讲章；余华一篇《虚伪的作品》迄今近三十年，仍然是强势引领几代中国批评家深入理解先锋文学的基本框架。由这些优秀作家、诗人参与写作的"诗文评"，有力地证明了文学批评是可以有学院派之外的途径和方式的，尤其是可以克服和补足学院派批评在文体上的刻板单一，从而在批评方式上形成以随笔、散文、片谈为主体的，兼有对话、序跋、信函等文体样式的"方法论"局面。如果能形成这样的局面，表面上看是批评文体的丰富，实际上是在由学术思维和知性逻辑所宰制的学院派批评之外开拓了（或曰收复了）新的批评疆域，能补足文学批评多年以来在体悟、情绪、意志等方面的欠缺，对学院派批评一家坐大后造成的"隔"的阅读局面予以有效纠偏。

继承"诗文评"在文体上的特性，另有一个潜在的追求，就是视批评为创作，将从"诗文"到"评"视为从一种文学到另一种文学。

现代性的专业分工，导致对"文学"和"批评"进行了硬性切割，导致"文学"和"批评"之间的畛域界线日益清晰，渐如鸿沟。随着专业分工的不断深化，学科制度的不断固化，当年李健吾式的、在专业切割线尚且模糊时的批评文字，如今已难寻回，与此同时，它也在眼下滚滚而来的"批评何为"的质疑声中被缅怀。以专业知识、学术规范和学科体系为支撑的学院派批评，从内容到形式，从话语到文体，的确都为文学批评的"独立品格"争得一席之地，也为抵制庸俗社会学批评立下汗马功劳。问题在于，从另外的角度看，这所谓的"独立品格"正在消弭：如前所述，学院派批评与文学理论和文学史不再是一种相互依存又彼此独立的关系，而是彻底被文学理论和文学史所绑架所操控，从而不断地在文学理论和文学史中迷失自己，离开文学理论和文学史就无以自立。绝大多数学院派批评文章，若抽去其中文学理论和文学史的专业知识部分，便有残羹之嫌，几无可取可看之处；学院派文学批评的文体也早已僵化，没有风格，仅剩套路——然而，正如我们所知道的，英文词 stylistics 既可译为"文体学"，又可译为"风格学"，换句话说，文体即风格。风格是作者生活经历、思想观念、个性特征、精神立场、审美理想的综合体现，鲜明、稳定而难以模仿。布封强调"风格即人"，就是强调风格中可以完全见出人格的特点，即作者的个性与自我。沿着这个逻辑，我们可以看到，当一种反抗专制、抵制垄断的文体意识在文学批评中被倡导时，它意味着对批评风格的倡导，意味着在文学批评中对个性与自我的倡导。李健吾就强调："什么是批评的标准？没有。如若有的话，不是别的，便是自我。"①法朗士更是曾直截了当地说："很坦白地说，批评家应该声

---

① 李健吾：《自我和风格》，见《李健吾文学评论选》，银川：宁夏人民出版社，1983 年版，第 215 页。

明：各位先生，我将借着莎士比亚、借着莱辛来谈论我自己。"①在李健吾和法朗士那里，"自我"可谓其文学批评的最高原则。因为这个"自我"的强弱程度，决定了一个批评家在批评实践中的主体性的强弱。

鲍曼曾以知识分子的角色变迁为例来解释现代性与后现代性的差异，在他看来，从现代性到后现代性的变迁，对应着知识分子从立法者向阐释者过渡的角色变迁，一个主体性渐次削弱的过程。这一角色变迁，其实也可以用来描述当下中国学院派文学批评的现状：文学批评越来越局限于甚至满足于被各种先在的话语所派定的阐释者职能，文学批评之于文学创作，批评家之于作家诗人，越来越呈现为一种依附关系、一种主体性弥散之后的寄生关系。1998年的"断裂"事件中，一些作家甚至激进地认为作家是批评家的"衣食父母"，而批评家只不过是一群"食腐肉者"。也就是说，学院派批评自以为是的"独立品格"其实并未在业内达成，成为公认。相反，王安忆、余华、格非等作家写下的大量批评文字，反过来更让众多批评家自惭形秽，无地自容。尽管，文学批评在这样的贬损和羞辱中一直在努力摆脱这种依附和寄生关系，寻求与文学创作、与作家诗人平等对话的可能，但学院派的道路，以对"自我""个性"的消泯，以对主体性的弱化，在很大程度上恶化了原本就已走下坡路的关系。的确，当下中国的学院派批评，除了极少数在文学理论和文学史层面有原创性见地的批评家之外，我们绝少有机会在阅读中遇见充满鲜明个性与自我色彩的文字和见解。

一般而言，文学创作——诗歌、散文、小说、戏剧等——被认

---

① [法]法朗士：《生活文学》，见《西方文论选》（下卷），上海：上海译文出版社，1979年版，第267页。

为是能更集中体现风格、体现"自我"的语言形式。所以，如果文学批评可以如"诗文评"一样将自己当作另一种文学创作的话，我们会更容易在这样的批评文字里看到批评家的自我，而不只是理论的幽灵和文学史的残骸。这也是为什么眼下有越来越多的人会认为李健吾式的文学批评才是理想的文学批评。因为这样的文学批评总是与批评家自己的生命史、心灵史、文学阅读史有关，他像法朗士说的那样总是让"灵魂在杰作中游荡"，像"诗文评"一样常用李白来谈论苏轼，用《金瓶梅》来谈论《红楼梦》，并且，主要的是"借着莎士比亚、借着莱辛来谈论自己"，哪怕是印象式、经验式、感悟式的谈论，他在这样的文字里展示了自己的观念、思想、趣味、审美以及自己的艺术才华，在所有这一切中展示了风格，展示了自我，展示了主体性。

不用说，现代专业分工、学院体制、期刊体式以及与之相关的其他批评生态，仍然会是限制、约束变革的强大力量，但从批评文体开始，从微小的变动开始，最终或许就能引发根本性的变动。尤其是在当下这个媒体高度发达又高度多元化的时代，那些与学院派文学批评的体系化、知识化、理论化相悖的批评文字，那些反体系、碎片化，语式奇崛又富于创造性的，语气尖锐又饱含灼见的，带着无法定义的艺术气质的批评文字，会从四面八方汇拢到一起来，构成新的批评景观，并且，从此不再可以被垄断、被专制。

2017 年 9 月 11 日于上海吴中路

原载《文艺争鸣》2018 年第 1 期

理论霸权、阐释焦虑与文化民族主义

——"强制阐释论"略议

一

简略地看，张江的《强制阐释论》试图全面、深入地讨论、清理"理论"与"阐释"（批评）在当下学术论域中的基本关系，尤其是讨论和批判"理论"如何傲慢地在种种阐释实践中施展其支配性的霸权行径。尽管张江对"理论"的分析和批评不免有武断之处，但激越处却不失意味和深刻。须知，与西方学界早已形成的针对"理论"的反思之势不一样的是，"理论"在今天的中国仍四处旅行，无远弗届，无往不利，因此，至少在中国还没到达如西方学界那样提出"理论终结"或"理论之后"的历史契机——相反，从二十世纪九十年代起，倒是不断有论调认为文学可以"终结"了，而"理论"却通过宣布一次又一次的"转向"，持续引领学术风尚，处处活色生香。当然，在中国并非没有针对"理论"的批判和反思，张江近年连续发表的长文也可以被视为这些批判和反思的声音的总结和放大，只是，张江的这次发声之所以引发如此热烈反响，寓示了一个新的理论环境的出现，而这个新的理论环境，与全球化背景下的地缘政治、世界格局、政治结构、经济模式、社会形态、文化生态以及文学方向等诸多方面有着错综复杂的角力与制衡关系：如果说，鸦片战争以后，中国的本土文化、文学或"理论"在外来强势力量挤迫下长期处于身份危机和阐释焦虑的双重困境之中，那么，在一个新的历史时期，同样就文化、文学或"理论"而言，中国正试图获取与其庞大的经济体相匹配的世界定位，借此缓解曾经的危机和焦虑。

不过，若把"强制阐释"放入"反对阐释""过度阐释"等语汇族群中辨析，大约可以发现，首先，张江显然还不是一个像苏珊·桑塔格那样对"理论"本身持有敌意的人。他非但不反对阐释，并且也不反对"理论"。就《强制阐释论》一文而言，张江所特意批评并试图抵制的，是"理论"在具体的阐释行为中表现出来的侵犯性。举例来说，他反对用生态主义理论来阐释爱伦·坡的《厄舍老屋的倒塌》，以及对于莎剧《哈姆雷特》的女性主义式的解读。很显然，张江认为这些"理论"侵害了原著。因此，虽然张江并不敌视"理论"，但却非常在意"理论"的边界，强调"理论"的纪律、阐释的限度，警惕"理论"的"无边"和阐释的"失控"。他的这一思路进一步构成了如下批评逻辑：正是出于对"理论"之侵犯性的跨界所可能造成的不良后果的担忧和审视，他重申了中／西之间的理论鸿沟——他认为，由各种西方理论武装起来的批评话语已然并仍然在侵害中国文学。[①] 就前述"侵犯性"这一议题而言，他有着跟桑塔格相似的思想出发点：他们之所以有对"侵犯性"的强

① 张江：《当代西方文论若干问题辨识——兼及中国文论重建》，《中国社会科学》2014年第5期。

烈而真切的感受，恰因为他们有对艺术、对文学的虔敬。对于张江来说，他的虔敬对象在艺术、文学之外还包括"中国"——一个有独特文明体系和悠久文化传统的"想象的共同体"。从这个意义上说，张江还站在文化民族主义的阵营前沿。

其次，在张江看来，对《厄舍老屋的倒塌》的生态主义式阐释、对《哈姆雷特》的女性主义式阐释以及海德格尔对于凡·高的"鞋"之隐喻的阐释，自然都是"过度阐释"，但是，这些"过度阐释"之所以发生，多半不是因为"理论"的误植，而是由于"理论"自身所具有的话语与阐释强权。张江对所谓"强制阐释"有一个较为温和的定义："强制阐释是指，背离文本话语，消解文学指征，以前在立场和模式，对文本和文学作符合论者主观意图和结论的阐释。"① 但若以一种语言学的调式来重述这个定义，并对这个定义的关键点加以强调的话，那么，所谓"强制阐释"指的就是"理论"施加于"文学文本"的"语义强奸"。"理论暴力"，并非只是戏谈。苏珊·桑塔格之所以反对阐释，说到底就是反对"理论"的强势地位，反对这种强势地位所支撑的傲慢与专制。正是这种强势、傲慢和专制，造成了尼采所说的"没有事实，只有阐释"的认知局面。就文学或艺术而言，这样的认知局面在极端处导致阐释变成"智力对艺术的报复"②，因而也导致了桑塔格激进的"反对阐释"的新感性主义立场。博尔赫斯也曾这样表达过他对"理论"以及理论把持者的憎恶："他们把激情隶属于伦理观，更是隶属于不容讨论的标签。这种束缚流传已广，使得本来意义上的读者没有了，而都成了潜在的批评家了。"③ 桑塔格、博尔赫斯的批评

① 张江：《强制阐释论》，《文学评论》2014 年第 6 期。
② [美] 苏珊·桑塔格：《反对阐释》，程巍译，上海：上海译文出版社，2003 年版，第 5 页。
③ [阿根廷] 豪·路·博尔赫斯：《读者的迷信的伦理观》，见《博尔赫斯全集·散文卷》（上），王永年、徐鹤林等译，杭州：浙江文艺出版社，1999 年版，第 125 页。

和抗议，都指向"理论"的暴政，指向"理论"对作家意图、美感经验以及对阅读的原初意义的全然漠视、恣意践踏与蛮横阉割。由于"理论"在阐释行为中的优先、强权地位，甚至，只要有"理论"存在，所谓的"过度阐释"就会是一种先验的必然，并且会在"理论暴政"的宰制下，将阐释引入跨越一切法度的、匪夷所思的境地。

问题是，即便对"理论"有如此这般的批评、抗议和拒斥，我们仍然必须与"理论"共处，哪怕我们已经意识到"理论"有可能是诱发绝症的致命肿瘤，我们也必须带瘤生存。一如特里·伊格尔顿虽然写下了《理论之后》，但他仍然认为："我们永远不会处在'理论之后'，因为没有理论，就不会有反思的人类生活。"① 既然如此，那么，如何严密地检视理论之瘤以避免发生病理性恶化，便成了新的理论任务。而对于在任何时候都必须与"理论"为伍的学院派、批评家、阐释者来说，需要由此进行的反思是：那些有可能侵犯或已然侵犯了我们对文学、文化甚至民族之虔敬的理论，是何种理论？谁的理论？

二

毫无疑问，当代中国文学批评——尤其是新时期以来的文学批评是用西方理论武装起来的。我们得承认，这些理论总体上具有一般而言的有效性，甚至是具有巨大阐释力的。这些理论构成了我们在批评言说时的基本语言。也就是说，这些理论一旦被抽离，我们就有可能不会说话，我们的文学批评就可能陷入失语状态。由于对

---

① ［英］特里·伊格尔顿：《理论之后》，商正译，北京：商务印书馆，2009年版，第161页。

这套语言的依赖，也因为这套语言明显可见的有效性，我们渐渐对它们的局限和误区失去必要的戒心，习焉不察，久而久之便以为它们具有放之四海皆准的普适性。

夏志清先生曾指出，自"新批评"当道以来，一般美国学院派批评家为流风所及，在美国研究中国小说的学者罔顾中西两个传统中最伟大的小说在"叙事格式"上存在的巨大歧异，便对几部中国古典小说"亟亟摸寻其复杂之结构，认为非此不足以与西方的经典小说相提并论"①。由于对中西历史传统差异性的抹杀，从纯粹西方理论视野出发的批评结论便常令人大跌眼镜。比如，在很多西方学者看来，就形式而言，《红楼梦》是小说的初级阶段，在他们看来，西方小说的兴起是在科学革命之后，其叙事必然与前科学时代有差异，而《红楼梦》在叙事中"视点混乱"，明显是前科学时代的叙事特点。因此，他们认为，不仅《红楼梦》在形式上是低级的，与此同时，现在的作家绝不可以研学曹雪芹，因为如今科学昌明，读者只接受科学主义的"现代"叙事。毫无疑问，这样的结论，在文化上有着尖锐、醒目的"民族侵略性"。

赛珍珠因创作中国题材小说《大地》而在 1938 年被授予诺贝尔文学奖。但她的文学成就和文学地位却在自己的祖国备遭贬损。比如，著名诗人罗伯特·弗罗斯特说："如果她都能得到诺贝尔文学奖，那么每个人得奖都不应该成为问题。"后来也擒获诺贝尔文学奖的威廉·福克纳则尖刻而愤愤不平地说，他情愿不拿诺奖，也不愿与"赛中国通夫人"为伍。②赛珍珠之所以遭此贬损，我以为，除去性别等原因之外，最为重要的原因就如她在题为《中国小说》

① ［美］夏志清：《中国小说、美国批评家——有关结构、传统和讽刺小说的联想》，刘绍铭译，《当代作家评论》2005 年第 4 期。
② 刘海平：《赛珍珠与中国》，《外国文学评论》1998 年第 1 期。

的诺贝尔奖获奖演说中所说——"是中国小说而不是美国小说决定了我在写作上的成就。我最早的知识……关于如何讲和写故事都来自中国"①。她在二十世纪二三十年代用英语写成的包括获奖长篇小说《大地》在内的众多小说，因其突出的"中式思维"，从而"使得她的小说在一定程度上更加接近中国的当代作家作品而非美国的。西方读者能够一下子感觉出来这些作品的奇异"②。她的《大地》，有着显而易见的《水浒传》式的叙事结构，以及《红楼梦》式的叙事笔法：那种无处不在的全知视角，单线的而非复式的结构，单向度的性格，外在化的心理，相对明快的节奏，力求简洁的语言，着力于情节和人物刻画的（传奇）故事，以及无法被"现实"或"浪漫"轻易归纳的中国古典美学。然而，在福克纳们看来，这样的文学因为"简单而混乱"，只配贴上"通俗"的标签，在文学性的价值序列中居于低端。《大地》在美国的畅销，恰好被福克纳们用来证明其"通俗"的文类归属。显然，中西之间在文学观念与文学理解上存在着巨大的差异，与此同时，还存在着一个因为地缘政治造成的文学评价上的等级秩序。我曾撰文谈论过这样一个文学现实："西方殖民主义历史的一个文化结果是：伴随武力征服、经济掠夺和文化辐射，由莎士比亚、但丁、歌德所代表的某一地缘文学或某一语种文学成为'世界文学'。这样的世界文学格局与等级秩序迄今不曾改变，相反却日益坚固。也就是说，'西方'或'西语'之外的文学——如中国文学，被强行摁定在这样一个地位：在这个地位上，中国作家不得不对西方文学持仰视

---

① ［美］赛珍珠：《中国小说》。此文作为"附录"刊载于长篇小说《大地》，王逢振等译，桂林：漓江出版社，1988 年版，第 1083 页。
② ［英］希拉里·斯波林：《埋骨：赛珍珠在中国》，张秀旭等译，重庆：重庆出版社，2011 年版，第 109 页。

姿态，最后，不得不以获得'西方'的认可方能晋身'普世'的行列。"① 因为这样的差异和秩序，使得诞生于西方语境并借助地缘政治秩序得以流传的阐释理论在给中国当代文学批评提供阐释能量的同时，也暗暗设下了种种贬抑机制。

夏志清所讥讽的"流风"，也贯穿了近四十年的中国学院派文学批评。中国的批评家惊叹于并迷信于西方理论提供的阐释力，全然不顾西方理论在面对中国文学时有力所不逮之处，以及因此必然可能出现的阐释盲区，尤其是，中国当代文学批评基本忽视西方理论所暗设的贬抑机制。由于阐释盲区的存在（且是大面积地存在），我们的文学批评总是难以及时、准确地发现某些文学大势。比如，中国作家格非曾指出："整个中国近现代的文学固然可以被看成是向外学习的过程，同时也是一个更为隐秘的回溯性过程，也就是说，对中国传统的再确认的过程。……无论鲁迅、郭沫若、茅盾、沈从文、废名还是萧红、师陀、张爱玲，这种再确认的痕迹十分明显。不管是主动的，还是犹豫不决的，不管是有明确意图的，还是潜移默化的，他们纷纷从中国古代的传奇、杂录、戏曲、杂剧、明清章回体、小品等多种体裁吸取营养。"② 这个"隐秘的回溯过程"在近四十年的中国文学中也是一个巨大的存在，但很显然，我们的文学批评基本没能揭橥之。比如，二十世纪八十年代对"新写实小说"的阐释，批评界一直在使用的是半吊子的现象学理论，全然不见人揭示过"新写实"与中国古典美学、明清小说之间的脉络关系。再比如，当莫言强调他要大踏步后撤到中国民间文学，强调自己是个"讲故事的人"时，批评界竟一时无法应对，因为批评界惯

① 王侃：《中国当代小说在北美的译介和批评》，《文学评论》2012 年第 5 期。
② 格非：《中国小说的两个传统》，《小说评论》2008 年第 6 期。

用的现代性叙事理论恰恰是强调"去故事化"的，从而使得很多批评家在较长的时间里无法真正捋清、领悟莫言与蒲松龄，与中国本土文学传统的关系，并对"讲故事"的莫言做出及时的评价。

有鉴于此，我认为，张江近年引发反响的论述中，最有价值的部分，恰恰是讨论西方文论在中国文学批评／研究中不断折戟的部分。他从西人对《鸲鹆》的解读、对《早发白帝城》的翻译以及中国古典文学的抒情传统等具体个案、具体方面入手，细致地讨论并质疑了西方文论在阐释中的正当性与合法性，辨析并批评了罔顾差异而强行阐释所导致的失效或谬误。这与前文讨论中国当代文学批评所深陷的困境和危机一样，有高度的警醒意义。显然，张江对西方理论暗设的贬抑机制有清醒认识。因此，他这些年的论述——包括他的《强制阐释论》，之所以将批判的矛头直指西方文论并用猛火攻之，显然不是要在一般层面上控诉"理论"施诸文学／文本的暴政，而是要针砭中国当代文学批评的"流风"，打破西方理论对当代中国文学批评的话语垄断。在他连续发表的论文里不难看到，他反对科学主义对艺术精神的阉割，反对理论教条对美感经验的阉割，同样也反对文学层面上"西方"对"中国"的去势。这几者之间是有逻辑上的内在一致性的。在张江的理论思维中，他不仅考量"何种理论"，同时也追问"谁的理论"。正是在这样的考量与追问中，他的理论思维就有了鲜明而强烈的关于"自我"与"他者"的关系建构。因此，他在对西方理论进行激烈批判的同时，也带出了对于中国文论重建的殷切方案，而其中对于"民族化方向"①的强调，显示了在自我／他者的关系辨析中试图确立民族文化（文学）

① 张江：《当代西方文论若干问题辨识——兼及中国文论重建》，《中国社会科学》2014年第5期。

385

之主体性的动机与努力。仅就学术而言，这样的学术冲动与学术设想也都是有值得肯定的积极意义与可观价值的。

三

不过，张江对西方理论的批判同样存在一种强制性的、矫枉过正的倾向。至少在我看来，这个倾向性是明显的。

张江有关唐诗英译问题的论述，说起来也不算新鲜。最迟在2003年，中国读者就能通过译本读到，美国汉学家宇文所安曾就中国学者认为中国古诗不可译的观点进行过批评，他认为关于文学作品尤其是诗歌的不可译性的焦虑是一种与民族文学的纯粹性的意识形态联系在一起的焦虑。就其在中西交互语境中对主体性的强烈表达而论，张江似可列入宇文所安激烈批评的人中，因此，在宇文所安们看来，张江凭借"中国""传统"所进行的一种文化抵抗是一种意识形态症候。我曾撰文批驳过宇文所安的论调，我也有理由在学术和文化认同层面附和张江的论断，但我仍然想指出，张江的偏激确乎折射了"一种民族国家的意识形态"，而如果对这种意识形态缺乏一种审慎的判断，再往前一步，我们就能迎面触摸到文学的"极端民族主义"。

张江对西方理论采取了几乎全盘否定的态度，甚至在文字上也毫无保留。他在讨论西方文论的"问题和局限"时，对看似信手拈来的每一种理论皆极尽破解、拆卸之能事，每每流露置之死地而后快的意愿。在张江看来，西方理论对于中国文学而言几无阐释上的有效性，他说："当下，我们面临一个难以解脱的悖论：一方面是理论的泛滥，各种西方文论轮番出场，似乎有一个很'繁荣'的局面；另一方面是理论的无效，能立足中国本土，真正解决中国文艺实践问题，推动中国文艺实践蓬勃发展的理论少之又少。中国文艺理论建设和研究渐入窘境。"①换句话说，在他看来，中西文学在理论上几无通约的可能。随后在《强制阐释论》里，他干脆认为西方文论即便在阐释西方文学时也是破绽百出、谬误横生的，甚至浅陋到可笑的地步。他甚至认为，正是这种浅陋，导致西方文论不断被刷新、取代，各领风骚三五年，以致各种理论层出不穷。坦率地说，像张江这样在中／西之间制造断裂的举动，与我们在历史上曾在新／旧、传统／现代之间制造断裂的举动异曲同工。张江以否定（抵抗）的方式表达了中国在全球化进程中遭遇的自我身份危机，以拒绝的方式表达了中国在向世界学习的过程中遭遇的阐释焦虑。

　　我承认，张江对西方文论涉猎之广博、研究之深切，是令人感佩的。但为了给西方文论以一剑封喉式的致命一击，他急切间使出的招式也是令人惊诧的。比如，张江所痛斥的对《厄舍老屋的倒塌》的生态主义式阐释、对《哈姆雷特》的女性主义式阐释，其实是可以被现代解释学与接受美学所允许和包容的：当作者或文本的意图的神圣权威性在现代文论中被驱逐之后，阐释才又获得自由，阐释的动力、阐释的空间和阐释的维度都空前提升或拓展。可以举隅的是：女性主义理论的出现，完全地、令人信服地改变了对《简·爱》固有的阐释方向。艾略特在《传统与个人才能》一文中也讨论过经典的"发明"，他认为，经典是可以在持续的、不间断的阐释中被发明的。因此，如果阐释行为只能依据作者或文本意图而发生，那样的阐释很难有持续性，并有可能早早终结。这对于经

---

① 张江：《当代西方文论若干问题辨识——兼及中国文论重建》，《中国社会科学》2014年第5期。

典的"发明",毫无疑问是灾难性的。

再如，张江习惯于一种二元切分式的论述和思维方法，如外部研究／内部研究、场外理论／场内理论、中国／西方、形式／内容等。二元切分虽有助于表述的清晰，但也容易引起逻辑纠纷。比如，文学研究虽有"外部""内部"之分，但说到底，文学研究既非单纯的"外部研究"，也非单纯的"内部研究"。张江的论述中就不时会看到如下这般无法自洽的逻辑悖论：他一方面反对文学理论"悖离社会生活"，反对形式主义"对自律性、纯粹性和超验性的过度强调"，反对"将研究目光都紧紧锁定在文本上"，反对"过滤了形式和语言在形成、发展和传播过程中所承载的复杂的社会历史内容"，但另一方面，他又反对"文化研究"这样的"场外理论"，反对文学研究的"文化学转向"。这也表现在他对中国／西方进行切分后，几乎不承认西方文论对中国文学的有效性。

张江对海德格尔、弗洛伊德及其所开创的理论、方法的批评，颇值商榷。的确，海德格尔对"鞋"的解读有结论上的错误甚至荒唐，但这并不说明他的批评路径是没有价值的，就像陈寅恪，他的学术结论已不断被后人否定、超越和改写，但他开创的历史研究方法却被继承下来，施惠于一代又一代的学人。弗洛伊德亦复如是。

张江也用西方文论百年来的更新次数来认定西方文论失败的次数。某种意义上讲，这样的理解似无不可。但实际上，理论发展到现代，已上升为一种元概念，已成为知识共同体内部的基本语言。既然是语言，它便具有自我分析、自我生成和自我更新的能力。每一种看似失败从而消失了的理论，其实都会内在于一种升级过的新版理论之中。因此，就"理论"而言，也切莫以成败论英雄。就像这二十多年以来，在资本主义最为发达的西方，仍然有人会郑重写下："马克思为什么是对的?"^① 或许，也会有中国人在国家/民族意识之外，为西方文论写下"为什么是对的"。

苏珊·桑塔格说过："我们谁都无法回归到当初在理论面前的那种天真状态。"^② 或许，正因为对天真状态的渴慕，才使我们有了一种责任感，用最审慎的态度去面对理论。

2015 年 5 月 3 日夜于菩提苑
原载《文艺争鸣》2015 年第 5 期

---

① ［英］特里·伊格尔顿：《马克思为什么是对的?》，李扬、任文科、郑义译，北京：新星出版社，2011 年版。
② ［美］苏珊·桑塔格：《反对阐释》，第 11 页。

戏仿和拟用：传记体与现代中国
小说修辞

一

  史传是中国小说重要的源头之一。《左传》《史记》等史传典籍，以及流传于民间的各种逸史、稗史，不仅为中国小说积聚了丰富的叙事经验，同时也为中国小说提供了与史传传统紧相缠绕的文类与修辞。无论是成熟于唐传奇的文言小说，还是成熟于宋元话本的白话小说，无不回荡在"史传"与"演义"的双重维度之间。近代以降，在梁启超等大倡"小说界革命"之后，小说这一文类——如鲁迅所说——迅速成为文坛的"主脑"。鲁迅以《狂人日记》这一惊世之作揭开了中国现代小说的序幕。很明显，日记体这一准传记形式再次让人看到了中国现代小说与史传／传记这一文体的相互纠缠。当然，更为重要的是，随后《阿Q正传》的发表，以一种奇异的力量将传记体真正嵌入了现代中国小说的修辞。

  对于"正传"这一"名目"，鲁迅在《阿Q正传》的小序中解释道："……从不入三教九流的小说家所谓'闲话休题言归正传'

这一句套话里，取出'正传'两个字来，作为名目。"之所以如此，是因为鲁迅深知，虽然"传的名目很繁多：列传，自传，内传，外传，别传，家传，小传……而可惜都不合"。我们由此可以发现两层意思：第一，中国的史传／传记谱系维系着一个权力图谱，这个权力图谱展示了不同社会阶层之间的等级关系，在它的内部，不同权力级差之间秩序分明、层次清晰、彼此隔绝。在前述繁多的名目之上，尚有众所周知的本纪、世家等传记名目，它们不仅共同构成了统治性的权力图谱，同时也建构了入传的门槛。鲁迅之所以觉得繁的名目皆与阿Q"不合"，就是因为阿Q的地位、身份、事迹都不足以让他获取跨入史传门槛的资格。阿Q是被这个权力图谱以及这个传记谱系所拒斥的人物。也因此，当《阿Q正传》最初（1921年12月至1922年2月）在《晨报副刊》连载时，鲁迅就用了"巴人"的笔名，直取"下里巴人"之意，与"正传"的形式匹配：传主既非可以立传之人，作者亦非可以立言之人。"巴人"在小序中的说法是，"我要给阿Q做正传，已经不止一两年了，但一面要做，一面又往回想，足见我不是一个'立言'的人"。简言之，"巴人"和"阿Q"的匹配之处在于：他们都是在正统的史传传统中无法获得"身份"的人。第二，"正传"的提出，实际上形成了对正统史传传统的戏仿。所谓戏仿，是指一种"破坏性的模仿"[1]，或一种"夸张性的模仿"[2]。因为有"破坏性"或"夸张性"，原本不具立传资格的传主和不具立言资格的作者，在戏仿中分别获得了只有在正统史传传统中才被赋予的身份。毫无疑问，这样的戏仿对

---

[1]［英］罗吉·福勒：《现代西方文学批评术语词典》，袁德成译，成都：四川人民出版社，1987年版，第193页。

[2]［美］华莱士·马丁：《当代叙事学》，伍晓明译，北京：北京大学出版社，2005年版，第183页。

于中国正统的史传传统或传记谱系有着不可言喻的强大颠覆作用，它的"革命性"意义表现在：一、就文体而言，因为戏仿"和'讽刺'往往是紧密相连，互相补充，互相促进的"①，所以，可以说是鲁迅开创了现代中国讽刺小说的先河。周作人（仲密）在《阿Q正传》发表后不久即撰文指出："《阿Q正传》是一篇讽刺小说。"他同时断言"《阿Q正传》里的讽刺在中国历代文学中最为少见"，因为它是使用戏谑、反语形成的一种"所谓冷的讽刺——冷嘲"。②如果从修辞的角度去看，我们可以说，鲁迅用一种戏谑的调式彻底颠覆了正统史传的庙堂语言和庄严美学。他不仅创设了现代中国讽刺小说的范本，同时也有力推动了现代中国小说的语言范式的构造和定型。可以说，后来废名的《莫须有先生传》，直至再近一些的余华的《许三观卖血记》，这些在传记体名目下的著名小说，都可视为《阿Q正传》的回响——至少在修辞学的意义上是这样。二、由于"正传"是对正统史传传统、传记谱系的戏仿，它对后者的揶揄、揭露、冒犯就蕴含了对其进行摧毁、解构的潜在可能，并进一步对与之相联的权力图谱构成冒犯和摧毁之势。换句话说，"正传"体现的修辞革命，与彻底摧毁皇权及其规则系统的社会／政治革命，有着结构或形式上的暗合。因此，有人认为，这部小说"文体上的变化、栏目的转换与阿Q的命运，尤其是革命问题是联系在一起的"，它"是中国革命开端的寓言"。③

毫无疑问，《阿Q正传》是现代中国文学的经典。经典的内涵

---

① ［美］乌尔利希·韦斯坦因：《比较文学与文学理论》，刘象愚译，沈阳：辽宁人民出版社，1987年版，第32页。
② 仲密：《阿Q正传》，《晨报副刊》1922年3月19日第1版。
③ 汪晖：《阿Q生命中的六个瞬间——纪念作为开端的辛亥革命》，《现代中文学刊》2011年第3期。

或意义固然可以有多元而不竭的阐释，但在修辞或文类的层面看，我们似乎可以认为，正是对史传／传记文类的戏仿，《阿Q正传》才在一个意想不到的修辞平台和修辞效果中迅捷地积聚并释放了经典性。

二

戏仿有时也会被归于互文性的一种特殊形态（比如，法国批评家蒂费纳·萨莫瓦约在《互文性研究》①一书中便持此论点），这就意味着戏仿与被仿的文本或文类之间始终保有直接关系，由此形成互文。具体地说，作为戏仿的"正传"必定与被仿的"正史"之间存在一种互文关系，"正传"在叙事中总是不免挪用"正史"的文类特征或史传资源，以使戏仿和被仿之间存在必要的关联性。鲁迅的《阿Q正传》第七章有一个确切年份时间的记叙：宣统三年九月十四日。汪晖对此有过精到的论述：按《鲁迅全集》对此所注，"辛亥年九月十四日杭州府为民军占领，绍兴府即日宣布光复"，因此，这是一个可以入史的日子。鲁迅在这里挪用了"正史"的文类特征，挪用了"正史"的史料资源，"鲁迅把最真实的历史编年一样的叙述，与'正传'的故事、阿Q的寓言综合起来。我们不知道阿Q的籍贯、来历，但他故事所发生的地点、场景和时间，就像一个空洞的存在，被镶嵌在革命的历史之中"，因此，"《阿Q正传》的确是一个关于革命的寓言"②。我们在这里可以看到，通过挪

---

① [法]蒂费纳·萨莫瓦约：《互文性研究》，邵炜译，天津：天津人民出版社，2003年版。
② 汪晖：《阿Q生命中的六个瞬间——纪念作为开端的辛亥革命》，《现代中文学刊》2011年第3期。

用，戏仿和被仿之间不仅形成了互文，同时，当戏仿试图表达"革命"或"国民性"这样的严肃主题时，被仿文类的"真实""庄重"等修辞特征直接为其提供了"严肃性"的支撑。

但是，对于阅读和阐释而言，"互文"是把双刃剑，它既可能使意义敞明，也可能使意义暧昧，它是确定性与不确定性的综合体，并有可能使文本的双方形成相互解构的关系。这是传记体引入小说后的又一修辞效果。

1990 年冬，王安忆发表《叔叔的故事》。这部小说可以在新历史主义的视野里解读。所谓新历史主义，既承认历史有"本性体"，同时又强调历史的"文本性"，而所谓历史的文本性，就是史传或传记。在新历史主义看来，历史的文本性（史传、传记）——进一步的，是文本的语言性——决定了历史总是处于修辞之中，按美国学者海登·怀特的说法，历史作品是一种"修辞想象"，是"叙事性散文"，"一般而言是诗学的"[①]。就此而言，文本性的历史（史传、传记）在某种意义上是不可靠的，它总是在试图逼近"历史本体性"的同时又无可避免地偏离着"历史本体性"，它既呈现，又遮蔽，甚至歪曲，语言的修辞本质使得"历史本体性"面临建构和解构的双重境遇。依此来解读王安忆的《叔叔的故事》便别有意味。

这是一部深刻揭示了 1980 年代中国社会思想的小说。所谓"叔叔的故事"（uncle's story），只是"历史"（his-story）的另一种说法，是一个历史叙事的浓缩形式（在汉语中，"故事"与"传"在语义上是等值的），并在写作的一开始就预先设定了王安忆"重

---

① ［美］海登·怀特：《元史学：十九世纪欧洲的历史想象》，陈新译，南京：译林出版社，2004 年版，第 1 页。

建世界观"①的企图。"叔叔的故事"是1980年代在文学话语中建构起来，并在1980年代的文学语境中众所周知、耳熟能详的公共历史，我们可以在张贤亮的《绿化树》《男人的一半是女人》等文本中不费力地发现它的人物与情节原型：一个1950年代落难的知识青年，有着因为写了一篇文章而被划归"右派"的身份，他怀着理想主义的情操度过了苦难的煎熬，成为一个作家，成为历史转折后的"重放的鲜花"，成为一个时代的文化英雄。然而，随着时间的推移，关于"叔叔的故事"，关于这段历史，开始出现了不同版本的叙述。来自"叔叔"本人的叙述代表了这段历史叙事的公共性与权威性，但流传的其他叙述版本却对"叔叔的故事"非常不利：他的那篇文章被认为"文笔非常糟糕"，"不如小学三年级学生"；他的"右派"身份也纯粹是为了凑数而被错划的；他被打成"右派"下放的地点也出现了争议，于是由"叔叔"叙述的在下放途中受到理想主义精神洗礼的情节变得可疑，尤其是他发生在农村的"爱情"，完全不符合"爱情"的纯洁定义。所有流传的叙述版本有力地拆解了公共历史叙事。仅就"叔叔"的性爱故事，王安忆就在这个"元小说"中强行介入，一针见血地指出：落难时的性爱，有的只是白天最恶毒的互相诅咒、打老婆和夜里的"力大无穷、花样百出"；这里其实没有"一个朴素的自然人和一个文化的社会人的情爱关系"，也没有"一个自由民与一个流放犯的情爱关系"，即"十二月党人和妻子的故事"那样的关系；章永璘或"叔叔"在那时的性爱选择，"既非任性胡闹也不是吃饱了撑的，更不是出于想了解和经历一切（崇高的和可

① 王安忆：《近日创作谈》，见王安忆著《乘火车旅行》，北京：中国华侨出版社，1995年版，第38页。

鄙的）的令人入迷的欲望的冲动，所有这一切仅仅成为，并且昭示着'我'（指叔叔——引注）的生存准则而已，特别是，这种生存准则没有显示'我'的自由，而是显示了'我'的屈服，'我'的限制，显示了作为历史存在物的'自我'对于那时的'我'的判决"。①

"叔叔的故事""叔叔传"或曰以"叔叔"为表象的历史叙事，迅速地在对谎言的辨识中衰朽，"叔叔"所象征的文化英雄的形象正在失去其历史基础。这个小说再一次清晰地揭露了"故事"／历史／传记的建构方式：谁在讲述"故事"／历史？讲述者的身份（文化的、性别的）决定了讲述的动机和意图，并在最终决定了"故事"／历史的结构与形式。如果将这个小说置入新历史主义和女性主义的双重视野中解读，那么，这个小说所蕴含的解构力量会被进一步释放：当我们在拆解"叔叔"这个文化英雄的历史形象时，他作为男性的主体形象同时被拆解；当我们在拆解一个当代知识分子的虚伪的公共历史时，虚伪的男性的公共历史也同时轰然倒塌。

毫无疑问，"叔叔的故事"或"叔叔传"有对传记文类的戏仿，它精巧地挪用了传记文类的显要特征，同时又使用互文性，使用新历史主义关于文本性历史的精微阐述，从而对传记文类的显要特征表示出莫衷一是的暧昧态度。从价值立场上来说，这种暧昧暗含了一种深刻的否定，并显然是针对由正史／史传／传记所承载的公共历史叙事或男权叙事。

① 参见韩毓海：《"悲剧的诞生"与"谎言的衰朽"——王安忆〈叔叔的故事〉及中国当代文学的艺术问题》，《当代作家评论》1992 年第 2 期。

三

小说是一种虚构文体，但叙事的功能之一却是对现实的模仿与再现。"逼真"是大多数小说努力追求的一种修辞效果。因此，有人说："真正的小说一定是现实主义的。"[1] "逼真幻觉"是作者—文本—读者之间建立的一种契约，依据这种契约，他们彼此信任。而现实主义正是依据此契约，成为小说的正宗，并且，它总是能轻而易举地据此完成阿尔都塞所说的"意识形态询唤"。

在这里，我想讨论1990年代中期兴起的女性小说，讨论"逼真"对于这一写作潮流的意义，讨论由此而起的另一个问题，即传记文体对于这一写作潮流的修辞价值。

显然，对于女性小说而言，一种为追求逼真效果的仿真叙事同样是重要的。无论是对于个体经验还是群体经验的描述，都需要仿真叙事来确认其稳定性、可靠性与真实性。女性小说可以用乌托邦或幻想等虚构性叙事来想象性地颠覆现实秩序，但显然不可以用虚构性叙事来进行个体或群体经验的呈示。一旦一种自我经验的叙述被指认为纯然虚构，建立其上的批判性话语就失去了基本的合法性。与乌托邦叙事的超现实主义风格不同，女性小说的仿真叙事则尽可能秉承和贴近现实主义传统，让叙事尽可能成为经验的"复述"。

小说被认为是最适合女性的文学形式。玛丽·伊格尔顿认为："小说在形式上较之于依赖希腊、拉丁典故的诗歌而言更易接近、把握，其内容无论过去还是现在都被认为是适合于妇女的形式。"

---

① [美] W.C. 布斯：《小说修辞学》，华明等译，北京：北京大学出版社，1987年版，第25页。

原因有二：一是小说是一种新兴的文体，"是一种不具有男性权威长久历史的形式"；二是小说"在一定程度上源于诸如日记、日志、书信等妇女谙熟的写作类型"。①甚至在小说的发生学问题上，有人认为："小说是伴随着十七世纪妇女所写的自传而开始的。"②而所有这些论述，都渐渐地向一个方向聚焦，即小说之所以是一种适合女性的文学形式，在于女性天然地接近由"小说"这一文体概念所包含的日记、日志、书信和自传。因此，有人认为："如果存在一种典型的女性主义文学形式，它就是一种零碎的、私人的形式：忏悔录、个人陈述、自传及日记，它们'实事求是'。"③毫无疑问，日记、书信，尤其是自传，都是仿真叙事的典型形式，它们将作为重要的叙事策略，成为女性小说中高频率出现的修辞手段。

1990年代中期以来，"一个庞大芜杂的女子自传写作'症候群'不期然出现了"④。一批自传体或准自传体小说蜂拥而至：长篇有《一个人的战争》《私人生活》《我的情人们》《女人传》《无字》《纪实与虚构》《说吧，房间》，中短篇有《青苔》《守望空心岁月》《与往事干杯》《无处告别》《秃头女走不出的九月》《另一只耳朵的敲击声》等。在一种宽泛的尺度内，这样的自传体小说还可以包括卫慧的《上海宝贝》和棉棉的《糖》。陈染在谈到《私人生活》时说："《私人生活》的写作，跟我的个人私人生活甚至隐私根本不搭界、不沾边，90%的细节是虚构的，只有心理经验和情绪化的东

① [英] 玛丽·伊格尔顿编：《女权主义文学理论》，长沙：湖南文艺出版社，1987年版，第160页。
② [英] 朱丽叶·米切尔：《女性：记叙体与精神分析》，载玛丽·伊格尔顿编：《女权主义文学理论》，第180页。
③ [英] 伊丽莎白·威尔逊：《倒写：自传》，载玛丽·伊格尔顿编：《女权主义文学理论》，第320页。
④ 徐坤：《双调夜行船》，太原：山西教育出版社，1999年版，第18页。

西才是真的。"① 尽管有这样的辩解，这部小说仍然被认为："现实世界中的陈染和小说世界中那些陈染的创造物是有着互文性、同构性和互为阐释的生命关系。"② 之所以给出这样的理解，原因也很简单，就在于陈染在叙事视角、叙事调式及叙事内容的设置上刻意地移植了自传体的叙事元素。这些元素，首先体现在第一人称的叙事视点的设置上。"我"作为一种限制性的叙事视角，体现着"逼真"效果的叙事要求。"我"有重要的叙事学意义，即"为取得作者、人物、读者的契合，掩饰作品的虚构性，几乎总是女主角讲述自己的故事，沿用一种自传体的形式"③。正是"我"使得自传体的仿真叙事得以成立。其次，它在内容上符合自传的另一品质，即它是关于一个人的故事的。由"我"作为叙述者同时又作为主人公而展开的个人故事，在真实性上有着毫无疑问的权威性。自传体叙事元素的移植，造成了作者、叙述者以及小说人物之间关系界线的模糊，小说中展开的成长秘密和私人体验，由于自传体叙事设置的存在而使其具有了真实性与可靠性的确证，使读者不至于对进入这些叙事文本后获得的震惊体验产生怀疑。

毫无疑问，《私人生活》《一个人的战争》等小说并非作家本人自传，它们只是被移植了自传体叙事元素的仿真叙事。或者，我们可以将这一修辞手段称为自传体的"拟用"。由于这种拟用，存在于小说中的仿真叙事或多或少、或深或浅地与作家本人的真实经历和真实传记（如林白的《流水林白》、陈染的《没有结局》等）构成互文、互证、互释关系，但毕竟不是作家本人的传记，它们的出

① 朱伟、徐峰：《时间这个东西真的挺致命——访女作家陈染》，《中华读书报》2000 年 4 月 1 日。
② 朱栋霖等：《中国现代文学史》（下册），北京：高等教育出版社，1999 年版，第 186 页。
③ ［英］玛丽·伊格尔顿编：《女权主义文学理论》，第 163 页。

现是为了达到仿真叙事的修辞效果。我们看到，自传体叙事作为一种仿真叙事，在 1990 年代的女性小说中试图制造并已经制造了这样的阅读效果，即那些私人性的、带有强烈自我体验色彩的经验是真实可靠的。华莱士·马丁在谈到自传的写作意义时说过："一个人的故事比一个民族、一个国家或一个阶级的故事少一点臆断性，因为后三者都是假定实体。在自传中我可以发现因与果的关系的第一手证据，而这种关系是历史学家必须推断而小说家们必须想象的：外界与内心、行动与意图。"①那些在女性小说中展开的"一个人的故事"，正在以它的"非假定实体"的仿真化的修辞面目，推进着关于女性个体或群体经验的真实性确认。

与此同时，所有的自传都将通过一系列成长故事来构建一个自我形象。对于自传体的女性小说来说，同样也要构建一个她们乐于认同的自我形象。正是源于对这个自我形象的构建，九十年代的女性小说与此前的女性自传发生了背离。如果说 1950 年代杨沫等人的自传体小说里，女性自我形象都是按某种预设模式来构建的，是缺乏自我体验与个人意识的，那么，林白等人的自传体叙事，则以个人的、隐秘的成长经历为核心内容，其中的自我形象完全逸出了传统性别话语的栅栏，成为时代与社会的"异类"。华莱士·马丁说："如果我的'自我'是独特的，那么根据社会的或宗教的规范就无法充分地理解。"②林白、陈染就用仿真性的自传体叙事构建了"独特的"、无法为"社会的或宗教的规范"所充分理解的"自我"。这样的差异或背离，在张洁身上也发生过。张洁笔下的曾令儿（《祖母绿》）和吴为（《无字》），前者是参照理想的女性创造的

---

① ［美］华莱士·马丁：《当代叙事学》，第 81—82 页。
② 同上书，第 85—86 页。

形象，因而显得超凡脱俗；后者是参照作家的亲身经历创造的形象，因而在人物性格中有更多的自我反省的成分，甚至构成了张洁对自己前期创作的否定。

我们看到，这一时期的许多女性小说，即使是采用内视角展开的回忆、幻想、梦呓及其他意识或潜意识活动，其实都遵循着心理现实主义的基本程式，追求逼真效果。由陈染、林白代表的，以对自传体的拟用为特征的仿真叙事，强调的是个人经验的不可替代性与不可复制性，尤其是，由自传或准自传方式导入的仿真叙事有着难以被男性作家所模仿或复制的叙事难度。正因为这种难度的存在，使女性叙事的文本形态有了属于自己的结构、肌理和色泽，在某种意义上，它也意味着由男性代言的历史被终结。

原载《现代传记研究》2014 年第 2 期

附录

以"批评"的名义发声

——王侃教授访谈录

郭建玲

　　郭建玲：2014 年，您的论文《翻译和阅读的政治——漫议"西方""现代"与中国当代文学批评体系的调整》获得第三届唐弢青年文学研究奖。评委会评价您的论文选题新颖，以译介学的政治性入手，以论带史，探讨了中国当代小说在海外传播过程中西方中心主义对中国当代文学评判标准的影响，论文由小及大，辩驳充分，对中国当代文学的创作、翻译和海外传播，具有一定的参考意义。您近几年一直关注中国当代小说的翻译和海外传播，由此切入对中国当代文学的在地思考。但据我所知，您最开始的研究主题是中国当代女性文学，也曾涉猎中国电影的研究。请问您是怎样走上学术道路的？

　　王　侃：从事文学研究的人，十有八九最初的理想是要成为作家。我也一样，并且是带着这样的念头进入大学中文系的。我在小学时就写过很多诗，古体的，自由体的，什么都写。小学阶段开始的记叙文的写作，大多也基于虚构，也算是小说练笔。我在高中时写的小说，其实已经很有些模样了。但上了大学之后，成为作家的梦想被"学术"剪径。二十世纪八十年代的学术界正流行"美学"，我大学一年级时在某次与老师的交谈中第一次听到"美学"这个词，受蛊于"美"，开始寻找和阅读一些美学论著。对于学术的最初接触就源于此。我意识到自己喜欢这个智性领域。

我最早的学术论文是有关电影的，这多少有一点学术投机的意思在里面。我真正的倾向性的爱好是文学。八十年代的中国学术界对于中国现当代文学的研究，为当时的思想启蒙与思想论争提供了主要的话语和精神资源。当时从事中国现当代文学研究的一批青年才俊，让人敬佩不已，又不免让人心慌意乱。我意识到自己尚无能力介入前沿的文学对话，而电影研究在当时的中国几乎是拓荒式的。当然，我得承认，我的"电影研究"其实是非常文学化的——尽管我不谦虚地认为，我对"第五代导演"的研究颇有心得。1991年，我在《文学评论》发表了自己的第一篇文学论文，这时我觉得我应该回到文学研究上来了。

九十年代初期，偶尔读到玛丽·伊格尔顿主编的《女权主义文学理论》，以及陶丽·莫依的《性与文本的政治》。书中激情四溢的批评文字很吸引我，女性主义所涉及的各种理论资源以及对诸多理论资源的调动与整合，也是极富智性的思维挑战。时值中国女性文学兴起，我对中国女性文学的研究兴趣有"历史"和"逻辑"的必然。

郭建玲：您在二十世纪九十年代集束式地发表了多篇中国女性文学研究的论文，包括《当代二十世纪中国女性文学研究批判》《历史：合谋与批判——略论中国现代女性文学》《概念·方法·个案——"女性文学"三题》等；您以博士论文为基础的专著《历史·语言·欲望》考察了1990年代中国女性小说的主题与叙事；

您目前正在主持的国家社科基金项目"中国新时期女性文学的话语系统研究"也是女性文学研究范畴的。可以说，中国女性文学是您持之以恒的关注焦点。我很感兴趣的是，作为一名男性学者，您为什么选择女性文学作为研究方向？在中国女性文学批评的话语格局中，您觉得，像您这样的男性学者的研究有何特殊的意义？

王　侃：二十世纪初，由杜亚泉接手的《东方杂志》展开了对"二十世纪之政治问题"的理论探讨，"妇女解放""妇女参政"等在讨论中被与"人类之解放、个性之自觉、亚非二洲之自主运动、劳动界之反抗运动、社会党之政治运动"等量齐观。1915 年 3 月，《东方杂志》发表彭金夷题为《二十世纪之三大问题》的文章，提出："二十世纪必须解放之最大问题有三。第一，男女问题，女子于政治上社会上，欲与男子占同等地位之问题；第二，劳动问题，资本家对于劳动者之问题；第三，殖民问题，国家与国家间之问题。以上所举三问题中，有一个共同点……即弱者对于强者之问题也。"在这个概括中，"男女问题"与"劳动问题""殖民问题"并举，且位列首要，因此，它显然是个"政治问题"。"男女问题"等诸问题的解决，目的是要解决第一次世界大战以来席卷全球的"现代性危机"，解决人类共同的困厄。1950 年代，美国女权主义运动之初提出的"个人问题即政治问题"，就是吁请妇女要将视野从个人事务中解放出来，投放到更为广阔的社会政治问题上，以寻求受压迫的根源，而 1960 年代的女权运动则是直接从民权运动中派生出来的，这愈益说明"女性"或"妇女运动"并非是可以与历史割裂的、自我封闭的怪圈。我以为，女性文学研究所应秉持的世界观、价值观可以在上述列举中寻求到线索和答案。所谓性别政治，是对以性别为输出端口的庞大政治运行系统的理论描述，因此它讨论的不仅仅是性别框架内的男女角力。总而言之，"性别问题"不是女性所专属。

郭建玲：现代以来的中国女性写作在几十年的蹒跚历程中，留下了卓越而独异的印迹，同时也彰显了其成长道路的异常艰难。新世纪已经进入第十五个年头，中国女性文学面临着空前复杂的现实裂变与文化语境，但中国的女性文学研究似乎有停滞不前的迹象。您对此有何评价？

王　侃：英国著名的文学批评家沃尔特·艾伦（Walter Allen）在其出版于1954年的《英国小说》一书中论及十九世纪以来英国文学史上的女性作家时说："虽然一些妇女作家也被文学传统所承认，例如简·奥斯汀、勃朗特姐妹、乔治·艾略特和弗吉尼亚·伍尔芙也被认为是伟大的作家，但是她们作品中关于性别的方面却受到压抑或边缘化了。"相同的情况也发生在1990年代之前的中国文学批评中：尽管冰心、丁玲、萧红、张爱玲、张洁、王安忆等已有确定无疑的文学史地位，但对于她们的批评和研究基本或完全不涉及性别维度。但在1990年代——在这个追求并强调多元化的年代，女性主义作为一种被"释放"的理论迅速摆脱"压抑或边缘化"，使与之相捆绑的文学批评和文学研究一度成为"显学"。这不仅是指通过"性别定位"使得对冰心、丁玲、萧红、张爱玲等人的意义诠疏更臻全面、通达，对张洁、王安忆、林白、陈染等人的文学阐释更为精确、有效，同时也指这些卓越的研究实绩有力地改变了当下文学批评的话语格局，使"性别"成为考量"政治正确"的刚性维度。至少，出于"政治正确"的考虑，当下的文学批评从业者已罕有其人公开表达对于性别研究的偏见和贬低。

但最近十多年的研究情况，确有你所说的停滞不前的迹象。我最近在评审女性文学奖的相关成果，我发现，其中有一些研究成果是很优秀的，不仅夯实了这个领域既有的研究基础，同时也使得这项研究得以向精深处推进。但总体上看，目前的研究状况仍然让人略感遗憾。这十多年来，我个人对中国女性文学批评的成果的阅读体会是：这些作者中的大多数，其批评思维是围绕一种没有世界观和价值观的"批评观"而展开的。我们有太多的批评文字，只是为批评而批评，读完之后却发现，大多数作者并不清晰地知道"批评何为"。由于没有世界观与价值观垫底，那样的批评文字通常只是从概念到概念的轻巧游戏——这还没算上这个研究领域内危重的抄袭和剽窃之风。这是造成这一研究领域陷于困厄的重要原因。

郭建玲： 翻阅您的学术简历，发现您最早的一篇论文居然是关于电影的，以根据路遥同名小说改编的电影《人生》为例，探讨了八十年代文艺作品中颇受争议的伦理价值表现问题。这篇论文发表距今将近三十年了，不知您还能否回忆起当初撰写这篇论文的一些细节？您在大学里曾经开设过"电影研究"的课程，对《弧光》等八九十年代中国电影有极其独到的解析，很受学生欢迎。不知为什么，您后来好像放弃了电影研究？对今天的中国电影您有什么看法？

王　侃： 我上大学时，所在的学校有大学生电影节。这可能是中国最早的大学生电影节。在那个电影节里，可以看到很多被票房和大众所冷落的艺术电影、前卫电影，包括当时正欲腾飞的第五代导演的作品。那个电影节曾有过很好的氛围，除了放映难以在普通电影院里看到的影片外，还自办报纸，发动大学生参与影评。我对电影研究的兴趣，除了我说的"学术投机"之外，也得益于这个电影节所营造的风气。我后来也出版过一本电影研究的小册子。我曾经花了大量时间看片，我看片的数量大概也是略可夸耀的。这些观赏经验的积累和整理，支撑了我一度开设的电影研究课程。

但是，陈凯歌、张艺谋为代表的一代人在成功晋级为主流之后，迅速在艺术表现力上呈现衰竭之状，曾经让他们大获全胜的艺术优势已失去效力，已耗散殆尽。新一代人，比如贾樟柯，真有那么好吗？我就是不喜欢他的做作。与此同时，我们正面对一个让影像语言全面奇观化的时代，所有严肃的文化命题都是被粗野地捆绑在这种语言傲慢的大腿之上的，只是饰物而已。我渐渐失去对这种电影的观赏兴趣。我上过的那个大学，那个大学的电影节，也在二十世纪九十年代以后完全商业化，而且是粗鄙的商业化。它是当代中国电影史的一个隐喻。

郭建玲：您的研究文字始终给读者一种高度的张力，这种感觉可能与您对待西方文论的态度有关。您擅长调用西方文艺理论的视角来解读中国当代作品及文学思潮，但对"舶来"的理论是否适用于中国的土壤又始终保持高度的警惕。这或许也是您近几年在中国当代文学英译与海外传播研究中质疑西方中心主义的潜在学理脉络。近几年不少学者都提到了中国文学研究的"汉学心态"问题。您曾在斯坦福大学访学，您觉得海外中国文学研究，尤其是以英美为核心的海外中国当代文学研究的主要贡献和不足是什么？

王　侃：我在美国做访问学者期间，与当地的华人作家、电影导演有接触，并开始阅读他们的作品。我在阅读中，在与他们的交谈中发现一个问题：在他们的观念中，美国是某种"彼岸"，是解决问题的终极途径——尽管他们未必会如此直白地表露。我在斯坦福大学观看姚树华执导的电影《白银帝国》以及听取她的导演阐述时，这样的感觉愈发明显。至少，我会认为他们把问题想得过于简单化了。这触发我思考在中国当代文学批评和研究中，是否存在一种以"西方"阉割中国、以"现代"阉割传统的误区，这些误区是如何发生的，又是如何让我们习焉不察的？对这些问题的思考，促使我去寻找和阅读一些新的资料，其中包括美国和欧洲的汉学，以及翻译学的理论。这些阅读和思考，开启了我的一些新思路。

郭建玲：您的中国当代文学批评，特别是有关余华、莫言、格非等当代作家的评论，多次出现"中国经验"及类似的表述。您认为在莫言获得诺贝尔文学奖、中国文学继续向海外"挺进"的过程中，应该用什么方法来评价当下的中国当代文学？

王　侃：我写过一篇文章，就是你前面提到的《翻译和阅读的政治》，这篇文章主要讨论现代以来我们的文学创作、文学阅读，尤其是文学批评如何被"西方"和"现代"所重构、所塑造。实际上，在"现代""西方"的叙事框架内，中国文学要么完全不被理解和接受，要么被彻头彻尾地被予以差评。比如《红楼梦》在西方世界的评价就很低，西方文学界其实对这部在中国被奉为至高经典的文学作品相当漠然。不要说普通西方读者，就是西方的作家，也极少有人通读《红楼梦》《水浒传》的。像赛珍珠这样得益于中国古典小说、使用"中式思维"写作的作家，在美国的评价也非常低——虽然她得过诺贝尔文学奖。在当下的全球文学格局中，中国文学完全没有一些人所想象的那样成绩辉煌，即便莫言获奖也不可能改变这样的定局。原因就在于，中国文学被限定在一个生硬的评价体系内，无法获得充分的、正确的、有效的阐释。所以，如何反省、批判、调整我们现有的文学批评体系、文学史叙事框架，成为一个亟待解决的文学命题。我在这篇文章里说过：一百年的中国新文学是从"反传统"开始的，但中国新文学的新纪元需要从"反现代"开始。

当然，我希望这是一个辩证的批判。我希望对"中国话语"的任何一种倡导，都有对"何为中国"的学理辨析作为知识前提。

郭建玲："历史"与"记忆"是您的文学批评难以回避的话题，或者更准确地说，是您与作为研究对象的作家和文本对话时首先调用的个人资源。您觉得历史记忆与文学批评之间的关系是什么？文学批评之于您个人是否有着某种非同寻常的意义？

王　侃：有一位长辈，是一位民间的哲学爱好者。他写了一本书，自费印刷，讨论恩格斯。我在收到这本书时，首先感动于他这么多年来对于哲学、对于马列的热情和不间断的阅读、修习，我觉得这源于他们那代人内心的一种信仰。由此我想到我们这一代人。我常常回想我的青春岁月，回想那些迷惘时光。过去的三十年里，我们一样地上学受教育，一样地上班工作，一样地买菜做饭，一样地恋爱结婚，生活似乎和别人没有两样。但问题在于，我们的生活其实没有方向。这种没有方向感的生活，至今影响着我的情感、思维和判断。

毫无疑问，这种混乱与我们这一代的哲学观有关。从小学到大学，那些给予我们世界观引导的老师，我至今能清晰地记得他们每个人的音容。在他们那儿，我们得到了关于这个世界的一系列混乱不堪的、轻率的和不负责任的阐释。在他们的课堂里，充满了对从苏格拉底到笛卡尔，从康德到黑格尔的戏弄、轻侮与嘲讽。那些不经论证的批判与否定，让有史以来的最高智慧蒙羞。我常这样形容我荒芜的青春：一片孤城万仞山——那个与思想有关的城头，猎猎作响的旗帜忽黑忽白，变幻不定。黑白不定中，我不得不进入失措、失语和失信的命定里。

我愿意这样来理解我与文学批评之间的关系：它使我得以用"批评"的名义发声，因此不得不秉承理性与自省；在此基础上，它使我得以用自我检讨的方式进入文学，进入历史和记忆，进入个人与现实、与时代的剪不断理还乱的关系检理之中。

原载《创作与评论》2015 年第 12 期

后　记

　　本书辑录的，绝大多数是我最近三五年写下的批评文字。

　　中国的文学批评，自二十世纪九十年代标举"学院派"的旗号以来，虽一度有效地抵御了庸俗社会学批评的恶流，但时至今日，它自己也早已滑入更为庸俗的另一端。不用说，本书辑录的文字，有一副学院的可鄙面孔，以及死魂灵的腐败气息。交付这样的书稿，心中有过很多的犹豫。最后认为：它不是一次总结，当然不是；而是一个告别，一个重新上路时发轫的象征。

　　梁任公曾撰一联，他自苏轼与秦观处借句，硬是在软辞与颓章里掀出不一样的波澜来："玉宇无尘，时见疏星渡河汉。春心如酒，暗随流水到天涯。"此联语出清峻，境生寥廓，别有慷慨，并暗含上下求索之古意。我想说，我的自我批评和自我否定，并不连带我对中国当代文学的敬重；再次出发以后，玉宇疏星，如酒春心，将是另一个象征，用于形容一个批评者与文学之间天涯河汉般壮丽的感应。

王　侃

2023 年 11 月 15 日编定于菩提苑

图书在版编目(CIP)数据

时见疏星渡河汉 / 王侃著. -- 上海 ：上海人民出
版社，2024. --（浙江文坛）. -- ISBN 978-7-208
-19241-6

Ⅰ. Ⅰ206.7-53

中国国家版本馆 CIP 数据核字第 2024FP6187 号

责任编辑　吕　晨
封面设计　道　辙　*at Compus Studio*
内文设计　朱云雁

时见疏星渡河汉

王侃　著

出　　版	上海人民出版社	
	（201101　上海市闵行区号景路 159 弄 C 座）	
发　　行	上海人民出版社发行中心	
印　　刷	苏州工业园区美柯乐制版印务有限责任公司	
开　　本	890×1240　1/32	
印　　张	13.25	
插　　页	5	
字　　数	303,000	
版　　次	2024 年 10 月第 1 版	
印　　次	2024 年 10 月第 1 次印刷	

ISBN 978 - 7 - 208 - 19241 - 6/Ⅰ · 2192

定　　价　78.00 元